Desginer

러브 디자이너

www.bbulmedia.com

www.bbulmedia.com

Love Desginer

러브 디자이너

향기바람이 장편 소설

DAHYANG ROMANCE STORY

Contents

1장. 재회

"미사키 대리상의 가을신상 주문에 관해선 김 팀장님이 애쓰셨어요. 한 잔 받아요."

"그럼요! 팀장님이 미사키의 경쟁사에 대한 사전조사를 철저히 하고 계약을 추진했기에 가능했어요. 실장님도 아시다시피……."

건너편 테이블은 회식으로 모인 자리인지 남자 여섯이 꽤나 시끄럽게 떠들고 있었다. 선경에게 소주를 따르며 무심코 그쪽을 응시하던 연서의 눈동자에 세찬 파도가 일었다. 남자들의 정중앙에 앉아 있는 한 사람의 얼굴이 낯이 익다.

승현…… 민승현.

테이블 두 개를 사이에 둔 거리에서도 연서는 그를 한눈에 알아볼 수 있었다. 스물두 살 이후로 꼭 8년 만에 다시 보는 승현은 마치도 거짓말처럼 그곳에 있었다.

스물두 살, 오랜 수소문 끝에 우연을 가장한 만남으로 그를 마주했을 때 그는 마치 타인을 보듯 반가워하는 기색이 없이 무표정이었다. 그녀가 용기를 내어 자신의 이름과 함께 중학교 때 같은 반이었다고 말을 해 주어서야 그는 한참 기억을 더듬더니 반신반의로 물었다.

'강연서? 3반의 연서라고?'

그녀를 알아보지 못한 건 어쩌면 당연한 일이었다. 학교 때 친구가 많고 인기도 많았던 그와는 달리 그녀는 거의 존재감이 없는 평범한 여학생이었기 때문이다. 조용히 공부만 하고 남이 먼저 말을 걸지 않으면 하루 종일 몇 마디 하지 않던 그녀의 이름을 아직 기억하는 것만 해도 신기했다.

'너, 되게 예뻐졌다. 그냥 길 가다 마주치면 전혀 모르겠는걸.'

예뻐졌다는 그의 말은 인사치레에 불과했을 수 있지만 그녀의 뺨을 수줍게 물들이기엔 충분했다.

그날의 만남 뒤에 둘은 간혹 연락을 하면서 서로 사는 얘기나 안부 정도를 물으며 지냈으나 곧 자연스레 연락이 끊기고 말았다. 어떻게든 연락을 이어 가고 싶은 그녀와 달리 그는 뭔가 바빠 보였고 얼마 지나지 않아 당연하다는 듯이 그녀의 세상에서 사라졌다.

어쩌면 자연스러운 결과였다. 그들은 그냥 중학교 때 같은 반에서 공부했던 동창이었을 뿐 아무 사이도 아니었기 때문이다. 혹은 그 시절, 그는 취업이나 군복무 준비로 바빠서 연락에 소홀했을 수도 있다. 이유가 뭐든 간에 그들의 사이는 딱 거기까지였다. 동창, 그 이상도 그 이하도 아닌. 비록 그녀에겐 그의 존재감이 남달랐지만 그는 아니었을 것이다.

"소주 다 마셨는데 한 병 더 시킬까?"

들려오는 선경의 목소리에 추억에서 맴돌던 연서는 정신을 차렸다. 건너편 테이블에서는 남자들이 여전히 시끄럽게 떠들며 술을 마시는 중이었다. 민승현을 이렇게 다시 만나게 되리라고는 생각도 못 했다.

"누굴 그렇게 보는 거야? 아는 사람 있어?"

선경이 다시 그녀를 부르자 연서는 얼른 그쪽을 향한 시선을 거두어들이고 어색하게 웃었다.

"아, 아냐. 모르는 사람이야."

그는 아마도 그녀를 못 알아본 채 지나치겠지. 그는 그녀를 기억할 만한 특별한 이유가 없었다. 연서는 소주 한 병을 더 주문하고 저쪽 테이블에는 애써 신경을 끊었다. 다가가서 알은체해 볼까 하는 생각도 들었지만 왜 그런지 웃길 것 같다.

"그래서, 너는 이제 어떡할 거야?"

문득 선경이 묻자 연서는 맥없이 웃어 보였다. 아직은 달리 계획이 없었기 때문이다.

"그 나쁜 놈은 멀쩡히 회사 잘 다니는데 네가 왜 그만둬? 위에 얘기하면 안 될까?"

"소문나면 여자만 손해잖아. 얘기가 잘못 돌면 사람들이 나까지도 이상한 시선으로 볼 거야."

연서의 담담한 어투에 선경은 이맛살을 찡그리며 중얼거린다.

"하여튼 가정이 있으면서도 밖의 여자한테 껄떡대는 남자들이 문제라니까. 착실히 회사만 잘 다니는 네가 무슨 죄라고."

"운이 없었지 뭐."

손으로 술잔을 만지작거리며 연서는 말했다. 유부남 상사의 부담스러운 대시에 처음엔 모른 척 피해 다녔다. 하지만 그럴수록 상사의 치근거림은 점점 대담스러워졌고 견디다 못한 그녀는 결국 직장을 그만두는 선택을 했다. 딱하단 듯이 자길 쳐다보는 선경에게 웃어 보이곤 연서가 자리에서 일어났다.

"나 잠깐 화장실 다녀올게."

건너편에서 술 마시던 남자들은 언제 갔는지 벌써 보이지 않았다. 아까 어떻게든 다가가서 알은체를 할걸 하는 후회가 든다. 오늘처럼 이렇게 우연히 마주칠 확률이 얼마나 될까? 어쩌면 다시 없을지도 모르는데 머뭇거리다가 바로 눈앞에서 그를 놓쳐 버렸다는 게 속상했다.

세면대 앞에서 찬물을 튼 채 한참 서 있다가 선경이 기다릴 것 같아 얼른 손을 씻었다. 그런데 여자 화장실 문을 열다 말고 멈춘 그녀의 동공에 커다란 파문이 일었다.

"오랜만이다, 강연서."

화장실을 마주 보는 둥근 기둥 벽에 기대서 있던 그가 알 듯 말 듯 하게 미소를 짓고 인사를 건넨다. 연서는 그만 급하게 고개를 끄덕였다.

"그래. 오랜만이네."

"근데 왜 알은척 안 해?"

그도 그녀를 보고 있었던 것일까? 괜히 긴장해서 연서가 입술을 살짝 깨물었다. 그는 벽에 비스듬히 기대섰던 몸을 일으켜 다가온다. 거리가 가까워지니 가슴이 두근거리는 소리가 그에게까지 들릴까 봐서 반사적으로 뒤로 한 걸음 물러섰다. 그런 그녀에게 그의 말이 들려왔다.

"이 동네에 살아?"

"응. 너는?"

"난 딴 데 살아."

어디? 하고 물으려다가 그것까지 묻는 게 어쩐지 웃기는 것 같아서 입을 다물어 버렸다. 그는 곧이어 다음 말을 했다.

"회식으로 들렀어. 직원들이 여기가 맛있다고 해서."

"아, 그래. 여기 음식이 깨끗하고 맛있어. 동네라서 자주 와 봤거든."

대화를 자연스레 이어 나갈 수 있다는 게 즐거워서 그녀는 얼른 대답했다. 그런 그녀를 보던 승현이 말한다.

"많이 안 변했다. 아니, 거의 그대로인 것 같아."

"내가?"

"스물둘인가, 그때 봤었을 때랑 똑같네."

똑같다는 건 좋은 뜻이겠지? 연서는 그 생각을 하다가 버릇처럼 손으로 머리칼을 매만졌다.

"머리만 길었네. 그때는 단발머리였는데."

그것까지 기억하는 그가 놀라워서 연서는 눈동자를 깜박거렸다. 지갑을 뒤적이던 승현은 뭔가를 꺼내 그녀에게 건네준다.

"어쨌든 다시 만나서 반갑다."

손에 쥐어진 그의 명함을 보면서 연서도 본인의 전화번호를 알려 줘야 되나 망설이는데 그가 마침 요구를 해 왔다.

"네 명함도 하나 줄래?"

"그게 저기…… 명함이 없어. 개인사정 때문에 회사를 그만두고 아직 취업 전이거든."

그는 의외라는 표정으로 기억을 더듬는 듯 잠시 침묵을 지키더니 물었다.

"너, 그때 디자인학과에 다닌다고 하지 않았어?"

"응. 맞아. 의상 디자인이야."

"혹시 그쪽으로 일해 본 경력은 있어?"

"왜?"

연서가 의아하게 되묻자 그는 문득 의미 모를 웃음을 지었다. 그러곤 턱짓으로 그녀의 손에 쥐어진 명함을 가리키며 대답했다.

"거기에 내 메일이 적혀 있어. 이력서와 경력증명서, 그리고 여성의류 작품 하나만 넣어 줘. 안 그래도 지금 급하게 디자이너 한 명을 구하는 중이었거든."

그녀가 고개를 숙여 명함을 보는 동안 그는 짧게 인사를 하고 나갔다. 그가 사라지는 뒷모습을 보다 말고 연서는 다시 명함 속 글자에 시선을 주었다.

로아의류 기획실장 - 민승현

커서가 제자리서 깜박거리는 걸 한참 동안 바라보다가 연서는 결정을 내린 듯 마우스를 움직였다. 메일 주소를 다시 한 번 확인한 뒤 보내기를 클릭하곤 마치 큰일이라도 한 사람처럼 후련하게 한숨을 내쉬었다.

지난번 동네 음식점에서 우연히 민승현을 만난 뒤 일주일 내내 고민하다가 결국 그의 메일에 이력서를 넣었다. 로아의류는 업계에서 톱으로 성장한 대기업인지라 떨어질까 봐 은근히 걱정이 됐다. 그렇지만 이것도 기회라면 기회였고 한번 도전해 보고 싶었다.

그리고 그곳엔 그가 있다. 그녀가 예전부터 좋아했던 민승현이. 비록 그녀 혼자만의 감정이고 지금까지 긴 시간 동안 아무런 접점이 없었지만 그를 다시 만났다는 것만으로 의미가 특별했다.

메일이 발송완료 되었다는 글자를 보고 연서는 자리에서 일어났다. 지금 이 시간이면 손님이 많을 때라 한창 바쁠지도 모른단 생각에 서둘러 집을 나왔다.

멀리 익숙한 국밥집 간판이 보이자 연서의 발걸음이 한결 더 빨라진다. 골목 곳곳은 술 취한 남자들의 목소리로 시끄럽다. 그 틈을 비집고 연서는 가게 문을 열었다.

"어서 오세요. 뭐로 드릴…… 우리 연서 왔구나."

테이블을 치우던 아주머니가 연서를 발견하고 반색하자 그녀는 주방을 기웃거렸다.

"바쁘시죠? 엄마는요?"

"요 앞 약국엘 갔어."

"약국은 왜요? 또 어디 아파요?"

"아냐. 아픈 건 없고, 네 엄마야 늘 허리가 말썽이지 뭐. 파스 산다고 나갔으니까 걱정 마."

아주머니의 말에 연서는 무거운 표정으로 고개를 끄덕이고 주방으로 들어갔다. 손님들이 들이닥쳐서 미처 정리를 못 한 듯 그릇들이 쌓인 싱크대를 보고는 설거지를 시작했다. 시원하게 물을 틀고 그릇들을 하나둘 닦아 내는데 얼마 지나지 않아 익숙한 목소리가 들린다.

"집에서 쉬고 있지 왜 나왔어? 이리 줘. 엄마가 할게."

연서는 고개를 돌려 웃으며 말했다.

"다 했어. 근데 허리가 또 안 좋아진 거야?"

"계속 서 있으니까 그래. 걱정 말고 얼른 나가."

"밖에 손님 있어? 내가 주문 받고 서빙할까?"

"손님 없으니까 집에 가서 쉬어."

"손님 없으면 잘됐다. 엄마. 여기 앉아 봐."

연서가 설거지를 하던 장갑을 벗으며 옆의 의자를 당겨서 앉으라고 하자 정 씨는 어리둥절한 표정으로 의자에 걸터앉았다. 연서는 익숙한 솜씨로 정 씨의 어깨서부터 허리까지 주물러 줬다.

"이렇게 근육이 뭉치니까 아픈 거지. 무작정 파스만 붙이지 말고 마사지로 뭉친 데를 풀어 줘야 돼."

"어우. 시원하다, 얘."

시리고 쑤시던 통증이 연서의 야무진 손에 의해 조금씩 사라지자 정 씨는 한결 생기 도는 목소리로 말했다. 연서는 그런 엄마의 어깨를 꾹꾹 주무르며 잔소리를 했다.

"아프면 나한테 얘기해. 미련하게 혼자 끙끙대지 말고. 엄마가 아프면 내가 얼마나 속상한지 알아?"

"이 나이면 다들 그러니까 걱정 마. 그래도 네 엄마는 소처럼 튼튼해서 큰 병은 없어. 네가 시집가서 아들딸 낳고 사는 것까지 다 볼 거야."

"꼭 그래야 돼. 내가 아들딸 많이 생산하는 거 다 봐야 돼, 엄마."

"그래그래. 시집은 언제 갈 거야?"

연서는 장난스럽게 눈을 흘기며 손에 힘을 줬다. 통증 때문인지 시원한 건지 정 씨가 비명 비슷하게 신음 소리를 내며 진저리를 쳤다.

"기지배가 손 하나는 되게 맵네."

정 씨의 기분 좋은 탄성에 연서가 슬며시 웃다가 곧 나지막하게 묻는다.

"엄마는 내가 어떤 남자랑 결혼했으면 좋겠어?"

눈을 감은 채 그녀의 시원한 손길을 느끼고 있던 정 씨는 가볍게 대답했다.

"내 딸이 좋아하는 남자면 돼. 그리고 내 딸을 좋아해 주는 남자면 되고."

겨우 그거냐는 듯 연서는 콧마루를 찡긋하다가 문득 고개를 돌리곤 낭패스러운 표정을 지었다.

"수돗물 계속 틀어 놓고 있었네. 미쳤어. 엄마가 수도세 얼마나 아끼는지 알면서. 미안해. 다음부터는 조심할게."

그런 연서를 물끄러미 바라보며 정 씨는 조막만 하던 게 어느새 저렇게 컸나 새삼스런 생각으로 웃었다.

새벽 두 시가 넘어서야 가게 문을 닫고 연서는 정 씨의 팔짱을 낀 채 어두운 골목길을 걸었다. 가로등이 희미한 불빛을 뿜어내는 가운데 소소한 하루의 일상을 얘기하면서 둘이 함께 집으로 가는 시간이 참 좋다. 벌써 아주 오랜 시간을 엄마와 단둘이 서로 의지하면서 살아와서 그런지 연서에게도, 정 씨에게도 둘은 친구였고 또 가족이었다.

"아빠 생각 안 나?"

연서의 실없는 물음에 정 씨는 눈가에 주름을 접으면서 웃었다.

"생각나지. 그 양반은 뭐가 그렇게 급해서 우리 둘만 남기고 훌쩍 떠나 버렸을까?"

"엄마. 나는 아직도 그날의 엄마 모습이 기억나."

"언제를 얘기하는 거야?"

"아빠의 사망신고를 마치고 오던 그날, 비가 많이 쏟아지던 오후였었잖아."

그때를 기억해 내는 듯 정 씨의 얼굴엔 슬픔이 잔잔히 깔렸고 연서는 나지막한 목소리로 말을 이었다.

"한 손으론 내 손을 잡고 다른 한 손으론 구멍 난 커다란 우산을 들고선…… 엄마는 비 오는 거리에서 그렇게 한참을 울었잖아."

"세상이 꺼지는 것 같았으니까."

정 씨의 목소리가 떨렸다. 연서는 팔짱을 꼈던 손을 풀어서 정 씨의 손을 잡았다. 매일 찬 물질과 가스불 앞에서 혹사당한 엄마의 손은 투박하고 꺼칠꺼칠했다. 20년 전의 그때 그 손이 아니었다.

"그래도 괜찮아. 엄마한텐 내가 있잖아. 20년 전 엄마가 어린 내 손을 꼭 잡아 주었듯이 지금은 내가 엄마의 손을 잡고 있잖아."

연서가 마주 잡은 둘의 손을 보면서 씽긋 웃자 정 씨는 눈물을 훔치다 말고 덩달아 웃었다. 연서는 괜히 어깨를 으쓱하면서 말했다.

"아빠 없이도 우리가 얼마나 씩씩하게 잘 견뎌 내고 살아왔는지 아빠는 저기 위에서 다 내려다봤을 거야. 그러면서 환하게 웃었을 거야."

"이제 너만 좋은 사람 만나서 결혼하면 돼. 엄마는 그것밖에 바라는 게 없어."

"곧 좋은 데 알아봐서 취직할게. 그리고 엄마가 바라는 대로 좋은 남자 만나서 결혼도 하고. 우리 국밥집도 점점 더 잘될 거고. 그치?"

"근데 6년째 잘 다니던 직장은 꼭 그만둘 수밖에 없었어?"

대학을 졸업하고 여태 한곳에서 착실하게 일하던 연서가 갑자기

회사를 그만둔다고 했을 때부터 정 씨는 그 이유가 궁금했다. 문자가 들어왔는지 짧게 진동하는 핸드폰을 들여다보던 연서가 고개를 돌리며 웃었다.

"응. 엄마. 거기보다 더 좋은 데 찾을게. 그니까 걱정 마."

대답하면서 연서는 방금 수신된 문자에 이맛살을 찌푸렸다.

[회사까지 그만둘 만큼 내가 싫었던 거야? 미스 강. 만나서 차라도 한잔하게 연락 줘.]

이 인간이 아직도 정신을 못 차렸나 보다. 회사를 그만둔 게 얼마나 잘한 일이었는지 모른다. 다시 한 번 본인의 선택에 긍정을 보내면서 연서는 얼른 문자를 지워 버렸다. 번호를 차단하면 다른 번호로 문자를 보내거나 전화를 걸어 오는지라 아무래도 전화번호를 바꾸는 게 제일 확실한 방법일 듯하다.

그 이튿날 통신회사에 가서 번호를 바꾼 연서는 가까운 친구와 지인들한테 새로운 번호를 알려 주고는 전과 다름없는 나날들을 보냈다.

아침엔 엄마와 같이 밥을 만들어 먹고, 가게 나갈 준비를 하는 정 씨의 곁에서 같이 채소를 다듬었다. 엄마가 가게로 나간 뒤의 한적한 오후엔 동네 서점에 들러서 책도 사 보고, 그동안 회사일 때문에 자주 못 봤던 친구와 커피도 한잔하면서 평범한 일상을 보냈다.

그 시간 동안 로아의류에선 아무런 답이 없었다. 떨어진 건가……? 그런 거겠지. 전화가 오지 않는 휴대폰을 하루에도 몇 번씩 쳐다보다가 연서는 승현에게 전화라도 걸어볼까 생각했다.

그런데 그는 그저 오랜만에 만난 동창이 마침 디자인 전공이라

빈말로 했던 거였으면 어떡하지? 그녀의 작품이나 경력이 한참 부족한 것도 이유일 수 있다. 어떤 이유에서든 떨어진 건데 전화해서 결과를 물어본다는 게 우습다. 연서는 결국 전화를 걸지 않았다.

이력서를 보낸 지 2주가 지나자 연서는 체념하고 다른 곳을 알아보기 시작했다. 인터넷에서 유명 의류회사의 공채모집을 보면서 적당한 곳을 메모해 두다가 메일을 열었는데, 읽지 않은 메일 한 통이 들어와 있었다. 발신인은 민승현으로 되어 있었고 연서는 급하게 메일을 읽어 보았다.

「어떻게 된 거지? 전화가 계속 안 돼. 이력서에 적혀 있는 대로 걸어 보았는데 연락이 안 된다. 이 메일 확인하는 대로 나한테 전화해 줄래? 디자인팀에서 결과가 나왔어. 그에 관한 내용이야.」

메일을 보다 말고 연서는 손바닥으로 자기 이마를 탁탁 두드렸다. 아우, 멍청이. 바뀐 전화번호를 승현에게 알려 주지 않고 연락이 없다고만 했으니. 연서는 얼른 휴대폰을 들어 그에게 전화했다. 꽤나 길게 신호음이 가더니 드디어 전화가 연결되었다.

— 네. 민승현입니다.

"나 연서야."

조그맣게 그녀의 존재를 알려 주자 전화 저편에선 잠시 말이 없다가 곧 대답을 해 왔다.

— 어떻게 된 거야? 그동안.

"미안해. 사정이 생겨서 번호를 바꿨는데 깜박하고 알려 주지 못했어."

— 그런 거였어? 메일로라도 연락이 됐으니 다행이다.

"응. 그런데 결과는 어떻게 됐어?"

약간 긴장된 목소리로 묻는 연서에게 승현이 시간 약속을 청해 왔다.

— 내일쯤 사무실로 들를래? 면접이 있을 것 같으니까 괜찮은 시간을 얘기해 줘.

⬦

7월에 들어서자 더위는 본격적으로 기승을 부리기 시작했다. 끈 적끈적한 공기에 후덥지근한 바람까지 불어오자 숨이 막힌다. 연서는 로아의류의 본사 앞에 도착해 손목을 들어서 시계를 봤다. 면접 약속 시간까지 30분 정도 남아 있다. 잠시 건물의 외곽을 둘러보다가 엘리베이터를 타고 올라갔다.

사무실 문을 반쯤 열어 놓은 실내에선 여러 사람들이 분주히 움직이고 있었고 신상 발표 시즌이라 그런지 다들 바빠 보였다. 그냥 들어가야 되나? 아니면 승현에게 먼저 전화라도 걸어 봐야 하나? 기웃거리며 고민하다가 먼저 전화를 걸어 보려고 몸을 돌리는 순간, 연서는 외마디 비명을 질렀다.

"앗, 뜨거!"

갑자기 몸을 돌리는 바람에 뒤에 있던 남자와 면바로 부딪쳐 그가 들고 있던 종이컵 커피가 연서의 블라우스에 쏟아졌다.

"아! 죄송합니다. 어떡하죠? 뜨거우실 텐데……. 정말 죄송합니다."

화이트 블라우스가 커피 때문에 싯누렇게 변해 갔고 연서는 울상을 지으며 남자가 부랴부랴 건네주는 손수건을 받았다. 뜨겁기도 뜨거웠지만 무엇보다 옷을 이렇게 버려서 어떻게 면접을 보나 하는 생각에 연서는 난감하게 입술을 깨물었다.

"옷 다 버리셨는데 어떡하죠? 일단 세탁비라도 드릴 테니……."

남자가 호주머니를 뒤적거리며 지갑을 꺼냈다. 연서는 커피 자국을 닦다 말고 그의 셔츠 앞에서 흔들거리는 사원증에 시선이 갔다.

로아의류 마케팅팀장 - 김진성

여기서 근무하는 직원인가 보다. 연서는 반색하며 얼른 물었다.

"세탁비보다 혹시 여자 셔츠 같은 건 없을까요?"

지갑에서 돈을 꺼내던 남자가 언뜻 그녀를 바라보았다. 연서는 난처하게 웃으며 말했다.

"의류회사이니 혹시라도 셔츠 같은 게 있으면 잠시 빌려 주실래요? 제가 좀 중요한 일 때문에 나왔는데 옷이 이렇게 돼서……."

"글쎄요, 찾아보면 있을 것도 같네요. 어쨌든 너무 죄송합니다."

"아닙니다. 제 불찰도 있어요."

연서가 생긋 웃자 남자도 그제야 미안한 기색을 조금씩 지워 내며 물었다.

"그럼 저 따라 가실래요? 아니면 여기서 잠시만 기다려 주실래요?"

"여기서 기다릴게요. 다녀오세……."

대답을 하다 말고 연서는 뒷말을 삼켰다. 그녀의 시선이 머문 곳에선 마침 민승현이 걸어오고 있었다.

"벌써 왔네. 강연서."

그녀를 발견하고 다가온 승현이 말을 건네자 연서는 마지못해 고개를 끄덕였다.

"그런데 옷은 왜 그래?"

"아, 그게……."

"들어가자."

먼저 안으로 들어가 버리는 승현의 뒷모습을 보는데 그때까지
옆에 있던 남자가 물었다.

"실장님을 만나러 오신 거예요?"

"네."

"그럼 먼저 들어가세요. 셔츠 찾아서 실장실로 가져다 드리겠습
니다."

고개를 끄덕이는 연서에게 웃어 보이고는 남자가 몸을 돌렸다.
셔츠가 오면 들어갈까 고민하다가 연서는 그냥 승현의 뒤를 따랐
다.

사무실 안에 들어서자 쉴 새 없이 울리는 전화벨 소리와 함께
여기저기서 업무를 주고받는 소리들로 약간 정신이 없었다. 승현
의 뒤를 놓칠세라 바지런히 쫓아가는데 앉아 있던 직원들이 그를
발견하곤 자리에서 일어나 인사를 했다.

"나오셨어요? 실장님."

그런 그들에게 고개를 끄덕여 인사를 받은 승현은 곧 맨 안쪽에
위치한 사무실의 문을 열었다. 연서는 한 손으로 커피 자국이 잔뜩
묻은 블라우스를 조심스레 가리면서 들어갔다.

사무실에 들어서자 승현은 그녀에게 소파를 가리키며 앉으라고
했다. 그러곤 책상에 다가가 무슨 서류를 가져오더니 맞은편에 앉
는다. 조용한 실내에서 그의 말을 기다리며 손으론 쉼 없이 블라우
스의 커피 자국을 매만지느라 손바닥에선 어느새 커피 향이 진하
게 풍겨 왔다.

"일단 로아의류에 대해서는……."

말을 꺼내다 말고 승현이 그녀를 빤히 바라본다. 왜? 연서는 눈을 깜박거리며 어서 얘기해 보라는 무언의 사인을 보냈고 그가 손을 뻗어 탁자의 티슈를 뽑아내더니 건네줬다.

"어쩌다 그랬어?"

"뭐가?"

연서가 무슨 소리냐는 어리둥절한 표정으로 묻자 승현이 희미한 웃음기를 보였다.

"왼쪽 볼이랑 눈썹에 커피 자국이 묻었어. 먼저 닦고 얘기하지."

아……. 순간적으로 눈을 감으면서 연서는 생각했다. 아무도 이런 기분을 모를 것이다. 창피하고 또 창피해서 이대로 딱, 죽고 싶다.

승현이와 함께 마주 앉아 근로계약서를 쓰고 있는데 실장실 문을 두드리는 소리가 났다. 드디어 셔츠를 가져왔나, 연서는 고개를 들었다.

들어서는 사람은 아까 커피를 쏟은 남자가 아닌 분홍색 반팔 티에 진한 청색의 바지를 입은 사람이었다. 올백으로 넘겨 머리방울로 곱게 묶은 머리가 어깨까지 내려오는 그 사람은 눈을 깜빡여 다시 봐도, 남자였다. 스타일에 엄청 신경을 쓴 듯 남자는 자신의 옷매무시를 연신 매만지면서 승현에게 다가왔다.

"부르셨어요? 실장님. 어머, 이 아가씨가 그 아가씨인가요?"

말을 하다 말고 연서에게 시선을 돌린 남자가 손가락으로 그녀를 가리키며 물었다. 승현이 고개를 끄덕이며 대답해 줬다.

"이 친구가 실무디자인 경력만 6년 차니까 아주 초보는 아니에요. 이하정 팀장님이 안 계실 동안 손 과장님이 많이 가르쳐 주세요."

"그럼요. 믿으셔도 돼요."

승현은 앉아 있는 연서에게 남자를 따라 나가라고 눈짓했다. 사인한 계약서를 한 번 더 훑어본 뒤에 실장실을 나가면서 아직까지 셔츠를 가지고 오지 않은 남자를 찾아볼 생각에 여기저기 기웃거렸지만 보이지 않았다.

"자, 여기가 디자인팀 사무실이고요. 바로 옆 작업실에 마네킹이랑 잡스러운 게 보이죠? 근데, 아가씨. 나이가 얼마야?"

연서를 이끌고 사무실을 소개시켜 주던 남자가 문득 친절히 반말로 물어 오자 연서는 얼른 대답했다.

"서른입니다."

"서른이면 쥐띠?"

"아니요. 소띠예요."

"쥐띠인 줄 알고 좋아했더니."

입술을 실룩거리면서 실망스런 기색인 남자에게 연서는 궁금해서 물어보았다.

"쥐띠가 왜요?"

"쥐띠생들이 손이 재고 눈치가 빠르잖아."

별걸로 다. 연서는 슬며시 웃음이 나와서 말했다.

"소띠라 좀 느리지만 대신 부지런하게 잘할 수 있습니다."

"그래? 믿어 보지 뭐."

마치 여자처럼 턱을 한껏 쳐들었다가 그는 다시 말을 했다.

"난 서른다섯 원숭이띠야. 자기보다 다섯 살이 많으니까 반말해도 괜찮지?"

"네. 괜찮아요. 편하신 대로 하셔도 돼요."

"꼭 이렇게 자기 입으로 괜찮다고 하곤 뒤에 가서 무식하고 예의 없는 상사라고 씹는 사람들이 있더라고."

남자의 말에 연서는 황망히 고개를 저어 보였다.

"아닌데요. 안 그래요."

"그럼 앞으로 잘 지내 보자. 내 이름은 손정훈이야. 아가씨는 이름이 뭐야?"

이름은 남자답게 멀쩡한데 하는 행동마다 왜 이렇게 여성스럽고 귀여울까? 연서는 신기한 시선으로 그를 바라보다가 대답했다.

"전 강연서라고 합니다. 잘 부탁드릴게요."

"그래. 난 디자인팀을 총 관리하는 과장이야. 따로 또 이하정이라고 팀장이 있긴 한데, 걔가 좀 싸가지가 없어."

난데없는 얘기에 연서가 눈을 크게 뜨자 손 과장이 계속해서 말했다.

"아유. 금방 겁먹는 것 좀 봐. 괜찮아. 걔는 지금 집에 있어."

손 과장은 말을 하며 사무실을 빙그르르 돌았다. 그 모습이 꼭 마치 가볍게 날아오르는 나비와도 같았다.

"출산휴가 받고 쉬는 중이거든. 안 그래도 일손이 딸려 죽겠는데 휴가를 반년 넘게 쓰고 있다? 염치도 없지. 그래서 자길 급하게 구한 거야."

"그럼 제가 그분의 대타인 거예요?"

"얘기 못 들었어? 민 실장님이 아무 얘기도 안 해 줬어?"

연서는 도리머리를 해 보이면서 걱정스레 물었다.

"그분이 휴가 끝나서 회사에 나오면 저는 잘리는 거예요?"

"안 잘리는 방법이 있지."

갑자기 남자가 연서 가까이에 다가오더니 그녀의 귓가에 속닥였다.

"줄을 잘 서야 돼."

부담스러워서 한 발 뒤로 물러서자 남자는 다시 도도한 표정을 짓고는 말을 한다.

"자긴 내 말만 들어. 그럼 내가 그 여우 같은 이 팀장을 잘라 버리고 말겠어."

뭐가 뭔지 모를 얘기를 이해 못 해 난색을 표했더니 신이 나서 뭔가를 더 얘기하려던 남자가 문득 그녀의 블라우스를 보고는 이마를 찌푸렸다.

"아니, 근데 이게 뭐야. 자기, 누구랑 싸웠어? 어느 년한테 커피 벼락을 맞고 온 거야? 옷 꼴이 이게 뭐냐고. 무슨 디자이너가 패션이 이래? 나처럼은 못 꾸며도 최소한 깔끔하게는 입어야지……."

남자의 잔소리는 쉽게 끝나지 않을 듯했다. 그 뒤로 한 시간도 더 넘는 시간 동안 남자는 업무와는 관련이 없는 쓸데없고 시시콜콜한 수다를 떨었다. 그 속에서 가치 있는 정보를 찾아내느라 연서는 애써 정신을 가다듬어야 했다.

요상한 면접이 끝나고 로아의류를 나오면서 연서는 짤막한 한숨을 쉬었다. 바람둥이 유부남 상사를 피해서 이곳에 왔더니 여자보다 더 여성스러운 남자 상사가 있다.

고개를 들고 물끄러미 하늘을 올려다봤다. 구름이 낮게 드리운 하늘에서 난데없이 빗방울이 후드득 떨어지자 연서는 다시 걸음을 옮겼다.

"비가 오면 생각나는 그 사람, 언제나 말이 없던 그 사람……."

비 올 때마다 엄마와 함께 김치전에 막걸리를 마시면서 자주 불렀던 노래를 습관처럼 흥얼거리며 우산도 없이 걸어갔다. 그런 그녀의 뒤에서 빵빵하는 클랙슨 소리가 나 슬쩍 옆으로 비키니 차한 대가 스르륵 미끄러져 온다. 차창이 내려지면서 익숙한 얼굴이보였다.

"면접은 잘 봤어?"

뜻밖에 나타난 인물에 연서는 대답 대신 웃으며 고개를 끄덕였다. 승현은 조수석에서 뭔가를 집어 들어 그녀에게 건네주었다.

"어디 화장실 같은 데 들어가서 갈아입어."

"아, 이건……."

"김 팀장이 가져다준 거야."

승현이 건네주는 블라우스를 받으며 연서는 다시 고개를 끄덕였다. 아까 커피를 쏟은 남자가 마케팅팀의 팀장이라고 했지. 차가곧 앞으로 미끄러지며 승현은 작별 인사를 했다.

"다음 주부터 회사에서 보자."

연서가 대답할 새도 없이 차는 어느새 그녀의 시야에서 멀어졌다. 손에 들고 있던 블라우스에 시선을 주며 그녀가 중얼거렸다.

"어쩐지 예전이랑 좀 달라진 것 같아. 인상이, 차갑다."

한 주가 지나고 연서는 로아의류에 첫 출근을 했다. 지난번 면접때처럼 이상한 소리만 잔뜩 하면 어쩌나 걱정했던 것과 달리 손 과장은 그녀한테 성실하게 회사 내부의 업무에 대해 교육을 했다.

그가 던져 준 로아의 자료와 두꺼운 화보집을 책상에 가져다

놓으며 겨우 한숨을 돌렸을 땐 벌써 점심시간이 훌쩍 지나 있었다.

첫날이라 그런지 팀 내의 디자이너들은 그녀에게 서먹하게 대했고 친해지려고 먼저 다가가고 싶으나 손 과장이 남긴 폭탄 업무 때문에 그럴 여유조차 없었다. 연서는 그냥 혼자 식당에 가서 부랴부랴 밥을 먹고 돌아왔다.

오후 내내 화장실에 갈 시간조차 없이 로아의 패션 컨셉을 익혀가고 디자인 방향에 대해 살펴보는 동안 손 과장은 옆에서 쉴 새 없이 그녀에게 잔소리를 했다.

"이번 주까지 로아의 의상흐름에 대해 파악해야 해. 다음 주부턴 겨울신상 작업에 들어가야 되거든. 오늘부터 철야를 해서라도 한 주 내에 이걸 다 봐."

"네. 그렇게 할게요."

연서는 바쁜 와중에 대답을 하고 계속해서 일을 했다. 그녀가 책상에 쌓아 놓은 자료 더미가 하나씩 줄어들수록 사무실 밖은 해가 조금씩 기울어졌다.

퇴근 시간이 돼도 연서는 여전히 두꺼운 자료에서 시선을 떼질 못했다. 그런 그녀의 책상 앞에 그림자가 드리워지더니 남자의 목소리가 들린다.

"어때요? 좀 많죠?"

볼펜으로 컨셉의 포인트를 체크하던 연서가 고개를 들었다. 어느새 왔는지 승현이 그녀를 내려다보며 묻고 있었다. 그에게서 처음 듣는 존댓말에 연서는 살짝 어색한 감이 없지 않았지만 얼른 대답했다.

"보는 데 시간은 꽤 걸릴 것 같아요. 손 과장님이 이번 주까지 시간을 줬으니 그때까진 다 익히겠습니다."

"그래요. 너무 무리하지 말고 늦지 않게 들어가요."

승현은 그 말을 하고는 사무실을 나갔다. 중학교 동창과 같은 회사에서 일을 하고, 그는 그녀의 상사다. 그 생각에 기분이 묘해지는 걸 느끼며 연서는 고개를 들어 주위를 둘러보았다.

사무실엔 일이 남은 직원 몇 명이 남아서 업무를 마감하고 있었다. 엄마한테 늦어질 거라고 문자를 넣고는 연서는 다시 자료에 머리를 파묻었다.

전쟁과도 같은 시간이 지났다. 연서는 매일같이 제일 일찍 사무실에 나와 맨 마지막에 퇴근하는 사람이 되었고 그 시간 동안 손 과장이 준 과제를 하나씩 완성해 갔다.

오후에 있을 겨울신상 디자인 시안 회의를 앞두고 연서는 잠시라도 바깥바람을 쐬고 싶어서 옥상으로 갔다. 정신없이 바쁜 사무실과는 달리 회사 옥상은 한적했고 시원한 바람까지 불어와서 기분이 상쾌해진다.

"여기서 뭐 해요?"

이때 뒤에서 들리는 목소리에 연서는 고개를 돌렸다. 다가오는 남자가 면접 보던 날 그녀의 블라우스에 커피를 엎지른 남자란 걸 알고 연서가 반가운 표정을 지어 보였다.

"그냥 있었어요."

옆에 다가온 진성은 잠시 말이 없다가 물어본다.

"그날은 잘 들어갔어요? 옷 때문에 곤란했을 텐데."

"실장님을 통해서 건네주신 옷은 잘 받았어요."

"직접 드리면서 사과를 하고 싶었는데 옷을 가져다주러 들렀더니 손 과장님이랑 면접 본다고 하시더라고요."

"사과는 지금 하시면 돼요."

짐짓 당돌한 연서의 말에 진성이 슬며시 웃었다. 그러곤 곧 예의 있게 사과를 했다.

"미안해요. 당황했을 텐데, 화 한번 안 내서 더 미안했어요."

"아니에요. 그냥 장난친 건데 진짜 사과하시면 어떡해요?"

연서가 난처한 목소리를 내자 진성은 다시 한 번 웃었다. 여름 같지 않게 그들 사이에 불어오는 바람은 제법 시원했다.

"디자인팀에 새로 들어오신 거죠? 계속 바빠 보여서 따로 말을 붙일 수가 없더라고요."

"지난주가 정신없었죠. 뭐, 이번 주도 신상 작업 들어가면 더 바쁘면 바빴지 한가하진 않을 것 같지만요."

"팀은 다르지만 도울 일이 생기면 말해요. 앞으로 잘해 봐요."

남자가 내미는 손을 잡으면서 연서는 고개를 끄덕였다.

"풀 스커트와 크롭탑은 올여름부터 쭉 사랑받을 스타일로 보고 있고요. 원피스 위에 오버사이즈 코트를 매치한 스타일도 괜찮습니다."

꽤나 널찍한 회의실에선 디자이너들과 마케팅팀이 모여 겨울신상 컨셉을 계속해서 검토하고 있다. 디자이너가 제안하는 방향을 듣던 김진성이 말했다.

"우선은 가을에서 겨울로 넘어가는 간절기 의상으로 원피스만한 게 없네요. 초겨울 의상은 원피스를 메인으로 작업에 들어가는 게 좋을 것 같은데, 실장님의 생각은 어떠세요?"

사람들의 시선을 따라 연서도 회의실 중간에 앉아 있는 승현에게 눈길을 보냈다. 손 과장이 건네주는 시안을 물끄러미 들여다보던 승현이 말을 했다.

"원피스만으로는 한계가 있어요. 쌀쌀한 날씨에 보온 작용을 할 수 있는 여성스러운 니트, 코트도 같이 작업합시다."

"원피스와 니트, 코트까지 디자인을 내오려면 현재의 팀원으론 약간 무리가 될 수도 있는데……."

"이 팀장님의 빈자리에 새로 강연서 씨가 들어왔으니까 일정을 조금 빡빡하게 해서라도 가는 걸로 하죠."

그녀의 이름이 거론되자 연서는 고개를 들었다. 옆에 앉은 손 과장이 자기, 잘할 수 있겠어? 하는 못 미더운 눈빛을 보낸다.

"알겠습니다. 겨울신상 모델은 여전히 송채연 씨가 메인입니까?"

진성이 확인차 물어보자 승현은 잠시 생각하더니 고개를 끄덕였다.

"다음 주부터 디자인팀에선 원피스와 니트, 그리고 코트의 디자인을 작업하고요. 디자이너 한 분당 각 다섯 개의 시안을 준비하는 걸로 합시다."

승현의 그 말을 끝으로 회의가 파했고 다들 각자 일하던 위치로 돌아갔다. 자리에 돌아와 앉은 연서는 책상 위에 마구 어질러진 화보집과 색연필 등을 손이 가는 대로 치우기 시작했다.

의상 종류별로 각 다섯 개의 시안이라면 디자인 열다섯 개를 내야 한다. 시간이 없다. 연서는 대충 치워진 책상 위에 스케치북을 펼치고 연필을 손에 잡았다.

사각사각. 그녀의 손이 바삐 움직이며 하얀 종이 위에 선이 그려지고 모양이 나오기 시작했다. 연서의 머리가 더욱더 스케치북에 파묻어졌다.

디자인 작업실을 지나치다가 진성은 문득 걸음을 멈췄다. 커다란 유리창 가득 햇살이 쏟아지는 작업실 바닥에 앉은 채 일에 열중한 연서가 있었다.

마네킹을 한참 뚫어져라 보다가 무릎 위의 스케치북을 보던 그녀는 뭔가 마음에 안 드는지 북 하고 종이를 뜯어내었다. 그러곤 자리에서 일어나더니 마네킹의 주위를 돌면서 마네킹과 자신의 몸매를 대조해 보는 듯 연신 고개를 갸웃거린다.

곧 바닥의 스케치북을 집어 들어 무릎에 놓고 다시 스케치를 하는 연서다. 빨강, 검정, 파랑의 색연필이 그녀의 세 손가락에 지그재그로 끼워진 채 현란하게 움직이기 시작했다. 그런 연서의 등으로 내리쬐는 햇볕이 뜨겁진 않을까 괜히 걱정되어 진성은 그 자리에서 그녀를 한참 보았다.

패션업계라 그런지 사무실의 여자 직원들은 하나같이 화려하게 꾸미고 다녔으나 그 속에서 연서는 유달리 수수했다. 면접 보던 첫날만 정장이었고 그 후엔 늘 활동하기 편한 셔츠를 고집했다. 일에 열중할 때는 머리칼을 대충 고무줄로 묶고 다니기도 했다. 눈에 띄지 않는 외모와 꾸밈새지만 그런데, 왜인지 모르게 시선이 갔다.

"뭘 그렇게 보시죠?"

이때 들리는 말에 진성은 고개를 돌렸다. 실장실에서 걸어 나오던 민승현이 디자인 작업실의 유리문 앞에 서 있는 그에게 묻는 말이었다.

"지나가다가 봤는데 강연서 씨가 굉장히 열심히 하고 있는 모습에 잠깐 보고 있었어요."

승현은 고개를 돌려 유리문 너머의 연서를 보았다. 그들의 인기척 때문에 고개를 든 연서가 둘을 발견하고는 환하게 웃어 보였다. 따라서 얼굴에 웃음이 걸리는 진성과 달리 승현은 무표정으로 그런 연서를 보다가 말했다.

"열심히 하는 만큼 매출이 따라 줘야 할 텐데요. 겨울신상에 기대를 걸어 봅시다."

크게 감흥 없는 목소리로 말을 한 승현이 진성을 지나쳐 사무실을 나섰다.

✤

겨울신상 시안이 마감될 때쯤 사무실엔 모델로 짐작되는 늘씬한 여자들이 자주 드나들었고 금요일 오후에는 로아의 메인모델인 송채연이 방문했다. 큰 키와 깡마른 몸매의 송채연은 입고 있는 민소매 패턴원피스가 참 잘 어울리는 세련된 이미지였다.

디자이너와 얘기를 나누는 송채연을 보면서 연서는 저 여자는 뭘 먹고 컸기에 저렇게 예쁠까 혼자 생각했다. 얼굴도 조막만 하고 고양이상인 게 유혹적이었지만 무엇보다 몸매가 걸어 다니는 옷걸이라 뭘 걸쳐 놔도 잘 소화할 것 같았다. 그동안 말로만 듣던 메인모델을 직접 보고 나니 작업하던 디자인이 좀 더 방향이 잡히는 느낌이다.

"저 여자, 많이 들어서 알지? 로아의류의 전속모델이자 모델계에서도 프로급이라 몸값이 장난 아니야."

옆에서 손 과장이 말하는 소리에 연서는 고개를 끄덕이며 긍정했다.

"그래 보여요. 전속모델이라면 로아에서 받아 가는 돈도 만만치 않을 텐데, 예쁘고 돈도 잘 벌고, 부럽네요."

그러자 손 과장은 다 알면서 왜 그러냐는 듯이 눈을 찡긋해 주었다.

"아유. 돈도 돈이지만 그보다 더 중요한 게 있지."

궁금한 시선으로 손 과장을 보니 그는 동네 아줌마처럼 입을 모으면서 낮은 목소리로 연서만 알아듣게 속삭였다.

"민 실장님의 여자친구야. 둘이 그렇고 그런 사이란 건 사내에서 알 만한 사람들은 다 아는 사실이야."

색연필을 빙글빙글 돌리던 연서의 손장난이 돌연 멈췄다. 의아한 표정이 되었다가 곧 급속도로 낯빛이 어두워지는 연서의 변화를 눈치 못 챈 손 과장은 혼자 신이 나서 계속 얘길 한다.

"실장님도 모델 부럽지 않은 기럭지에 잘생기고 지금은 능력까지 인정받았잖아. 로아의 차기 오너로서 그동안 사내의 불신을 사뿐히 즈려밟아 주신……."

연서는 듣다 말고 자리에서 벌떡 일어났다. 작업하던 디자인을 그대로 둔 채 사무실을 빠져나가는 그녀의 뒷모습에 손 과장이 소리쳤다.

"야야! 어디 가? 기지배가 얌전히 있다 말고 갑자기 화장실엘 가나?"

수다를 떨 상대가 필요했던 손 과장은 연서가 갑자기 홀쩍 자리를 비키자 괜히 그녀가 작업하던 스케치북을 멀뚱하니 바라봤다.

"디자인도 꼭 지 컨셉이네. 좀 우아한 옷 없나? 입사 첫 주에 전부 익히라고 했던 로아의 스타일은 하나도 안 보이고, 그동안 놀았구먼. 놀았어."

스케치북을 넘기면서 중얼거리는 손 과장의 옆에서 힐 소리가 들려왔다.

"안녕하세요. 과장님. 잘 지내셨어요?"

우아한 목소리로 말을 건넨 것은 로아의 메인모델, 송채연이었다.

"나야 잘 지냈지. 자긴 어째 볼 때마다 더 예뻐진다. 비결이 뭐야? 응?"

손 과장이 진심으로 시샘하듯 말하자 채연은 즐겁게 웃었다. 노란색 반팔 티에 멜빵 반바지를 입은 손 과장을 눈으로 훑으며 채연이 말한다.

"볼 때마다 멋있으세요. 손 과장님의 패션센스는 아무도 못 따라가요. 그 비결은 뭐예요?"

"안 가르쳐 줘. 예쁜 것들은 대충 입고 다녀도 돼."

샐쭉해서 대꾸하는 손 과장을 보며 깔깔 웃던 송채연은 책상 위의 디자인 시안들을 발견하고는 물었다.

"어? 컨셉이 바뀐 건가요? 이런 활동적인 스타일은 로아에서 처음 보는데."

"이건 아냐. 신경 쓰지 마."

손 과장이 연서의 스케치북을 책상 안 서랍에 구기듯 넣어 버리자 채연은 어깨를 으쓱했다.

"이 팀장님이 쉬시느라 겨울신상 디자인은 제대로 나올지 걱정이네요."

"걱정 마. 민 실장님이 어련히 잘 알아서 디자인 뽑으시겠지. 근데 간만에 들렀으니 저녁엔 실장님이랑 데이트해?"

"글쎄요……?"

채연이 말끝을 흐리며 웃으니 손 과장은 눈을 흘기며 쏘아붙였다.

"좋을 때야. 누군 모태솔로 35년짼데."

"실장님은 계세요? 아님 나가셨어요?"

"아까 마케팅팀이랑 회의하시고는 따로 나간 거 같지 않은데. 한번 들어가 봐."

고개를 끄덕이고 송채연은 작업실을 나와 실장실로 걸어갔다. 방금 전까지 웃으며 대화를 나누고 즐거운 척을 했지만 실장실에 가까이 다가갈수록 그녀의 얼굴은 점점 어두워졌다. 문 앞에서 노크하려고 몇 번 손을 올렸다가 채연은 그만 한숨을 푹 쉬었다.

지금 들어가면 어떤 말들이 그녀를 기다릴지 채연은 잘 안다. 뭐든 아쉬운 게 없는 성격의 민승현이 그녀를 어떻게 대할지 모르는 것도 아니다. 한참을 망설이다가 결국 채연은 노크하려던 손을 내리고 몸을 돌렸다.

더운 바람이 몸에 감겨 오는 불쾌한 기운에 연서는 괜히 무기력한 표정을 지었다. 양손을 맞잡았다가 다시 엄지손가락끼리 엉키면서 장난도 쳐 봤다가 끊임없이 움직이는 제 손을 바라보았다.

뭐에 그리 놀랐을까? 어차피 민승현은 그녀하고는 상관없는 사람이었다. 예전부터 그녀 혼자만 관심이 있었던 거지. 그 사람한테 여태 여자도 없었을 거라고 생각했던 자신이 답답했다.

'민 실장님의 여자친구야. 둘이 그렇고 그런 사이란 건 사내에서 알 만한 사람들은 다 아는 사실이야.'

손 과장의 말이 자꾸 생각나 기분이 울적해지려고 하자 연서는 단념하려는 듯 머리를 흔들었다.

"볼 때마다 옥상에 계시네요. 여길 많이 좋아하시나 봐요."

이때 들려오는 진성의 목소리에 연서가 나지막하게 대답했다.

"먼저 내려갈게요. 죄송해요."

그 말만 하고 급하게 옥상을 내려가는 연서의 뒷모습을 진성이 약간 당황한 표정으로 바라봤다. 그녀의 목소리에 어쩐지 물기가 묻어 있는 것 같아서 괜히 걱정이 들었지만 이미 연서는 내려간 뒤였다.

곧 열린 겨울신상 디자인 검토 회의에서 연서가 작업한 열다섯 개의 시안은 전부 만족스러운 답을 듣지 못했다. 여태 로아의류만의 기본 틀에서 벗어나 여성스러운 오피스룩보다는 활동적인 캐주얼이 대부분이었기 때문이다.

그녀의 디자인을 두고 회의에선 찬반논쟁이 벌어졌다. 참신하다는 의견도 있었지만 로아만의 고유한 스타일과 맞지 않아서 반응을 기대하기는 어렵다는 게 대부분이었다. 마케팅팀의 의견을 들으며 고민하던 승현이 입을 열었다.

"백화점은 기존 스타일대로 가고요. 강연서 씨가 작업한 디자인들은 우선 온라인으로 방향을 잡읍시다. 전 강연서 씨의 디자인이 나쁘다고 생각되지 않습니다. 오히려 로아에게 새로운 기회가 될 수도 있겠네요."

지금까지 로아의류는 30~40대 직장 여성을 주 타깃으로 여성스러운 오피스룩만을 고집한 터라 이에 조금 더 다양성을 부여할 디자이너가 부족했다. 마침 들어온 강연서는 어쩌면 로아의 모자란 부분을 채워 줄 최적의 인물일지도 모른다. 승현은 왜인지 몰라도 그런 확신이 생겼다. 그는 강연서의 디자인들도 함께 샘플 작업할 것을 지시했다.

잠시 후에 손 과장으로부터 회의의 결론을 전해 들은 연서는 작게 고개를 끄덕였다. 로아에 들어와서 첫 프로젝트부터 만족스러운 결과를 기대하는 건 욕심이었고 자기 자만에 불과했다.

이미 로아의류의 밥을 몇 년씩 먹고 성장한 쟁쟁한 디자이너들 사이에서 그녀의 디자인은 딱히 뾰족하게 시선을 끌 만한 것이 없었다. 그래서 차별성을 두려고 일부러 다른 디자이너들이 손을 안 대는 스타일로 작업했다. 그러나 시선을 끄는 데는 성공했을지 모르나 막상 로아 임원들의 반응은 뜨뜻미지근했다.

그 후로 연서는 더욱 일에 매달렸다. 장소 불문하고 아이디어가 떠오르면 노트에 간단하게라도 시안을 그려 메모해 뒀고 구내식당에서 밥을 기다리는 동안에도, 엄마의 가게를 돕는 동안에도 늘 주변 사람들의 패션을 관찰하는 데 집중했다. 밥 먹고 잠을 자고 그 외의 시간은 거의 대부분을 스케치북과 실랑이를 하는 연서를 정 씨는 못내 안쓰러워했다.

"새로 들어간 회사가 일 빡세게 시켜? 요새 아주 반쪽이 다 됐네."

연서는 콘티를 짜다 말고 그저 조용히 웃었다. 그런 그녀의 책상에 얼음을 둥둥 띄운 콜라 한 잔을 가져다주며 정 씨가 말을 했다.

"시원하게 한 잔 마시고 해. 요즘은 여자도 능력이 있어야 되는 세상이니까 엄만 열심히 하는 우리 딸이 자랑스럽기만 하네."

긴 세월을 모녀가 단둘이 의지하면서 살다 보니 그들에겐 돈을 벌 수 있는 능력이 곧 생계를 위한 수단이었다. 그래서 본인의 일에는 누구보다 악착같이 매달릴 수밖에 없었다.

그렇게 회사와 집, 가게를 오가며 바쁜 일상을 보내는 와중에도 연서는 문득문득 승현의 그녀가 떠올라 우울해졌다. 회사에서 승현과 부딪치는 게 때때로 힘들기도 했다.

연서는 최대한 승현을 피해서 다녔다. 부득이하게 업무 때문에 마주 봐야 하는 상황에서도 용건만 주고받고는 바로 자리로 돌아와 버렸다.

다른 여자의 남자를 욕심낸다는 건 그녀가 정해 놓은 도덕기준치에서 벗어날뿐더러 자존심도 허락하지 않았다.

아무도 몰랐던 그녀만의 두근거리는 비밀, 한 번도 세상 밖에 꺼내 놓지 않은 그 마음을 이제는 아무도 모르게 접어야 한다는 사실이 약간 슬프긴 했지만 달리 방법이 없었다. 그렇게 연서는 승현을 잊기 위한 혼자만의 노력을 거듭했다.

뚜벅뚜벅. 구둣발 소리가 한적한 지하를 크게 울렸다. 차에서 막 내린 승현은 엘리베이터로 다가가며 생각에 골몰했다. 연서의 디자인이 들어갈 온라인 매장은 기존 계획보다 다섯 군데를 더 계약했다. 기대처럼 실제매출이 잘 나와야 할 텐데.

"근데 이상하단 말이야."

엘리베이터 문이 열리자 안으로 들어서며 승현이 혼잣말로 중얼거렸다. 왜 그런지 모르겠지만 요즘의 연서는 굉장히 딱딱했다. 입사 초반에는 회사에서 마주치면 자기가 먼저 방긋방긋 웃고 조용한 성격임에도 독특하게 분위기가 밝았는데 요샌 축 처져 있었다.

　업무적으로 얘기를 나눌 때도 꼭 필요한 대화만 하는 게 다여서 승현이 먼저 의도적으로 말을 붙여 봤지만 그녀는 계속 묵묵할 뿐이다. 동창이기 때문일까, 은근히 신경이 쓰인다.

　그가 탄 엘리베이터가 1층에 도착해 문이 스르르 열린다. 엘리베이터를 기다리고 있던 여자는 그와 시선이 마주치자 당황스럽게 고개를 돌렸다. 그녀의 생각을 하고 있었더니, 마침 보게 됐군. 승현이 천천히 팔짱을 끼면서 연서에게 안 타냐고 눈짓했다.

　망설이다가 엘리베이터에 오른 연서는 여전히 아무 말이 없다. 작은 공간에 단둘이 있으면 어색해서라도 뭐라고 말을 붙일 텐데 연서는 그저 손가락으로 부자연스럽게 장난을 칠 뿐이다.

　"서운한 거라도 있어요?"

　기다리다 못한 승현이 먼저 묻자 연서는 고개를 들었다. 단정한 그녀의 표정은 예나 다름없어 보였지만 승현은 왜인지 마음에 들지 않았다.

　"요즘 좀 이상해서요. 필요한 업무 외엔 절대 부딪치지 않으려 하고 얘기도 별로 없고 저랑 마주치면 방금처럼 시선을 피해 버리고 말입니다."

　"제가요?"

　"네. 강연서 씨가요."

　직설적으로 추궁하자 연서는 대답을 못 했다.

　"연서 씨가 작업한 겨울신상 디자인이 백화점이 아닌 온라인 매장으로 간 거 때문이라면……."

　"서운한 거 없어요. 그런 걸로 서운해지면 회사 생활 못 하죠."

　승현의 말을 끊고 대답한 연서는 다시 말을 이었다.

"겨울신상 디자인에 대한 회사의 결정에 저는 아무 이견이 없습니다. 그리고 전 원래 말이 별로 없어요. 업무 말고 따로 사적인 얘기를 하는 데 익숙하지 않고 그런 데에 재주도 없고요."

"그렇군요. 제가 생각이 많았네요."

그녀와는 그냥 직원보다는 조금 더 가까운 사이라고 생각했다. 중학교 시절을 같이 보낸 동창인지라 우연히 만난 그녀에게 단지 전공이 부합된다는 것만으로 선뜻이 스카우트 제의를 했다.

또 그런 그를 믿고 들어온 그녀이기에 보통의 직원보다는 조금 더 신경을 써서 챙겨 주려고 했다. 물론 그가 굳이 일일이 챙기지 않아도 그녀는 자기 일은 알아서 성실하게 하는 타입이었지만 말이다.

어쩌면 그는 괜한 노파심으로 그녀에게 신경 썼는지 모른다. 그녀는 본인의 일에 관해선 상상 이상으로 잘하고 있는 중이었기 때문이다. 요새 그를 대하는 태도는 분명 뭔가 달라져 있지만 그에 관해 왜 그러냐고 계속 캐묻는 것도 웃기는 일이었다.

엘리베이터가 마침 17층에 도착하자 연서는 먼저 나갔다. 그녀가 나가는 모습을 보고 있던 승현은 문이 닫히기 직전에 엘리베이터를 빠져나왔다.

❖

요란한 음악 소리와 함께 T자형 스테이지 위에서는 늘씬한 모델들이 워킹 연습에 한창이었다. 겨울신상 패션쇼의 리허설이 진행된 지 벌써 며칠째다.

손 과장이 모델군단을 일괄 지휘해서 워킹을 점검하는 동안 연서를 비롯한 여러 디자이너들은 무대 아래에서 그들의 작품을 체크했다. 신상발표회가 이번 주로 스케줄이 잡힌지라 오늘은 아침부터 지금까지 리허설이 계속되고 있었다.

같은 시각, 구석진 곳에선 승현이 리허설을 지켜보며 고민에 잠겼다. 백화점같이 고가의 매장만 뚫어서는 경쟁에 밀리기 십상이라는 건 오래전부터 든 생각이었다.

온라인의 매출을 무시할 수가 없다는 판단에 승현은 올해부터는 로아의 브랜드를 온라인 매장으로 확장하여 그에 맞는 디자인을 뽑으려고 꽤나 구체적으로 계획했다. 그리고 그 디자인을 만들어낼 주인공은 새로 들어온 강연서가 제격이었다.

우선 연서는 로아의 디자이너들 중에서 나이가 제일 젊고 작업하는 스타일이 젊은 세대를 겨냥하고 있어서 20대와 30대 초반 고객들의 인기를 얻을 가능성이 보였다.

처음엔 단지 우연의 일치로 의상디자인과를 나온 연서에게 스카우트 제안을 했을 뿐이었는데 그녀가 이력서와 함께 보내온 작품은 승현에게 일말의 기대를 주었다. 그리고 그 기대는 겨울신상 디자인 시안이 나오고 나서 희망으로 커져 갔다.

이런저런 생각을 하면서 승현의 시선이 자연스레 강연서에게 향했다. 언제 보나 열심인 연서는 오늘도 모델의 의상을 점검하고 그에 맞게 가방과 구두, 머플러 등을 매치하느라 바쁘다.

그런 그녀의 곁에는 언젠지 모르게 늘 김진성이 따라붙어 있었다. 둘은 간간이 대화를 나누거나 웃음을 주고받으며 바쁘게 움직였다.

둘이 언제 저렇게 친해졌지? 새삼스러운 의문에 잠겼던 승현은 시선을 돌려 무대 위를 올려다보았다. 길쭉길쭉하게 잘빠진 모델들의 틈에서 유달리 빛이 나는 송채연은 프로답게 워킹에 집중하고 있다. 표정 없이 그녀를 바라보다가 승현은 자리에서 일어났다.

"음악 다시요! 자, 처음부터 갑니다. 1라운드는 송채연 씨를 메인으로, 총 스물여덟 벌의 의상으로 가요."

손 과장이 모델들에게 한 번 더 걸을 것을 요구하자 조명과 음악이 다시 작동한다. 연서는 준비된 의상을 재빨리 챙겨서 무대 뒤로 들어가 그녀의 의상을 입게 될 모델을 찾았다.

이리저리 둘러보다가 거울 앞에서 화장을 고치는 채연을 발견한 연서는 바로 시선을 돌렸다. 송채연은 그녀의 작품 주인공이 아니었다.

온갖 잡다한 의상들로 가득한 바닥을 조심스레 디디다가 갑자기 아아! 하는 비명에 고개를 돌렸다. 그리고 그 순간 어깨를 강타하는 통증을 느낀 연서는 바닥에 주저앉았다.

여자의 비명 소리에 밖으로 나가려던 승현이 고개를 돌렸다. 뜻밖의 상황으로 의상을 갈아입던 모델들이 놀란 건 물론 밖의 스태프들도 무슨 일인지 확인하기 위해 연이어 들어왔다.

바닥엔 송채연과 연서가 각기 넘어져 있었고 의자 옆에 주저앉아 있는 채연과 달리 연서는 육중한 마네킹에 깔려서 얼굴을 찡그리고 있었다.

"어떻게 된 거예요?"

스태프 중 하나가 묻자 울상을 짓던 채연이 대답했다.

"일어서다가 의자에 힐이 걸리는 바람에 넘어졌어요."

발목이 삔 건지 채연은 일어설 생각을 안 했다. 어느새 들어온 승현이 그런 채연에게 곧장 다가갔다.

"괜찮아요? 걸을 수 있겠어요?"

승현을 올려다보던 채연이 작게 고개를 흔들었다.

"죄송합니다. 실장님."

승현이 허리를 굽혀 그녀를 부축하자 채연은 그의 팔에 의지한 채 발목을 약간 절면서 의상실을 나갔다. 그때까지 넘어져 있는 연서는 방치되어 아무도 그녀에게 관심을 가져 주지 않았다. 혼자서 몸을 짓누른 마네킹을 치우려고 끙끙대는데 뒤이어 들어온 진성이 급히 연서에게 다가갔다.

"어쩌다가 넘어졌어요?"

연서는 자기도 넘어진 이유를 몰랐다. 그런 그녀를 보고 있던 다른 모델이 대신 대답해 준다.

"채연 씨가 넘어지면서 옆의 마네킹을 건드린 바람에 연서 씨가 지나가다가 봉변을 당한 거예요."

"아니, 그런 거면 얼른 일어나게 도와줘야죠. 사람이 넘어졌는데 다들 뭐 하고 있는 겁니까?"

진성이 주변을 향해 버럭 화를 내자 모델들은 서로 눈치를 보며 어깨를 으쓱했다. 곧 진성은 허리를 굽혀 연서를 도와 마네킹을 치웠다. 그와 동시에 연서는 눈물이 왈칵 치밀어 올라 흑 하고 흐느끼고 말았다. 민승현은 넘어져 있는 그녀를 발견조차 못 했던 걸까……?

"왜 울어요? 많이 아파요?"

갑작스런 연서의 눈물에 당황한 진성은 고개를 기울이며 물었다. 연서가 그렇다고 마구 머리를 끄덕인다.

"아파요. 아프네요. 굉장히 많이 아파요."

아픈 것보다 더 많이 서러워서 눈물이 났다. 똑같이 넘어진 건데 승현은 그녀에게 관심의 눈길 한 번 돌려 주지 않고 송채연만 챙겨 떠나 버렸다.

그의 시선 안에는 그녀가 아닌 송채연만 있을 테니까. 어쩌면 너무 당연한 결과에 연서는 쓸데없는 기대를 한 자신이 바보 같아서 견딜 수가 없었다.

"일어나요. 어디 심하게 다친 건지 가까운 병원으로 가 봅시다."

계속되는 진성의 걱정스러운 말에 연서는 눈물을 꾹꾹 삼켰다.

"병원까지 갈 정도는 아니에요."

"이렇게 울 정도로 아픈데 당연히 병원에 가야죠."

"팀장님은 내 마음 몰라요."

괜히 민망해서 고개를 돌려 버린 연서를 보다가 진성이 피식 웃었다.

"왜 웃어요?"

"귀여워서요."

"네?"

또 무슨 농담을 하는 걸까. 그를 쳐다보는 연서에게 진성은 따뜻한 미소를 지어 보였다.

"넘어져서 울고 있는 연서 씨가 애 같다는 생각이 들잖아요. 얼마나 아프면 울까, 하고 생각했어요."

연서는 뚱한 표정으로 가만히 있다가 픽 웃어 버렸다. 그러면서 지금 옆에서 걱정스런 눈빛으로 그녈 보는 진성이 승현이었으면 얼마나 좋을까 하는 생각을 했다.

안 하려고 해도 자연스레 그런 기대를 하는 게 바보 같지만 그게 가장 솔직한 그녀의 바람인 건 연서 스스로도 어떻게 할 수가 없었다.

패션쇼장을 나와서 승현이 채연을 데리고 간 곳은 다름 아닌 사무실이었다. 처음엔 그의 차에 앉은 채 어디로 갈지 궁금해하던 채연은 그가 사무실 쪽으로 방향을 잡자 괜히 긴장이 됐다. 드디어 올 것이 왔는지 모른다.

차가 사무실에 도착할 때까지 승현은 말 한마디 없이 묵묵히 운전을 했고 채연은 끊임없이 그의 눈치만 살폈다. 승현이 가는 길에 손 과장에게 전화해서 송채연은 일이 생겨 자릴 비우니 남은 모델끼리 리허설을 차질 없이 진행하라고만 전했다.

"계약 종료할 때가 됐네요. 송채연 씨."

그리고 사무실에 들어서자 승현은 얇은 서류봉투를 넘겨주며 말했다.

"오빠······."

채연이 당황한 목소리로 그를 불렀지만 승현은 개의치 않고 말을 이었다.

"그동안 로아의류를 위해서 많이 고생하셨고 송채연 씨로 인해 회사 측에서도 긍정적인 효과를 봤습니다. 긴말할 필요는 없겠죠? 송채연 씨가 계약기간 동안 수고하셨다는 건 잊지 않겠습니다. 이제 기간이 만료됐으니 인연은 여기까지라고 생각하는 게 좋겠네요."

"이용할 만큼 다 이용했다는 건가요? 민 실장님."

그녀의 무기력한 눈동자를 바라보다가 승현이 잘 모르겠다는 듯 웃었다.

"이용이라니요? 송채연 씨가 로아를 위해서 일해 주시는 동안 저희는 그에 상응한 보수를 지불했었고 채연 씨도 로아를 통해서 많이 성장했다는 건 본인도 잘 아실 거라고 생각합니다만, 어떤 면에서 이용이라고 느끼셨는지?"

그녀가 생각했던 것보다 승현은 훨씬 더 치밀하게 채연을 밀어내고 있었다. 로아에서도, 승현의 옆자리에서도 그녀가 서 있을 공간은 더 이상 한 발짝도 내어 주지 않았다. 물론 그녀의 잘못이 크긴 했지만 승현은 그들의 감정을 잘라내는 데 있어서 예상보다 훨씬 더 깔끔하고 냉정했다.

"잘못했어. 내가 다."

드디어 채연은 해야 했지만 계속 미루고 있던 말을 내뱉고 말았다. 고개를 숙인 채연을 보던 승현이 그녀의 맞은편에 앉으며 물었다.

"뭘 잘못했는데?"

"오빠 대신 그 사람을 만났던 거."

"그래? 잘못한 걸 알면 얘기가 쉽잖아."

채연이 머리를 들었다. 그녀의 얼굴로 흘러내리는 눈물을 감정 없이 바라보며 승현은 다시 말을 했다.

"난 솔직히 다행이라고 생각해. 더 깊은 사이가 되기 전에 너의 바람기를 알게 돼서."

"바람 아니야."

"그럼 뭐지?"

승현이 그녀의 가까이로 왔다. 그의 얼굴이 바로 코앞까지 다가오자 채연은 고개를 돌려 버렸다.

"넌 나와 사귀는 중에 딴 놈과 연락하고 빈번히 만났으며, 그놈의 차에 앉아 다니고 그리고, 호텔까지 갔어. 이게 바람이 아니면 뭘까? 로맨슨가?"

흘러내리는 눈물을 급하게 훔쳐 냈지만 채연은 대답을 하지 못했다. 그런 그녀를 보니 승현은 무심코 짜증이 밀려왔다.

송채연은 예쁘다. 그리고 몸매도 좋다. 모든 남자들이 여자를 보는 눈은 다 똑같다. 그래서 그에게 적극적으로 대시를 해 오는 그녀를 거절하지 않았다.

채연은 승현에게 있어서 그의 손목을 더 근사하게 꾸며 줄 명품 시계였고, 그를 어느 누구에게도 꿀리지 않게 할 값비싼 정장과도 같았다. 한마디로 외부에 과시하고 싶은 존재였다. 그런데, 그녀는 배신했다. 보란 듯이. 그 기분이 얼마나 더러운지 겪어 보지 못한 사람은 모른다.

물론 그는 보통의 남자들처럼 채연을 열렬히 사랑하거나 잘해 주지 못했다. 명색이 연인이었지만 그는 언제나 바빴고 둘은 얼굴조차 제대로 볼 수 없었다.

사사건건 그를 못 미더워하는 아버지의 인정을 받으려고 일에만 미친 듯이 매달린 승현은 민 대표의 생각보다 훨씬 더 빠른 시간 내에 업무를 장악했다.

그러나 그가 모든 열정을 로아에 투자한 만큼 지인들과 보내야 할 시간은 줄어들었다. 연인인 송채연은 아주 가끔 사무실에서 얼굴이나 마주치는 게 고작이었고 친구들과 한 달에 한 번 만나는 것도 오래도록 계획해서 만날 정도였다.

그는 금숟가락을 물고 태어난 운 좋은 놈일 뿐이란 통속적인 소리가 듣기 싫었다. 그러기 위해선 그 누구보다 열심히 일해야 했다. 로아의 차기 오너 자리가 세습제여서 그에게 떨어진 게 아니라 그의 능력으로 차지한 거란 걸 보여 주고 싶었다.

그렇게 그가 본인의 욕심으로 바쁠수록 채연은 그의 옆에서 지쳐 갔다. 그걸 알면서도 별다른 생각 없이 그녀를 방치해 둔 그의 책임도 있었다. 그건 인정할 수밖에 없다.

그래도 그는 그녀와 교제하는 동안 다른 여자는 생각하지 않았고 배신은 더더욱 하지 않았다. 따뜻하게 사랑해 주진 못해도 적어도 그녀와의 의리는 지켰다. 그게 지금 승현이 가장 그녀를 용서할 수 없는 이유이기도 했다.

"그래. 나, 그 사람이랑 연락하고 영화 보고 데이트했어."

"그리고 둘이 잤잖아."

그 말을 하는 승현의 표정은 분노라기보다는 경멸에 가까웠다. 그런 그를 보면서 채연은 이제 둘의 사이는 완전히 끝났다고 체념할 수밖에 없었다.

어쩌면 그가 아닌 다른 남자에게 잠시 기대는 그 순간부터 승현에겐 다시 돌아갈 수가 없었던 것일지도 모른다. 채연은 이제 와서 그 사실을 더욱 분명히 깨달았을 뿐이다.

"그래, 맞아. 그 사람이랑 갈 데까지 갔어. 내가 오빠를 두고 다른 남자랑 바람을 피운 나쁜 년이고 용서받지 못할 짓을 한 거 맞아."

그래서 할 말이 뭐냐는 뜻으로 승현이 그녀를 보자 채연은 앞에 놓인 봉투를 가져다가 가방에 넣고는 말을 이었다.

"하지만 오빠는 모를 거야. 어쩌면 지금 이 순간까지도."

계속되는 채연의 눈물이 보기 싫었지만 승현은 아무 말 하지 않았다.

"난 오빠의 옆에서 단 한 번도 사랑받는다는 느낌을 갖지 못했어. 나는 그저 오빠의 허전한 옆자리를 채워 줄 인형이었거나 마음만 먹으면 언제든지 갈아탈 수 있는 스포츠카였을 뿐이지 사랑하는 여자는 아니었어. 그게 얼마나 외롭고 비참한지…… 오빠는 아마 모를 거야."

승현이 대답 없이 물끄러미 채연을 응시했다.

"왜냐면 오빠는 사랑을 받는 것에만 익숙하고 줄 여유가 없는 사람이니까. 게다가 그 사랑을 어떻게 하는지는 알려고 하지 않는, 이기적인 남자니까."

소파에서 일어나 문을 열려던 채연은 그 자리에 잠시 멈춰 서서 마지막 말을 했다.

"나도 나쁜 년이었지만 오빠 역시 나쁜 놈이었어. 다음에 오빠가 진짜 사랑하는 사람을 만나면 내 말이 무슨 뜻인지 알게 될 거야."

문이 닫히고 실내에는 정적이 찾아왔다. 채연이 나가고 없는 빈 공간에서 승현은 한참을 가만히 앉아 있었다.

진짜 사랑하는 사람…… 어떤 사람? 알 수 없었다. 그동안 여자에는 별로 관심 없이 어쩌다 기분 내킬 때만 만나는 게 다였던 승현은 진짜 사랑하는 사람한테 어떤 기분이 드는지, 그리고 어떻게 그 사랑을 주는지 당연히 알질 못했다.

그는 그냥 본인에게 어울릴 법한 여자를 만나면 다 되는 줄 알았다. 그런데 그게 틀렸다는 걸 오늘 알았다.

갑자기 급속도로 피곤해지는 걸 느끼자 승현은 자리에서 일어나 책상에 다가가 앉았다. 일이나 하자. 일만큼 공평한 건 없다. 적어도 일이란 건 그가 열심히 한 만큼 수익을 가져다주니까.

패션쇼 리허설이 끝나 가게로 향했을 때는 가게도 하루 장사를 마감할 시간이었다. 아까 넘어져서 불편한 발목 때문에 이마를 살짝 찡그리며 연서는 엄마를 불렀다.

"엄마. 밖에 비 와."

주방에서 그릇들을 쌓아 놓은 채 설거지를 하던 정 씨는 딸의 목소리에 반색을 하며 뛰어나왔다.

"우리 딸, 은혜롭게도 비를 몰고 왔네. 한잔할까?"

눈을 찡긋하는 정 씨를 보며 못 말린다는 듯 연서가 웃었다.

"그래. 한잔합시다. 쓸쓸한 과부의 설움은 이 노처녀가 잘 알지요."

"오케이! 안주는?"

"우리의 18번으로 가요."

정 씨가 신바람이 나서 앞치마에 손을 닦으며 주방으로 들어가자 연서는 손님이 없는 가게의 중간 테이블에 앉았다. 젓가락과 잔들을 챙기는데 곧 정 씨와 아주머니가 테이블로 다가왔다. 금방 부친 김치전이 뜨끈한 김을 모락모락 피우면서 식욕을 자극한다. 막걸리 한 병을 기세 좋게 흔든 정 씨는 앞에 앉은 두 사람에게 각각 따라 줬다.

"비가 오면 생각나는 그 사람, 언제나 말이 없던 그 사람……."

정 씨가 습관처럼 흥얼흥얼 노래를 부르자 아주머니도 연신 젓가락으로 장단을 맞춘다. 그런 둘을 보면서 연서는 하루의 피곤이 말끔히 사라지는 것 같아 즐겁게 웃었다.

"너무 좋다. 셋이 이러고 있으니까 천국이 따로 없네. 연서야. 우리 셋이 평생 이렇게 재미있게 살자."

"전 결혼할 건데요."

연서가 짐짓 정색해서 말을 하면 아주머니는 다 쓸데없다고 손사래를 쳤다.

"네가 아직 결혼을 못 해 봐서 모르나 본데, 그거 별로 안 좋다? 남자야 공짜로 밥해 주고 애 키워 주고 잠자리까지 해 주는 여자가 생기니 결혼을 마다할 이유가 없겠지만 요샌 여자 혼자서도 얼마나 멋지게 사는 세상이냐? 그냥 너만 능력이 있으면 혼자가 최고여."

아주머니의 말이 끝나기 무섭게 정 씨는 투박한 손바닥으로 그녀의 등을 아프지 않게 후려쳤다.

"아니, 이 여자가 지금 누구 귀한 딸 혼삿길 막으려고 작정했어? 우리 연서는 좋은 남자 만나서 결혼할 거니까 그딴 소린 하지도 마."

둘의 얘기를 들으며 연서는 슬며시 웃었다. 친구 선경이도 꼭 방금 전의 아주머니처럼 얘길 했었다.

'결혼이 좋은 거 같지? 피도 안 섞인 생판 남남이 부부란 이름으로 한 지붕 아래서 묶여 산다는 게, 얼마나 피곤한 일들 천지이고 맞춰 가야 할 게 많은지 모를 거야.'

그래도 그게 다 결혼을 해 본 사람들의 배부른 투정 같고 또는 행복한 비명 같아서 연서는 그때마다 결혼이 더 하고 싶었다.

어릴 때부터 아빠의 빈자리를 유난히 느껴서인지 연서는 온전한 가족이란 게 어떤 건지 궁금했고 가끔은 티격태격 사랑싸움을 하더라도 사랑하는 남자와 따뜻한 가족을 만들어 가는 게 꿈이었다.

어떤 남자를 만나서 언제쯤 결혼을 할지 궁금하지만 아직은 알 수 없는 미래에 그녀는 단지 설레는 기대를 걸 수밖에 없었다.

가게 안에선 정 씨와 아주머니가 주고받는 걸쭉한 얘기들이 계속 들려온다. 창문을 두들기는 빗줄기를 보며 연서는 그러나, 지금

이대로라도 충분히 행복하다는 생각을 했다.

아빠가 없이 엄마와 둘뿐인 가족이지만 그래도 이렇게 비 오는 날 그녀를 따뜻하게 품어 줄 수 있는 집이 있고 그녀가 온 열정을 다해서 즐길 수 있는 일이 있고 누군가를 오랫동안 담아 둘 수 있었던 뜨거운 가슴이 있다.

지금처럼 이렇게 평범하게 물 흐르듯 시간이 지나도 여전히 행복할 수 있다. 연서는 막걸리 몇 잔에도 금방 취기가 오르는 자신의 볼을 감싸며 살그머니 웃었다.

2장. 희망고문

　겨울신상 발표회는 예정대로 열렸고 그 뒤를 이은 패션쇼 역시 성공적으로 마무리가 되었다. 여전히 로아만이 가지고 있는 고품격의 독특하고 세련된 디자인에 업계에선 찬사가 쏟아졌고 향후 시장의 반응에 큰 기대를 걸었다.

　"들었어? 송채연이 로아와 계약을 끝낸대."

　그리고 얼마 뒤 여기저기서 새어 나오는 골목 소식들. 곧 민승현은 관련 업계의 기자회견에서 메인모델 송채연과 로아의 결별을 정식으로 발표했고 차기 메인모델은 봄 신상 시즌부터 새롭게 얼굴을 드러낼 것이라고 밝혔다.

　공식 입증된 그 소식에 취재진은 물론 그동안 지속적으로 로아 의류의 협찬을 받아 왔던 다수의 연예인마저 의아함을 드러냈다. 송채연은 패션모델 데뷔를 한 지 얼마 안 돼 로아에서 발 빠르게 낚아채 간 모델계의 유망주였고 벌써 햇수로 5년을 큰 불화 없이 잘해 왔기 때문이다.

그럼에도 로아에서 특별한 사건 없이 한창 주가를 올리는 메인 모델을 바꾼다는 건 누가 들어도 아이러니했지만 로아의류의 실질적 관리자인 민승현의 표정은 단호했다. 최근 짧은 시간 사이에 능력을 인정받은 젊은 경영자에게선 어딘가 여유마저 엿보였다.

옆자리에서 그의 발표를 들으며 가타부타 부정을 하지 않는 송채연도 그녀가 로아를 떠난다는 진실에 무게를 실어 줬다. 로아와의 결별에 어떠한 이유도 들지 않은 채 송채연은 로아에서의 마지막 역할을 최선을 다해서 끝낼 것이라고 담담히 얘기할 뿐이었다.

"그게 말이야, 사실은 둘이 헤어졌대. 그래서 송채연이 잘린 거지."

곧 채연과 승현을 둘러싼 루머가 돌기 시작했다. 이미 알 만한 사람들은 대충 알고 있는 그들의 사이가 이번 로아와의 결별에 특별한 의미를 부여했고 둘이 헤어졌다는 추측성 메시지가 여기저기서 떠돌았다.

물론 그건 전부 다 할 일 없는 사람들의 뒷담에 불과했을 뿐 민승현이나 송채연은 공식적으로 얘길 꺼내서 진실을 밝혀 주진 않았다.

그러나 근거 없는 소문이란 건 없듯이 루머는 곧 사실로 거론되기 시작했고 그 속에서 승현은 슬슬 날카로워졌다. 그에겐 채연과 헤어진 뒤의 감정이나 미련보다는 자신을 둘러싼 소문의 잔상에 유독 짜증이 났다. 그러나 그것도 자신이 감당해야 할 몫이란 걸 알기에 어쩔 수 없이 소문들을 모른 척하며 하루하루를 지냈다.

태양이 지글거리는 한여름의 널찍한 정원엔 나무가 울창하니 잎을 피우고 매미가 기승을 부리며 울어 댄다.

주말의 여유로운 오후, 차를 즐기고 있던 민 대표와 그의 부인인 한 여사는 들려오는 자동차 소리에 고갤 돌렸다. 얼마 안 지나 주차를 끝낸 승현이 들어서는 걸 보곤 민 대표가 그를 불렀다.

"이리 와 앉아 봐."

승현은 민 대표를 발견하고 느릿느릿 걸어왔다.

"아들. 뭐 마실래? 냉커피 가져오라고 할까?"

그의 어머니인 한 여사가 다가와 앉는 승현에게 다정히 물어보자 그는 대답 대신 민 대표에게 물었다.

"왜 불렀어요?"

"송채연과는 어찌 된 거냐?"

다짜고짜 본론을 거론한 민 대표를 보며 승현은 아무런 감흥 없이 대답했다.

"계약이 끝난 거죠."

"내 말은, 회사가 아니라 너랑 어찌 된 거냐고 묻는 거야. 헤어졌어?"

승현이 지루한 표정을 짓고는 침묵을 지켰다. 그런 아들 녀석을 한참 들여다보던 민 대표가 혀를 쯧 찼다.

"오래 못 갈 줄은 알았다만. 헤어진 이유가 뭐야?"

"아버지도 대충 아시지 않습니까?"

약간 짜증이 난 승현의 어투에 민 대표는 다시 한 번 혀를 찼다.

"사내놈이 자존심이 있지, 여자 뒷조사는 왜 해?"

"뒷조사하지 않아도 귀에 들어오는 소문이었어요. 난 그 여자를 뒷조사할 만큼 한가하지 않고 그런 데에 흥미도 없고요."

"네가 얼마나 매력 없이 굴었기에 결혼도 안 했는데 벌써 바람이 났어?"

"다 끝난 일인데 그만하시죠, 대표님."

승현이 말끝에 날을 세웠지만 민 대표는 기어이 한술 더 떴다.

"한심해서 그런다, 이놈아. 여잘 보는 눈이 거기까지밖에 안 돼?"

"아유. 그만 좀 해요. 부자지간이 이렇게 사이가 안 좋아서 어째요? 아들. 그만 올라가."

한 여사의 말에 승현은 기다렸다는 듯이 자리에서 벌떡 일어났다. 안으로 들어가는 녀석의 뒷모습을 사납게 노려보다가 민 대표는 차 대신 냉수를 벌컥벌컥 들이마셨다.

그나저나 아들의 쓸데없는 연애사만 물어보고 정작 중요한 사항인 회사의 메인모델 교체에 대해선 물어보지 못했다. 뭐, 알아서 잘하겠지 하는 마음으로 민 대표는 스스로를 다독거렸다.

이렇게 가끔 의미 없는 여자문제나 터뜨리기는 하지만 여태 업무에 관해선 별달리 속 썩이는 일이 없이 상상 이상으로 잘해 왔던 녀석이었기 때문이다. 그랬기에 그도 기세 좋게 울어 대는 매미 소리나 들으며 이렇듯 한가로운 여름을 보내고 있지 않은가.

둘도 아니고 하나밖에 없는 외동자식이고 자길 빼닮은 아들이라 말은 다정하게 못 해도 누구보다 아껴 온 녀석이었다. 몇 년이 더 흘러 자연스레 승현에게 로아를 마음 편하게 물려주고는 즐거운 노후를 만끽할 설렘에 민 대표는 금세 기분이 좋아졌다.

"그래서 남자가 빡 돌았지. 안 그렇겠어? 자기 애인이 바람을 피우는데 당연히 열 받잖아."

"그다음엔? 둘이 헤어졌다는 거야, 뭐야?"

"당연하지! 그 때문에 둘 사이가 좋나고 여자는 회사에서 잘린 거야!"

"응응. 그래서 이제 민 실장님은 혼자가 된 거야?"

"쉿. 특정인물명은 지목 금지."

연서는 스케치북 위에서 움직이던 색연필을 내려놓고 그녀의 맞은편에서 신나게 쑥덕거리는 여자를 바라보았다. 그녀와 동갑내기인 윤경희 디자이너는 가만 보면 어디서 그런 소문들을 캐고 다니는지 궁금할 정도로 요즘 가장 열을 올리며 채연과 승현의 일을 떠들었다.

언제부턴가 민승현의 사생활은 회사 내부에서 공공연하게 사람들의 입방아에 올랐고 점심시간의 심심풀이 껌처럼 이 사람 저 사람이 돌려 가며 씹고 있었다. 오다가다 들은 그들의 얘기 속에서 연서는 민승현과 송채연이 헤어졌다는 사실을 알게 됐다.

둘이 헤어진 건 의외였으나 연서는 이렇게 시도 때도 없이 계속되는 소문 속에서 승현이 힘들까 봐 걱정이 됐다. 물론 그녀의 걱정은 부질없는 것이라는 듯 승현은 늘 아무렇지 않은 말끔한 표정으로 평소와 다름이 없어 보였지만 말이다.

"아무튼 이제 그 남자는 다시 싱글이란 말이잖아. 아우, 너무 잘됐다. 이제 우리에게도 기회가 생기는 거야?"

"꿈 깨. 네 스펙을 보고 말하시든지."

"흥. 내가 어때서? 넌 남자친구 있으니까 너나 우리 실장님한테 딴생각 품지 마."

"지지배야. 특정인물명은 금지라고 했잖아!"

계속되는 그들의 얘기를 들으면서 연서는 스케치북 대신 노트에 한 자 한 자 정성 들여 글자를 써 보았다. 중학교 때 매일같이 일기장에 적어 보던 그 이름을 마치 그림을 그리듯이 한 자씩 소중하게 그려 갔다.

민. 승. 현.

"안녕하세요?"

문득 들리는 익숙한 목소리에 수다를 떨던 여자들의 목소리가 조용해졌다. 연서는 글자를 쓰다 말고 후다닥 노트를 책상 아래에 숨겼다. 어느새 들어왔는지 민승현은 디자인팀의 사무실 입구에서 그들을 향해 인사를 건넸다. 그의 갑작스런 등장에 모두 당황한 표정으로 서둘러 자리에 앉았다.

"다들 점심 식사는 맛있게 잘 하셨는지요?"

한술 더 떠 승현이 물어 오자 제일 열심히 뒷담화를 나누던 윤경희가 열렬히 고개를 끄덕인다. 스윽 둘러보던 승현의 시선이 어딘가에 멎었다. 여전히 책상 아래에 노트를 숨기고 있느라 불편한 자세의 강연서를 보며 승현의 눈매가 가늘어진다.

"강연서 씨는 맛있게 드셨어요?"

"아…… 네. 먹고 왔습니다. 실장님."

연서는 손에 말아 쥔 노트에 땀이 차는 걸 느끼면서 괜히 긴장하여 시선을 피했다. 그런 그녀의 모습을 잠시 더 지켜보던 승현이 몸을 돌려 갔다.

그제야 사무실 여기저기선 안도의 숨이 토해져 나온다. 오늘 운 좋게도 수다에 동참하지 않은 손 과장은 혼자 혀를 쯧쯧 차며 불쌍한 영혼들을 위로하기 시작했다.

"그러니까 내가 뭐라고 했어? 실장님이 들어오는 시간은 잘 파악해서 떠들어야지, 지지배들이 영 시간개념이 없어. 앞으론 조심해."

"네. 과장님."

"빨리 일들 해. 실컷 뒷담 깠으니까 이제부터 입 다 꿰매 버리고 일만 해."

여기저기서 느린 대답이 들리고 연서는 꾸깃꾸깃해진 노트를 약간 힘주어서 폈다. 그러고는 노트에 적힌 이름을 한참 동안 가만히 들여다보기만 했다. 민승현과 송채연은 헤어졌다. 그는 이제 특정된 누군가의 남자가 아니다.

다가가고 싶다. 용기 내어 그녀의 마음을 꺼내 보이고 싶다. 그 생각이 연서의 머릿속에서 맴돌다가 조금씩 가슴으로 스며들었다.

⬦

"딸. 요새 화장품이 늘었다?"

30분째 연서의 곁에서 화장하는 그녀를 유심히 지켜보던 엄마가 건넨 말이었다. 연서는 마스카라를 올리다 말고 대답 대신 웃었다. 정 씨는 이때다 싶어서 그녀의 옆에 바짝 붙어 앉으며 묻는다.

"예전엔 비비마저 귀찮아서 스킨로션만으로 용감무쌍하게 다니던 우리 딸이 요새 왜 이렇게 풀 메이크업에 정성을 들일까?"

"무슨 대답을 듣고 싶은 거야?"

그녀의 얼굴을 요리조리 뜯어보며 답을 찾으려는 엄마의 부담스러운 시선에 연서는 거울 앞에서 물러났다. 그러나 정 씨는 그런 그녀의 뒤를 끈질기게 쫓으면서 물었다.

"남자 생겼지? 연애하지? 우리 딸, 좋아하는 남자가 있지?"

"아우. 아니야. 혼자 넘겨짚지 마."

현관에서 신발을 골라 신으며 연서가 아니라고 정색을 했지만 정 씨는 여전히 의심스러운 시선을 거두지 않았다.

"이래 봬도 엄마가 장사만 몇 십 년을 했던 사람이야. 딱 보면 척인데. 말해 봐. 누구야? 어떤 남자야? 사귀고 있어? 진도는 어디까지 나간 거야?"

구두에 발을 구겨 넣으면서 연서가 어이없게 웃어 버렸다.

"그만해. 사귀는 사람도 없는데 진도는 무슨."

"아니, 애가 멀쩡하게 생겨선 왜 아직까지 남자친구가 없어?"

"그런 데 관심 없어. 엄만 알면서."

"지금 관심 있고 없고 할 때가 아니잖아. 네가 아직 20댄 줄 알아? 네 나이가 벌써 서른인데 아직도 남자가 없으면 언제 결혼을 하고 자식 낳고 살겠어?"

"됐어. 잔소리 그만해. 나 회사 다녀올게."

정 씨가 뭐라고 하며 더 붙잡았지만 연서는 잽싸게 현관문을 열고 밖으로 나왔다. 뒤에선 엄마의 잔소리가 계속 들려왔고 그것엔 신경 쓸 새가 없이 연서는 자주 입지 않았던 원피스의 핏이 어정쩡하지 않는지 살펴봤다.

항상 활동하기 편한 티셔츠와 바지만 입어 온 터라 치마를 입은 모습이 자기가 봐도 낯설었다. 다시 갈아입을까 갈등이 됐지만 결국 연서는 그냥 입기로 하고 회사로 향했다.

로비로 들어가면서 1층 편의점에 시선을 돌린 연서는 무슨 생각이 들었는지 그리로 걸음을 옮겼다. 마시는 비타민을 하나 사면서 승현을 생각하곤 살며시 웃었다.

가끔 실장실에 들를 때 보면 승현의 책상엔 비타민이 꼭 한두 개씩 놓여 있을 정도로 그는 커피나 다른 음료수보다는 이걸 즐겨 마시곤 했었다. 그래서 남자임에도 피부가 그렇게 좋은 건가? 어뗳게 관리를 하는지 매끈매끈하게 빛나는 승현의 얼굴을 떠올리며 연서는 회사로 올라갔다.

팀 주간회의를 마칠 때까지 승현은 나오지 않았다. 금방 청소를 끝낸 실장실은 환기 때문에 창문과 사무실 문을 활짝 열어 놓고 있었다.

연서는 자리에 앉아서 업무를 시작하는 사람들의 눈치를 보다가 조심스레 일어났다. 콧구멍이 간질간질해서 계속 쿵쿵거리던 손 과장이 연서가 자리에서 일어나 사무실을 나가자 한번 고갤 돌려 봤을 뿐이다.

망설이다가 실장실로 들어간 연서는 손에 꼭 쥐고 있던 비타민을 조심히 책상 위에 올려놨다. 그러곤 누가 볼세라 후다닥 몸을 돌려 실장실을 나왔다. 무슨 나쁜 일이라도 한 사람마냥 뒤도 돌아보지 않은 채 디자인팀 사무실까지 돌아왔더니 숨이 찬다. 그런 연서를 보던 손 과장이 지나가는 말로 물었다.

"왜? 실장님 들어오셨어?"

"아, 아뇨."

뜬금없이 물어 오는 손 과장에게 연서가 마구 고개를 저어 보이자 그는 뚱한 표정을 지었다.

"근데 거긴 왜 갔어?"

"그냥…… 전달할 보고서 같은 게 있어서요."

"보고서? 그게 뭔데?"

손 과장은 그다지 궁금하지 않은 듯 건성으로 물으며 화보집을 번져 보았다. 연서도 더 이상 대답을 하지 않고 노트북을 부팅시켰다. 까만 모니터에 그녀의 상기된 얼굴이 비치다가 곧 화면이 밝아진다.

그리고 늦은 오후가 되어서야 승현은 회사에 나타났다. 직원들의 인사를 받으며 곧장 사무실로 들어가는 그의 뒷모습을 지켜보다가 그가 문을 닫아 버리자 연서는 시무룩해졌다. 그녀가 놓아둔 비타민은 발견했을까? 단지 그게 궁금했다.

"모델 건은 걱정하지 않아도 된다고 얘기했을 텐데요. 이 바닥에 널린 게 패션모델인데 송채연이 없으면 로아가 문이라도 닫는답니까?"

목을 꽉 조이는 넥타이가 답답해서 한 손으로 끌러 내리던 승현은 전화를 끊지 않는 민 대표 때문에 약간 짜증이 났다.

— 로아의 이미지와 어울리는 모델 찾기가 쉬운 줄 알아? 내가 송채연을 데려올 때 계약금으로 얼마를 퍼부었는지 아냐고?

"대표님."

승현이 뜬금없이 대표라고 존칭해 오자 민 대표는 전화 저쪽에서 가만히 있었다. 그때를 기다린 듯 승현이 말했다.

"저더러 모든 걸 알아서 관리하라고, 대표님이 얘기하셨습니다. 그러니까 믿고 기다려 보세요."

전화를 끊은 핸드폰을 책상에 던지고 승현은 의자에 몸을 깊숙이 파묻었다. 습관처럼 손을 뻗어 책상 위를 더듬거리니 자연스럽게 손에 잡히는 비타민. 승현은 비타민의 뚜껑을 따고는 꿀꺽꿀꺽 마셨다.

겨울 분기별 신상은 백화점보다 온라인 매장에 우선 판매될 예정이다. 강연서가 디자인한 의상 열다섯 벌을 제대로 소화시킬 모델과는 지금 한창 얘기가 잘 되고 있다.

차기 메인모델은 봄 신상 시즌부터 정식 투입하려고 했지만 온라인 매장 때문에 몇 개월 앞당겨 계약하게 됐다. 높아질 대로 높아진 송채연의 몸값보다 훨씬 싸게 데려와서 더 좋은 이윤을 낼 수도 있는 장사다.

기대에 찬 그와는 달리 민 대표는 메인모델 교체 때문에 걱정이 이만저만이 아닌 듯했다. 어제와 오늘 연속적으로 그를 닦달하는 통에 승현은 골치가 아파서 머리마저 지끈지끈했다.

다 마신 비타민을 쓰레기통에 버리려다 말고 승현이 문득 생각했다. 이게 어디서 나온 거지? 사다 놓은 건 어제 다 먹었던 것 같은데……. 아닌가? 마지막 하나가 남았던가? 아, 이젠 별게 다 헷갈린다. 승현은 눈썹을 찡그리다가 손을 뻗어 인터폰을 연결했다.

"디자인팀의 강연서 씨, 들어오라고 해 주세요."

손 과장과 함께 시안을 들여다보며 의견을 나누던 연서는 갑작스런 실장실의 호출에 어리둥절한 표정을 지었다.

"자기가 말한 대로 숄더 부분에 패드를 넣으면 처짐이 없긴 하지. 일단 실장님한테 가 봐. 다녀와서 다시 얘기하자."

손 과장의 말에 연서가 고개를 끄덕이곤 일어났다. 실장실로 다가가 노크하면서 무슨 일로 그녀를 불렀는지 궁금해졌다.

"들어오세요."

안에서 승현의 대답이 들리자 문을 열고 들어갔다. 자료를 출력하고 있던 승현은 들어서는 연서를 보더니 웃었다. 잘 웃지 않던 남자가 뜬금없이 미소를 보이자 왠지 낯설다.

"웬일로 치마를 입었어요?"

방금 웃음의 의미가 그녀의 치마 때문임을 알게 되자 좋은 뜻인지 비웃는 건지 갈팡질팡해진다. 연서는 괜히 원피스의 끝자락을 손으로 매만지면서 대답을 못 했다.

"앉아요."

연서가 소파에 앉았다. 승현은 출력한 자료를 가지고 그녀의 앞에 다가갔다.

"지난번에 연서 씨가 디자인한 겨울신상은 다른 의상보다 2주 빨리 시장에 나오게 될 거예요. 그리고 판매처도 다르고요."

승현의 말을 들으며 연서는 프린트된 온라인 유통 기획서를 들여다보았다. 로아 브랜드의 쇼핑몰과 홈쇼핑의 대체적인 방향이 적혀 있는 기획서는 디자인만 만지고 있는 연서에겐 어려운 내용이었다. 그런 그녀의 표정을 보고 승현이 설명을 곁들였다.

"쇼핑몰과 홈쇼핑에서 판매될 강연서 씨의 의상이 반응이 좋으면 로아의 이름 아래 작은 브랜드를 다시 만들게 될 겁니다. 그리고 그 브랜드에선 강연서 씨를 단독 디자이너로 쓸 계획입니다."

"단독 디자이너요? 제가 가능할까요?"

"중성적인 컨셉이나 활동적인 의상에 재능이 보였어요. 로아는 그런 스타일이 부족했고요."

승현은 꽤나 여유로운 목소리로 다시 말했다.

"물론 매출이 좋아야 합니다. 샘플이 나오면 한 번 더 보면서 디자인을 변경하고 싶거나 추가할 사항이 있는지 확인한 후 말씀 주시고요. 또 하나."

"네."

"브랜드가 오픈하는 대로 바로 판매가 이뤄지게끔 지금부터 작업을 준비합시다. 디자인 시안이 최소 30개가 필요합니다. 시안이 나오면 그중에서 선택하여 판매 준비를 진행할 계획입니다."

"30개라면…… 언제까지 드려야 되죠?"

"빠르면 빠를수록 좋습니다. 아무리 늦어도 한 달 뒤엔 시안이 완성되어야 합니다."

한 달 사이에 30개라면, 별도로 작업해 둔 시안이 없을 경우 하루에 하나씩 디자인을 뽑아야 한다는 얘기가 된다. 갑작스러운 통보에 연서가 걱정스러운 표정을 하자 승현이 물었다.

"왜요? 어려운가요?"

"아니요. 해 보겠습니다. 최대한 시간을 맞춰 작업해 볼게요."

승현은 그녀의 대답에 만족한다는 듯이 웃었다. 무표정한 얼굴보다 지금처럼 적당히 빈틈이 있는 그의 미소가 좋다. 연서는 덩달아 웃다가 자리에서 일어섰다. 시간이 부족하다는 생각에 얼른 돌아가서 작업하려고 사무실 문을 열다 말고 연서가 다시 고개를 돌렸다.

책상에 돌아가 앉던 승현은 왜냐는 듯 의문의 시선을 던졌다. 그런 그의 책상 위엔 아까 그녀가 놓아둔 비타민이 보이질 않았다. 생긋이 웃음 짓는 그녀를 지켜보다가 승현은 물었다.

"하실 얘기가 있나요?"

"아닙니다. 돌아가 보겠습니다."

연서는 머리를 숙여서 인사를 하곤 실장실을 나왔다. 그는 그녀가 가져다준 비타민을 먹었다. 별거 아니지만 가슴이 설레었다.

그와 매일 얼굴을 보며 같은 공간에서 일을 하고 비록 온통 업무 얘기뿐이지만 그의 시선을 마주 보며 대화를 하고 그에게 음료수 하나라도 남모르게 건넬 수 있다는 게 즐거웠다. 학교 다닐 땐 이런 일은 상상도 못 하고 그저 먼 곳에서 그를 훔쳐보거나 일기장에 그의 이름을 가득 써 보는 게 다인 그녀였기 때문에.

조금씩, 천천히 다가가서 언젠간 그녀의 마음을 자신 있게 꺼내 보이고 싶다. 연서는 다시 한 번 그런 생각을 했다.

"그 사람한테 여자가 생긴 것 같아."

맥주를 연거푸 세 잔을 마신 선경이 힘 빠진 목소리로 중얼거린 말이었다. 연서는 깜짝 놀라 맞은편의 친구를 바라보았다. 로아에 들어가고 새로운 업무와 환경에 적응하느라 요새 자주 만날 수 없었던 선경에게서 방금 흘러나온 말은 그야말로 폭탄발언이었다.

"그게 무슨 소리야? 확실해?"

"응. 확실해."

"그동안 무슨 일이 있었어?"

선경은 구체적인 얘기는 더 이상 하지 않았지만 표정이 더없이 쓸쓸하고 처량했다. 그런 그녀를 걱정스레 보다가 연서는 다시 물어보았다.

"그래서, 어떻게 할 거야?"

"어떻게 할까? 나도 모르겠어. 지금은 배신감과 분노로 밥도 못 먹고 잠도 못 자며. 자존감이 바닥을 쳐서 아무런 생각도 나질 않아."

선경의 시선이 흐려지며 눈물이 투두둑 쏟아진다. 연서는 뭐라고 위로를 건네야 할지 모른 채 울고 있는 선경을 보면서 괴로운 한숨을 쉬었다.

선경의 결혼 생활은 행복하지 못했다. 남편의 잦은 술자리와 빚 문제, 시댁과의 갈등 등 총체적 난국이었지만 선경은 네 살짜리 아들을 위해 이혼만은 참고 또 참았다. 그러나 이제는 마지막 방선이었던 여자문제까지 터지자 선경도 더 이상은 버티기에 한계가 온 듯싶었다.

어쩌면 선경은 최후의 결정을 앞두고 있는지도 몰랐다. 그녀가 그동안 얼마나 힘겹게 지탱해 온 가정이었는지 옆에서 지켜봐 왔던 연서로서는 조금만 더 참으라는 말을 이제는 할 수가 없었다.

"준우는 어떡할 거야?"

4살배기 아이의 이름을 꺼내자 참았던 눈물이 쏟아지는지 그녀는 테이블에 머리를 파묻었다. 울고 있는 친구에게 형식적인 위로조차 해 주지 못하고 연서는 슬그머니 잔을 들어서 남은 맥주를 마셨다.

"넌 꼭 널 좋아하는 남자랑 결혼해. 나처럼 여자가 좋다고 매달려서 결혼하면 반드시 내 꼴 나니까."

선경은 헤어지면서 사뭇 의미 깊은 말을 남겼다. 돌아오는 내내 그녀의 말을 곱씹으며 연서는 생각에 잠겼다. 그녀라고 지금까지 연애를 못 해 본 건 아니다. 중학교 때부터 승현에게 관심이 있었지만 그와는 마치 이뤄질 수 없는 인연과도 같아서 민승현에게만 비현실적으로 목을 맸던 건 아니었다.

그녀가 좋다고 다가오는 남자들과 좋은 사이가 되려고 진지하게 만났던 시절도 있었다. 그런데 꼭 시간이 조금 흘렀다 싶으면 그들은 더 깊은 관계를 요구했다. 결혼을 약속하면서 섹스를 하길 원했지만 남자들의 흩어지는 바람 같은 약속에 자신의 모든 걸 내어 줄 만큼 연서는 그 남자들을 좋아하지 못했다.

그러면서 서로가 자연스레 멀어졌고 그러다 보니 제 짝을 찾지 못한 채 지금까지 혼자로 남았다. 나이를 한 살씩 먹어 가면서 점점 그런 만남들이 부담되기 시작했고 다시 누군가를 만나 그녀를 보여 주고 그 사람을 알아 간다는 게 힘들었다.

만약 그녀가 좋아하는 남자라면 서로를 알아 가는 과정마저 행복하겠지? 이런 생각이 들 때마다 연서는 어김없이 승현을 떠올리게 된다. 민승현은 그녀에게 개미 눈곱만큼도 관심이 없는 남자란 걸 알지만.

연서는 국밥집에 도착해선 짤막한 한숨을 쉬었다. 뿌연 가로등의 불빛이 마치 그녀의 마음과도 같았다.

❖

"이거, 기대 이상인데요? 연서 씨. 한턱 쏘셔야겠네요."

점심시간에 디자인팀 사무실에 들른 진성은 연서에게 매출현황을 보여 주며 농담했다. 그동안 시간은 꽤나 흘러 연서가 만든 의상 열다섯 벌이 품평회 대리상들의 까다로운 입맛을 무사통과한 지도 어느새 한 주가 지났다. 진성이 건네준 매출현황을 살펴보면서 연서가 중얼거렸다.

"전 아무리 봐도 잘 모르겠어요. 학교 다닐 때부터 숫자에 약해서……. 어쨌든 판매가 잘 된 거예요?"

"그럼요. 여기, 지역별 대리상들의 주문량을 보면 연서 씨의 의상이 내내 1위예요. 주문이 폭주한다고 지금 관리팀에서 행복한 비명을 지르는데, 안 들리세요?"

진성의 말에 이어 사무실 여기저기서 직원들이 축하의 인사를 건네자 연서는 즐겁게 웃었다. 그러면서 지난번에 승현이 따로 부탁했던 새로 오픈하게 될 브랜드의 신상 디자인 작업에 더욱 열심히 해야겠다는 생각을 했다. 아직 디자인 열 개를 못 채운 상태라 시간이 부족하다는 생각에 연서는 계속해서 콘티를 짰다.

— 실장님. 메일로 매출내역을 보내긴 했는데 아직 확인 전이시죠? 중간보고차……

전화로 진성의 보고를 들으면서 승현은 능숙하게 지하 주차장으로 꺾어 들어갔다. 로아 전속모델의 화보를 촬영한 스튜디오에서 돌아오는 길인 승현은 휴대폰 저쪽에서 계속 얘기하는 진성에게 말했다.

"지금 주차 중이라 요점만 얘기해 주실래요? 팀장님."

— 아, 운전 중이셨군요. 죄송합니다. 다른 건 아니고 강연서 씨가 만든 의상이 대리상의 주문이 폭주하는 바람에 일시품절이 되었다는 보고와 함께 추가 생산에 관한 지시를 부탁드리려 했던 것입니다. 그럼 올라오시면 자세한 얘기를 드리겠습니다.

진성의 전화를 끊고 승현은 씩 웃었다. 그의 기대대로 연서는 자신의 재능을 제대로 발휘하고 있는 중이었다.

주차하고 사무실에 들어선 승현의 시선은 맨 처음 연서를 찾았다. 언제 봐도 코스모스마냥 수수한 그녀는 요즘 왜 그런지 특별히 예뻐 보인다. 회사에 돈다발을 굴러들어 오게 하는 직원이니 예쁠 수밖에 없다.

언제 한번 밥이라도 사 주며 기를 팍팍 살려 줘서 무궁무진한 아이디어를 생산하게 해야지. 그 생각에 디자인 콘티를 짜느라 여념이 없는 연서를 잠시 더 지켜보다가 승현은 실장실로 들어갔다.

실내에 들어서자마자 그의 시선은 정확히 책상으로 향했다. 오늘도 여전히 책상 위엔 비타민이 있었고 그는 더 이상 헷갈리지 않았다. 이 비타민은 분명 누군가 그의 책상에 하루에 한 개씩 가져다 놓는 것이다. 며칠째 모른 척 누군가 가져다 놓은 비타민을 먹으면서 승현은 새로운 고민에 휩싸였다.

"범인이 누굴까? 설마…… 비타민에 독을 탄 건 아니겠지?"

쓸데없는 소릴 중얼거리면서 승현은 고맙게 비타민을 마셨다.

❖

— 오늘도 늦게 끝나? 우리 딸, 밥은 먹고 일하니?

"응. 지금 김밥 먹고 있으니까 걱정 마. 가게 힘들지?"

핸드폰을 귀와 어깨 사이에 끼운 연서는 삼각 김밥을 우물우물
삼키면서 대답했다. 그녀의 손가락에 끼워진 색연필은 여전히 스
케치북 위에서 부지런히 움직이고 있었다.

— 아냐. 힘든 거 없어. 밥 잘 챙겨 먹으라고 전화했어.

"미안해. 엄마. 이번 주가 피크라서 그래. 시안만 완성되면 덜
바쁠 거야."

전화를 끊고는 계속해서 의상의 핏을 잡고 색을 넣으며 연서는
작업에 열중했다. 본인이 좋아하는 일을 하면서 생계까지 해결되
니 이보다 더 좋은 게 없다. 연서는 디자이너란 직업에 무한한 애
정을 느끼고 옷 하나를 만지더라도 언제나 즐거운 마음으로 최선
을 다했다.

행복한 기분으로 옷을 만들어서 그런지 그녀가 디자인한 의상은
착용감이 편하고 시간이 흘러도 촌스럽지 않다는 평을 들어 왔다.
현시대에서의 패션은 남에게 보여 주기 위한 것이기도 하지만 가
장 중요한 건 옷을 입고 있는 본인이 편해야 한다. 연서는 항상 그
점을 염두에 두고 사이즈에 맞게 디자인을 다듬고 또 다듬었다.

스케치북의 의상이 곱게 색을 드러내고 완성이 되어 갈수록 눈

까풀도 자꾸만 무거워진다. 연서는 몇 번이나 자리에서 일어나 밀려오는 졸음을 쫓았다.

"아, 안 되겠다. 잠깐만 눈 붙여야지."

핸드폰으로 시간을 보다가 15분 뒤로 알람을 맞춰 놓고는 책상에 팔을 모아 그 위에 얼굴을 기대고 눈을 감았다. 연일 밤을 새다시피 작업을 해서 그런지 체력에 한계가 온다.

연서는 쏟아지는 잠을 참지 못하고 눈을 감자마자 곧바로 잠 속으로 빠져들어 갔다. 잠이 든 그녀의 곁에선 책상의 희미한 스탠드와 째깍째깍 돌아가는 시계 초침 소리만이 사무실을 채울 뿐이었다.

새로 계약된 메인모델과 그녀의 매니저와 같이 식사를 끝내고 나온 승현은 시동을 걸다 문득 사무실에 두고 온 자료가 생각났다. 그에게서 로아의류의 온라인 확장 계획을 들을 예정인 민 대표는 방금 전에도 문자로 닦달했었다.

[얼마나 거창한 계획인지 한번 가지고 와 보시든지.]

승현이 혼자서 사내의 크고 작은 일들을 관리한 지도 3년째다. 그동안 로아는 큰 사고 없이 매출도 잘 나오고 있건만 민 대표는 뭐가 불만인지 늘 삐딱한 말투로 그를 들들 볶아 대기 일쑤였다.

민 대표가 그렇게 나올수록 오기가 생긴 승현은 더욱 열심히 일에 매달렸고 그런 그의 노력은 하루가 다르게 치솟는 매출과 오를 대로 오른 로아의 주가로 반영되었다. 어쩌면 민 대표는 승현의 밟을수록 꿈틀거리는 성격을 알고 일부러 못 미더운 척 약을 올리는 건지도 모른다.

"하여튼 늙은 여우가 따로 없다니까."

승현이 혼잣말로 탄식하며 핸들을 돌렸다. 아무래도 사무실에 들러서 자료를 가지고 집에 가야겠다.

차 안의 시계는 벌써 자정을 향해 가고 있었다. 메인모델과의 저녁 식사가 늦게 시작된 데다 지난번에 미처 얘기하지 못했던 추가계약에 대해 설명하느라 시간을 많이 넘겼던 것이다. 시간대가 늦어서 그런지 거리는 한적했고 차가 막히는 고생 없이 회사에 도착했다.

불이 환하게 켜진 복도를 걸어 사무실 문 앞에서 키를 꺼냈는데 문이 열려 있다. 승현은 잠깐 주위를 살펴보다가 들어갔다. 오픈된 데스크를 지나 마케팅팀 사무실을 지나칠 때까지 실내엔 아무도 보이지 않았다. 그리고 실장실과 가까운 디자인팀 사무실을 바라보던 승현의 시선이 한곳에 집중됐다.

희미한 불빛 아래 책상에 엎드려 있는 여자를 발견하고 가까이 다가갔다. 작업하다 말고 잠이 든 건지 스케치북이 그녀의 팔에 깔려 있었고 책상 한쪽엔 먹다 만 삼각 김밥이 보였다. 시간이 이렇게 늦었는데 집에 안 가고 여태 일을 한 건가? 승현은 문득 자신이 몹쓸 상사가 된 기분에 사로잡혔다.

하긴, 한 달에 30개의 시안이라면 장난은 아니지. 디자인이 단순노동도 아니고 아이디어가 떠오르지 않으면 괴로운 작업인데.

솔직히 30개의 디자인을 모두 기대했던 건 아니었다. 30개라고 말하면 그 절반이라도 하겠지 하는 생각이었는데 고지식한 강연서는 정말로 30개 디자인을 내올지도 모른다. 그리고 그러기 위해서 매일 이렇게 늦도록 야근을 했던 건지도 모른다.

5분이 넘게 그 자리에 선 채로 자고 있는 연서를 지켜보던 승현은 결국 조용히 몸을 돌렸다. 실장실 문을 열면서도 연서가 잠에서 깰까 봐 소리 안 나게 조심스레 손잡이를 비틀면서 생각했다. 한 시간만 푹 자게 놔두자.

그러나 실장실에서 기획 자료를 찾고 다시 여러 번 수정을 하면서 한 시간도 넘게 흘러 보냈지만 연서는 깨어날 줄을 몰랐다. 손목을 들어 시계를 보니 새벽 두 시가 가까워지고 있다.

이대로 아침까지 자면 책상에 엎드린 상태라 목 근육에 엄청 무리가 갈 텐데. 승현은 미간을 좁히면서 잠시 고민을 하다가 결국 깨우기로 생각했다.

그녀의 책상 앞으로 다가가 책상을 똑똑 두드렸다. 꽤나 깊게 잠이 든 건지 연서는 움직임이 없었고 조금 세게 두드리자 약간 뒤척일 뿐이다. 승현이 손을 뻗어 그녀의 스케치북을 스윽 잡아당겼다. 그러자 크게 움찔하며 팔로 스케치북을 짓누른 연서가 벌떡 일어났다.

"……실장님?"

자다가 뜬금없이 깼는데 눈앞엔 승현이 서 있자 연서는 자신이 꿈을 꾸고 있나 몽롱한 목소리를 냈다. 흐린 시야 때문에 눈동자를 쉼 없이 깜박이는 그녀에게 승현이 손가락을 두 개 들어 보였다.

"이거, 몇 개?"

"두 개요."

어정쩡하게 대답하는 연서를 보고 피식 웃는 민승현. 아직 상황 파악이 안 된 연서는 주변을 둘러보다가 책상 위의 시계를 확인하고선 낭패스런 표정을 지었다.

15분만 자려고 했는데 두 시간도 넘게 자 버렸다. 미쳤지, 미쳤어. 정신을 차리려고 손바닥으로 얼굴을 툭툭 두들기는데 문득 승현의 손이 다가왔다. 깜짝 놀라서 고개를 들자 그의 손이 그녀의 멋대로 뻗친 머리칼을 정돈해 준다.

"이렇게 머리카락이 뻗치는 줄도 모르고 자면, 야근수당 안 줍니다."

뒤이어 승현이 장난스럽게 말을 했다. 연서는 가슴이 두근거려서 아무 말도 못 한 채 손을 올려 방금 그가 만진 머리칼을 쉴 없이 만지작거리기만 했다. 그런 그녀를 내버려 둔 승현은 몸을 돌려 실장실로 갔다.

그가 자리를 떠나서야 연서는 부랴부랴 거울을 꺼내 들었다. 재빠르게 화장을 고치는데 발걸음 소리가 다시 가까워지더니 승현의 목소리가 들린다.

"갑시다."

"어딜요?"

"집에 안 가요?"

연서는 책상에 어질러진 미완성 시안들을 보면서 머리를 흔들었다.

"전 아직 하던 게 남았는데. 실장님 먼저 들어가세요."

"야근수당 안 준다고 했습니다. 가요, 그만."

"수당 안 받아도 괜찮아요. 수당 받으려고 야근한 것도 아니고요."

"상사가 가자고 하면 그냥 일어나요."

반 명령조의 말에 연서는 고민하다가 결국 승현의 뒤를 따랐다. 손에 든 자료를 들여다보면서 승현은 따라오는 연서에게 물었다.

"뭐 타고 가요?"

"전철이요."

"막차 끊긴 거 아닌가요?"

손목을 들어서 시간을 확인한 연서는 어쩔 수 없다는 표정을 지었다.

"택시 타고 가면 돼요."

엘리베이터를 타고 내려와 밖으로 나온 승현이 차로 다가갔다. 그러곤 거리를 기웃거리며 택시를 찾고 있는 연서를 불렀다.

"바래다줄 테니까 타요."

"괜찮아요. 혼자 갈 수 있어요."

"한 번에 네, 하고 대답하면 어디 덧납니까?"

승현의 그 말에 연서는 어쩔 수 없이 차 옆으로 다가왔다. 뒷좌석에 앉으려고 열리지도 않는 문을 끙끙 잡아당기는 연서를 한참 보다가 승현은 피식 웃었다.

"안 잡아먹으니까 옆에 타요."

화들짝 놀라선 고갤 돌려 보는 그녀가 왜 그런지 귀엽다. 학교 다닐 땐 몰랐다. 그냥 조용해 보이는 강연서가 이렇게나 고집스러운 구석이 있었는지.

"저는 그냥 뒤에 탈게요."

연서가 소심하게 말했지만 승현은 대꾸 없이 조수석 문을 열고는 그녀의 어깨를 지그시 눌러 앉혀 버렸다. 잠시 혼잣말로 어버버거리던 연서는 차 문이 닫히자 포기한 듯 얌전해졌다. 뒤이어 들어온 승현이 시동을 걸고 차가 출발했다.

둘만의 공간, 게다가 바로 옆자리에 승현이 있다는 사실만으로 연서는 긴장이 돼 버린다.

"어디로 가면 돼?"

갑자기 존칭을 빼 버린 승현의 물음에 연서는 잠시 생각을 하다가 엄마의 가게 위치를 알려 주었다.

"2호선 신천역의 새마을시장 쪽으로 가 주시면 돼요."

"거기가 집이야? 거긴 먹자골목으로 알고 있는데."

"집은 아니고 엄마가 일하시는 가게예요."

"엄마가 가게 하셔?"

"네. 국밥집이요."

또박또박 대답하는 연서를 보다가 승현이 또 웃었다. 오늘은 자꾸만 웃음을 보여 주는 승현이지만 연서는 그게 썩 기분이 좋지만은 않다. 왠지 그녀를 놀리는 것 같아 불편해서 슬그머니 손톱으로 가방을 긁어 댔다.

"거기까지만 데려다주면 되는 거야?"

"네. 엄마랑 같이 집에 들어가면 돼요."

"안 불편해?"

"네? 뭐가요?"

승현은 차가 빨간불에 걸리자 고갤 돌려서 말했다.

"회사 나왔어. 편하게 말해."

"아닙니다. 전 이게 편해요."

"말 들어, 인마."

이, 인마래. 연서는 스스럼없이 툭툭 내뱉는 승현의 농담에 그와 굉장히 가까운 사이가 된 것 같은 착각이 들었다.

그러나 그녀는 그처럼 자연스럽게 농담을 건넬 수 없었다. 그냥 그가 묻는 말에 대답을 하는 것마저도 생각을 곱씹으면서 가장 무난하고 책잡히지 않을 단어를 선택하고 있는 그녀로서는 그와 농담을 주고받는 게 왜 그런지 어렵기만 했다.

앉아 있는 거리가 조금이라도 멀거나 전화로 나누는 얘기면 그나마 자연스럽게 말할 텐데. 이렇게 바로 옆에서, 그것도 그녀의 대답을 기다리며 빤히 쳐다보는 건 더욱더 연서를 긴장으로 뻣뻣하게 만들었다.

"그런데 우리도 인연이다. 안 그래?"

연서의 대답을 기다리다 못해 승현은 다시 말했다. 연서는 무슨 말인지 몰라서 의아하게 눈을 접었다.

"중학교를 같이 다니고 십 년 넘게 흘러 다시 만나서 함께 일을 하잖아."

"그런가 봐요."

"존대하지 말라고. 그냥 친구처럼 대해."

"저는 이게 편해요. 실장님."

"제가 안 편해요. 강연서 씨."

승현이 바투 들이대며 말하자 연서는 답답한 표정을 짓다가 결국 고개를 끄덕였다.

"습관이 무섭거든요. 아니, 습관이란 게 무섭거든. 이러다 내일 회사에서 다시 존칭하고 그러면 엄청 헷갈려서."

"적응하면 돼."

승현은 무심한 목소리로 대답하며 음악을 틀었다. 자신과 대화하는 게 재미없어서 음악이라도 들으려는 걸까? 연서는 소심한 걱정을 하면서 귓가에 들려오는 이름 모를 노래를 들었다.

안정적인 보이스를 가진 외국 가수의 애절한 알엔비는 왜 그런지 이 밤에 더없이 로맨틱하게 들렸다. 가방을 가슴에 끌어안은 채 선율에 귀를 기울이다 익숙한 골목이 보이자 연서는 말했다.

"저기 맨 끝의 정가네 국밥집 앞에 세워 주면 돼."

승현이 고개를 기울여 살펴보다가 국밥집 간판을 발견했다.

"시간이 이렇게 늦었는데 아직 장사가 안 끝난 거야?"

"내가 가면 끝나."

"아빠는? 같이 가게 하셔?"

"아니."

연서는 짧게 대답했다. 승현이 차의 속력을 천천히 줄이며 골목으로 조심스레 비집고 들어갔다.

"그럼 아빠가 마중 안 나오셔? 여자 둘이면 이 새벽에 위험할 텐데."

"아빠가…… 마중 나올 수가 없어."

"왜?"

승현이 무심코 물었고 연서는 대답을 하지 않았다. 내릴 준비를 하는 연서를 보며 대답을 기다리자 그녀는 어색한 표정을 지었다.

"돌아가셨거든. 내가 어릴 때."

뜻밖의 대답을 듣고 승현은 가만히 연서를 바라보았다. 연서는 차 문을 열며 말했다.

"태워다 줘서 고마워. 내일 회사에서 보자."

연서가 차에서 내려 손을 흔드는 모습에 승현은 얼결에 고개를 끄덕여 주었다. 괜히 쓸데없는 걸 물었네. 대답을 아낄 때 눈치챘어야 하는데. 방금 연서의 어색했던 표정이 신경 쓰여서 승현은 그녀가 가게 안으로 들어가는 모습을 계속 지켜봤다.

몇 년 전부터 갈등과 대립 속에서 지내 온 민 대표와의 관계지만 그래도 그에게 아버지란 그늘은 든든했고 마음속 깊이에서부터 존경했다. 빈손으로 일궈 낸 로아의류, 신혼살림을 지하 단칸짜리 월세에서 보내며 자수성가한 민 대표는 그래서 자식도 하나만 볼 수밖에 없었다. 어려운 살림에 빚을 내서 사업을 계획하고 넓히느라 하나뿐인 아들놈 승현마저도 벅찼다고 가끔 얘길 했었다.

그런 아버지의 땀과 노력을 아는지라 그 역시 이 몇 년간 로아를 키우기 위해 열심히 일해 왔다. 언젠가는 아버지에게 제대로 된 인정을 받는 것이 그의 바람이기도 했다.

승현에게 아버지가 없다는 건 곧 그가 없다는 걸 의미한다. 그만큼 아버지란 존재는 각별했다. 그건 자식 된 어느 누구에게나 똑같을 텐데 연서는 보통의 상황과는 달랐던 것이다. 어릴 때 아버지가 돌아가셨다는 말이 왜 그런지 한참 동안 승현의 머리에서 맴돈다.

"이게 왜 또 말썽이지? 연서야. 이거 봐. 불이 계속 들어와 있어."

문득 차 밖에서 들려오는 말소리에 승현은 고개를 돌려 봤다. 가게를 끝내고 나오던 연서와 그의 어머니로 보이는 중년 여자가 간판을 올려다보고 있었다.

"며칠 전부터 이렇던데. 손으로 툭툭 건드리면 금방 꺼지긴 해."

"이렇게? 손으로 건드리기만 하면 돼?"

"응. 좀 더 세게 해 봐."

"안 돼. 안 꺼져."

"아우, 엄마, 비켜 봐. 엄만 키가 작아서 그래."

그러면서 연서가 발꿈치를 잔뜩 든 채 간판을 향해 손을 뻗었지만 불은 섭사리 꺼지지 않는다. 옆에선 중년 여자가 웃긴다는 듯 깔깔 웃어 댔다.

"네 키나 내 키나. 안 되면 엄마가 의자 하나 내올게. 기다려 봐."

"아냐. 할 수 있어."

연서는 그 말을 증명이라도 하듯이 깡충깡충 위로 뛰며 간판을 쳤고 곧 불이 꺼진다.

"봐 봐. 됐잖아."

"아유, 장해라. 우리 딸."

손으로 연서의 엉덩이를 톡톡 두드리는 여자에게 생긋 웃는 강연서. 둘은 재잘재잘 잡담을 하면서 어두운 골목길로 사라졌고 승현은 문득 백미러에 비친 자신의 얼굴을 봤다.

언제부터 웃고 있었던지 얼굴엔 잔잔한 미소가 가득했다. 그걸 느끼고 나서 그는 갑자기 정색했다. 민승현, 뭘 보고 웃었던 거야? 마치 사랑스러운 연인을 바라보듯 연서의 모습에 따뜻한 웃음을 지은 자신이 낯설어 승현이 어깨를 약간 으쓱했다. 그러고는 늦어지는 시간을 확인하고 얼른 시동을 걸었다.

◈

"축하한다. 대박 나야지?"

승현은 친구 녀석의 팔을 툭 치면서 애정 어린 축하를 건넸다. 승현의 대학동기인 그는 졸업한 뒤 6년이 지나 영화감독으로 성공적으로 데뷔했다. 시사회 행사로 약간 정신없어 보이는 친구는 승현의 인사에 흐뭇한 미소로 답했다.

"대박은 꿈 못 꾸고, 내가 만든 첫 영화란 데에 의미를 두기로 했어."

"그래. 첫 영화, 의미 있지."

승현은 맥 빠진 미소를 지으며 말했다. 저쪽에서 부르는 스태프의 목소리에 친구 녀석은 고개를 돌려 보다가 승현에게 말을 했다.

"힘내. 민승현. 포기한 네 꿈까지 내가 다 렌즈에 담아 줄게."

승현이 고개를 끄덕이면서 웃자 친구는 그를 부르는 스태프한테로 뛰어갔다. 주연 배우와 연예부의 기자들로 혼잡한 실내에서 승현은 한참 서 있었다. 그리고 시사회가 끝나기 전에 먼저 자리를 떴다. 시사회 뒤에 있을 영화 관람을 위해 많은 배우들이 육속 들어오는 가운데 그는 혼자 복도를 역주행해서 밖으로 나왔다.

　뜨거운 햇볕 속에서 목적을 잃은 사람마냥 한동안 서 있던 승현은 손에 말아 쥔 영화 팸플릿에 시선을 주었다. 시간이 많이 흘렀고 그 시간 동안 색이 바랬다고 생각했던 꿈의 조각들이 지금 다시 날카로운 파편처럼 가슴을 아리게 했다. 자신의 능력과 열정으로 영화를 만드는 친구 녀석이 오늘만큼은 세상에서 제일 부러웠다.

　어딜 갈지 고민을 했지만 마땅히 갈 곳을 찾지 못한 승현이 도착한 곳은 주말이라 아무도 없을 로아였다. 사무실에 들어온 승현은 팸플릿을 탁자에 올려놓고 다시 들여다봤다. 그러고는 그가 앉아 있는 실장실과 로아의류 사무실 내부를 둘러보았다.

　"바꿨어. 여기 있는 모든 것과 바꾼 거잖아."

　혼잣말로 스스로를 위로하던 승현의 귀에 문득 기척이 들렸다. 카드키를 찍는 소리와 함께 누군가 사무실에 들어선다. 주말에 누구지? 승현은 바깥의 동정에 귀를 기울였다. 얼마 안 지나 열려 있는 실장실 문이 이상했던지 발걸음이 가까워졌다.

　"어? 실장님, 나와 계셨어요?"

　그리고 열린 문틈으로 나타난 강연서가 의아하게 묻는 소리에 승현이 고개를 끄덕였다.

　"연서 씨는 무슨 일로 들렀어요?"

　"밀린 작업 때문에요. 집에선 집중이 안 돼서 나왔어요."

언제 보나 열심 타입인 연서는 누가 알아주지 않아도 본인의 일에 성실하게 최선을 다했다. 그게 예뻐서 승현은 희미하게나마 웃음이 나왔다. 지금처럼 울적할 때 연서를 보니 신기하게도 마음이 편해진다.

"수고하네요."

당연한 일이라는 듯 연서도 답례로 웃어 주고는 이내 디자인팀 사무실로 돌아갔다. 점심시간이 훌쩍 지날 때까지 둘은 각자의 자리에서 조용히 일했고 그 적막함을 깨트린 건 배달원의 씩씩한 목소리였다.

"배달 왔습니다!"

문을 열어 준 연서가 고개를 갸웃하는데 뒤에서 승현이 걸어 나왔다.

"제가 시킨 거예요. 주말엔 구내식당이 문 닫으니까."

승현에게서 돈을 받은 배달원이 총알처럼 사라졌다. 같이 먹자는 승현의 요청에 연서가 배시시 웃더니 따라 들어왔다. 마땅히 먹을 장소가 없어서 실장실 탁자에 음식을 세팅하는데 문득 연서의 목소리가 들린다.

"어머. 폭설, 이 영화가 벌써 상영 시작됐어요?"

아까 그가 가져온 영화 팸플릿을 들여다보며 연서가 묻는 말이었다.

"다음 주부터 상영될 거예요. 오늘은 시사회가 있었어요."

"그래요? 올여름 최고 기대작이라고 하던데, 되게 재미있겠다."

팸플릿을 열심히 훑는 연서를 지켜보다가 승현이 말했다.

"같이 보러 갈래요?"

"네?"

뜬금없는 요청에 연서는 놀란 듯 반문했다. 그녀는 팸플릿과 승현을 번갈아 보며 선뜻 대답을 못 했다.

"친구 녀석이 만든 영화인데 저도 아직 못 봤어요. 관심 있으면 같이 봐요."

"저랑 실장님이요?"

승현이 피식 웃었다. 공과 사 구분은 잘 하고 있다만 가끔 연서가 저리 나올 때면 놀리고 싶어진다. 항상 단정하고 반듯한 그녀에게 짓궂은 장난까지 걸고 싶어진다.

"무슨 영화를 실장님과 봅니까?"

"……."

"친구끼리 보죠. 민승현과 강연서, 동창이고 친구잖아."

"아, 그래……."

어색하게 웃는 연서는 뭔가 당황스러워 보인다. 그런 그녀한테 승현이 말했다.

"다음 주 금요일에 시간 내 봐. 영화 보러 가자."

그가 건네주는 젓가락을 받으면서 연서는 대답 대신 웃었다. 친구끼리라고 해도 단둘이 영화 보러 간다는 건, 그와 그녀의 사이에선 장족의 발전이었다. 연서는 그 생각에 가슴 한구석이 달콤해졌다.

"과장님. 혹시 충전기 빌려주실 수 있어요?"

금요일 퇴근 시간 무렵, 연서는 방전이 다 돼 꺼진 핸드폰을 들고선 손 과장에게 물어봤다. 깜박하고 충전기를 가져오지 않은 적은 많았지만 오늘은 특별한 날이었다. 승현과 영화를 보기로 약속한 날인지라 곧 나가야 할 타이밍에 휴대폰이 먹통이라 곤란했기 때문이다.

"빌려줄 수야 있는데 기종이 안 맞아서 가능할지 모르겠네."

손 과장이 건네주는 충전기를 얼른 휴대폰에 꽂고 확인하던 연서는 실망스러운 기색으로 되돌려줬다.

"안 맞아요."

손 과장에게 말하면서 연서는 입술을 잘근거렸다. 아까 점심에 약속을 재차 확인했는데 승현은 문제없다는 듯이 오케이 했다. 회사 사람들의 이목도 있으니 각자 출발해서 영화관 근처서 만나기로 했다. 연서는 고민하다가 회의 중인 승현에게 사내 메신저로 메시지를 남겼다.

[먼저 가서 기다릴게. 내 휴대폰이 배터리가 다 돼서 꺼졌어. 끝나면 와.]

밖으로 나오니 구름이 잔뜩 낀 것이 비라도 올 것처럼 어두웠다. 연서는 잰걸음으로 전철역을 향해 걸었다.

회의실에서 로아의류 주주들의 이익배당청구권을 듣고 있던 승현의 표정이 복잡하게 변해 간다. 오후부터 시작된 총회는 쉽게 끝나지 않았고 그들의 요구는 적당한 선에서 타협하기가 힘들었다.

팔짱을 낀 채 회의실의 시계를 보던 승현은 손을 뻗어 핸드폰을 만졌다. 그는 목에 핏대를 세우면서 치열하게 논쟁하는 주주들의 말을 들으며 연서에게 문자를 남겼다.

[미안한데, 오늘 약속은 다음으로 미루자.]

메시지가 전송된 걸 본 승현은 다시 회의에 집중했다. 회의는 그 뒤로도 한 시간이나 더 진행되었고 결국 가장 적당한 선에서 절충방안을 찾았다.

처음에는 민 대표 대신 나온 승현이 새파랗게 젊은 걸 보고 얕본 주주들이 터무니없는 이익배당을 요구하고 나섰다. 하지만 장시간의 회의도 무리 없이 소화해 나가며 설득력 있게 말하는 그의 말주변에 기가 꺾였다.

"주주의 주된 의무는 출자입니다. 회사에 정기적으로 자금을 제공하신 분들께는 로아도 그에 해당하는 이익을 돌려드립니다. 반드시."

회의를 끝내며 승현이 다시 강조하자 주주들은 자못 흐뭇한 기색으로 하나씩 퇴장했다. 회사의 이사진들까지 다 보낸 뒤 실장실에 돌아온 승현은 의자에 앉았다.

콰르르릉. 밖에서는 천둥과 함께 빗줄기가 요란하게 쏟아졌다. 승현은 피곤한 눈가를 어루만지다가 노트북 자판을 건드렸다.

밝아진 모니터에 시선을 주던 승현의 미간이 찌푸려졌다. 연서가 남긴 메시지를 그제야 발견했던 것이다. 얼른 전화를 걸어 보니 그녀의 핸드폰은 메시지의 내용대로 전원이 꺼져 있었다.

"젠장."

승현이 나지막하게 욕설을 내뱉었다. 엇갈렸다. 그래도 지금쯤이면 집에 갔겠지? 손목을 들어 시계를 보다가 연서에게 다시 전화를 걸어 봤다. 여전히 꺼져 있다.

설마 지금까지 기다리진 않겠지. 창문을 때리는 거센 빗줄기를 보면서 승현은 입술을 지그시 물더니 자리를 박차고 일어났다.

밖으로 나오니 실내에서 보던 것보다 비는 더 세차게 쏟아지고 있었다. 차창으로 줄줄 흘러내리는 빗물을 와이퍼가 부지런히 닦아 주었고 승현은 차의 속력을 올렸다. 폭우 때문인지 길가에는 사람이 별로 없었다. 차는 빠르게 길옆의 나무들을 스쳐 지나서 연서와의 약속 장소에 도착했다.

승현은 고개를 기울여 차창 밖을 내다보았다. 연서와 만나기로 했던 백화점 앞 벤치에는 아무도 없었다. 그럼 그렇지. 이렇게 비가 쏟아지는데 아직까지 기다리고 있을 리가 없지. 그는 안도의 숨을 내쉬었다.

은근히 고지식한 강연서의 성격을 잘 안다. 비를 피하러 백화점에 들어가면 자신이 못 찾을까 하는 걱정에 이 빗속에서 계속 기다리고 있을까 봐 마음을 졸이며 여기까지 왔던 자신이 못내 우스워 보였다.

돌아가기 위해 승현이 핸들을 꺾었다. 얼마 못 가 구로역을 지나치던 차는 빗길에서 급정거를 했다. 길옆에 급하게 주차한 승현은 조수석의 우산을 집어 들 사이도 없이 차 문을 벌컥 열었다.

"강연서!"

전철역으로 막 들어가려는 연서에게 뛰어가 돌려세운 승현은 비에 푹 젖은 그녀의 모습을 보곤 기가 찼다.

"승현아……. 왜 이제야 왔어?"

"너, 바보야? 지금이 몇 신데 여태 기다린 거야? 그리고 약속에 나간다는 애가 휴대폰도 먹통이고! 비가 이렇게 오는데 우산이라도 하나 사서 쓰든지 해야지! 사람이 왜 그렇게 답답해?"

웃긴다. 자기가 늦어 놓고 왜 화를 내는 걸까? 이제야 왔으면서, 미안하다는 말은 한마디도 없이.

연서는 원망스러운 시선으로 승현을 쳐다봤다. 그녀만큼이나 그도 벌써 흠뻑 젖어 버렸다. 둘이 말을 하는 사이에도 빗줄기는 사정없이 쏟아졌고 얼굴로 줄줄 흘러내리는 빗물을 닦으면서 연서가 말했다.

"안 그래도 기다리다 지쳐 가려는 중이야. 팔 좀 놓아줄래?"

그때까지 그녀의 팔을 꽉 잡은 채 화내던 승현은 얼결에 놓아줬다. 그러나 연서가 전철역을 향해 돌아서자마자 다시 그녀를 돌려 세웠다.

"왜!"

이번에는 연서가 화를 냈지만 승현은 대답 없이 슈트 재킷을 벗어서 그녀의 어깨에 덮어 주었다. 싫다는 듯이 옷을 거부하는 연서의 손짓을 저지하고 승현이 말했다.

"옷이 많이 젖었어. 안까지 다 비치니까 그냥 입고 있어."

연서는 순간 할 말이 없어서 가만히 있었다. 동시에 부끄러움이 확 몰려와 얼른 고개를 돌려 버렸다.

"데려다줄게."

그 말을 하고 먼저 차로 다가가는 승현의 뒷모습을 보다가 연서는 무거운 걸음을 옮겨 뒤따랐다.

차 안은 비가 쏟아지는 바깥보다 훨씬 조용한 것이 마치 딴 세상 같았다. 둘은 차에 앉아서도 서로 말을 하지 않았다. 그저 영원히 그치지 않을 것 같은 빗소리를 듣고만 있을 뿐이다.

"미안해. 오늘은 엇갈렸어. 의도치 않은 일이라 나도 좀 당황했다."

한참 뒤에 승현이 먼저 말을 했다. 젖은 그의 옷을 들쓰고 있던 연서는 머리를 끄덕였다.

"알았어. 지난번 그 가게까지만 데려다줘."

승현이 시동을 걸자 차는 복잡한 빗길을 미끄러져 갔다. 조용한 차 안에서 연서는 연신 재채기를 했다. 그러곤 어색하게 웃으며 말했다.

"폭설 한번 보려다가 폭우나 맞고. 생각해 보니까 좀 웃기다."

보지도 못한 영화 제목이 문득 떠올랐다. 승현은 대꾸 없이 차 안의 히터 온도를 올렸다.

"근데 궁금한 게 있었어. 승현이, 너 예전보다 변한 것 같아."

여전히 대답 없는 승현을 보던 연서가 말을 계속했다.

"중학교 때의 넌 되게 잘 웃고 말도 잘하고, 그래서 애들한테 엄청 인기 있었는데."

승현이 고개를 돌려 연서를 보자 그녀는 다시 어색한 웃음을 지었다.

"사실 지금도 인기는 있을 것 같아. 그런데 많이 차가워서 선뜻 말을 붙이기가 쉽지 않아."

눅눅한 몸이 조금씩 따뜻해지자 연서는 차창에 머릴 기댔다. 깜박거리는 불빛들에 시선을 주다 보니 눈까풀이 감겨 왔다. 빨리 집에 가서 끈적거리는 옷을 벗고 따뜻한 물에 씻고 싶다는 생각을 하며 연서는 눈을 감았다.

얼마 지나지 않아 차는 그녀의 가게가 있는 골목에 도착했다. 탁. 차 안의 실내등을 끈 승현은 고개를 돌려 잠이 든 연서를 바라봤다.

까무룩한 어둠 속에서 가로등 빛이 들어와 연서에게 그림자를 드리웠다. 빗물의 흔적이 남아 있는 그녀의 얼굴은 평온해 보인다. 무슨 생각을 하고 무슨 꿈을 꾸면서 이토록 편하게 자고 있는 것일까?

저도 모르게 연서의 얼굴로 손을 뻗었다가 승현은 설핏 웃었다. 뭐지? 이 묘한 감정은. 그냥 동창이고, 그리고 회사 직원일 뿐인데. 밀폐된 공간에 단둘이 있기 때문일까? 가슴이 간질대는 느낌에 적응이 잘 안 됐다.

승현의 시선이 그의 슈트를 감싼 연서의 상체로 기울어졌다. 빗물에 푹 젖은 셔츠 사이로 비칠 듯 말 듯 그녀의 속옷이 야하게 눈길을 끌었다.

"왜 뜬금없이……."

승현이 잇새로 중얼거렸다. 연서는 여자고 그는 남자다. 이는 아주 중요한 사실이고 위험한 상황이었다. 승현은 결국 연서의 얼굴을 어루만지려던 손을 내렸다.

차창 밖의 빗줄기는 제법 약해져 있었다. 핸들에 머리를 묻고 연서가 자는 모습을 지켜보면서 승현은 가늘게 미소를 지었다. 좋다. 이런 기분. 따뜻하고 몽글거리는 느낌. 비가 그쳐서 한없이 조용한 밤은 소리 없이 깊어 갔다.

월요일 아침. 회사에 출근한 승현은 곧장 실장실로 가 문을 열었다.

"늦었구나."

들어서자마자 추궁하는 목소리에 그는 책상 앞으로 다가갔다.

"차가 막혔어요."

"내가 나올 때까지 세상모르고 자고 있었으면서 멀쩡한 교통 탓을 하네."

"출근 시간이 아홉 시입니다. 그 전에 도착했으면 된 거죠."

소파에 몸을 깊숙이 파묻은 민 대표는 아침 햇살을 따사로이 받으며 승현을 올려다보았다.

"되긴 뭐가 돼? 넌 곧 회사의 주인이 될 몸이야. 제일 먼저 회사에 도착하고 맨 마지막에 퇴근해야지."

"제가 그렇게 하루 종일 사무실에 박혀 있으면 직원들이 불편해서 일을 못 합니다."

"입만 살아선."

승현을 흘겨보다가 민 대표는 손에 들고 있던 이력서와 프로필을 펄럭거리면서 말했다.

"송채연을 내보내고 기껏 데려왔다는 모델이 동남아 여자야?"

"혼혈이라 이국적인 마스크에 이미지가 좋고 경력도 나쁘지 않습니다. 국적이 무슨 상관입니까?"

그래도 뭐가 마음에 안 드는지 프로필을 뚫어져라 보던 민 대표가 물었다.

"계약금은 얼마나 주고 데려왔어?"

"송채연의 절반입니다. 싸죠?"

"몸값이 싼 만큼 우리 옷을 싸게 보이게 할까 봐 걱정이야."

"태국에서 데뷔 초부터 주목을 받던 핫한 모델이니 그런 걱정은 안 하셔도 됩니다."

"그럼 걱정 안 하게 잘해 봐."

자리에서 일어나 나가려던 민 대표가 문득 물었다.

"송채연과는 제대로 정리가 된 거야?"

그건 왜 묻느냐는 듯 승현이 대답 없이 쳐다보자 민 대표는 이맛살을 찌푸리며 말한다.

"어제 뜬금없이 그 아이가 전화를 했더군."

"아버지한테요? 뭐라고 하던가요?"

"문안차 전화 드렸다고는 하는데, 왠지 너나 회사에 미련이 있어 보였어. 기회를 주면 더 잘하는 모습을 보여 드리겠다고, 로아와도 정이 많이 들었다고 그런 얘기를 하는데 난 그냥 너랑 잘 얘기해 보라고 하고 끊었어."

다 끝난 일에 미련이 남을 게 뭐란 말인가. 승현은 슬그머니 짜증이 났다.

"잘하셨네요. 이젠 전화도 받지 마세요. 제가 알아서 하게."

그런 승현을 미심쩍게 바라보던 민 대표는 실장실을 나갔다. 책상에 다가가 회의 자료를 챙긴 승현은 그의 뒤를 따라 회의실로 갔다. 그곳엔 이미 직원 전체가 앉아서 그들을 기다리고 있었다.

"오셨습니까? 대표님, 실장님."

고개를 끄덕이며 직원들에게 앉으라고 손으로 여러 번 사인을 보낸 민 대표가 중간에 앉았다. 그러자 손 과장이 잽싸게 연서한테 몸을 기대 오며 속삭였다.

"대표님은 처음 보지? 로아를 창설한 인물이자 현재 로아의류의 제일 오너야. 민 실장님의 아버지가 되시고."

생각 없이 듣다가 승현의 아버지란 얘기에 연서가 깜짝 놀라서 손 과장을 바라보았다. 곱게 땋은 머리를 한 손으로 연신 매만지며 손 과장은 어느새 회의에 집중하고 있었다.

연서는 시선을 돌려 회의실의 중간에 앉아 있는 민 대표와 승현을 보았다. 승현이 말을 시작하자 민 대표는 조용히 듣고만 있다.

승현의 아버지가 로아의류의 대표였다니, 승현이 재벌집 아들이란 건 오늘 처음 알게 된 얘기다. 그리고 보니 겉모습은 둘이 약간 닮은 것 같기도 했다. 그냥 보통의 남자였으면 좋을 텐데. 용기 내어 승현에게 다가가려던 마음이 왠지 움츠러드는 느낌에 연서는 우울해졌다.

"중요사항을 전달하려고 여러분들을 불렀습니다. 우선은 겨울신상 발표회 때도 얘기했다시피 로아의 메인모델이 바뀌었죠? 태국 출신의 패션모델인데 영문 이름은 트리샤, 나이 22세, 3사이즈가 33-26-34입니다. 디자이너분들은 다시 한 번 메모해 두시는 게 좋을 것 같네요."

승현이 진행하는 회의를 그냥 기계적으로 듣고 있는데 손 과장이 팔꿈치로 그녀를 툭 친다. 고갤 돌려 보자 모델 사이즈를 적으라는 눈치를 줘서 연서는 얼른 볼펜으로 메모를 했다. 승현의 말은 계속됐다.

"다음으로 로아의 온라인 매장 확장에 관한 내용입니다. 로아의 류의 프리미엄 브랜드로 세라패션이 새로 나오게 됩니다. 현재 오픈 준비 단계로 곧 정식 오픈하게 되겠고요. 강연서 씨가 세라패션의 단독 디자이너를 맡아 주기로 했습니다."

말을 하면서 승현이 그녀한테 시선을 보내자 연서는 얼른 고개를 끄덕여 줬다. 승현의 그 말에 회의실은 약간 술렁거렸다. 손 과장은 이미 알고 있었던 듯 잘하라는 사인으로 연서의 어깨를 다정히 두드려 주었다.

"그리고, 디자인팀의 이하정 팀장이 복귀합니다. 다음 주부터 출근하라고 전달해 두었으니 모두들 그렇게 알고 계시면 되겠습니다."

손 과장은 노골적으로 짜증난 기색을 지었고 앉아 있는 여러 디자이너들의 자세도 불편해 보였다.

그동안 말로만 듣던 이하정 팀장이 드디어 돌아오나 보다. 처음엔 그녀의 대타로 계약직으로 일하게 되나 걱정했던 연서는 다행히 이 팀장의 복귀에도 잘리지 않고 세라패션의 단독 디자이너 자리를 얻게 되어 안도의 한숨을 내쉬었다.

회의가 끝나 돌아오니 얼마 안 있어 사내 메신저가 들어왔다. 승현이 보내온 뜬금없는 내용이다.

[오늘은 정시 퇴근해요.]

[그게 무슨 말씀이세요? 실장님.]

연서는 메시지를 보내고 고개를 돌려 실장실을 바라보았다. 열려 있는 문으론 책상에 마주 앉아 있는 승현이 보였다. 그는 그녀와 얘기를 하는 중인지 빠르게 타이핑을 하고 있었다.

[함께 저녁 식사 합시다.]

[왜요?]

[직원이랑 밥도 같이 못 먹나요? 저녁에 뭐 먹을 건지 생각해 둬요.]

승현의 메시지를 읽으면서 연서는 뭘 먹어야 될까 하는 것보다는 승현의 갑작스런 저녁 식사 요청의 이유에 대해 심각하게 고민했다.

지난 주 금요일의 영화 약속을 펑크 낸 미안함 때문일까? 그날은 상황이 묘하게 엇갈려서 어쩔 수 없었다는 걸 연서는 이미 알고 있었다. 금요일 밤, 집에 돌아와 휴대폰을 켰다가 승현의 문자를 보고는 약속을 바람맞고 폭우까지 맞은 서러움이 절반 정도 가셨던 것이다.

그러나 정시 퇴근하자던 승현은 퇴근 시간이 넘도록 누군가와 미팅을 하느라 실장실에서 나오질 못했다.

스케치북을 무료하게 만지작거리며 그를 기다리길 한 시간이 지나고, 드디어 실장실의 문이 열렸다. 외국인 남자와 승현은 웃으며 악수를 하더니 남자가 사무실을 나간다. 어느새 직원들은 다 퇴근한 터라 남아 있는 건 승현을 기다리는 연서뿐이었다.

"미안해요. 얘기가 쉽게 끝나지 않아서. 오래 기다렸죠?"

여름 슈트 재킷을 걸쳐 입으며 승현이 말하자 연서는 자리에서 일어났다. 사무실을 나와 긴 복도를 걸어가면서 연서는 궁금증을 참지 못해 다시 물었다.

"그런데, 왜 갑자기 같이 밥을 먹어요?"

연서의 꾸준한 질문에도 그는 가벼운 웃음으로 일축했다. 연서뿐만 아니라 회사의 수많은 직원들은 거의 다 그와 함께 일대일로 식사를 한 적이 있다. 시끄럽고 북적거리는 걸 싫어하는 승현은 회식보다는 직원 한 명씩 단독으로 만나 밥을 사 주는 게 더 편했다.

가장 중요한 건 지난 금요일의 일 때문이었다. 약속을 펑크 낸 것도 모자라 한 시간이나 기다리다 비 맞으며 돌아가게 한 연서한테 오히려 답답하다고 화를 냈던 승현은 그날 밤, 집에 와서도 내내 마음이 편치 않았다. 맛있는 거라도 먹으며 그녀의 기분을 풀어 주는 게 좋지 않을까 싶어서 주말 내내 고민했던 그였다.

지하 주차장에 도착해 앞서 걷던 승현이 멈칫했다. 그 바람에 뒤에서 따르던 연서는 고개를 들어 보았다. 승현의 차 옆엔 늘씬한 여자가 기다리고 있고 그 여자가 얼마 전까지 패션쇼의 화려한 스포트라이트를 받던 송채연이란 걸 멀리서도 알아볼 수 있었다.

머뭇거리는 연서와 달리 승현은 가던 걸음을 계속 걸었고 얼마 안 지나 둘은 마주 섰다.

"여긴 웬일이야?"

"오빠. 잠깐 얘기 좀 하면 안 될까?"

"약속 있어."

"잠깐이면 돼. 5분만."

지하라서 그런지 둘의 말소리가 거리를 조금 두고 서 있는 연서한테까지 다 들렸다. 승현이 고개를 돌려 그녀를 보자 연서는 어색하게 머리를 끄덕였다.

"얘기 나누세요. 저는 로비에서 기다리고 있을게요."

승현의 대답을 기다릴 새도 없이 연서는 그 상황에서 도망치듯 엘리베이터에 올라 1층으로 갔다. 그리고 로비 한쪽에 서서 승현을 기다렸다. 로비 이곳저곳을 둘러보며 애써 그 둘이 나눌 얘기에 관심이 없는 척 떠올리지 않으려 애썼다.

그런데, 너무 잘 어울리던데. 여자는 화려하고 아름답고 남자는 근사하고 멋지다. 둘이 함께 서 있으니 선남선녀가 따로 없을 정도로 잘 어울리던 채연과 승현의 모습이 계속 생각난다.

연서는 슬그머니 우울해졌다. 그냥 집에 돌아가야겠다. 밥 못 먹어서 죽은 귀신처럼 여기서 언제까지고 기다릴 순 없잖아. 연서는 생각을 굳히고는 로비 문을 향해 걸었다.

그때, 엘리베이터가 열렸다. 순간적으로 고개를 돌려 보자 승현이 걸어 나오는 게 보였다. 승현의 뒤에는 채연이 바삐 따라오고 있었다.

그런데 연서의 앞에 다가온 승현이 그녀에게 손을 뻗었고 다음 순간, 연서는 가까이 다가온 그의 얼굴에 깜짝 놀라서 눈을 크게 떴다. 본능적으로 뒷걸음질 치는 연서의 얼굴을 두 손으로 감싸 쥔 승현이 곧 입술을 내리눌렀다. 연서의 커다래진 동공으로 참담한 표정의 채연이 보인다.

얼마나 지났을까? 짧은 순간이지만 굉장히 긴 시간처럼 느껴졌다. 연서가 제정신으로 돌아올 때쯤 송채연이 로비 문을 확 열고 나갔다. 동시에 승현이 연서를 놓아주었다.

"미안해."

연서는 순간적으로 손을 올렸다. 그러나 다음 순간, 왜 그런지 왈칵 눈물이 나려고 했다. 이런 상황에서 뺨을 때려야 할지, 아니면 화를 내야 할지, 무슨 얘기를 해야 할지, 솔직히 머릿속이 백지장이 되어 버려서 연서는 아무런 생각도 들질 않았다.

"······성추행입니다, 실장님. 사과하세요."

눈에 고인 눈물을 이 꽉 깨물고 참으며 연서가 음절마다에 힘을 주어서 말했다. 채연이 뒤에 있는 걸 알면서 그녀에게 키스를 했다. 그리고 송채연이 나감과 동시에 멈춘 건 일부러 채연한테 보여 주기 위한 액션이 틀림없다.

왜 그들의 사랑싸움에 이용돼야 했던 거야? 자존심이 상하고 화가 났다. 그녀가 얼마나 만만해 보였으면 이런 행동을 했을까? 나쁜 짓을 한 건 민승현인데 연서는 본인에게 더 화가 났다. 만약 승현을 좋아하지 않았다면 지금 이렇게까지 비참하진 않았을 것 같다.

"미안해요."

승현은 다시 사과를 했다. 그런 승현을 원망스러운 눈길로 쏘아보다가 결국 연서는 몸을 돌렸다.

"밥은 못 먹겠어요. 먼저 들어가 보겠습니다."

급하게 걸음을 옮겨 로비를 나왔다. 전철역까지 가는 길에 터벅터벅 걷다 말고 연서는 손을 들어서 입술을 세차게 문질렀다. 다른 사람도 아닌 승현이, 그녀가 좋아했던 남자가 자신을 이용했다는 사실이 그 무엇보다 괴롭게 다가왔다.

그런 연서의 뒷모습을 보다가 돌아선 승현은 도로 지하 주차장에 내려가기 위해 엘리베이터 버튼을 여러 번 거칠게 눌렀다.

미친 게 틀림없다. 스스로 생각해 봐도 방금 자기가 했던 짓이 얼마나 치졸했는지, 그저 한심할 뿐이다.

'다른 여자와 키스하는 거라도 봤으면 미련이 사라지지, 이렇게 그냥 오빠 포기하고 돌아서질 못하겠어. 오빠는 나도 안 좋아했지만 다른 여자도 역시 안 좋아하잖아. 내가 잘못했어. 그냥 우리, 다시 시작하면 안 돼?'

'키스하는 거라도 보면?'

방금 주차장에서의 대화가 생각난다. 먼저 짜증을 유발했던 송채연도 문제지만 무엇보다 그 순간의 감정을 참지 못한 그의 탓이었다.

'그러면 완전히 그만둘래? 송채연.'

그 말을 끝으로 그는 몸을 돌려 로비에 올라갔고 연서를 방패로 채연을 떼어 냈다. 그러나 송채연이 나가고 사과를 했을 때 눈에 눈물이 그득 고인 연서를 보자 자신이 무슨 짓을 했나, 정신이 확 들기 시작했다.

다시 미안하다고는 했지만 그건 그가 들어도 별로 의미가 없었다. 연서가 뺨이라도 날리면 맞아 줄 생각으로 서 있었는데 그녀는 결국 그냥 가 버렸다.

승현은 차 문을 열고 들어가 앉았다. 방금 그 장면들이 다시 생생히 떠오른다. 연서의 얼굴 가까이에 다가갔을 때 은은하게 전해지던 향기가 기억났다. 아직도 그 향이 제 입술에 남아 있는 것 같은 착각에 승현은 손으로 입술을 스윽 만져 보았다. 그러자 눈물이 잔뜩 고였던 연서의 눈동자가 또다시 떠올랐다.

　가슴이 답답해져서 긴 한숨을 쉬었다. 그녀의 기분을 풀어 주려던 오늘, 오히려 둘의 껄끄러운 관계를 극한으로 치닫게 만들고 말았다. 승현은 핸들을 잡은 손에 힘을 주었다가 시동을 걸었다. 차는 지하를 빠져나와 차도로 스르륵 진입했다.

3장. 갑과 을의 관계

"아니, 똥 마려운 강아지처럼 왜 자리에 가만히 있질 못해? 정
신 사나워 죽겠으니까 소파에 앉든지 방으로 들어가든지 해!"

30분이 넘게 핸드폰을 들고선 거실을 왔다 갔다 하는 승현을
보다 못해 민 대표가 버럭 소릴 질렀다. 그러자 승현은 여전히 핸
드폰을 놓질 않은 채 소파에 앉았다. 민 대표는 두 손으로 신문을
확 펼치고는 다시 집중해서 뉴스를 읽었다. 승현은 액정을 터치하
는 손가락을 빠르게 움직였다.

[연서야. 미안해. 진심으로 사과할 테니까…….]

아, 아니다. 승현이 고개를 저어 버리더니 다시 처음부터 글자
를 입력했다.

[강연서 씨. 아깐 제가 미안했습니다. 연서 씨를 우습게 봐서 그
랬던 건 아니고…….]

이것도 아니다. 승현은 신경질적으로 글자들을 지워 버렸다. 벌

써 몇 십 번을 쓰고 지우고 다시 쓰고 지우는 건지 모른다. 그랬지만 어떻게 마음을 담아서 사과를 해야 할지 마땅히 방법이 떠오르질 않았다.

차라리 아까 뺨이라도 얻어맞았으면 덜 불편할 텐데, 집에 와서도 눈물이 꽉 찬 연서의 그 눈동자만 떠올라 아무것도 손에 잡히지 않는다.

"그런데 새로 디자이너 한 명 들어왔다면서? 이름이 뭐였더라?"

갑자기 민 대표가 물어 오자 문자를 작성하느라 정신없던 승현은 건성으로 대답했다.

"강연서요."

"일 시켜 보니까 어때? 들어와서 얼마 되지도 않았는데 단독 디자이너를 맡겨도 괜찮을까?"

"제가 알아서 할게요."

"네가 뽑았다고 네 직원이라 이거야?"

"그런 거 아니에요. 전 그 친구를 잘 알아요. 실력도 있지만 근성이 좋아서 뭘 맡겨도 잘 해내요. 정 안 되면 디자이너 보조를 더 붙여 줄 생각이에요."

승현의 손가락은 여전히 바쁘게 움직였고 그런 아들을 유심히 뜯어보던 민 대표가 물었다.

"너, 연애하냐?"

뜬금없는 소리에 승현이 고개를 들자 민 대표는 턱짓으로 핸드폰을 가리키며 말했다.

"집에 와서부터 핸드폰을 손에서 놓지 않고 지금까지 계속 문자질이잖아. 누구야? 어떤 여잔데?"

"아, 아빠!"

안 그래도 머리가 복잡해 죽겠는데 민 대표가 농담을 건네자 승현이 정색을 했다. 그런 아들 녀석의 반응에 민 대표는 피식 웃었다.

"징그럽다, 이놈아. 아버지라고 불러. 다 커서 아빠는 무슨."

보던 신문을 접으면서 민 대표는 쉬러 안방으로 들어갔다. 승현은 고개를 들어 거실 시계를 봤다.

어느새 자정이 가까워 온다. 아직도 문자 한 통 보내지 못한 채 온 밤을 허비했다. 핸드폰을 소파에 휙 던졌다가 무슨 생각이 들었던지 다시 가져왔다. 그리고 그는 골똘히 액정을 들여다보며 손가락을 하나씩 움직였다.

"엄마. 자?"

뒤척거리던 연서가 이불 밖으로 머리를 내밀고 엄마를 불렀다. 막 잠이 들려는 찰나에 딸의 부름을 듣고 정 씨는 아냐, 하곤 대꾸를 했다.

"엄마는 왜 재혼 안 해?"

딸의 실없는 물음에 정 씨는 살짝 웃을 뿐이다. 그러곤 베개 옆으로 고개를 기울이며 연서를 쳐다보았다. 어둠에 익숙해진 눈으로 딸의 고운 얼굴이 들어왔다.

"너만 없으면 진즉에 했어. 아니, 네가 딸이 아니라 아들이기만 해도 재혼했지."

"왜?"

연서는 정말 궁금한 듯이 물었고 정 씨는 슬그머니 웃었다.

"그냥. 지금 세상이 얼마나 험한데. 우리 예쁜 딸이 혹시라도 몸이나 마음이 다칠까 봐 엄만 재혼, 그거 못하겠더라."

"엄만 바보. 그거 쓸데없는 걱정인데."

"그래. 난 딸 바보야. 이제 알았니?"

눈물이 날 것 같아서 연서는 베개에 얼굴을 묻었다. 그런 연서의 머리카락을 다정히 어루만져 주며 정 씨는 잠을 청했다.

"아빠는 어떤 사람이었어? 궁금하다."

그녀가 열 살 때 돌아가셨으니 거의 기억이 나지 않는 아빠였기 때문에 연서는 아빠의 모습이 늘 궁금했었다. 그러나 아빠에 대한 얘기를 자주 꺼내면 엄마가 그리움에 힘들어할까 봐 별로 물어보진 않았다. 오늘은 왜 그런지 아빠가 보고 싶다는 생각에 연서는 조용히 엄마의 대답을 기다렸다.

"네 아빠? 좀 무뚝뚝했지. 말도 별로 없고 수걱수걱 자기 일만 하고 곰처럼 우직한 것이 참 든든한 남자였어. 우리 딸은 그런 아빠를 꼭 빼닮았고."

연서는 배시시 웃다 말고 나지막하게 물었다.

"엄마한테 상처 준 적은 없어?"

"하도 오래전 일들이라 그딴 거 이젠 기억도 안 나. 좋았던 것만 떠오르지. 상처 안 주고 사는 남자와 여자가 어디 있어. 사람 사는 게 다 그런 거야."

그런 걸까? 누구나 다 그렇게 상처 주고 상처받고, 그러면서도 결국 서로 안아 주며 사는 걸까……? 그래도 싫다. 아까의 민승현은. 그녀의 마음도 모른 채 함부로 행동했던 승현을 떠올리다 문득 지나간 어느 겨울의 저녁이 생각났다.

정확히 몇 년 전인지 기억도 안 나는 그해 겨울. 아마 중학교 1학년이었을 것이다. 바람이 많이 불고 춥기도 추웠던 저녁, 집에 가려고 학교 정문에서 사거리로 이어지는 골목길을 통과할 때쯤 검은 그림자 둘이 그녀에게 다가왔다. 순간적으로 어깨를 움츠리며 피했지만 그녀의 앞을 막아서던 그들은 옆 고등학교의 남학생들인 듯했다.

'이렇게 껌껌한데 집에 가나 보네. 무섭지? 오빠가 데려다줄까?'

'추울 텐데 오빠가 꼭 안아 줄게.'

놈들이 낄낄 웃으며 그녀에게 수작질을 해 오자 연서는 당황해 뒷걸음만 쳤다. 주위를 둘러봐도 어두운 골목엔 사람이 보이지 않았고 도움을 청할 이는 아무도 없었던 그날.

'왜, 왜 이러세요……. 엄마가 기다려요. 전 집에 가야 돼요.'

두려움 가득한 목소리로 애원했지만 그런 게 먹힐 리가 없었다. 연서는 몸이 와들와들 떨리는 공포를 느꼈다.

급기야 놈들의 손이 연서의 어깨를 거칠게 끌어당겼다. 겁에 질린 그녀가 살려 달라고 소리를 쳤으나 이내 검은 손에 의해 비명이 삼켜졌다. 이대로 끌려가서 꼼짝없이 무서운 일을 당할 거 같아 공포가 극에 달했을 때쯤, 버둥거리는 그녀의 귀에 기적같이 누군가의 목소리가 들렸다.

'저기 경찰 온다!'

그 누군가는 그 말만 던지고는 골목의 반대편으로 뛰어갔다. 고등학생 둘은 서로 시선을 맞추더니 짧은 욕설과 함께 연서를 내버려 두고 도망갔다. 놈들이 어두운 골목 끝으로 사라지자 연서는 다리가 후들거려 주저앉았다.

'괜찮지? 얼른 도망가! 경찰 온다는 거 거짓말인 거 알면 걔네

다시 올지도 몰라.'

골목 끝에서 머리만 빠끔히 내밀고 말하는 남학생의 모습은 껌껌한 시야 때문에 누군지 알아볼 수가 없었다. 그러나 연서는 그 목소리를 기억해 냈다.

대답 없이 그와 반대편으로 뛰어서 거리로 나간 연서는 밝은 상가 불빛을 보자 그제야 참고 있던 울음을 터뜨렸다.

이튿날 학교에서 그 남학생을 다시 만났다. 연서는 망설이다가 인사를 건넸다.

'고마워, 승현아.'

열네 살의 소년은 해맑은 표정으로 되물었다.

'뭐가?'

그는 바로 전날 밤 골목길에서 있었던 사건의 여주인공이 누군지 몰랐고 연서도 굳이 말해 주지 않았다.

그 후부터 연서의 시선에 자주 승현의 모습이 담겼다. 공부 잘하고 축구도 잘하고 남을 잘 도와주며 친구도 많던 민승현은 그 시절, 사춘기 소녀의 가슴을 설레게 하기엔 충분했다. 어린 연서의 마음엔 그렇게 승현의 그림자가 조금씩 짙어졌다.

지이이잉. 갑자기 휴대폰이 짧게 진동음을 내자 연서는 깜짝 놀라서 고갤 들었다. 이 늦은 시간에 누군지 궁금해서 핸드폰을 확인했다.

[미안하다. 강연서.]

딱 일곱 글자. 발신인은 보지 않아도 알 것 같다. 연서는 가만히 문자를 바라보다가 핸드폰을 꺼 버렸다. 한숨이 그녀의 입에서 작게 흘러나왔다.

십수 년 전, 위험에 처한 그녀를 재치 있게 구해 줬던 귀여운 은인 민승현은 이제 없었다. 대신 지극히 무뚝뚝하고 기분 내키는 대로 행동하는 민 실장님만 있을 뿐.

이제는 승현을 바라보는 마음을 접어야 될 때가 된 듯싶었다. 어떻게든 그에게 다가가고 싶었고 그녀의 마음을 전해 주고 싶었던 그 시간들이 오늘의 민승현으로 인해 유리 깨지듯 와장창 부서져 버렸다. 그 사실이 연서는 제일 마음 아팠다.

❖

이른 아침부터 회사로 출발하며 승현은 연서를 보면 무슨 말을 할지 고민했다. 어젯밤 그녀에게 보낸 사과의 문자에는 결국 답장이 오지 않았다.

"오셨어요? 실장님."

그가 사무실로 들어서자 이미 와 있던 직원들이 인사를 건넸다. 승현의 시선은 디자인팀 사무실 유리문을 재빠르게 훑었다. 그런데 늘 새벽같이 나와 있던 연서가 보이지 않았다. 조금 늦나? 승현은 잠시 생각을 하다가 일단 실장실에 들어가 업무를 시작했다.

점심시간이 가까워질 무렵에 다시 디자인팀 사무실에 들러 보니 연서는 여전히 보이질 않았다. 지금 이 시간까지 출근 안 했을 리는 없는데. 승현은 궁금증을 참지 못해서 드르르륵 요란한 소리를 내며 미싱을 돌리는 손 과장을 불렀다.

"강연서 씨, 안 나왔어요?"

뿔테 안경을 손으로 밀어 올리며 손 과장이 대답했다.

"연서 씨는 저기 동대문시장에 나갔는데요."

"시장엔 왜요?"

"원단과 부자재 조사한다고, 아침 일찍 사무실에 들렀다가 바로 외근 나갔어요."

승현은 가만히 머리를 끄덕였다. 외근 나간 거면 다행이다. 어제 일 때문에 출근 안 한 줄 알고 마음 졸였네.

다시 자리로 돌아와 승현은 기획서를 집어 들었다. 세라패션은 20대 여성을 주 고객으로…… 세라패션은……. 한 줄을 읽는데 정신이 자꾸 딴 데로 새 버리자 승현이 짜증스럽게 이맛살을 찌푸렸다. 그러곤 기획서에 몰입하려고 큰 소리로 읽었다.

"세라패션은 20대 여성을 주 고객으로 내추럴하고 활동적인 디자인을 내세워…… 근데 왜 하필이면 오늘 같은 날에 동대문까지 간 거지?"

혹시 그를 피하는 건가 하는 생각이 들며 가슴이 서늘해졌다. 퇴근 전엔 들어오겠지, 조금 더 기다려 보기로 하고 승현은 초조하게 기획서를 들여다봤다.

몇 시간째 시장을 돌아다니며 연서는 사람들의 패션을 관찰했다. 아침부터 쉬지 않고 걸었더니 다리도 아프고 체력에 무리가 왔으나 자판기 커피로 정신력을 모으며 집중했다. 한 달 내에 디자인 30개를 내려니까 아이디어가 벌써 고갈됐던 것이다. 그래서 아침 일찍 외근을 신청하고 나왔다.

연서는 한 달에 한 번 정도 이렇게 사람이 많이 모이는 시장이나 거리로 나가서 몇 시간씩 사람들을 관찰하고는 했다. 그리고 돌아가면 며칠 동안 두문불출하며 디자인을 뽑아낸다.

사무실에서 그림을 그리거나 샘플을 점검할 때보다 사실은 이때가 아이디어를 구상하는 가장 역동적인 시간이었다. 다른 생각을 할 새가 없이 그녀의 신경은 오로지 하나의 목적에만 집중됐다.

조금 독특하다 싶은 패션을 발견하면 바로 사진을 찍었고 촬영이 불가한 옷들은 머릿속에 특징을 기억하느라 연서는 어제의 뜬금없던 키스 사건은 까먹은 지 오래됐다.

아침에 출근할 때까지만 해도 어떻게 승현을 볼지 걱정스럽지 않은 건 아니었지만 외근을 나온 순간부터 그녀는 더 이상 그 생각을 하지 못했다.

손목을 들어 시계를 보니 오후 세 시가 지나고 있다. 이제 샘플의 원단을 고르고 단추와 지퍼 등 부자재를 사고 돌아가야 된다.

연서는 동대문시장 안으로 빠르게 걸음을 옮겨 늘 가던 단골 가게로 향했다. 한 시간 뒤 시장을 나왔을 때 그녀의 양손엔 겉감용과 안감용 원단, 벨트 장식과 같은 온갖 자재들이 가득 들려 있었다.

회사에 도착한 연서는 자재를 담은 비닐봉지들을 두 손 가득 들고 로비로 들어갔다. 마침 엘리베이터가 1층에서 문이 닫히려고 하자 달려가며 불러 세웠다.

"잠깐만요!"

안에 있던 사람은 고맙게도 버튼을 눌러 기다려 줬다. 가쁜 숨을 몰아쉬며 엘리베이터에 오르려던 연서는 안에 타고 있던 사람을 확인하고는 그 자리에 우뚝 멈춰 섰다.

"전 그냥 다른 거 탈게요."

안에 서 있던 승현은 대꾸도 없이 손을 내밀어 그녀가 양손 가득 들고 있던 비닐봉지들을 받았다. 꽤나 무거운 짐들을 가져가자 연서는 움직임이 자유로워졌고 승현이 안 타냐고 눈치를 주자 마지못해 엘리베이터에 올랐다.

서서히 위로 올라가는 엘리베이터 안에서 연서의 뒷모습을 보고 있던 승현이 먼저 말을 붙였다.

"어젠 미안했어요."

연서는 들었는지 말았는지 미동도 없다. 난처해서 슬쩍 입술 끝을 깨물던 승현은 다시 말을 했다.

"어제 사실 상황이 꼬여 앞뒤 가리지 못하고 그랬던 건데…….
생각이 짧았어요. 정말 미안해요."

"……."

"난데없는 벼락을 맞은 연서 씨의 기분을 미처 고려하지 못해서 정말 미안하게 생각합니다. 성추행으로 신고한다 해도 할 말은 없습니다."

세 번이나 진지하게 사과를 건넸는데 연서는 여전히 대답을 하지 않았다. 승현은 그만 조급해졌다. 비닐봉지를 버스럭거리며 급히 한 발 앞으로 다가선 승현이 또 말을 했다.

"많이 화가 난 거라면 제 뺨이라도 때려요. 지금 여기서요."

아무도 없는 곳, 둘만 있는 엘리베이터 안이라면 기꺼이 맞아줄 수 있다. 그 생각으로 말을 했지만 연서는 계속 대꾸가 없다.

17층에 가까워지는 엘리베이터를 바라보며 또 뭐라고 말을 붙여야 할지 고민하는데 문득 연서가 몸을 획 돌렸다. 진짜 때리려나 보다. 승현은 저도 모르게 움찔 놀라서 눈을 감았다.

그런데 그와 동시에 띵 하는 소리와 함께 엘리베이터가 멈추고 문이 열리는 소리가 들렸다. 아, 하필이면 이때……. 하지만 승현은 감은 눈을 뜨지 않았다.

그러나 한참 기다려도 뺨에 떨어져야 할 그녀의 손은 느껴지지 않고 대신 그의 양손이 가벼워졌다. 눈을 떴을 때 연서는 이미 엘리베이터를 나간 뒤였다. 멀쩡한 자신의 뺨을 한 손으로 슥 문지르며 승현은 뒤따라 내렸다.

"강연서 씨. 얘기 좀 하면 안 돼요?"

빠르게 걸음을 옮기는 연서를 쫓아가면서 말하자 앞서 걷던 그녀가 몸을 돌렸다. 그녀는 따라오는 승현을 잠시 보다가 말했다.

"사과는 이미 받았습니다. 더 이상 사과 안 하셔도 돼요. 그리고 다시는 그러지 않으면 됩니다, 실장님."

연서는 곧 몸을 되돌려 걸어갔다. 사무실까지 통하는 긴 복도를 비닐봉지를 든 채 걸어가는 그녀의 뒷모습을 승현은 잠자코 보기만 했다.

이미 여러 번 사과를 했고 그녀도 사과를 받았다고는 하지만 둘의 사이는 점점 더 악화되는 느낌이다. 어떻게 풀어야 할지 이제는 막막하기만 하다.

"그게 다 뭐예요?"

문득 들려오는 남자의 목소리에 승현은 고개를 들어 보았다. 사무실을 나오던 진성이 뭔가를 가득 들고 있는 연서에게 관심을 보이며 묻고 있었다.

"아, 이거요? 샘플의 옷감과 자재들이에요."

"뭐가 이렇게 많아요? 이리 줘 봐요. 사무실까지 들어 드릴게요."

"괜찮아요. 무겁지 않아요."

"무겁지 않긴요. 되게 힘들어 보이는데."

진성은 포기하지 않고 연서의 짐을 가져가 두 손에 들었다. 아까 엘리베이터에서 그도 똑같이 짐을 들어 줬는데 고맙다는 말 한 마디 없이 찬바람만 쌩쌩 날리던 연서가 김진성에게는 웃으며 감사의 인사를 전했다.

"고마워요. 그럼 사무실까지만 부탁드릴게요."

"고맙긴요. 당연히 도와드려야죠."

둘은 다정한 모습으로 사무실에 들어갔고 그때까지 복도 한가운데 서 있던 승현은 팔짱을 낀 채 못마땅한 표정을 지었다. 이런 기분은 뭐라고 해야 할까? 꼭 마치 따돌림을 당한 것 같아 어린아이처럼 이유도 모를 심통이 나는데 어디에 화풀이를 해야 할지 모르겠다.

"답답하기는."

결국 승현은 울분을 참지 못해 혼잣말로 빈정거렸다. 여러 번 사과했으면 받아 줄 줄도 알아야지.

승현은 답답하게 목을 조여 오는 넥타이를 신경질적으로 끌러 내렸다. 복도 창문으로 한줄기 햇살이 그런 승현의 갈색머리칼을 달래듯 어루만진다.

❖

동대문에 다녀온 뒤 연서는 사무실에서 매일 그림만 그렸고 시안도 하나둘씩 완성이 되어 갔다. 그리고 주말이 지나고 새로운 주의 시작인 월요일, 디자인팀의 팀장인 이하정이 출산 후 첫 출근을 했다.

"안녕하세요. 다들 잘 지냈죠?"

활짝 웃으며 들어오는 이하정은 시원스러운 커트 머리에 단정한 오피스룩을 입은 활기찬 모습이었다. 그러나 그에 비해 그녀의 인사를 받는 디자인팀 직원들은 주눅이 들어 있었고 손 과장은 샐쭉한 표정을 지은 채 고개를 까닥일 뿐이다. 잠시 머쓱한 웃음을 짓던 이하정은 곧 연서에게 다가와서 악수를 청했다.

"새로 입사했다고 들었습니다. 전 이하정이라고 합니다. 반가워요."

연서는 자리에서 일어나 악수를 받으며 말했다.

"강연서라고 합니다. 앞으로 잘 부탁드릴게요. 팀장님."

"부탁은 제가 잘 드려야죠."

이하정의 묘한 웃음에 어리둥절한 표정을 지었더니 그녀가 곧 대답했다.

"들어온 지 얼마 되지 않아 세라패션의 단독 디자이너를 맡게 됐다면서요? 낙하산은 아니라고 들었는데, 강연서 씨의 디자인이 많이 훌륭한가 봐요. 앞으로 잘해 봅시다."

환하게 웃고 있지만 말투가 유난히 날카로워서 연서는 그냥 같이 웃어 주고는 자리에 앉았다.

연서는 오랜 시간을 미동도 없이 스케치북을 바라봤다. 뭔가 허전해 보이건만 어디가 부족한지 찾을 수 없어서 고민스러운 표정을 짓는데 문득 그 위로 누군가의 손이 나타나 장난을 쳤다. 고개를 들어 보았더니 연서의 책상 앞에 다가온 진성이 사람 좋은 미소를 짓고 있었다.

"식사는 하고 일해야죠."

연서는 고개를 돌려 시간을 확인해 보고는 웃었다. 점심시간이 지나는 줄도 모르고 눈이 아프도록 스케치북만 노려봤던 것이다.

어느새 사무실의 직원들은 밥 먹으러 나갔는지 그녀 혼자만 있었다. 연서는 얼른 지갑과 핸드폰을 챙기고는 진성과 함께 사무실을 나왔다.

둘이 소소한 얘길 나누며 구내식당으로 향하는데 맞은편에서 걸어오는 승현이 보였다. 누군가와 통화를 하던 승현은 그들을 발견하고는 곧 전화를 끊고 다가왔다.

"지금 들어오세요? 실장님."

진성이 웃으며 인사를 건네는데도 승현의 시선은 연서를 향해 있다. 그날의 키스 사건 이후, 한 번도 그에게 먼저 말을 건네지 않은 연서는 오늘도 그냥 고개만 숙여서 인사를 대신했을 뿐이다.

"어디 가요? 둘이서?"

유난히 말꼬리를 올려서 묻자 진성은 승현에게 대답해 주었다.

"점심 먹으러 가는 길인데, 실장님은 식사하셨어요?"

"아뇨. 저도 아직인데. 그럼, 같이 가죠."

그의 말을 듣고 불편한 기색을 드러내는 연서의 표정을 놓치지 않고 보면서 승현은 또 심통이 났다. 김진성과 잘도 웃으면서 얘기를 하다가도 그와 마주치면 연서는 저승사자를 본 것마냥 표정을 싹 굳힌다.

이미 여러 번이나 진지하게 사과했는데도 이런 식이면 도대체 어쩌자는 건지 모르겠다. 회사 내에선 승현이 엄연히 상사인데 왜 갑과 을이 뒤바뀐 채 그녀의 눈치를 봐야 하는 건지도 이해를 못하겠다.

승현은 답답한 제 마음을 표현하지 못해서 인상을 잔뜩 구겼고 연서는 연서대로 불편한 표정을 지우지 않았다. 그런 둘의 상황을 모르는 진성은 연서와의 오붓한 점심식사에 뜬금없이 상사가 끼어

들어서 그저 달갑지 않을 뿐이었다.

식당으로 가면서 세 사람의 대화 라인은 승현과 진성, 진성과 연서 사이에만 연결이 돼 있고 중간에서 진성은 두 사람의 말벗이 되어 주느라 바빴다.

"주말은 어떻게 보내세요?"

문득 진성이 물었지만 승현은 대답을 하지 않았다. 어색한 침묵이 흐르자 연서가 웃으며 대답했다.

"전 그냥 엄마랑 같이 보내요. 주말이면 가게가 더 바빠서 거의 가게에 붙어 있어요."

연서의 말에 승현은 그녀를 데려다줬던 정가네 국밥집을 떠올렸다. 그리고 진성은 처음 듣는 연서의 집안 얘기에 반가이 대화를 이어 갔다.

"엄마가 가게 하시나 봐요. 무슨 가겐데요?"

"그냥 조그마한 국밥집이에요."

"그래요? 위치가 어딘데요? 언제 한번 먹으러 가도 돼요?"

왜 이렇게 친한 척이지? 승현은 문득 지나치게 말이 많은 진성이 불쾌했다. 언제부터 알았다고 회사 여직원의 어머니가 하는 가게까지 가 보겠다고 난린 거야? 그러나 연서는 승현의 불편한 속내도 모른 채 밝은 목소리로 얘기를 했다.

"그럼요. 오시면 가장 맛있는 걸로 드릴게요. 공짜로요."

듣다못해 승현은 중간에 끼어들었다.

"제가 가도 공짜로 줄 건가요? 강연서 씨."

말끝에 일부러 그녀의 이름 석 자까지 부르자 연서는 고갤 돌려 그를 보았다. 바로 저 눈동자다. 핏기도 없이 맑은 눈에 가득 고인 눈물. 키스 사건의 그날, 저 눈동자의 물기를 발견하곤 무슨 대역

죄를 지은 것마냥 가슴이 철렁해졌던 것이다.

"드릴게요."

연서는 짧게 대답하고 다시 고개를 돌렸다. 진성에게 말하듯 다정하진 못했지만 그래도 공짜로 준다는 대답에 승현은 괜히 어깨가 으쓱해졌다. 세상을 불태우듯 지글거리던 태양도 언젠지 모르게 열기가 식어 갔고 가을이 오려는 듯 제법 선선한 바람이 부는 한가로운 오후였다.

❖

"나, 이혼했어."

점심시간에 회사 근처에서 만난 선경이 맨 처음 꺼낸 얘기였다. 이미 짐작한 일이라 연서는 조용히 고개를 끄덕여 주었다. 갓 나온 따뜻한 커피 한 잔을 그녀의 앞에 밀어 놓으며 연서가 말했다.

"고생했어. 다시 시작하자."

선경은 희미하게 웃어 보였다. 이혼을 준비하는 그 시간이 결코 쉽진 않은 듯 얼굴이 반쪽이 다 되었고 지쳐 보였지만 그럼에도 전보다는 한결 가벼운 기운이 흘렀다. 커피를 한 모금 마시던 선경이 작은 미소를 지었다.

"너무 따뜻해. 나는 그동안 왜 혼자 겨울을 보내며 추위에 떨었을까?"

"곧 봄이 올 거야. 힘내."

"이제 준우만 잘 키우며 열심히 살고 싶어."

"그래. 도움이 필요하면 얘기해. 내가 도울 수 있는 게 있을는지 모르겠지만."

손을 뻗어 연서의 손을 감싸 잡으면서 선경은 다시 웃었다. 웃으면 이렇게나 예쁜데. 그동안 웃음을 잃고 힘들게 지내 왔던 친구의 지난날이 연서는 가슴 아팠다.

"가만히 곁에 있어 준 게 얼마나 도움이 됐는지 모를 거야. 고마워, 연서야."

"별걸로 다 고맙네."

연서가 믿지 않게 눈을 흘겼다. 선경이 피시식 웃더니 커피숍에서 흘러나오는 노래를 나지막하게 흥얼거린다. 그런 선경의 얼굴은 정말 오랜만에 평화로워 보였다.

선경을 보내고 사무실에 돌아오니 샘플이 도착했다. 직접 샘플을 입고 이리저리 살피던 연서의 시선이 문득 손 과장의 책상 위에 고정됐다. 저게 왜 여기 있지? 연서는 손 과장에게 다가가며 궁금해서 물었다.

"이 디자인은 어떻게 구한 거예요?"

손 과장은 고갤 돌려서 연서가 가리키는 디자인을 보았다. 그러더니 심드렁한 목소리를 내었다.

"이 디자인이 왜?"

"이건 이태리의 파블리오 작품 아닌가요? 2004년인가 그때, 신상으로 나왔던 투포켓 프렌치코트인데."

손 과장의 눈동자가 반짝이더니 갑자기 자리에서 벌떡 일어났다.

"정말이야? 이게 정말 2004년도의 작품이란 말이야? 자기, 그 말에 책임질 수 있어?"

그가 연이어 추궁하자 연서는 의아해서 디자인을 다시 들여다봤다.

"거의 완벽하게 그 디자인이 맞는데요. 이게 왜 여기에 있어
요?"

그러나 손 과장은 연서의 물음엔 대답하지 않고 잽싸게 디자인
을 손에 둘둘 말아 쥐고는 사무실을 나갔다. 다급한 손 과장의 뒷
모습에 뭐가 뭔지 모르겠다는 표정을 짓다가 연서는 계속해서 샘
플을 여기저기 살펴봤다.

사이즈는 잘 나왔지만 어깨와 팔로 이어지는 부분이 약간 불편
하다. 샘플을 수정할 필요를 느낀 연서는 책상에 마주 앉아 작업도
구를 꺼냈다.

다소 급한 보폭으로 실장실까지 도착한 손 과장은 흥분을 다스
리며 혼잣말로 중얼거렸다.

"딱 걸렸어, 이하정."

손을 들어 노크하자 안에서 들어오라는 승현의 대답이 들렸다.
문을 열고 들어간 손 과장은 재빠르게 그의 책상 앞에 서서 본론
을 꺼냈다.

"문제가 생긴 것 같습니다, 실장님."

승현은 타이핑하는 손가락을 멈추지 않은 채 시선만 돌려서 손
과장을 바라봤다. 그런 승현에게 문제의 디자인을 꺼내 보여 주면
서 손 과장이 말을 계속했다.

"어제 받은 이 팀장의 내년 1월 신상 디자인입니다."

승현은 디자인을 살펴보며 미간을 모았다.

"그런데요?"

"그런데 이 디자인이 이태리 디자이너의 지난 작품이라고 합

니다."

"뭐라고요?"

승현이 눈썹을 찌푸리며 날카롭게 물었다.

"누가 그런 소릴 했어요?"

"연서 씨한테서 방금 들었습니다."

"강연서 씨요?"

승현은 되물었고 손 과장이 그렇다는 듯 고개를 끄덕여 주었다.

승현이 손으로 이마를 지그시 문질렀다. 한참 동안 침묵이 흐르고 그 정적을 견디지 못한 손 과장은 조심스레 그를 불렀다.

"어떻게 할까요? 실장님."

"카피한 게 확실한가요?"

"그게…… 강연서 씨가 자신 있게 디자이너의 이름과 디자인의 발표연도를 말하는 걸 봐선 거의 확실합니다."

"거의 확실하다는 게 어디 있습니까? 다른 것도 아닌 카피입니다. 똑바로 못 합니까?"

승현이 버럭 언성을 높이자 손 과장은 곧바로 말을 정정했다.

"죄송합니다, 실장님. 제가 다시 알아보겠습니다."

"강연서 씨, 들어오라고 하세요."

고개를 끄덕인 손 과장은 실장실을 나갔다. 월별 매출을 정산 중이었던 승현은 신경질적으로 프로그램을 중지시켰다.

이때, 노크 소리가 들리면서 연서가 들어왔다.

"부르셨어요? 실장님."

"방금 손 과장님이 보여 준 디자인이 이태리 디자이너의 작품이 확실합니까?"

앉으라는 소리도 없이 다짜고짜 추궁하는 승현의 말에 연서는 어리둥절해졌다. 그랬지만 곧 고개를 끄덕여 대답했다.

"네. 제가 대학에 들어가던 해에 나왔던 의상이었으니, 2004년 겨울신상입니다."

"본인의 말에 책임질 수 있죠?"

괜한 걸 말했나, 연서가 잠시 갈등했고 그 틈을 놓치지 않은 승현이 다시 묻는다.

"방금 그 디자인이 카피본이란 것에 대한, 강연서 씨의 말에 책임을 질 수 있냐고 물었습니다."

연서는 그제야 자신이 뭔가 시끄러운 일에 휘말렸다는 생각이 들었지만 사실대로 대답했다.

"그 디자인은 확실히 이태리의 패션디자이너가 과거에 발표한 작품입니다."

"좋습니다. 그 작품, 찾아오세요. 하루의 시간을 주겠습니다."

승현의 그 말을 끝으로 연서는 실장실을 나왔다.

카피였구나……. 뜬금없이 익숙한 디자인을 발견해서 아무 생각 없이 내뱉은 말인데 여기 디자이너 중 누군가가 원본을 카피했나 보다.

이태리의 패션디자이너 파블리오는 그리 유명하지는 않다. 그는 수많은 의상을 디자인하고 개인 패션쇼도 몇 번 열었지만 큰 반응을 얻지 못했다. 지금은 디자이너를 그만두고 자유기고가로 활동한다고 알고 있다.

유명하지 않은 디자이너지만 연서가 대학 1학기 첫 수업에 교수님이 소개해 준 작품이 바로 파블리오의 의상이라 유달리 기억에 생생했던 것이다.

이제 와서 디자인을 잘못 봤다고 되돌려 놓기는 어렵다. 하지만 원본 작품을 찾으면 카피란 게 확실해져서 누군지 모를 그 사람은 곤란한 상황에 처하게 되겠지.

자리로 돌아온 연서는 고민을 거듭하다가 결정을 내렸다. 인터넷으로 원본 작품의 링크를 찾은 그녀는 물끄러미 생각에 잠겼다.

이튿날 승현이 다시 연서를 불렀다. 이미 하루를 꼬박 기다린 그의 표정은 전에 없이 예민해 보였다.

"찾았습니까?"

대답이 없는 연서를 보며 승현이 다시 한 번 물었다.

"못 찾았어요?"

"카피를 한 디자이너는 어떻게 되나요?"

"그건 제가 알아서 판단합니다."

연서는 깊게 숨을 들이쉬다가 그의 책상으로 다가갔다. 가져왔던 USB를 건네주자 노트북에 연결한 승현은 파일을 열어 보는 듯 잠시 말이 없었다. 그리고 곧 다시 USB를 뽑아서 연서에게 넘겨주었다.

"됐습니다. 수고했어요."

그에게서 USB를 건네받고 연서는 몸을 돌려 나갔다.

그런 그녀의 뒷모습을 지켜보던 승현은 모니터로 시선을 돌렸다. 원본 디자인을 한참 동안 바라보면서 생각을 정리한 승현이 잠시 후에 인터폰을 연결했다.

"디자인팀의 이하정 팀장님, 들어오라고 해 주세요."

원본 디자인을 프린트하고 손 과장이 가져온 카피한 디자인도 가지런히 책상에 놓고는 팔짱을 낀 채 계속 들여다보는데 노크 소리가 들렸다. 문이 열리더니 이하정이 들어온다.

"부르셨습니까? 실장님."

"앉으세요."

승현은 팔짱을 풀면서 소파에 앉으라고 했다. 이하정이 자리에 앉자 그는 말을 꺼냈다.

"저는 좋은 영화를 보면 그 영화를 만든 감독을 존경하고 좋은 책을 읽으면 그 작가의 팬이 되곤 합니다. 좋은 그림을 발견하면 돈을 많이 들여서라도 소장하고 싶은 욕구가 생기고요."

뜬금없는 말에 무슨 소리냐는 듯 이하정은 눈을 동그랗게 떴고 승현이 이어서 말한다.

"전 창작을 하는 모든 분들이 대단하다고 생각해요. 창작이란 아무나 쉽게 하는 일이 아닐뿐더러 보잘것없는 작품 하나라도 세상에 나오기까지 창작의 고통이 만만치 않거든요."

"실장님. 무슨 얘기신지……."

"디자이너도 창작을 하는 사람입니다. 패션에 대한 열정과 본인 작품에 대한 자부심으로 매일 그림을 그리고 원단을 선택하고, 그 디자인에 가장 잘 어울리는 자재를 구해 오고 샘플을 만들고, 몸에 딱 들어맞을 때까지 고치고 또 고치고……. 옷이란 그렇게 나오는 거잖습니까? 잘 아시죠?"

"그렇죠."

"이 팀장님이 작업하신 디자인의 매출 성적이 2년 연속 최하위였다는 건 본인도 잘 아실 거라 생각합니다. 감이 떨어졌을 수 있겠다 싶어서 충분히 쉬면서 천천히 가 보자는 당부도 여러 번 했고요."

이하정의 안색이 굳어지면서 대답 없이 승현을 쳐다봤다.

"이 팀장님은 지금의 디자인팀에서 연차도 제일 오래되었고 욕심도 많으신 분이란 거 알아요. 매출은 저와 회사가 고민하는 문제이니 이 팀장님은 본인이 작업하는 디자인에만 신경을 써 달라고, 조급해하지 마시고 순리대로 가 보면 다시 좋아질 거라고 했던 제 얘기는 잊으셨습니까?"

이하정은 여전히 대답이 없다. 승현은 책상에 가지런히 놓인 두 개의 디자인을 손으로 밀면서 말했다.

"이번이 두 번째 카피입니다. 이하정 팀장님."

그녀의 시선이 승현의 손이 닿은 두 개 디자인에 머물더니 뺨이 확 붉어졌다.

"죄송합니다, 실장님. 용서해 주세요."

"이 팀장님에 대한 처분은 제가 조금 더 고민하고 통보하겠습니다."

수치심과 모욕감으로 인해선지 이하정의 얼굴은 더욱더 붉게 달아올랐고 도망치듯 실장실을 빠져나갔다.

승현은 피곤해진 눈을 감았다가 손을 뻗어 책상 위를 더듬었다. 다시 눈을 떠 책상을 보면서 문득 의문스러운 생각이 든다.

비타민은 왜 더 이상 보이지 않는 걸까? 누군가 매일 하나씩 가져다 놓았던 비타민이 언제부턴가 딱 사라졌다. 며칠 더 기다려 봤지만 그래도 없었다. 누가 이런 장난을 치는 거지? 궁금한데 어떻게 범인을 잡을지, 방법이 없는 게 안타깝다.

"이 팀장님은 어떻게 하실 거예요? 그냥 저대로 둬도 괜찮을까요?"

손 과장이 승현에게 소주를 한 잔 따라 주며 넌지시 물어봤다. 퇴근하고 둘이서 회사 앞 갈빗집에서 식사를 하던 중이었다.

"고민 중입니다. 대표님이 아끼시던 직원이라 단박에 자르기가 그러네요."

승현의 말에 손 과장은 불만스러운 표정을 지었다. 그는 이번 기회야말로 이하정을 내보낼 수 있는 절호의 찬스라고 생각했기 때문이다.

"쉬다가 나온 지 얼마나 됐다고 벌써 한 건 터뜨렸네요. 작년엔 프랑스 디자이너의 작품을 카피해서 고소까지 당한 사람이 똑같은 짓을 하다니. 이번에 만약 연서 씨가 미처 발견하지 못했더라면 무슨 파장이 일어났을지 어떻게 알아요? 이 팀장, 아주 상습범인데 이대로 계속 두면 시한폭탄을 껴안은 것처럼 불안해서 어디 살겠어요?"

손 과장은 자꾸만 이하정을 자를 것을 권했지만 승현은 따로 대꾸를 하지 않았다. 그리고 카피상습범인 사고뭉치 직원을 계속해서 싸고돌고 싶은 건 아니었다. 그러나 이하정은 민 대표가 유난히 챙겨 왔던 디자이너.

회사 관리는 현재 승현이 한다지만 아버지가 임용했던 직원을 함부로 자르는 건 예의가 아닌 것 같아서 승현은 일단 민 대표의 동의를 얻으려고 생각하고 있었다.

"강연서 씨는 괜찮아요?"

문득 승현이 묻자 손 과장은 뭘 물어보는지 몰라서 그를 바라보았다. 손 과장의 잔에 소주를 따라 주면서 그가 다시 말했다.

"일에는 잘 적응하던가요?"

"연서 씨야 여기 들어오기 전부터 경력이 쟁쟁하니 사실 뭐, 베테랑이죠. 따로 가르치고 자시고 할 것도 없고요. 본인 일은 알아서 착실히 잘 하고 있어요. 디자인에 대한 아이디어나 감각도 탁월

하고요."

"다행이네요. 처음엔 그 친구를 면접에 부르면서도 긴가민가 꽤 고민했었거든요. 손 과장님도 알다시피 제가 로아를 관리하면서 제 손으로 뽑은 첫 직원이 바로 강연서 씨잖아요."

그건 그렇다고 대답하듯 손 과장이 갈비를 뜯어먹으며 고개를 열심히 끄덕였다. 승현은 약간 취기가 오르는 걸 느끼곤 잔을 내려놓았다.

"아무튼 그 친구, 앞으로도 잘 부탁해요. 아무래도 손 과장님이 옆에 끼고 제일 많이 가르쳐야 하니까."

"그럼요. 걱정 안 하셔도 돼요. 그런데 연서 씨랑 어떻게 아는 사이예요?"

손 과장은 왠지 궁금해져서 물었다. 승현은 냅킨을 슥 뽑으며 웃었다. 냅킨에선 키스하던 그날 연서에게서처럼 좋은 향기가 났다. 취기 때문인지 그날 연서의 모습이 더없이 생생하게 떠오르는 게 기분이 참 묘하다.

"동창이에요. 중학교를 같이 다녔는데 어쩌다 보니까 같은 회사에서 인연이 됐네요."

"그러네요. 인연이라면 그것도 인연이죠."

연서도 인연이라고 생각할까? 그녀는 아직도 그에게 냉랭히 대하고 있어서 신경이 쓰이지만 시간을 조금 더 두고 관계 개선을 해 볼 수밖에 없다고 생각했다.

손 과장은 여전히 고기를 뜯느라 열심이었고 승현은 의자 뒤로 몸을 기대며 가게 밖의 하늘을 물끄러미 바라봤다.

손 과장과 헤어지고 대리를 부른 승현은 집이 아닌 전혀 엉뚱한 주소를 알려 줬다.

"2호선 신천역 근처의 먹자골목으로 부탁해요."

"새마을시장 쪽을 얘기하시나요?"

"네. 그쪽에 가면 정가네 국밥집이라고 있을 거예요. 거기까지
만 가 주시면 돼요."

왜 거길 가는지 승현은 제 자신에게 마땅한 핑계거리를 찾지 못
했다. 다만 집에 들어가기엔 너무 이른 시간이니까. 시계를 보면서
그는 그럴듯한 이유를 들었다.

대리운전 기사는 능숙한 솜씨로 거리를 달렸고 얼마 지나지 않
아 근처에 도착하여 조심스레 속력을 줄이기 시작했다. 골목을 비
집고 들어가며 부지런히 간판을 살펴보던 기사가 말했다.

"저기, 정가네 국밥이라고 보이는데 문 앞까지 갈까요?"

대답하려던 승현의 시선이 문득 차창 밖의 여자와 남자에게 머
물렀다. 국밥집과 얼마 떨어지지 않은 골목에서 여자가 남자에게
웃으며 말을 하고 있었는데 거리 때문인지 말소리가 잘 들리지 않
았다.

"조금 더 앞으로 가 주세요."

승현은 기사한테 말을 하면서 차창을 내렸다. 차가 그들 가까이
에 다가가니 둘의 대화 소리가 들리기 시작했다. 승현이 됐다는 듯
고갤 끄덕였다. 대리운전 기사가 돈을 받고 차에서 내리자 승현은
비로소 차창 밖의 여자와 남자에게 집중했다.

"설마 정말 오리라곤 생각도 못 했어요. 음식은 입에 맞았어
요?"

연서의 말이 들렸고 그다음에 대답하는 진성의 목소리도 들린
다.

"그럼요. 아주 맛있게 잘 먹고 간다고, 어머니께 꼭 전해 주세요. 자주 오면 단골손님으로 할인이 가능한지도 여쭤 봐 주시고요."

진성의 농담에 연서가 즐거운 듯 웃었다. 웃는 그녀의 모습이 예쁘지만 그걸 보고 있는 승현은 공연히 기분이 나빠졌다.

"맛있게 드셨다니 저도 좋네요."

양손을 깍지 낀 채 등 뒤로 뻗으며 진성의 옆에서 걷고 있는 연서에게선 평화로운 기운이 흘렀다. 골목의 가로등과 상가의 불빛으로 인해 그들의 모습은 밤인데도 유난히 밝아 보였다.

"연서 씨. 이런 말은 좀 당황스러울 텐데…… 그래도 제 성격상 오래 뜸 들일 줄 몰라서요."

저건 또 무슨 소리야? 승현은 이맛살을 찌푸리며 차창 밖의 진성에게 시선을 주었다. 연서도 무슨 소린지 모르겠다는 표정으로 진성을 바라보았다.

"우리, 조금 더 가까운 사이로 지내는 게 어때요?"

"제가 로아에서 제일 가깝게 지내는 사람이 팀장님이에요. 모르세요?"

뭐가 좋은지 연서는 생글생글 웃으며 말했다. 그에 비해 진성의 얼굴은 긴장으로 인해 약간 달아올랐다.

"제 뜻은 그게 아니에요. 퇴근한 뒤에 업무 얘기가 아닌 사소한 일들을 전화로 얘기하고, 맛있는 것도 먹으러 다니고, 주말이면 영화도 같이 보고 그리고 또……."

무슨 뜻인지 짐작한 듯 연서의 얼굴에선 웃음기가 조금씩 사라졌고 그 때문에 진성도 점점 얼굴이 굳어 갔다.

"로아에서 근무하는 팀장과 디자이너가 아닌, 그냥 남자 김진성

125

과 여자 강연서로 만나면 어때요?"

진성의 말이 끝나자 둘 사이에는 침묵이 흘렀다. 답답한 침묵이 힘겨운 건 진성과 연서만이 아니었다. 차 안에서 둘을 지켜보고 있던 승현도 이 침묵이 유난히 화가 났다. 그래서 뭐 어쩌자는 건가 하는 생각으로 그들을 다시 쳐다봤을 때 연서가 입을 열었다.

"고마워요. 팀장님."

젠장. 고맙긴 뭐가 고맙지? 승현은 왜 그런지 조급해졌다. 몸을 차창 가까이로 기울이며 그들의 대화를 좀 더 자세히 들으려고 집중했다.

"뭐가요? 연서 씨."

진성은 조용히 되물었다. 연서가 약간 난처한 표정을 짓더니 말을 한다.

"팀장님의 마음이 고마워서요. 저를 좋게 생각해 주신 것 같아서 고마워요."

"저는 제 눈을 믿어요. 연서 씨는 좋은 여자예요."

연서는 머리를 숙였다가 잠시 후에 다시 고갤 들며 웃었다.

"그런데, 저는 좋아하는 사람이 있어요. 미안해요, 팀장님."

연서의 그 말을 끝으로 세 사람은 또다시 침묵을 했다. 진성은 실망스러움을 감추지 못했고 연서는 잔뜩 미안한 기색이었으며 차 안의 승현은 가만히 입속으로 중얼거렸다. 좋아하는 사람이 있어요…….

그 사람이 누구인지 뜬금없이 부러워진다. 따뜻한 목소리로 좋아하는 사람이 있다고 말을 하는 연서를 보면 그 사람을 얼마나 마음에 담아 두었는지, 그 무게가 느껴졌다. 그래서 괜히 그 사람이 부러웠고 또 괜히 힘이 빠졌다.

승현은 손으로 관자놀이를 꾹꾹 문지르며 술이 빨리 깨길 바랐다. 여기까진 왜 왔으며 그와는 하등 상관도 없는 이런 얘길 듣는데 왜 이렇게 화가 나는지, 그런 자신이 이해가 되지 않았다.

"누구야? 방금 그 남자?"

연서가 가게로 들어오자 어느새 귀신같이 다가온 엄마가 묻는 소리였다. 손님들이 아직 테이블 군데군데 앉아 있는데 정 씨는 모든 신경을 연서한테로 모으고는 호기심 어린 눈빛을 반짝였다.

"회사 사람이야. 엄마도 들었으면서 뭘 물어보고 그래."

엄마를 피해 연서는 주방으로 들어가서 설거지를 했다. 뒤따라온 정 씨는 팔짱을 낀 채 그녀를 요모조모 뜯어본다.

"아냐 아냐. 그게 아니란 말이야. 그냥 회사 사람은 아닌 것 같단 말이지."

"아니면 뭐. 내 남자친구라도 될까 봐?"

퉁명스런 연서의 반문에 정 씨가 그녀의 옆으로 다가가며 물었다.

"그런데 아무리 봐도 우리 딸이 좋아할 만한 남자는 아니던데. 방금 그 남자, 혼자 삽질하는 거 맞지?"

연서는 그릇을 닦다 말고 피시식 웃었다. 누가 낳아 준 엄마가 아니랄까 봐 정 씨는 그녀의 속까지 훤히 꿰뚫는 신기한 재주를 가졌다. 대답 없는 연서를 보다가 정 씨는 답답하다는 듯이 캐어물었다.

"남자가 멀쩡하니 참하게 생겼던데, 도대체 왜 싫어?"

"아무 감정을 못 느끼겠어. 좋은 사람인 건 아는데 내 마음이 설레지가 않고 두근거리지 않아. 내가 정말 못났지? 엄마."

"그럼 널 설레게 하는 놈 어디 한번 데리고 와 봐. 어떻게 생겨 먹은 놈이 우리 딸 마음을 그리도 두근거리게 하는지 엄마가 관상 좀 봐 주게."

"없어, 그런 사람."

다 닦은 그릇을 찬장에 얹어 놓은 다음 연서는 주방을 나왔다. 손님과 멀리 떨어진 창가에 다가가서 며칠 물을 먹지 못해 바싹 마른 화분을 물끄러미 들여다보았다. 그녀의 마음도 이렇게 죽으면 좋을 텐데, 하는 생각이 들었다. 한참 화분을 바라보던 연서는 옆에 있는 주전자를 들어서 물을 주었다.

느지막한 시간이 돼서야 집에 도착한 승현은 곧장 서재로 향했다. 거기선 스탠드 빛이 희미하게 새어 나왔고 민 대표가 홀로 앉아 두꺼운 책을 들여다보고 있었다. 문을 똑똑 두드리자 응, 하는 대답이 들린다. 승현이 안으로 들어가니 민 대표가 말한다.

"귀가 시간이 점점 늦네. 뭐 하다 오는 거야? 사무실에도 없다고 하더니."

정가네 국밥집까지 갔다 오느라 늦었다고는 말을 못 하는지라 승현은 그냥 본론을 꺼냈다.

"드릴 말씀이 있습니다, 대표님."

민 대표는 보던 책을 내려놓으며 안경을 벗었다.

"회사 일이구나. 무슨 일인지 어디 한번 말해 보거라."

승현은 책상 앞에 의자를 끌어당겨 민 대표와 마주 앉았다. 지금까지 몇 시간을 골똘히 책을 들여다봤던지 그의 눈에는 핏발이 서 있었고 어서 말해 보라는 듯 무언의 재촉을 했다.

"이하정 팀장이 또 사고를 쳤습니다."

민 대표의 눈썹이 위로 씰룩 올라가더니 곧 다급한 어조로 승현에게 캐어물었다.

"무슨 사고? 또 카피했어?"

"네."

"언제 일이야? 어디까지 진행된 거냐고?"

"오늘 확인한 일이고 다행히 직원이 먼저 제보를 해서 작업에 들어가는 일은 막을 수 있었습니다."

"흐음……."

민 대표는 눈을 지그시 감으며 콧소리를 내었다. 그런 아버지의 모습을 자세히 들여다보던 승현은 문득 그의 얼굴에 자리 잡은 주름들이 안쓰러워졌다. 긴 세월 홀로 회사를 키워 왔던 민 대표에게 있어서 로아는 그의 두 번째 자식이었을 터였다.

"그래서, 어떻게 처리했어?"

잠시 뒤에 민 대표가 묻자 승현은 준비한 대답을 했다.

"정식으로 처리하기 전에 대표님께 요청을 드리려고요."

"무슨 요청?"

민 대표는 뒤에 이어질 말이 무언지 알고 있으면서도 되물었다.

"이하정, 내보내겠습니다."

"그래?"

"작년 카피 사건 때도 저는 이하정을 잘라야 된다고 했으나 대표님의 반대에 가만히 두고 지켜봤습니다. 그런데 고작 1년 지났는데 똑같은 일을 터뜨렸습니다. 그리고…… 사실 저는 대표님이 작년에도 이하정 팀장을 왜 남겨 뒀는지 의문입니다."

민 대표는 손을 들어서 미간을 지그시 어루만지다가 고개를 끄덕였다.

"이하정 팀장은 현재 디자인팀에서 연차가 제일 오래돼서 특별한 대우를 받았던 것만은 아니야. 로아에는 너보다도 7년을 더 있던 사람이고 회사와도 정이 많이 들었지. 무엇보다 내가 이 팀장을 아꼈던 건 그 친구가 로아가 어려울 때 기꺼이 회사를 위해서 많은 고생을 했기 때문이야."

2008년 금융위기에 로아의류는 파산까지 감내하면서 긴축경영으로 바꾸었다. 본사는 물론 해외지사 직원들의 연봉도 대폭 줄였고 그 때문에 회사의 많은 직원들이 로아를 떠나는 엄청난 손실을 겪기도 했다. 그때 로아 본사 디자인팀에서 유일무이하게 남아 있던 디자이너는 이하정, 한 사람이었다.

"회사가 상당히 어려웠던 시절, 급여는 줄고 근무시간은 늘고 제대로 된 출퇴근도 보장할 수 없었어. 매일 연장근무와 밤샘작업을 하느라 이하정 팀장은 결혼해서 가진 첫 아이를 유산까지 했던 사람이야."

처음 듣는 소리에 승현이 고개를 들어 민 대표를 바라보았다. 그는 그때를 회상하는 듯 잠시 말이 없더니 다시 얘길 이었다.

"이하정 팀장은 대학 졸업하고 여기가 첫 직장이거든. 힘들 때도 회사를 버리지 않고 오래 버텨줘서 그게 참 고마웠어. 인간적으로도."

"대표님."

"하지만, 그렇게 성실한 사람도 세월이 흐르고 돈의 맛을 알게 되더니 욕심이 커지면서 변했어. 그 친구가 또 자존심이 강해. 남에게 뒤처지는 걸 스스로 용납 못 하는 스타일인데 그게 시간이 흐를수록 나쁘게 작용하더라고. 그래서 나는 이 팀장을 볼 때마다 늘 안타까웠어."

민 대표는 두 손을 깍지 끼면서 고요한 시선으로 승현을 바라보았다.

"처음 카피 사건 때는 그래서 한 번의 기회를 주기로 했던 거고. 사실 작년에 이 팀장 때문에 회사도 손해가 만만치 않았지만 그 친구가 로아에게 해 줬던 많은 고생을 생각하면 그 정도의 의리는 내가 보여 줘야 된다고 생각했어."

승현이 다음 말을 기다리자 민 대표는 스스로 고개를 끄덕이더니 얘기했다.

"그러나 나는 이미 로아의 관리에서 손을 뗀 사람이다. 네가 관리를 하면 직원도 네 직원이야. 어떻게 결정을 하든, 아비는 네 뜻에 따를 거다."

"그럼 이하정 건은 제 생각대로 처리하겠습니다."

그가 자리에서 일어설 때 민 대표가 주의를 줬다.

"제보한 직원한테 혹시라도 피해가 가지 않게 조용히 잘라내. 카피 건을 알고 있는 다른 사람들한테도 입단속 제대로 시키고."

"네. 그렇게 할 생각입니다."

승현은 대답을 하고 서재를 나갔다. 민 대표는 잠시 상념에 잠겨 있다가 고개를 절레절레 흔들었다. 그러곤 안경을 집어 들고 계속해서 책을 읽어 내려갔다.

30개의 디자인 시안이 완성됐다. 연서는 시안을 파일로 만들어 노트북에 저장한 뒤 식당으로 갔다.

음식을 가져와 앉아 밥을 먹다 말고 선경이 요즘 잘 지내는지 궁금해서 핸드폰을 꺼내는데 문득 인기척이 들린다. 고개를 들어 보았더니 승현이 식판을 들고 와 그녀의 앞에 자릴 잡고 앉았다. 승현의 시선을 피하자 그가 말을 붙여 왔다.

"왜 이렇게 늦게 먹어요?"

"일이 안 끝나서요."

건조하게 대답하는 연서를 보다가 승현은 다시 말했다.

"아무리 일이 많아도 식사 시간은 지켜야죠."

이번에는 대답도 안 하는 강연서다. 어색해진 승현은 숟가락을 들고 밥을 먹기 시작했다. 미묘한 분위기가 불편해서 연서는 빨리 먹고 일어나려고 부지런히 젓가락을 놀렸다.

"남자친구 있어요?"

뜬금없이 물어 오는 승현의 말에 연서가 다시 고갤 들었다. 그녀와 눈이 마주치자 승현은 잠시 밥 먹던 걸 멈추었다.

"그건 왜 물으세요?"

"그냥 뭐. 회사 직원들이 결혼은 했는지, 애는 있는지 이런 신상정보 정도는 알아 두려고요."

"없어요."

그럼 그날, 진성에게 좋아하는 사람이 있다고 했던 건 무슨 뜻이었지? 승현은 어리둥절해졌다.

"좋아하는 사람은요?"

"이 나이에 좋아하는 사람 정도는 있겠죠."

"결혼은 안 해요?"

"전 일이 좋아요. 일만 하면서 살 거예요."

"나랑 닮았다. 나도 그런데. 일이 제일 좋거든요."

연서는 '그래서 어쩌라고요?' 하는 표정으로 쳐다보더니 곧 자리에서 일어났다.

"천천히 드세요. 다 먹었으니 들어가 보겠습니다."

그러더니 연서는 뭐라고 붙잡을 새도 없이 몸을 돌려 식당을 나가 버렸다. 그런 그녀를 못마땅하게 바라보던 승현은 밥을 먹던 걸 멈추고 식판을 팔로 쓱 밀어 놓았다.

"일부러 시간대를 맞춰서 같이 먹으려고 나왔건만."

혼잣말로 중얼거리며 승현은 고민에 잠겼다. 어떻게든 연서와 화해를 하고 싶었지만 마땅히 방법이 떠오르지 않는다. 이 난제를 어떻게 풀어야 할까……?

"어머, 실장님. 식사 중이셨구나."

이때 익숙한 목소리가 들리자 승현이 고갤 돌렸다. 강렬한 오렌지 색상의 상의와 하얀색 바지를 입은 손 과장이 수선을 피우며 다가왔다. 후식 타임을 즐기려는지 양손에 아이스크림을 든 채 승현에게 어떤 걸 먹을 거냐고 사인을 보냈다.

"마시는 비타민은 없겠죠?"

"아유. 여긴 없죠. 제가 나가서 사 올까요?"

"아뇨. 그냥 블랙커피 한 잔 부탁해요."

손 과장이 커피를 가져올 때까지 계속 골똘히 생각에 잠겨 있던 승현은 잠시 후 그가 다가오자마자 말을 꺼냈다.

"고민이 생겼거든요."

"실장님이요? 무슨 고민인데 우리 잘생긴 씰땅님의 이맛살을 찌푸리게 한대요? 말해 봐요. 손 해결사가 도와드리죠."

손 과장의 자신 있는 선언에도 미간을 모은 채 한참 뜸 들이던 승현이 결국 입을 열었다.

"그러니까…… 여자의 마음을 풀어 주려면 어떻게 해야 하죠?

내가 굉장히 잘못한 일이 있었는데."

"여자 마음이요? 흥미 없는데."

정말로 흥미 없다는 듯 손 과장은 한 손으로 자신의 헤어스타일을 다듬는다. 그러더니 지루한 목소리로 물었다.

"그런데 무슨 잘못을 했는데요? 혹시 임신시켰어요?"

"손 과장님!"

승현이 표정을 구기며 정색하자 그는 오히려 신나서 깔깔 웃었다.

"비싼 명품 백을 사 줘 봐요. 아니면 분위기 좋은 데 데리고 가서 근사한 이벤트? 아, 상상만 해도 너무 황홀해."

"그런 거 좋아할 여자가 아닙니다."

승현의 퉁명스러운 대답에 손 과장이 입술을 비쭉 내밀었다.

"그 여자가요, 성격이 조용한 편인데 한번 화나니까 정말 무섭네요. 말을 걸어도 단답형으로만 대답하고 이젠 내게 웃지도 않아요."

승현은 말을 계속했지만 손 과장은 관심 없다는 듯이 아이스크림만 홀짝홀짝 맛있게 먹는다. 괜히 역정이 난 승현이 핀잔을 주었다.

"단 거 그렇게 먹다가 나이 들어서 고생해요."

콘까지 와작와작 씹어서 다 먹은 손 과장은 그제야 승현에게 조언이랍시고 말했다.

"그럼 가장 간단하면서도 어려운 방법을 알려 드릴까요?"

승현의 눈이 호기심으로 반짝였다. 손 과장은 큰 비밀이라도 알려 주는 듯 가까이 다가와서 귀에 속삭였다.

"진심이요."

"……."

"실장님의 진심을 전해 줘요. 내 마음이 말하는 소리, 내 마음이 원하는 소리가 뭔지 먼저 종이에 적어 보는 거예요. 그다음 그 마음의 소리를 여자한테 그대로 전해 줘 봐요. 진심은 언제든 통하게 돼 있거든요."

그 말을 끝으로 손 과장이 엉덩이를 흔들며 식당을 나갔다.

진심? 내 마음이 말하는 소리, 내 마음이 원하는 소리라……. 그걸 연서에게 전해 주면 그녀의 기분이 풀어질까?

승현의 얼굴에 약간의 희열이 떠올랐다. 그러다가 문득 중요한 걸 미처 말해 주지 못한 생각이 들었다. 손 과장, 입단속시켜야 되는데. 그러나 곧 사무실에 들어갈 거라서 잠시 후에 주의를 주기로 하고 승현은 식당을 빠져나갔다.

"아, 배불러. 칼로리 섭취를 줄여야 하는데 아이스크림은 악마의 유혹이란 말이지."

부른 배를 기분 좋게 만지며 화장실로 향하던 손 과장은 안쪽 여자화장실에서 불쑥 튀어나오는 이하정을 발견했다. 손 과장을 지나쳐 사무실로 들어가려는 그녀를 손 과장이 짜증스런 목소리로 불러 세웠다.

"자기, 인사는 하고 가야지."

그러자 이하정이 몸을 돌리더니 생긋 웃어 보였다.

"아, 계셨어요? 못 봤어요. 너무 짜리몽땅해서."

손 과장은 첫마디부터 한 방 먹은 게 화가 났지만 일부러 여유로운 웃음을 지었다.

"자긴 출산을 하더니 몸매가 참 안타까워졌어. 남편이 실망하지 않아?"

"뭐라고요?"

눈을 세모꼴로 잔뜩 찌푸리는 이하정에게 손 과장이 계속해서 간죽거렸다.

"디자인 하나도 제대로 못 만들어 내면서 잘난 척하지 마. 이번에도 카피했던데, 참 그것도 능력이야. 또 고소당하고 싶어? 프랑스에 이어 이태리 작품까지 카피하고, 아주 국제적 망신을 혼자 다 시키잖아."

"손 과장님!"

이하정이 눈 찢어질 듯이 노려봐도 손 과장은 멈추지 않았다.

"이번에 연서 씨가 카피한 거 미리 발견하지 않았어 봐. 막말로 자기가 두 번 고소당하지 않으리란 법 있어?"

강연서……? 이하정의 낯빛이 어둡게 깔리는 것도 모르고 손 과장이 과장되게 상체를 흔들어 보였다.

"한 번 더 도둑질하면 그땐 로아에 민폐 끼치지 말고 자기 발로 나가 줘. 제발 부탁이야!"

듣기 힘든 모욕을 당한 이하정의 얼굴이 심하게 일그러졌다. 손 과장은 매우 뿌듯한 표정으로 그런 그녀를 남겨 둔 채 화장실로 사라졌다.

사무실로 들어온 승현은 잠시 혼자만의 생각에 잠겼다. 뭔가 느낌이 안 좋은 사건은 빨리 해결하는 게 좋다. 이하정 건이 그랬다. 그는 결정을 내리고는 곧바로 인터폰을 연결했다.

"부르셨어요? 실장님."

잠시 뒤에 들어온 하정은 공손한 말투로 물었다. 두 손을 깍지 낀 채 고개를 끄덕여 보인 승현은 거두절미하고 본론부터 말했다.

"고민해 봤는데요. 아무래도 이 팀장님이랑은 정리를 해야 될 듯싶습니다."

"그게…… 무슨 얘기시죠?"

하정은 떨리는 목소리로 물었고 승현이 이어 말했다.

"작년의 그 사건과 이번 일, 서로 다른 게 아니라 똑같은 사건이잖아요. 그렇죠?"

"실장님. 한 번 더 기회를 주시면……."

"기회는 첫 번째 사건이 터지고 나서 드렸습니다. 제가 아닌 대표님이요. 관례를 깨고 이 팀장님한테 특별대우를 하셨다고 얘길 들었어요."

하정이 급기야 눈물을 보였지만 승현은 어쩔 수 없다는 듯 가벼운 한숨을 쉬었다. 디자인팀의 분위기도 그렇고 무엇보다 이번 카피를 발견한 게 연서였기 때문이다.

하루 이틀은 모르고 지낼 수 있으나 언제든 그녀의 귀에 이 일이 들어가면 그 성격에 연서를 괴롭힐 수도 있다는 생각이 컸다.

"어찌 됐든 복귀한 지 얼마 안 되어 이런 일이 생겨서 저도 많이 유감스럽습니다. 근무는 이번 주까지 하는 걸로 정리해 둘게요. 금요일까지 인수인계하실 게 있으면 부탁드립니다."

"제가 대표님한테 얘기를 드려 보면 안 될까요? 많이 잘못한 걸 알고 반성하고 있으니……."

"대표님과는 제가 이미 얘기를 끝냈습니다. 금요일에 급여와 퇴직금을 함께 정산해 드리겠습니다."

하정은 눈물을 훔치다 말고 분한 듯 아랫입술을 질근 깨물더니 자리에서 벌떡 일어나 실장실을 나갔다. 이하정이 나가자 승현은 다시 인터폰을 연결했다.

"손 과장님. 잠시 들어오세요."

이내 손 과장이 기분 좋은 표정으로 들어와 승현의 앞에 다가서며 물었다.

"무슨 일로 부르셨어요?"

"다름이 아니라 이 팀장의 카피 건 때문인데요."

"왜요, 실장님? 자르기로 하셨어요?"

승현이 가볍게 고개를 끄덕이자 손 과장의 얼굴이 환희로 물들었다. 그는 과장되게 두 손을 위로 올리며 만세 동작을 해 보였다. 그러더니 곧 승현을 향해 엄지손가락을 척 내밀어 주었다.

"짱이십니다! 실장님!"

"이 팀장 근무는 이번 주까지고, 소문나 봐야 좋을 일이 없으니 더 이상 아무한테도 얘기하지 마시라고요."

"그럼요. 저만 알고 있겠습니다. 아유. 그 붙여시 같은 기지배, 드디어 안 보겠네. 내 속이 다 후련해."

손 과장은 계 탄 날인 듯 굉장히 신나 보였다. 그런 그에게 승현이 뒤이어 당부했다.

"이 팀장한테 카피의 제보자가 강연서 씨란 건 절대 함구하셔야 합니다. 비록 퇴사까지 한 주도 안 남았다지만 혹시라도 연서 씨한테 해코지할까 봐서요."

승현의 걱정스러운 말투에 손 과장은 갑자기 꿀 먹은 벙어리가 된 채 입을 꾹 다물었다.

"그럼, 나가 보세요."

승현의 말에 갑자기 조용해진 손 과장이 살짝 묵례를 하고 실장실을 나갔다.

손 과장은 문을 닫자마자 빠른 걸음으로 자기 자리로 돌아왔다. 연서가 카피를 발견한 장본인이라고 벌써 얘기했던 사실이 마음에 걸렸던 것이다. 그러나 그걸 자백해 봤자 승현에게서 한 소리를 들을까 봐 두려워 입을 다물어 버렸다.

설마 무슨 일이야 있을까 싶었다. 만약 정말로 이하정이 연서를 괴롭히면 그가 나서면 그만이지, 하는 생각으로 손 과장은 안일한 미소를 지었다.

4장. 마음이 원하는 소리

'실장님의 진심을 전해 줘요. 내 마음이 말하는 소리, 내 마음이 원하는 소리가 뭔지 먼저 종이에 적어보는 거예요. 그다음 그 마음의 소리를 여자한테 그대로 전해 줘 봐요. 진심은 언제든 통하게 돼 있거든요.'

승현은 볼펜으로 이마를 긁적이다가 종이에 적기 시작했다.

나는 연서가 나한테 다시 웃어 줬으면 좋겠다. 연서가 김진성에게 하듯 나와 다정하게 말을 했으면 좋겠다. 그리고 김진성과는 웃지도 말고 불필요한 대화는 하지 말았으면 좋겠다……

똑똑. 문 두드리는 소리가 들린다. 종잇장에 열심히 그의 마음의 소리를 써 내려가던 승현은 후다닥 종이를 뒤집어엎었다. 문이 열리더니 들어온 사람은 진성이었다. 종잇장에 적힌 김진성이라는 글자가 보일 리도 없는데 승현은 괜히 긴장한 시선으로 그를 쳐다봤다.

"무슨 일이죠?"

"이번 주 금요일 저녁에 의류회사 관계자들의 친목 모임이 있다고 초청장이 팩스로 왔습니다."

진성이 건네주는 문서 한 장을 받으면서 승현은 종이를 누르고 있는 손바닥에 땀이 차는 걸 느꼈다. 팩스의 내용을 대충 훑어보는 그에게 진성이 말을 계속했다.

"세라패션의 브랜드 창설을 축하한다는 내용과 함께 특별히 세라패션의 메인 디자이너도 같이 와 주시길 부탁했습니다."

"메인 디자이너라면, 강연서 씨잖아요."

"네. 올해는 실장님과 강연서 씨, 두 분이 가셔야 될 것 같네요."

강연서랑 단둘이? 승현은 갑자기 기분이 좋아져서 크게 고개를 끄덕였다.

"그럼요. 가고말고요. 특별히 시간을 내어서라도 꼭 가야죠. 세라패션이 창설된 기쁨을 함께 나눠야죠."

유난히 즐거워하는 승현을 진성은 의아하게 바라보았다.

"강연서 씨한테는 제가 따로 내용을 전해 드리겠습니다."

진성이 나가자 승현은 팩스를 한쪽에 밀어 놓았다. 그러고는 뒤집었던 종이를 다시 돌려 보았다.

정성 들여 쓴 자신의 마음의 소리를 다시 읽어 보다가 순간적으로 고개를 흔들었다. 왜 이렇게 오글거리지? 정말 적응 안 되네. 승현은 이 말들을 과연 어떻게 연서한테 전해 줘야 할지 진지한 고민에 휩싸였다.

한편, 진성에게서 금요일의 행사 내용과 동행할 사람을 전해 들은 연서는 한참 동안 대답을 하지 않았다.

"해마다 열리는 친목 모임이라 한 번쯤 가서 패션업계의 관계자들과 인사를 나누는 것도 디자이너에겐 경험이 되고 기회가 되니 좋을 것 같네요."

진성의 설명을 들으며 그녀는 조심스레 물었다.

"제가 꼭 가야 하나요?"

"네. 이번엔 꼭 가야 합니다. 세라패션의 디자이너가 현재로선 강연서 씨뿐이니 금요일은 일정을 비워 두고 실장님이랑 같이 움직이세요."

이런 자리는 익숙하지 않을뿐더러 게다가 민승현과 단둘이 가야한다. 물론 공적인 일 때문에 가는 자리지만 그래도 지금의 연서로선 불편한 상황이었다. 그러나 그녀의 사정을 모르는 진성은 모임이 가지는 의미를 설명하면서 덧붙여 알려 주었다.

"그리고 그날은 패션에 신경을 써야 돼요. 드레스가 가장 좋은데, 손 과장님이 알아서 꾸며주실 거예요."

"네? 손 과장님이요?"

드레스를 입는 것도 큰 용기가 필요한데 손 과장이 꾸며 준다니. 연서는 이상한 날개옷을 입고 모임에 참석하는 자신의 모습이 상상되자 얼른 고개를 흔들었다.

❖

금요일이 되자 아침부터 비상이었다. 30개의 시안 중 선택된 10

가지 디자인의 샘플 점검이 마무리를 하는 날이었기 때문이다. 오전 일찍 시작된 작업은 퇴근 직전까지 이어졌다. 승현은 연서와 함께 세라패션에서 처음 출시하게 될 의상 샘플을 최종적으로 맞춰 보고는 공장에 제작을 주문했다.

"1,500장이면 너무 많은 거 아닐까요?"

디자인 하나당 1,500장씩 생산을 주문한 승현에게 연서는 걱정스레 물었다. 의류대기업 브랜드 의상은 일반적으로 1,000장을 먼저 생산하고 판매추이를 지켜보면서 추가생산을 하는 게 일반적이었다.

하지만 승현은 연서의 디자인에 자신이 있었고 그래서 과감히 500장씩 더 추가했다. 지난번 매출을 보면 1,500장은 기본적으로 판매될 거라는 확신이 있었던 것이다.

"기획은 제가 하니 연서 씨는 재고 걱정 하지 않으셔도 돼요. 그리고 지금 자리에 돌아가는 대로 생산을 맡긴 디자인 파일들은 전부 다 삭제해 주셔야 합니다."

판매가 될 디자인들은 생산과 동시에 디자이너의 손에선 삭제하는 게 로아의 규정이었다. 추가생산이 들어갈 때를 대비하여 사내에서 보안을 담당하는 서버에 넣어서 관리를 하고 디자이너는 더 이상 자신의 작품을 만질 수가 없게 된다. 그게 현재로선 디자인 유출을 막는 가장 효과적인 방법이었다.

"알겠습니다. 실장님."

연서는 자리에 돌아와서 노트북을 부팅시켰다. 파일을 열어 암호를 입력하고 생산에 들어간 디자인 파일을 열었다. 이때 손 과장이 옆에서 그녀를 끌어당겼다.

"퇴근하자. 자기, 오늘 모임 가야지? 메이크업숍 예약해 뒀어."

그러고 보니 오늘은 패션 관계자들의 친목 모임이 있다고 했다. 그 준비를 도와주기로 한 손 과장이 재촉하자 연서는 마음이 급해졌다.

"저, 이것만 다 하구요."

연서는 파일을 삭제하기 위해 마우스를 마구 움직였으나 요즘 들어 노트북 수명이 다했는지 또 오류가 나 마우스 포인트가 보이지 않았다. 급한 마음에 다시 재부팅을 하고 기다렸다.

"안 돼. 많이 늦었어. 지금 가지 않으면 모임에 늦을 거란 말이야. 처음 가는 자린데 늦으면 어떡해? 얼른 가자."

오늘 파일을 삭제하라는 승현의 말이 떠올랐지만 연서는 결국 자리에서 일어났다. 자꾸 재촉하는 손 과장에게 이끌려 가며 꺼진 노트북을 바라봤다. 어차피 암호를 걸어 놓았으니 큰 문제는 없겠지. 약간 걱정스럽긴 했지만 연서는 회사를 나왔다.

"꼭 이걸 입어야 돼요? 과장님."

연서를 데리고 메이크업숍을 다녀온 손 과장은 로아 의상실에 돌아와 자기가 직접 만든 드레스라면서 시뻘건 천 쪼가리를 건넸다. 연서는 색깔에 식겁했다가 디자인에 한 번 더 놀라 울상을 지었다. 가슴이 파인 만큼 등도 깊게 파인 레드 색상의 드레스는 연서가 절대 소화 못 할 스타일이었던 것이다.

"자기, 내가 이걸 얼마나 열심히 만들었는지 알기나 해? 다들 이거 못 입어 봐서 안달인데. 자긴 복받은 거야. 내가 특별히 신경을 써서 고른 거니까 예쁘게 잘 입어."

"싫어요. 이거 입어야 하는 거면 그냥 안 가고 말겠어요."

가뜩이나 불편한 동행자와의 모임인데 이걸 입고 가라고 하면

코를 꿰어 끌고 간다고 해도 절대 안 갈 거다.

연서의 완강한 거부에 손 과장은 상처받은 표정으로 한동안 말이 없었다. 연서는 드레스룸의 행거에 걸린 파티복을 이것저것 뒤져 보다가 드디어 가장 무난해 보이는 걸로 골랐다.

"이거 입을게요."

"몰라. 입고 가든지 홀딱 벗고 가든지, 자기 마음대로 해."

뾰족한 손 과장의 대답에 연서는 슬며시 웃었다.

"에이. 그만 삐치고, 와서 이거 좀 내려 줄래요?"

손 과장은 여전히 샐쭉한 표정으로 다가오더니 연서가 고른 드레스를 보곤 고개를 흔들었다.

"이건 아직 마무리가 덜 됐어. 옆단을 미싱으로 더 박아 줘야 해. 딴 거 골라 봐."

연서는 행거를 둘러보다가 그래도 지금 고른 게 제일 무난한 것 같아서 고집스레 말했다.

"그냥 이거 입을게요. 옆단은 옷핀으로 고정시키면 될 것 같네요."

"그러다가 터지면 어쩌려고 그래?"

"괜찮아요. 이걸 입고 운동하는 것도 아니고 그냥 앉아만 있을 건데요, 뭐."

"고집하고는, 진짜."

못 말린다는 듯 손 과장은 눈을 흘기며 다가와서 파티 드레스를 내려 주었다. 그에게서 드레스를 받은 연서는 탈의실로 들어갔다.

치마나 원피스도 자주 입지 않는지라 파티 드레스는 정말이지 낯설다. 꼭 이런 차림으로 가야 하는 건가? 연서는 고민하다가 드레스의 옆단을 옷핀으로 보이지 않게 꼼꼼히 마무리해 주었다. 밖으로 나온 연서가 손 과장에게 물었다.

"어때요? 이상하지 않아요?"

손 과장은 불만스럽게 눈을 치뜨고는 슬쩍 보더니 얘길 했다.

"이상하진 않은데, 이것보단 못해. 이거 한 번만 입어 보지 않을래?"

아직도 레드 드레스를 그녀에게 추천하는 손 과장을 보며 연서는 여러 번 고개를 흔들어 주었다. 죽어도 싫어요, 라는 그녀의 표정에 손 과장이 입술을 비쭉거렸다.

"모임에서 자길 일등으로 튀게 해 주려고 좋은 마음으로 기껏 골랐더니."

"미안해요. 그 옷이 마음에 안 드는 게 아니라 그냥 제가 소화 못 할 스타일이라서 그래요."

"알았어, 알았다고. 빨리 나갈 준비나 해."

연서는 드레스에 맞게 구두와 가방도 고르고는 손 과장과 함께 의상실을 나왔다. 본사 건물과 조금 떨어진 곳에 자리 잡은 로아 의상실에는 갖가지 파티복들이 가득했다. 판매는 하지 않지만 로아의류에서는 가끔 분위기를 바꿔 볼 겸 드레스나 한복도 디자인하고 있었다.

모임 시간 때문만 아니라면 조금 더 구경하고 싶었는데, 아쉽다. 연서는 로아 전용 의상실을 나오면서 그 생각을 했다.

손 과장이 알려 준 주소를 핸드폰에 찍은 연서가 전철역으로 가려고 하자 손 과장은 지나가는 택시를 잡아 주었다.

"아유. 이런 날은 전철에서 부대끼지 말고 그냥 택시 타고 가는 거야, 이 짠순아."

"네. 그럴게요."

연서는 어깨를 움츠려 대답하곤 택시에 올랐다. 마무리할 일이 남은 승현은 나중에 오기로 해서 연서는 혼자 파티장까지 가야 했다.

얼마 지나지 않아 택시는 고풍스러운 어느 호텔 앞에 멈춰 섰다. 파티홀로 잡혀 있는 3층에 도착하니 이미 와 있는 사람들이 여럿 보였지만 그 속에 알 만한 얼굴은 하나도 없었다.

군데군데 테이블에는 사람들이 모여서 조용히 얘기를 나누고 있었고 뷔페음식도 막 나오기 시작한다. 연서는 이리저리 기웃거리다가 홀을 나왔다.

엘리베이터와 반대 방향으로 이어진 복도를 걸으며 연서는 시작도 하지 않은 이 모임이 얼른 끝나기를 바랐다. 가게에 가서 엄마랑 시시콜콜한 잡담을 하는 게 훨씬 재미있지, 알지도 못하는 사람들이랑 식사하고 얘기를 나누는 자리는 왠지 불편하다.

복도 끝까지 가선 문을 열어 놓은 창가로 다가갔다. 비가 오려는지 점점 어두워지는 바깥은 습기가 가득 차 있었다. 고개를 기울여 밖을 내다보는데 문득 그녀를 부르는 목소리가 들렸다.

"미스 강, 맞지?"

누군가의 목소리에 창밖으로 향했던 고개를 돌렸다. 그런 그녀의 눈에는 다시 마주치고 싶지 않았던 남자가 보인다. 이 사람이 왜 여기 있지? 하는 의문이 들었다가 오늘 모임이 패션 관계자들의 자리란 생각에 연서는 아랫입술을 지그시 깨물었다.

그녀의 얼굴을 제대로 알아본 남자는 반가운 표정으로 가까이 다가왔다.

"미스 강 맞네. 아까 홀에 들어오는 걸 보면서 익숙하다 싶었는데. 여기서 보게 될 줄은 몰랐어. 그동안 잘 지냈어?"

"네. 부장님. 그만 들어가 보겠습니다."

연서는 고개를 끄덕여 보이고 얼른 그를 지나치려 했다. 그러나 남자는 은근히 그녀의 앞을 막아섰다.

"오랜만에 다시 만났는데 섭섭하게. 잠깐 얘기라도 하지."

"곧 모임이 시작될 텐데요. 끝난 뒤에 얘기해요."

그러나 홀로 되들어가면 그녀와 대화를 나눌 기회가 다시 없을 거란 걸 잘 알기에 김 부장은 아무도 없는 이 복도가 딱 좋았다. 그의 옆을 피해 가는 연서의 손목을 슬쩍 잡자 연서가 노려본다.

"손 놓으세요. 저는 더 이상 부장님의 아랫사람이 아닙니다."

그러나 전혀 그럴 기색이 없이 김 부장은 느끼한 웃음을 지었다. 예전 회사에서 이 소름 끼치도록 싫은 남자에게 그래도 상사라고 제대로 된 욕도 못 했던 시절이 떠올라 연서는 울컥 화가 났다.

"아니, 미스 강은 왜 이렇게 까칠해? 그냥 얘기 좀 하자는데 내가 뭐 잡아먹나? 우리는 그래도 같은 회사 밥을 6년 동안 먹은 사이인데 좀 다정하게 얘기하면 안 돼?"

더 이상 대꾸하기도 싫어서 부장에게 잡힌 손목을 빼려고 힘을 썼지만 그래도 남자라고 연서의 힘으론 감당이 안 됐다. 손목을 빼내는 게 맘대로 안 되자 연서는 낮은 목소리로 으르렁거렸다.

"가정도 있는 분이 체면 좀 지키고 손 놓으세요. 정말 성희롱으로 경찰서 가고 싶으세요?"

"미스 강은 말을 너무 함부로 해. 뭐가 성희롱이고 무슨 경찰서야? 내가 언제 미스 강한테 성희롱을 했어? 나는 그냥 우리 미스 강이 일도 착실하게 잘하고 재주도 많고 해서 그게 예뻐 그런 건데. 윗사람이 돼서 부하 직원한테 그 정도도 못 해 주나? 사회생활 못 해 본 것도 아니고 너무 예민하게 굴지 마."

이딴 모임은 왜 와 갖고 지금 이렇게 오도 가도 못할 곤란한 상황이 된 거지? 연서는 갑자기 여기까지 온 자신이 후회됐고 어떻게든 이곳을 벗어나고 싶은데 방법이 없다는 데에 짜증이 났다.

소리라도 치면 홀 안에서 사람들이 나와 보려나? 그런데 교활한 뱀처럼 잘 빠져나가는 김 부장 때문에 그녀만 우스운 꼴이 될 것 같다. 연서는 쉽게 소리도 치지 못하고 손목에 다시 힘을 주었다.

"손 놓으시라고요!"

"오늘 모임 온다고 신경 써서 드레스 입고 왔나 보네. 메이크업도 너무 예쁘게 잘 됐고. 미스 강은 말이 서른이지 20대 초반으로밖에 안 보여."

더는 말로 안 되자 뺨이라도 때릴 생각으로 잡히지 않은 다른 손을 올렸다. 그러나 그녀의 손이 김 부장의 뺨에 떨어지기도 전에 어어? 하는 그의 당황한 목소리가 들리며 등 뒤에 익숙한 남자가 나타났다.

"이놈은 뭡니까?"

언제 도착했는지 승현이 김 부장의 멱살을 잡은 채 그녀에게 물었다. 왠지 모를 반가움으로 연서는 씩씩하게 대답했다.

"나쁜 놈이에요."

그녀의 대답과 동시에 승현의 오른 주먹이 그를 가격했다. 김 부장은 어이쿠야, 비명을 지르면서 바닥에 뒹굴었다. 그 한 대가 꽤나 매웠는지 김 부장이 얻어맞은 코를 손으로 쓱 닦자 코피가 묻어났다. 연서는 그만 두 손으로 얼굴을 감쌌다.

"그렇다고 폭력을 쓰면 어떡해요, 실장님!"

"알 게 뭐예요. 이거나 받아요."

승현은 왼손에 들고 있던 노트북을 연서에게 던졌고 얼결에 노트북을 받아 안은 그녀는 어리둥절해졌다.

"이건 제 거잖아요."

그녀의 노트북을 왜 승현이 가지고 있지, 하는 생각에 바닥에 주저앉은 김 부장은 신경도 쓰지 못한 채 물었다. 승현은 대답 대신 구둣발로 김 부장의 엉덩이를 한 번 더 걷어찼다.

"여기까지 온 걸 보면 패션업계서 일하나 본데, 앞으로 눈에 안 띄게 조심해요. 다음에 걸리면 진짜 망신이란 게 어떤 건지 보여 줍니다. 잘 기억해 두시죠."

"무슨…… 무슨 그런 소릴 합니까? 댁은 누군데 말 함부로 하는 거요?"

새파랗게 젊은 남자한테 난데없이 한 대 얻어맞은 김 부장이 고개를 빳빳이 쳐들고 받아치다 흠칫 움직임을 멈췄다. 불현듯 눈앞의 남자가 로아의류의 외동아들 민승현이란 걸 기억해 냈던 것이다.

김 부장은 금세 낭패스런 표정을 지었다. 로아에 비해서 규모가 작은 그의 회사는 을의 입장으로 로아의류에 협조를 받을 일이 많아서 관계를 잘 유지해야 했기 때문이다.

"됐어요. 그만 가요, 실장님."

승현의 옆에 다가온 연서가 들어가길 재촉하자 그는 김 부장을 지그시 노려보다가 몸을 돌렸다.

"제 노트북은 왜 실장님이 가지고 계셨어요?"

실내로 들어서던 연서가 다시 묻자 승현은 뭐가 급한지 빠른 보폭으로 걸으면서 대답했다.

"지금 바로 확인해야 될 게 있으니까 따라와요."

홀 안으로 들어가니 사람들이 웅성웅성 모여서 서로 인사를 나누거나 코너를 돌며 음식을 가져오고 있었다. 사람들 속으로 빠르게 걸어 들어가는 승현을 알아본 사람들이 인사를 건네왔다. 그는 웃으며 간단한 인사만 건넬 뿐 발을 멈추지 않았다.

룸 같은 게 있을 텐데. 승현은 잠시 주변을 둘러보다가 곧 룸 하나를 발견하고는 그리로 향했다. 연서는 여전히 뭐가 뭔지 모르겠다는 어정쩡한 표정으로 뒤따랐다. 룸에 들어가자 승현이 소파에 앉으며 말한다.

"노트북, 이리 주세요."

들고 있던 노트북을 건네자 그가 부팅을 했다. 승현의 긴장된 얼굴을 보며 연서는 혹시 디자인 파일에 무슨 문제가 생긴 건지 걱정스러웠다.

"디자인 파일들이 모두 몇 개가 저장돼 있나요? 이 노트북에."

승현의 물음에 뭔가 중요한 일이 터졌다고 생각한 연서는 얼른 대답을 했다.

"10개입니다. 오늘 생산을 맡긴 세라패션의 디자인 10개만 저장돼 있어요."

"그 파일은 제가 지우라고 하지 않았어요?"

연서는 승현의 추궁에 고개를 떨어트렸다. 손 과장이 아무리 빨리 나가자고 닦달을 해도 그거 지우는 게 얼마나 걸린다고, 그녀는 자신의 안일한 행동이 큰 문제를 일으킨 것 같아서 가슴이 두근거렸다.

"죄송합니다. 미처 삭제하지 못하고 그냥 퇴근했습니다."

"그 외에는 작업 파일들이 없어요? 하나도?"

"네. 이 노트북은 회사에 놓고 다니기 때문에 다른 파일들은 개인 USB나 집에 있는 데스크탑에 저장해 두었어요."

연서의 대답에 그제야 승현의 굳었던 얼굴이 조금 풀어졌다. 하지만 이유를 모르는 연서가 계속 어리둥절한 표정으로 서 있자 그가 돌아보며 살짝 미소를 지었다.

"불행 중 다행이네요. 그렇다면 지금 파일 10개만 문제가 됐다는 얘긴데……. 암호 넣어 봐요."

승현이 노트북을 돌려주자 연서는 시작화면에 암호를 입력했다. 그러고는 부팅되길 기다려서 파일의 암호도 연이어 해제했다. 연서가 다시 노트북을 승현에게 건네주니 그는 파일들을 하나씩 열어 보며 알 수 없는 표정을 지었다.

때론 지나친 의심이 도움이 될 때도 있다. 이하정에게 권고사직을 요구한 후에도 승현은 자꾸만 찜찜한 느낌이 들어서 며칠 동안 계속 그녀를 관찰했다. 처음 이하정은 별다른 동정을 보이지 않았다.

마지막 근무인 오늘, 승현은 일부러 그녀보다 먼저 사무실을 나왔다. 관리실에 가서 디자인팀 사무실의 CCTV가 잘 돌아가는지 점검해 본 뒤에 핸드폰에 원격으로 영상을 연결하고는 지하 주차장의 차 안에서 대기했다.

모임에 늦는다고 닦달하는 손 과장에게 먼저 연서를 들여보내라고 전한 그는 이하정이 나오기를 기다렸다.

과연 한참 뒤에 이하정이 나타났다. 그녀는 엘리베이터에서 내려 자신의 차가 있는 쪽으로 걸으며 잠시 두리번거렸다. 승현이 차에서 내려 가까이 다가가자 하정이 약간 긴장한 목소리로 말했다.

'그동안 감사했습니다, 실장님. 이……이제 그만 가 보겠습니다.'

'주시고 가야죠. 갈 땐 가더라도.'

'무, 무슨 소리신지?'

하정은 들고 있던 가방을 꽉 틀어잡으며 목소리를 떨었다.

'그 안에 들어 있는 것 말입니다.'

'아, 안에 뭐가 들었다고 그러세요?'

'경찰 부를까요? 그래야만 주시겠습니까?'

승현이 핸드폰을 들어 보이자 액정엔 방금 전까지 디자인팀 사무실에 있었던 하정의 행적이 고스란히 담겨 있었다. 이하정이 새파래진 얼굴로 저도 모르게 뒷걸음질을 한다.

'감시 카메라라니, 좀 새롭죠? 디자인팀 사무실에 이틀 전에 CCTV를 설치했습니다. 그동안은 디자이너분들이 알아서 파일을 적극적으로 잘 보호해 주셨고 저도 직원들을 전적으로 믿자는 주의여서 CCTV가 굳이 필요하지 않았는데, 다시 생각해 보니 그게 아니더군요. 계획된 도둑을 무슨 수로 막을 수가 있겠습니까? 도둑질 당한 뒤라도 신고할 때 유용하게 쓰려면 CCTV만 한 게 없더라고요.'

'시, 실장님.'

승현은 손을 내밀었다. 차갑게 굳은 표정으로 그가 분명하게 말했다.

'이리 주세요. 강연서 씨의 노트북.'

하정의 얼굴은 수치심과 모멸감으로 인해 시뻘겋게 달아올랐다. 그녀는 서둘러 가방의 지퍼를 주르륵 당겼다. 그리고 그 속에서 미니사이즈 노트북을 꺼내 승현에게 넘겼다. 승현이 노트북을 받으면서 중얼거렸다.

'이 팀장님이 프로그래밍도 부전공하셨고 웬만한 기계는 남자들보다 더 잘 다루는 재주꾼이란 건 잘 알고 있던 사실이니까, 혹시 암호가 걸려 있더라도 그까짓 거 마음만 먹으면 푸는 건 참 쉽죠?'

'실장님. 용서해 주세요. 아직 파일을 유출……'

'디자인 파일을 유출까지 시키면 범죄입니다, 이하정 씨.'

더 이상 회사의 직원이 아니라는 생각에 승현은 그녀의 이름을 부르며 경고했다. 넋을 놓은 채 서 있는 하정을 두고 차에 오르자 허물어지듯 바닥에 주저앉는 그녀의 모습이 백미러에 비쳤다.

10년 차의 직원과 이런 결별이라니, 최악이다. 이미 경찰도 불러 놓은 상태다. 해고만으로 조용히 마무리 지으려고 했는데 이하정이 경찰의 조사까지 받게 되면 아버지도 괜히 마음이 쓰이겠다는 생각에 승현은 한숨을 쉬었다.

주차장을 빠져나온 차가 빨간불에 걸렸을 때, 승현은 핸드폰을 꺼내 손 과장에게 문자를 보내는 것도 잊지 않았다.

[이번에는 넘어가지만 또 입 가볍게 놀려서 회사에 손해를 주는 일이 다시 있으면, 그땐 손 과장님도 사표 처리해 둡니다.]

그러곤 모임의 장소로 잡혀 있는 호텔까지 과태료가 나올 정도의 속도로 달렸다.

만에 하나, 노트북에 암호가 안 걸려 있거나 디자인 파일이 많이 저장돼 있으면 큰 문제가 된다. 그래서 호텔에 도착해 엘리베이터를 기다리는 시간도 아까워서 3층까지 비상계단으로 뛰어올라갔는데 웬 남자가 연서한테 치근대는 걸 발견했던 것이다.

파일 확인이 급하지 않았으면 몇 대 더 때리는 건데. 변태 새끼. 속으로 욕을 중얼거리는데 옆에서 연서가 조심스레 묻는다.

"혹시…… 제가 지금 사고를 친 거죠? 실장님."

승현이 고개를 들었다. 잔뜩 걱정스러운 기색의 연서는 그를 바라보고 있었다.

"디자이너는 본인의 디자인을 도난당하지 않게 보안에 신경을 써서 잘 관리하는 것도 업무 중 하나입니다. 연서 씨도 잘 아시죠?"

"네. 알고 있습니다."

연서는 머리를 숙이며 대답했다. 아직 정확한 사정은 모르지만 그녀로 인해 굉장히 큰 사건이 터졌다는 걸 짐작했을 뿐이다.

"제가 자리에 돌아가는 대로 삭제하라고 하면, 그대로 따르셔야 합니다. 강연서 씨의 상사로서 하는 말입니다."

"죄송합니다. 전부 다 제 불찰입니다. 다시는 같은 실수를 반복하지 않겠습니다."

승현은 고개를 끄덕이고 핸드폰으로 누군가에게 전화를 걸었다. 통화가 연결되고 말하는 내용으로 보아선 봉제공장 쪽의 담당자와 나누는 얘기 같았다.

"F-35, A-13, A-27…… 네. 샘플 번호 다시 한 번만 확인해 주세요. 저번에 얘기한 대로 총 20개의 디자인이 작업에 들어가게 됩니다. 개수는 디자인 하나당 1,500장."

10개의 디자인이 작업되는 거 아니었나? 그의 통화를 들으며 생각하다가 승현이 전화를 끊자 연서가 바로 물었다.

"시안 중에서 10개만 생산을 맡기는 거 아니었어요?"

"미안해요. 이번엔 제가 연서 씨도 속였습니다."

"네? 그게 무슨 말씀이신지?"

승현은 노트북을 끄고는 그녀에게 넘겨주었다. 여전히 이해되지 않는 얼굴인 연서에게 승현이 설명해 줬다.

"사실 지난번에 연서 씨가 발견한 디자인 카피는 이하정 팀장이 한 일이었습니다. 그래서 결국 해고가 됐습니다만, 그 사람은 제보한 연서 씨에게 앙심을 품었어요. 그 사람이 혹시라도 연서 씨가 작업하는 디자인을 빼돌릴지 몰라서 제가 생산에 들어갈 디자인과 버릴 시안을 바꿔서 얘길 했습니다."

그의 말을 들으면서도 아리송한 표정을 짓던 연서는 곧 고개를 끄덕였다.

"무슨 말씀이신지 알겠습니다. 실장님의 말씀대로라면 지금 노트북에 있는 디자인 파일 10개는 사실 생산에 들어가지 않을, 버릴 시안들이란 거죠?"

그렇다는 듯이 승현이 고개를 끄덕였다. 그러고는 다시 말을 했다.

"이 디자인 10개도 버리지 않고 판매추이를 지켜보다 함께 작업하려고 했습니다만, 이미 이하정에게 노출됐을지도 모르죠. 혹시라도 그쪽에서 먼저 옷을 시장에 뿌리면 우리는 우리 디자인임에도 생산을 하는 즉시 카피밖엔 되지 않습니다."

카피라니, 말도 안 된다. 연서는 경악했지만 뒤이은 승현의 말은 더욱 끔찍했다.

"그러면 시장에는 더 이상 판매할 수가 없겠죠. 생산하자마자 재고품으로 전락해 빛을 못 본 채 창고에서 썩어 가거나 한 장에 천 원, 이천 원씩에 팔며 도매시장에서 굴러다닐 수도 있고요. 그마저도 로아의 라벨을 다 떼어 내고 처리됩니다. 그렇게 되면 회사도 손해지만 무엇보다 연서 씨는 카피를 했다는 오명을 뒤집어쓰고 디자이너로서의 생명이 끝날 수도 있습니다."

연서의 낯빛이 침통하게 굳어졌다.

"극단적인 예를 들자면 그렇습니다. 지금 그걸 막고 오는 길입니다. 경찰에 이미 신고도 했고요."

그녀가 모르는 사이에 엄청난 사건이 태풍처럼 휩쓸고 지나간 느낌이다. 연서는 정신을 차리고 말했다.

"죄송합니다, 실장님. 저의 한순간의 불찰로 회사에 큰 손해를 끼칠 뻔했습니다."

"제 말을 명심하고 다음부터 조심하면 됩니다. 세상엔 연서 씨처럼 착한 사람들만 살진 않으니까요."

승현은 그 말을 하면서 작게 미소를 지어 보였다. 연서는 왠지 눈물이 날 것 같아서 고개를 끄덕였다.

"저…… 고맙습니다."

"뭐가요?"

승현은 방금 전의 긴장된 기색을 지워 내고는 나른한 목소리로 물었다.

"제 디자인을 적극적으로 보호해 줘서요. 남들 보기엔 그냥 그림일 뿐이겠지만 저한테는 오랜 시간을 투자하고 치열한 고뇌 끝에 나온 내 자식 같은 소중한 작품이거든요. 그래서 만약에 제 디자인이 도난당해서 정당하지 않은 방법으로 시장에 뿌려진다면 저는 그 충격을 견뎌 내지 못할지도 몰라요."

"제가 당연히 해야 할 일입니다. 직원의 소중한 콘텐츠를 지키는 게 회사의 의무기도 하고요."

그래. 직원이기 때문에 이렇게 신경 써 주는 거라도, 그것만으로도 고맙다. 상사로서는 서운한 게 없이 언제나 잘해 줬지만 오늘따라 승현이 더 든든하게 느껴진다.

이런 회사와 상사의 곁이라면 그녀가 좋아하는 일을 부담 없이 언제까지고 즐겁게 할 수 있을 것 같다. 그 생각으로 승현을 바라보니 그는 문자가 왔는지 핸드폰을 들여다보고 있다.

이때, 룸의 문이 삐걱 열리더니 웬 사람이 고개를 들이밀고 기웃거렸다.

"민 실장님? 식사 안 하세요?"

승현을 찾는 말에 그는 자리에서 일어났다. 연서도 얼른 노트북을 들고는 따라 나갔다.

모임은 이미 시작된 듯했다. 연서는 이런 자리는 처음이라 그냥 승현의 뒤를 따라다녀야 하는지 아니면 자리를 잡고 앉아야 할지 고민했다.

주변을 둘러보니 징그러운 김 부장은 다행히 보이질 않았다. 승현이 사람들과 얘기를 나누자 연서는 그 옆에서 드레스의 옷깃만 만지작거렸다.

여기가 불편한가 보다. 승현은 곁눈으로 연서를 힐끗 보다 말고 계속해서 말을 건네는 남자에게 다음에 얘기하자는 사인을 보냈다.

음식코너로 가서 접시에 여자들이 좋아할 만한 케이크와 빵, 피자 등을 종류별로 그득 담고 연서한테 다가갔을 때까지 그녀는 무슨 생각을 하는지 그가 온 걸 눈치채지 못하고 있었다.

"식사 안 해요?"

자리에 앉으며 승현이 말을 건네자 연서가 고갤 돌렸다. 승현은 가지고 온 접시의 음식을 내밀어 보였다.

"먹어요. 연서 씨 먹으라고 가져왔어요."

연서는 살짝 웃더니 맞은편에 앉았다. 그런 연서를 지켜보다가 승현은 아까 미처 집중을 못 했던 그녀의 의상에 시선이 갔다.

크림색의 드레스는 그리 화려하지 않고 그렇다고 수수하지도 않았다. 우아하고 고급스러웠다. 그에 어울리게 끝에만 굵은 웨이브를 넣은 긴 머리가 얼굴을 반쯤 가려서 하얀 얼굴이 더욱 작아 보였다. 메이크업에도 신경을 쓴 듯 피부가 반짝반짝 빛이 나고 속눈썹은 더욱 풍성해졌으며 연한 핑크색 입술이 유난히 눈에 들어왔다.

승현은 연서가 빵을 먹는 동안 그녀를 마치 좋은 도자기를 관찰하듯 찬찬히 살펴보았다. 빵을 다 먹고 목이 막힌 듯 냉수를 찾을 때까지 그녀에게 시선을 떼지 않고 있다가 물었다.

"맛있어요?"

"네. 맛있어요."

다행이다. 연서의 대답에 승현은 무슨 큰일이라도 한 사람마냥 자랑스레 웃었다. 그러곤 가지고 온 빵을 모조리 그녀에게 밀어 놓았다.

"그럼 이것도 다 먹어요."

연서는 접시에 그득 담겨 산을 이룬 빵을 보고는 난처한 표정을 지었다. 빵을 그리 좋아하지도 않는데 이걸 다 먹으라니.

그녀는 국밥집 딸내미라서 그런지 양식보다는 한식을 즐겨 먹는다. 빵은 그냥 간식으로만 먹는 정도가 다였다. 그런데 뭔가 기대에 찬 표정으로 그녀가 먹길 기다리는 승현을 보자 못 먹겠다는 말을 할 수는 없었다. 대신 절반을 그에게 밀어 주었다.

"같이 먹어요. 다는 못 먹어요, 혼자서."

"그래요. 그럼 같이 먹어요."

승현은 고개를 끄덕였고 둘은 곧 빵을 나눠 먹기 시작했다. 대화는 별로 없었지만 연서와 승현은 가끔 시선을 마주치며 비교적 평화로운 식사를 했다.

"민 실장님. 오셨군요. 아까 인사 나누고 싶었는데 급하게 어딘가로 가기에……. 식사 중에 방해한 거 아닌가요?"

문득 워노백화점의 박 대표가 그들의 테이블에 다가와 말을 건넸다. 승현은 방해하는 줄 알면서 왜 왔냐는 듯 마땅치 않은 표정을 지었다. 그러나 오늘은 연서와 식사를 하기 위해 온 자리가 아니란 걸 알기에 먹다 말고 자리에서 일어날 수밖에 없었다.

"반갑습니다, 대표님. 잘 지내셨죠?"

"나야 잘 지냈죠. 우리 민 실장님은 볼 때마다 더 멋져 보이는 게 이제 장가도 가셔야 되지 않아요?"

"전 일이 좋아요. 일만 하면서 살 거예요."

우물우물 빵을 먹던 연서가 갑자기 사레들린 듯 쿨럭거렸다.

저 대사는 참 익숙했다. 그녀가 지난번에 구내식당에서 승현에게 했던 말을 그대로 토씨 하나 안 틀리고 옮겨서 하는 것이었다.

"하하. 여전히 일벌레시군요. 덕분에 로아도 지금처럼 이렇게 성장했지 않습니까? 다 민 실장님이 애써 주셔서 저희도 먹고살 만합니다."

"저희야말로 워노백화점의 덕을 잘 보고 있습니다. 앞으로도 신경 많이 써 주세요."

"이번에 세라패션이라고 계열 브랜드가 새로 나온다고 하던데 잘되셨으면 좋겠습니다. 의상이 나오면 저희에게 연락 주세요."

박 대표의 말에 고개를 끄덕이다 말고 승현이 연서에게 눈짓했다. 연서가 자리에서 일어나자 그녀를 가리키며 소개를 해 주는 승현이다.

"세라패션의 메인 디자이너인 강연서 씨입니다. 디자인에 있어선 타고난 재주꾼이니 앞으로 이분의 의상을 많이 보시게 될 거예요. 물론 매출도 좋을 거라고 생각합니다."

승현의 소개에 머리를 끄덕이던 박 대표가 연서에게 시선을 돌리며 말했다.

"그렇군요. 반갑습니다, 강연서 씨. 고운 의상, 예쁜 옷들 많이 만들어 주세요."

"네. 감사합니다."

박 대표가 가자 다른 사람들이 하나둘씩 다가와서 인사를 나누었고 연서와 승현은 빵을 먹길 포기한 채 모임이 파할 때까지 친목을 다지는 데 시간을 보냈다.

드디어 모임이 끝나자 연서는 얼른 화장실을 찾았다. 두 시간 내내 승현의 옆에 따라붙으며 처음 보는 사람들과 인사를 나누느라 화장실도 꾹 참았던 것이다.

화장실에서 볼일을 보고 일어서는데 드레스가 뭔가에 걸렸다. 별생각 없이 잡아당겼더니 툭 하는 소리가 들린다. 무의식적으로 변기 물을 내리다 말고 문득 드는 불길한 예감에 고개를 돌려 본 순간, 연서는 그만 눈을 감아 버렸다.

드레스 옆단의 안쪽으로 보이지 않게 고정해 뒀던 옷핀이 변기 물에 빠져서 뱅글뱅글 돌다가 저 멀리 하수구로 사라져 버렸던 것이다. 툭 소리가 아무래도 옷핀이 빠지는 소리였던 모양이다.

서둘러 손으로 드레스 옆단을 만져 보던 연서는 변기에 주저앉았다. 옆 선을 따라 가슴 아래부터 허벅지 윗부분까지 터진 채 맨살이 드러났던 것이다.

이대로는 화장실도 못 나간다. 터질 수도 있다는 손 과장의 말을 귀담아듣지 않은 그녀의 실수였다.

어떡하지? 옷핀이 그냥 변기 물에 빠진 거면 손으로 주워서 대충 쓰기라도 할 텐데 물까지 내려 버렸다. 연서는 울상이 되어 손으로 터진 드레스 옆단을 꽉 말아 쥐었다.

이게 다 뱀 같은 김 부장을 만났기 때문이야. 괜히 애꿎은 핑계를 김 부장한테 돌리다가 깊은 한숨을 쉬고 말았다. 집엔 다 갔다.

이때, 가방 안에서 드르르륵 진동 소리가 들렸다. 꺼내 보니 승현이 전화를 걸어 오고 있었다. 잠시 망설이다가 연서는 전화를 받았다.

— 어디예요? 보이지 않아서 찾고 있는데. 집에 가야죠.

"……저, 집에 갈 수가 없어요."

연서는 깊은 한숨과 함께 울먹였고 승현이 의아한 목소리로 묻는다.

— 집에 갈 수 없다니요?

"저기…… 실장님. 혹시 옷핀 같은 거 없으세요?"

— 옷핀이 저한테 왜 있어야 할까요?

승현은 더구나 어리둥절해서 물었다. 연서는 말을 해야 되나, 말아야 되나 수없이 갈등하다가 결국 현재 그녀의 상황을 설명했다. 그러자 승현이 화장실 위치를 확인하고는 전화를 끊었다. 그가 올 때까지 변기에 앉아서 천장만 멍하니 올려다보는데 화장실 안으로 들어오는 발소리가 들렸다.

"나예요. 지금 아무도 없으니까 걱정 말고 나와요."

연서는 화장실을 나갔다. 과연 승현은 바로 문 앞에 대기하고 있었다. 그녀가 나오는 걸 보더니 곧장 다가와 슈트 재킷을 벗어서 어깨에 둘러 준다. 슈트 재킷 길이가 마침 드레스가 터진 부분까지 커버해 주자 연서는 안도의 숨을 내쉼과 동시에 얼굴이 빨갛게 익어 버렸다.

지난번 면접 때 커피 사건도 그렇고, 폭우가 왔을 때의 일도 그렇고, 왜 난감한 상황들은 항상 승현의 앞에서만 발생하는 걸까? 그 생각에 우울해서 고개를 떨어트리는데 승현이 슬그머니 웃었다.

"웃지 마요. 저는 지금 어디 땅굴이라도 파서 기어들어 가고 싶어요."

"연서 씨 깐깐하고 조심성 많은 줄 알았는데 은근히 허당인데요. 도대체 화장실에서 뭘 했기에 드레스가 터졌어요?"

"오늘은 덜렁마귀가 꼈나 봐요. 연속 실수만 연발하니……. 저도 제가 왜 이런지 모르겠어요."

"가끔 그런 날이 있어요."

그의 위로에도 연서는 고개를 흔들며 참담한 표정을 지었다.

"옷을 만드는 디자이너가 자기 옷 하나 제대로 관리를 못 하니까 되게 한심하죠? 아까 손 과장님의 말만 들었어도."

"괜찮아요. 재킷으로 잘 가리면 모르는 사람들 눈엔 티 안 나요."

모르는 사람들 눈에 티 안 나면 뭐 해? 승현은 드레스의 어디가 터졌는지 다 알고 그리고 또, 그 안의 맨살도 봤을 텐데. 연서는 그만 울고 싶어졌다.

"집까지 데려다줄게요. 가요."

그가 먼저 로비를 향해 걷자 연서는 재킷의 깃을 끌어모아 쥔 채 뒤따라갔다. 차의 조수석 문을 열어 준 승현이 보닛을 돌아 운전석에 앉았다. 연서는 그의 옆에 조심스레 탔다.

"오늘 불편했죠?"

시동을 걸며 그가 묻는 말에 연서는 고개를 저어 보였다. 김 부장을 만났던 거, 드레스가 터진 걸 빼면 무난한 자리였다. 오기 전에 굉장히 걱정했던 승현과의 시간은 생각보다 평화로웠고, 많은 사람들과 인사를 나누면서 그들의 얘기를 듣는 시간도 꽤나 의미가 있었다.

연서는 차가 달리는 동안 아무 말도 없이 모임에서 받은 명함들을 갖고 장난을 쳤다. 그런 그녀를 흘낏 보다가 승현이 묻는다.

"집에 갈 거예요?"

"네. 지난번 그 국밥집 가게로 데려다주시면 돼요. 매번 데려다주셔서 감사합니다."

감사하긴. 승현의 입매가 잠시 비틀렸다. 그러다 다시 물었다.

"야경 보러 안 갈래요?"

"야경이요?"

연서가 무슨 소리냐는 듯 고개를 돌려 그를 보았다. 승현은 야경 보러 가야 될 이유를 이것저것 생각해 보다가 그 어떠한 것도 마땅치 않아서 생각이 나는 대로 말을 했다.

"그냥. 집에 들어가기엔 좀 이른 시간이잖아요."

"지금도 충분히 늦은 시간인데요."

"가요. 지금 이때면 딱 예쁠 테니까."

막무가내인 승현의 말을 거절하려다가 무슨 생각이 들었는지 연서는 머리를 끄덕였다.

그러고 보니 여태 서울에 살면서 야경은 한 번도 구경해 본 기억이 없었다. 활동적인 성격이 아닌 그녀는 출근해서 옷을 만들거나 엄마의 가게서 시간을 보내는 게 대부분이었다. 젊은 애가 참 재미없게 산다고 정 씨가 늘 구박을 했지만 연서는 놀러 다니기보다는 실내에 있는 게 훨씬 편했다.

연서가 동의하자 승현은 응봉산으로 가는 길을 찾아들었다. 차 안에서 흘러나오는 잔잔한 음악을 들으며 도착지를 궁금해하던 연서는 한강 근처에 멈춰 서자 내릴 준비를 했다.

그런데 승현은 안전벨트를 풀더니 그녀더러 기다리라 하고는 혼자 차에서 내렸다. 근처의 카페로 들어간 승현을 차창으로 바라봤다.

잠시 후에 다시 나온 승현의 손에는 아이스 아메리카노 두 개가 들려 있었고 연서가 차에서 내리니 하나를 건네준다.

"웬 커피예요?"

"아까 식사 대충 했잖아요. 배고플 텐데 이거라도 마시면서 올라가요."

그녀가 밥을 제대로 못 먹은 걸 기억하고 있는 승현에게 연서는 의외라는 표정을 지었다.

"고맙습니다, 실장님. 잘 먹을게요."

지극히 사무적인 인사말에 승현은 약간 씁쓸한 웃음을 지었다. 그러곤 먼저 걸었다.

응봉산 정상에 있는 팔각정 근처까지 차를 가지고 진입할 수도 있지만 승현은 일부러 도보로 올라가는 방법을 선택했다. 이렇게 걸어서 올라가야 연서와 조금이라도 더 대화를 하거나 같이 있는 시간이 길어질 것 같아서였다.

그러나 그의 마음을 아는지 모르는지 연서는 시종 아무런 말도 없이 커피만 쭉쭉 빨아서 마실 뿐이다. 그의 재킷으로 몸을 감싸고 그가 사 준 커피를 마시면서 그의 옆에서 걷고 있는 연서가 예쁘다. 자꾸 그녀에게로 시선이 향하는 자신을 느끼고 승현은 왜 그런지 무기력해졌다.

팔각정까지 도착한 둘은 잠시 걸음을 멈춘 채 눈앞에 펼쳐진 화려한 야경을 바라보았다. 탁 트인 한강의 풍경과 함께 성수대교 건너 강남 쪽의 빌딩은 무수한 별처럼 빛을 뿌린다.

아, 좋다. 연서는 머릿속까지 맑아지는 느낌에 한동안 아무 생각 없이 눈앞의 아름다움에 흠뻑 취해 있었다. 승현은 야경에는 관심 없이 그런 연서를 바라보았다. 문득 그녀가 말한다.

"예뻐요. 아름답고."

그래. 예쁘다. 그리고 아름답고. 승현이 고개를 끄덕였다. 왜 그녀에게 자꾸 시선이 가는지, 그저 이렇게 바라보는 것도 왜 이렇게 가슴이 저린지, 승현은 언젠지 모르게 스며든 감정에 거부할 수 없는 간절함을 느꼈다.

"뭘 봐요?"

연서가 그녀를 바라보는 시선을 의식했는지 물었다. 그는 대답 대신 커피를 마셨다. 잠시 뒤, 둘 사이에 흐르는 편안한 침묵 사이로 승현이 말을 했다.

"미안했어요."

"뭐가요?"

"그날이요. 난데없이 키스……."

"괜찮아요. 이제 신경 안 써요."

아, 그래. 다행이다. 괜찮다고 하니 다행이긴 한데, 신경 안 쓴다는 말이 왜 이렇게 서운해지는 걸까? 그는 아직까지 신경 쓰여서 죽겠는데.

목에 걸린 가시마냥 삼킬 수도, 쉬이 뱉을 수도 없이 답답한 느낌을 어찌했으면 좋을지 몰라서 승현은 매일같이 고민했다. 하지만 연서는 정말로 그 사건은 까마득하게 잊은 듯 아무런 신경도 안 쓰는 분위기였다.

연서가 팔짱을 끼며 승현의 재킷을 가슴 앞으로 끌어 모았다. 신 끝으로 바닥을 긁으면서 장난치던 연서는 문득 말했다.

"오늘 옷 빌려줘서 고마웠어요. 이거 없었으면 화장실을 어떻게 나왔을까, 끔찍하네요."

"고마우면 답례해야죠. 난 지금 재킷 없어서 추워 죽겠는데."

승현의 까칠한 말에 연서는 무슨 소리냐는 듯 그를 쳐다봤다.

"무슨 답례요? 어떻게 답례해야 되죠?"

"웃어 봐요."

"네?"

뜬금없는 소리를 듣고 연서가 눈을 크게 떴다. 승현은 그 틈을 놓치지 않고 말했다.

"그날 이후로 나한테 단 한 번도 웃지 않았잖아요. 사과도 받았고 이젠 신경도 안 쓴다는 사람이 왜 나한테는 웃어 주지 않는지, 이게 얼마나 사람 미치게 하는 건지 모르죠?"

"제가 그랬어요? 실장님한테 웃지 않았어요?"

연서는 잘 모르겠다는 표정을 지었다. 아니, 이런 능청스런 여자를 봤나? 그와 마주치면 무슨 귀신이라도 본 것마냥 얼굴을 싸악 굳히고 다닌 사람이 누군데.

승현은 황당한 시선으로 연서를 바라봤다. 연서는 어깨를 약간 으쓱하면서 슬그머니 고개를 끄덕였다.

"뭐, 딱히 웃을 이유가 없어서 그랬겠죠."

그러면서 김진성과는 시도 때도 없이 웃잖아. 또다시 심통이 나기 시작했고 승현은 이런 애들 같은 감정에 짜증이 치밀었다. 그러나 이렇게 심술이 나고 화가 나면서도 연서가 예전처럼 웃어 줬으면 좋겠다는 욕심은 버릴 수가 없었다.

　그런 생각으로 연서의 시선을 마주 보면서 놓지 않자 그녀는 눈을 돌려 버렸다. 그녀의 고개가 돌려진 쪽으로 같이 고개를 기울이며 승현이 끈질기게 마주 보았다. 어서 웃어 보라는 듯이 그녀의 눈동자를 들여다보며 나지막하게 재촉했다.

　"한 번만요, 응?"

　연서의 뺨이 약간 붉어지자 또 화를 내려는 걸까 걱정이 들었다. 그러나 다음 순간, 연서는 웃어 보였다. 어색한 게 없이 환한 미소였고 그래서 더 예뻤다.

　목에 걸린 한숨이 토해져 나오며 승현은 따라서 웃었다. 십 년 묵은 체증이 쑥 내려가는 듯 시원한 게 오늘 밤은 발을 뻗고 잘 수 있을 것 같다.

　달콤한 바람이 분다. 연서한테 한 걸음 더 가까이 다가가고 싶은 욕심이 든다. 그의 마음이 원하는 소리를 언제 어떻게 전해 줘야 하는지 고민하는데 연서는 다 마신 커피를 쓰레기통에 버리더니 말했다.

　"내려가요, 그만. 시간이 늦었어요."

　손목을 들어 시간을 확인한 승현은 아쉬운 걸음을 옮겼다. 산은 오를 때보다 내려올 때 더 힘들다더니 계단으로 되어 있었지만 내려오는 길 내내 연서는 자주 비틀거렸다. 두 걸음 더 내려간 승현이 몸을 돌려 손을 내밀었다.

　"잡아요."

그가 내민 손을 보면서 망설이는 연서에게 승현은 다시 재촉했다. 연서는 작게 웃으며 그의 손을 잡았다. 희고 보드라운 손이었다. 그녀와 마주 잡은 손의 따뜻함이 좋다.

연서의 손을 잡은 채 차가 세워 둔 곳까지 내려오면서 승현은 그날, 국밥집 밖에서 진성에게 했던 그녀의 말을 떠올렸다. 좋아하는 사람이 있어요…….

이 손을 놓기가 싫은 건 어디까지나 혼자만의 욕심이겠지. 강연서, 이 여자는 대체 누굴까? 왜 자꾸 신경 쓰이게 하고 시선을 멈추게 하며 이제는 담아서는 안 될 욕심마저 너무 당연하게 바라게 하는 걸까?

차가 정가네 국밥집 앞에 멈추자 연서는 먼저 내렸다.

"오늘 여러 가지로 고마웠어요. 옷은 내일 돌려드릴게요."

"내일 주말이에요."

승현의 말에 그녀는 아, 하고 고개를 끄덕였다.

"그럼 다음 주 월요일에 가져다 드릴게요. 괜찮으시죠? 실장님."

"네. 괜찮아요, 강연서 씨."

일부러 그녀의 말투를 따라 대답하니 어색한 표정을 짓던 연서는 곧 가게로 들어갔다.

연서의 뒷모습이 완전히 사라지고 나서도 한참 동안 승현은 차에 기대선 채 이 밤이 참 춥다는 생각을 했다. 그건 봄 같은 여자가 그의 옆에서 사라지고 난 뒤에 드는 더없이 쓸쓸한 느낌이었다.

집에 돌아와서 승현의 재킷을 벗고 드레스 대신 편한 옷으로 갈아입는데 정 씨가 방으로 들어왔다. 가게서부터 연서가 입고 온 남자 옷에 지대한 관심을 보이던 정 씨는 옆에 다가앉으며 은근한 목소리로 물었다.

"이 옷의 주인공은 누구야? 지난번에 가게 와서 밥 먹었던 그 남자지?"

"아냐. 엄만 신경 꺼도 돼."

연서는 승현의 재킷을 옷장 안에 걸었다. 슈트에서는 상큼한 사과 향 같은 냄새가 기분 좋게 났고 그게 승현의 체취라고 생각하자 괜히 설레었다.

그를 좋아하는 마음을 접기로 한 게 며칠째라고, 벌써 흔들려 버리다니. 연서는 그런 자신이 마음에 들지 않아서 고개를 흔들며 옷장 문을 드르륵 닫아 버렸다.

"양복 겁나 비싸 보이네. 어떤 남잔지 궁금한데 엄마한테 안 알려 줄 거야?"

정 씨가 포기하지 않고 집요하게 묻자 연서는 벗어 놓은 드레스를 들어서 보여 줬다.

"이거 봐. 드레스가 이렇게 터져서 어쩔 수 없이 빌려 입고 온 거야."

"그니까 옷을 빌려준 그 남자가 누구냐고 묻잖아."

"비밀."

"기지배가 비밀도 많아."

정 씨는 밉지 않게 눈을 흘기고는 잘 준비를 했다. 화장대 앞에 앉아서 화장을 지우다 말고 연서는 승현을 떠올렸다.

화장실 앞에서 그녀를 기다려 슈트를 어깨에 둘러 주던 승현이 왜 그렇게 든든하던지, 기어이 웃어 보라며 시선을 놓아주지 않던 그의 짙은 눈동자를 마주 보면서 왜 그렇게 두근거리던지, 그리고 산을 내려오면서 잡았던 그의 손이 왜 그렇게 따뜻하던지…….

연서는 한숨을 쉬고는 리무버로 화장을 지워 냈다. 마치 그녀의 머릿속에 자꾸만 떠오르는 민승현의 모습을 지워 내듯 그 어느 때보다 꼼꼼히 얼굴을 닦았다.

집에 도착해 차를 주차하고 정원을 통과하는데 민 대표의 목소리가 들린다.

"이제 들어오냐?"

승현은 고개를 돌려 어둠 속의 정원을 바라보았다. 꽤나 오래된 고목을 올려다보며 민 대표가 뒷짐 진 채 서 있었다. 승현이 다가가니 그가 묻는다.

"모임은 잘 다녀왔고?"

"네. 별로 특별한 일은 없었어요."

"그래. 서로 간의 계약을 유지하는 자리니까 사실 그리 거창한 모임은 아니지."

고개를 끄덕이다 말고 민 대표는 다시 물었다.

"이하정은 잘 보내 줬어?"

"안 그래도 그 일로 얘길 드리려고 했어요."

"왜? 이하정이 조용히 나가지 않던?"

민 대표의 걱정스러운 기색에 승현은 아까의 일들을 짧게 요약해서 말해 주었다. 승현의 말을 들으며 민 대표는 한참 동안 침묵을 지켰다.

"그래. 네가 애썼다. 오늘 일을 제대로 막지 못했다면 큰 파장으로 번졌을 텐데."

"세라패션은 오픈 못 했을지도 모르죠."

민 대표는 머리를 여러 번 끄덕였다. 만약 정말로 디자인이 유출되기라도 했다면 그 후폭풍은 고스란히 디자이너가 맞게 되고 세라패션의 오픈은 말 그대로 없던 일로 될지도 모른다.

"경찰에 신고를 했으면 이하정도 곧 조사를 받게 되겠구나. 우리도 더 이상은 뭘 해 줄 수 없다는 게 안타깝다."

그러곤 민 대표가 승현에게 넌지시 웃더니 농담을 건넸다.

"많이 컸다, 우리 아들."

무슨 소리냐는 듯 승현이 아버지를 바라보자 민 대표는 그저 웃기만 할 뿐 더 이상 말을 하지 않았다.

일하는 게 점점 야물어 가는 아들을 보면서 안심이 되는 한편 안쓰러운 생각도 들었다. 가끔은 스물두 살의 승현이가 그에게 사정하던 그날이 떠오른다.

'제게 강요하지 마세요. 제 인생을 제 뜻대로 그려 갈 수 있게 도와주시라고요. 아버지가 의류사업을 벌여 꿈을 키워 왔듯이 제게도 그런 꿈이 있습니다. 제 꿈은 그렇게 보잘것없지 않아요. 아버지의 욕심에 의해서 포기해야 할 만큼.'

8년이 지난 지금, 꿈 많던 아들은 완전히 달라졌다. 그렇게 변하게 만든 게 꼭 제 탓인 것만 같아서 이렇게 아무런 잡음도 들리지 않는 고즈넉한 밤이면 민 대표는 괜히 지난 생각에 가슴이 공허해졌다.

새로운 주가 시작되는 월요일, 승현이 사무실에 들어서자 손 과장은 슬그머니 자리에서 일어났다. 그는 조용히 실장실에 다가가 열어 놓은 문으로 승현을 힐끔거리며 여러 번 헛기침을 했다.

"들어오시죠."

손 과장은 얼른 안으로 들어가 밖에 있는 누가 볼세라 실장실의 문을 꾹 닫아 버렸다.

"죄송합니다, 실장님."

승현은 한 손으로 넥타이를 정리하며 무표정하게 그를 건너다보았다. 손 과장은 승현이 대꾸가 없자 얼굴이 사색이 되었다.

"이하정이 하도 열 받게 하기에 생각 없이 막 말하다가요. 그만 연서 씨의 이름이 튀어나와서……."

"남자가 왜 그렇게 입이 가볍습니까?"

"실장님……."

"왜요?"

"죄송합니다. 제가 정말 잘못했습니다."

손 과장이 머리를 푹 수그렸다.

"능력만으로 과장 직함을 달았는지 아십니까? 그 직함에 어울리는 진중함을 갖추기가 그렇게도 어려운가요? 정 그렇게 힘든 일이라면, 좋습니다. 그 자리 내놓으세요. 다른 분에게 드리겠습니다."

"잘못했습니다. 앞으로는 조심하겠습니다."

"지켜보도록 하죠. 돌아가세요."

"네. 많이 반성할 테니 실장님도 그만 화 푸세요."

더 이상 대답이 없는 승현을 애처롭게 바라보다가 손 과장은 어깨를 늘어뜨린 채 나갔다.

✧

"요새 저놈 왜 저래? 무슨 일 있어?"

아침밥을 먹는 둥 마는 둥 몇 숟갈 뜨지 않은 채 출근하는 아들의 뒷모습을 보던 민 대표가 묻는 말이었다. 식탁을 치우면서 한 여사는 어깨를 으쓱해 보였다.

"잘 안 풀리는 일이 있나 보죠. 회사가 요즘 바쁜 거 아니에요? 계열 브랜드 오픈이다, 뭐다 하며 바빠서 그런 거 아닐까요?"

"바쁘긴 지가 뭐가 바빠? 직원들이 다 일해 주는데."

말은 그렇게 하면서도 민 대표는 요즘 부쩍 말수가 적고 울적해 보이는 승현이 걱정됐다. 녀석은 며칠째 무슨 고민에 잠겨 있는지 혼자 방에 틀어박혀 있기가 일쑤였고 얼굴색 또한 좋지 않았다.

"어디 아픈 거 아냐? 한의원에 가서 몸에 좋은 거라도 한 첩 지어 줘."

"알았어요."

한 여사가 머리를 끄덕이자 민 대표는 신문을 펼치며 방으로 들어갔다.

빵빵. 뒤차의 클랙슨 소리에 정신을 차린 승현은 차를 움직였다. 차창 밖은 아침부터 스산한 바람이 불고 있었다.

자꾸만 가라앉는 기분을 바꿔 보려고 음악을 틀었다. 다소 시끄러운 댄스곡이 차 안을 크게 울린다.

그 속에서 승현은 애써 연서를 떠올리지 않았다. 따로 좋아하는 사람이 있다는 여자를 왜 이렇게 반복적으로 생각하는지, 그러는 자신이 한심했다.

금요일 밤 모임이 끝나고 야경을 보러 갔다 오면서 그녀와의 사이가 한결 좋아지기는 했지만 딱 거기까지였다.

연서는 그날 이후로 그에게 그리 적대적으로 대하지 않고 가끔 웃기도 했으나 깍듯한 그녀의 태도는 어디까지나 상사를 대하는 모습이었다. 괜히 그녀가 부르는 실장님 소리가 듣기 싫었다.

사무실로 들어가자 마침 어딜 나가려던 연서와 부딪쳤다.

"실장님. 안녕하세요."

"안녕 못 합니다."

너 때문에. 승현의 빈정거리는 대답에 연서는 눈을 크게 떴다. 아침부터 무슨 트집을 잡는 걸까. 그를 살펴보다가 연서가 물었다.

"근데 어디 아프세요? 실장님."

관심조로 물어본 것까지 좋았는데 뒤에 또 실장님 소리를 붙이자 승현은 무뚝뚝하게 대답했다.

"실장님은 안 아픕니다. 왜 그러세요?"

"얼굴색이 안 좋아 보여서요."

그것도 너 때문이다, 이 여자야. 속으로 중얼거리곤 승현은 실장실로 들어갔다.

남자친구는 없다면서 좋아하는 사람이 누구지? 궁금해서 미칠 것 같다. 살면서 이런 고민은 처음 해 보는지라 이보다 더 풀기 어려운 난제는 없다고 생각될 정도였다.

아니, 이렇게 끙끙거리며 수백 번을 고민해도 좋다. 해결 방법만 있다면. 하지만 좋아하는 사람이 따로 있다고 하니 그로선 무작정 어떻게 해 볼 수도 없는 노릇이었다. 승현은 약간 거친 동작으로 노트북을 열었다.

늦은 오후가 되자 종일 비 내리던 하늘은 다시금 개기 시작했다.

바이어와 미팅이 끝난 승현은 밖으로 나와서 어디로 갈지 고민했다. 예전엔 약속이 없으면 무조건 사무실로 가서 끝나지 않는 일들 속에 파묻혀 시간을 보내는 게 대부분이었는데 요샌 그 일들마저도 지겹다.

손목시계를 들여다보니 이미 퇴근 시간은 훌쩍 지난 뒤였다. 승현은 결국 신천역으로 방향을 잡았다.

정가네 국밥집에 도착해 맞은편에 차를 세웠다. 가게는 막 사람들이 모이는 시간인지 손님들로 북적였고 종업원이 바쁘게 움직이는 모습이 유리문으로 비친다.

연서는 안에 있을까? 한동안 살펴보았지만 그녀의 모습은 보이지 않았다.

연락을 해 볼까 싶은 생각에 핸드폰을 켠 그의 눈에 카카오톡이 보였다. 무심코 친구목록에 들어가 보자 강연서라는 이름이 있다. 카카오톡은 별로 사용하지 않는지라 처음 보는 연서의 프로필 사진을 발견하고는 신기하다는 듯 눈동자를 빛냈다. 엄마와 다정히 웃는 사진 속 연서에게선 독특한 그녀의 기운이 느껴진다.

한참을 핸드폰만 보고 있는데 열어 놓은 차창 밖으로 시끄러운 소리가 들렸다. 가게 안에서 그새 무슨 소란이 생긴 건지 국밥집 유리문으로 사람들의 실랑이가 보여 승현은 차 문을 열었다.

가게로 들어가니 술 취한 남자 하나가 시비를 걸고 있는 중이었다.

"아니, 내가 뭐 비싼 소고기를 구워 달라고 했어? 국밥 한 그릇은 서비스로 나와야 하지 않겠냐고. 그깟 국밥 하나가 얼마나 한다고 손님한테 이따위로 대접해? 아줌마. 장사 그렇게 하다가는 가게 문 닫을 줄 알아!"

중년 남자가 상을 두드리며 소란을 피우는 바람에 연서의 엄마로 보이는 여자는 화가 잔뜩 난 얼굴을 하고도 다른 손님들의 눈치를 보고 있었다.

승현은 잠시 상황을 지켜보다가 가까이 다가갔다. 난리를 치는 남자의 팔을 한 손으로 잡자 남자가 그를 돌아보면서 고함을 질렀다.

"이건 또 뭐야? 넌 뭐냐고? 이거 안 놔?"

"적당히 하고 가시죠."

자기보다 머리 하나는 더 큰 키에 냉기가 가득 흐르는 무표정한 얼굴의 승현을 보고 소란을 피우던 남자는 짐짓 당황했다.

일단 승현의 손에 잡힌 팔을 빼내려고 용을 썼다. 그러나 아무리 힘을 줘도 빠지지 않는 팔을 느끼고 금세 사태를 파악한 남자가 슬그머니 꼬리를 내렸다.

"아, 알았으니까 이거 놔 봐. 내가 더러워서 안 먹고 간다! 맛 더럽게도 없는 국밥 안 먹고 갈 테니까 이거 놓으라고!"

승현이 잡았던 손에 힘을 꽉 주다가 한순간에 놔버리자 가뜩이나 술 취한 남자는 그 반동을 이기지 못한 채 바닥에 뒹굴었다.

비틀거리며 몸을 일으킨 남자는 계속 혼잣말로 욕설을 중얼거리며 자기 물건과 함께 테이블의 냅킨까지 챙겨서 부랴부랴 나갔다.

남자가 가게 밖으로 나가자 식사를 하던 손님들의 시선이 고스란히 승현에게 쏠렸다. 방금 전에 막 가게로 들어온 연서도 그런 승현일 물끄러미 지켜보고 있었다.

"아유. 총각. 도와줘서 고맙네요. 어디 다친 데는 없었어요? 식사하러 오신 것 같은데 앉아요."

정 씨는 많은 사람들의 시선 속에서 어색하게 서 있는 승현에게 다가가며 살갑게 물었다.

"아, 아뇨. 밥 먹으러 온 건 아니고……."

그를 테이블로 잡아끄는 정 씨에게 대답하는데 옆에서 인기척이 느껴졌다.

"엄마. 이 사람은 밥 먹으러 온 거 아냐."

승현은 고개를 돌렸다. 그의 옆에 다가온 연서는 가슴에 끌어안고 있던 스케치북을 정 씨에게 넘겨줬다. 딸에게서 스케치북을 받으며 정 씨는 어리둥절해선 물었다.

"연서야. 아는 분이야?"

"응. 회사 실장님이셔. 바래다 드리고 올 테니까 조금만 기다려."

연서는 말을 하곤 승현을 보면서 재촉했다.

"가요, 실장님."

승현이 대답할 새도 없이 정 씨가 중간에 끼어들었다.

"아직 식사 전일 텐데 밥이라도 드시고 가라고 해, 연서야."

"안 돼. 실장님 무지 바쁘셔."

아니, 그렇게 바쁘진 않은데. 승현은 자꾸 그를 붙잡으려는 정 씨와 그만 나가 주길 원하는 연서의 틈에서 대꾸 한 마디 못 했다.

그런 승현에게 다시 한 번 밖으로 가자고 눈짓한 연서가 먼저 가게를 나갔다. 승현은 머리를 꾸벅여 정 씨에게 인사를 했다.

"오늘은 먼저 가 보겠습니다. 다음에 오면 맛있게 먹을게요."

그리고 연서의 뒤를 따라 나가는 승현을 바라보며 정 씨는 고개를 갸웃거렸다.

무슨 회사의 실장님이 이런 데까지 방문 오시나? 설마 회사 일로 직접 걸음 하신 건 아닐 테고.

그러나저러나 그 총각, 인물 참 좋네. 게다가 새파랗게 젊은 걸 봐서는 끽해야 서른 초반으로밖에 안 보이는데. 아니, 근데 저 기지배는 연애도 안 하는 척하더니 가만히 보니까 남자가 한둘이 아니잖아.

오늘 밤은 기어코 딸의 남자를 파헤쳐야겠다는 생각에 정 씨는 방금 전 진상손님 사건은 까마득히 잊고 즐거워했다.

밖으로 나오니 연서는 가게 문 앞에서 그를 기다리고 있었다.

"고마워요, 실장님."

고맙다는 소리를 듣고 싶은 건 아니었다. 승현은 대답 없이 연서를 바라봤다.

"가끔 저렇게 여자 둘만 산다고 무시하고 시비 거는 사람들이 있어요. 엄마 성격도 만만치 않은데 아마 손님들이 많으셔서 참고 계셨나 봐요. 우리 엄마, 많이 곤란했을 텐데 도와줘서 고마워요."

"도움이 됐다니 저도 좋은데요."

승현의 말에 고갤 끄덕이던 연서가 문득 의아한 목소리로 물었다.

"그런데, 여기까진 어쩐 일이세요?"

뭐라고 대답하면 좋을지 몰라서 승현은 한참 생각하다가 말했다.

"그냥 우연히 지나가다가 들렀어요."

"아, 그렇구나."

또다시 고개를 끄덕이던 연서는 재촉했다.

"가세요, 그만."

벌써 가라고? 승현은 왜 그런지 내키지 않아서 대답을 안 했다.

"내일 회사에서 뵐게요."

그 말을 하고 가게로 들어가려는 연서의 팔을 순간적으로 붙잡아 버렸다. 놀란 얼굴로 연서가 돌아보자 승현은 잡은 팔을 슬며시 놓으며 말했다.

"잠깐 걸을까요?"

"실장님이랑 저요?"

아니, 민승현이랑 강연서. 연서의 말을 정정해 주고 싶으나 마땅히 그래야 할 이유를 찾지 못했다. 승현은 그냥 고개를 끄덕이며 그녀의 답을 기다렸다. 의외로 연서는 쿨하게 대답했다.

"그래요. 커피 한잔 사 드릴까요?"

"좋죠."

승현이 밝은 목소리로 대답하자 연서는 씽긋 웃었다. 가게 바로 옆의 편의점에 들어간 연서를 설레는 마음으로 기다리는데 얼마 안 지나 그녀는 캔 커피 두 개를 들고 나왔다. 가까이 다가가자 그에게 하나를 내밀면서 연서가 말했다.

"이거라도 괜찮으시죠?"

"그럼요. 캔 커피가 얼마나 맛있는데."

커피를 잘 마시지 않을뿐더러 캔 커피는 더더욱 좋아하지 않는 그였으나 싫은 기색 없이 냉큼 받았다. 적어도 이 커피를 다 마실 때까지는 그녀와 함께 있을 수 있다는 생각에 캔을 따려다 말고 연서를 돌아보았다.

손으로 캔을 따다가 손가락이 튕겼는지 얼굴을 살짝 찡그린 연서가 다시 시도한다. 승현이 그녀보다 앞서 커피를 가져갔다. 손쉽게 한 번에 캔을 따서 건네주자 연서는 활짝 웃었다.

"고마워요. 저도 잘 따는데, 어제 손톱 다 잘라 놓은 바람에."

"맛있다."

뒤이어 자신의 커피를 한 모금 마신 승현이 중얼거리는 말에 연서가 다시 웃었다. 비싸지 않은 흔한 캔 커피를 맛있게 마셔 주는 그가 고마웠다. 둘은 골목을 걸으면서 소소한 얘기를 나누었다.

"오늘도 일이 남아서 늦게 퇴근한 거예요?"

정시에 퇴근하는 법을 모르는 연서한테 어떻게 일을 줄여 줄까 고민하면서 승현이 물었다. 연서는 커피를 홀짝거리다 말고 대답했다.

"아니요. 손 과장님이랑 아이스크림 먹다가 늦었어요. 아이스크림을 한 박스 사 가지고 오셨더라고요. 싫다는데 어찌나 같이 먹자고 하는지."

"손 과장님은 아이스크림이 없으면 세상을 일찍 떠날지도 몰라요."

승현의 말에 연서가 고개를 끄덕이며 웃었다.

"맞아요. 오늘도 종류별로 잔뜩 사서 오셨더라고요. 디자인팀에 하나씩 돌리고 마케팅팀과 인사팀에 다 나눠 주고도 아직 한참 많이 남았는데, 저걸 금방 다 드실 것 같은 게 함정이에요."

맑은 표정만큼이나 즐거운 목소리로 말하는 연서를 보면서 승현도 같이 웃었다. 연서는 유머러스하거나 통통 튀는 성격은 아닌데 같이 있으면 저도 모르게 웃게 된다. 웃는 게 예뻐서, 그 웃음이 참 좋아서 승현은 그녀에게서 시선을 떼지 않았다.

"근데 실장님은 오후부터 쭉 안 보이시더니, 혹시 하루 종일 여기에 계셨던 건 아니죠?"

"바이어 만났어요. 세라패션이 들어갈 매장도 계약하고."

"아, 매장……. 우리도 가게를 다시 계약해야 하는데."

"무슨 가게요? 국밥집이요?"

"네. 임대기간이 다 돼서 새로 가게 알아보고 있거든요. 그런데 일 년 전보다 가게세도 너무 비싸고 위치도 다 별로예요. 얼른 찾아야 할 텐데 엄마가 걱정이 많네요."

승현은 가만히 고개를 끄덕이며 그녀의 말을 들었다. 연서는 커피를 마시면서 계속해서 말했다.

"이곳에서 일 년을 했더니 제법 찾아 주는 단골손님도 생겨서 새 가게도 주변에서 찾으려고 하는데 마땅한 게 없어요."

"찾아보면 있겠죠. 나를 위한 자리, 정가네 국밥집을 위한 자리는 어디든 있을 거예요. 조급해하지 말고 천천히 찾아봐요."

승현의 말에 연서는 잔잔한 미소를 지어 보였다.

"그래요. 나를 위한 자리는 어디든 있더라고요. 먼젓번 회사를 그만두고 마음만 급했는데 우연히 실장님을 만나고, 그리고 로아에 들어갔잖아요. 그날, 실장님을 만나지 않았다면 전 지금쯤 어디서 일을 하고 있을까요?"

연서의 말을 들으며 승현은 그날을 떠올렸다. 마케팅팀과 회식이 있었던 그날 저녁, 테이블 두 개를 사이에 둔 거리에 앉아 있는 여자의 모습이 낯익었다.

어디선가 봤겠지 하는 생각에 처음엔 신경을 안 쓰고 있다가 곧 강연서란 걸 기억해 냈다. 웃을 때마다 한쪽만 볼우물이 패는 특별한 연서의 웃음은 몇 년의 세월 속에서도 그대로였다.

스물두 살, 계속되는 아버지의 강요로 한국에서의 대학 생활을 접고 파리로 유학을 준비하면서 승현은 인생에서 가장 힘든 시기를 보냈다.

그가 좋아하고 즐기는 일은 의류산업이 아니라 영화 제작이었지만 유명한 감독이 되고 싶은 그의 꿈을 민 대표는 가차 없이 뭉그러뜨렸다.

부자지간의 인연을 끊겠다고까지 하면서 집을 나왔으나 그를 찾아온 민 대표는 눈물을 보이며 로아의류가 어떻게 커 왔는지, 회사가 민 대표에겐 어떤 존재인지 이야기해 주었다.

승현은 결국 무기력하게 민 대표의 제안을 받아들일 수밖에 없었다. 자기가 가야 할 길을 인정하고 받아들였으면서도 한동안은 세상 모두가 원망스러웠다.

그는 방구석에만 자신을 가두며 우울 증세를 보였고 모든 친구나 지인들과의 연락을 끊어 버렸다.

그렇게 파리에서 5년의 유학을 끝내고 돌아온 그는 예전의 낭만적이고 꿈 많은 민승현이 아닌, 말도 퍽 줄어들고 잘 웃지도 않는 무뚝뚝한 남자가 돼 있었다.

하루 종일 적성에 맞지 않는 여자들의 의상을 연구하고 카메라를 만져야 할 손으로 미싱도 직접 돌리면서 승현은 점점 과묵해져 갔고 까칠하게 변했다.

물론 그런 그의 시간과 노력을 민 대표는 로아의류의 실장이란 자리로 보상해 주었지만 이미 승현은 본인도 모르게 예전의 감성과 미소를 잃어버린 뒤였다.

연서는 스물두 살의 그의 모습을 어느 만큼이나 기억하고 있을까? 그는 스물두 살 그녀의 특별한 웃음밖에 기억하는 게 없지만 말이다.

"좋아한다는 사람은 어떤 사람이에요?"

문득 승현이 묻자 연서는 입술을 잘근거렸다. 그러더니 씁쓸한 말투로 대답했다.

"잘난 남자요."

"잘난 남자, 좋죠. 그럼 나는 어떤 남자예요?"

연서가 다 먹은 캔 커피를 버릴 쓰레기통을 찾으면서 말했다.

"역시 잘났어요."

"그것밖에 없어요?"

"그리고 인상이 차갑고 기분 내키는 대로 행동해요."

연서의 말은 그의 마음을 아프게 찔러 온다. 그게 아니라고 변명해 보고 싶으나 왜 그런지 맞는 말 같아서 반박할 수가 없었다.

타인의 눈에는 자신이 이런 모습이었구나 하는 자괴감이 들었다. 그리고 그 타인은 다름 아닌 강연서라는 사실이 못 견디게 괴로웠다. 승현이 말이 없자 연서는 얼른 웃어 보였다.

"하지만 직원들의 재능을 잘 살피고 인정하고, 그에 맞는 대우를 적절히 해 주는 좋은 상사예요. 물론 지난번의 그 사건만 빼면요."

"……."

역시, 강연서는 키스 사건에 대해선 아직 화가 덜 풀린 것 같다.

"제겐 좋은 실장님이에요."

마치 앞의 말들은 다 잊으라는 듯이 마지막 말을 힘주어서 하는 연서다. 따뜻하게 잘 웃어 주고 함부로 행동하지 않고 배려도 잘해 주면, 그러면 그녀는 그에게 와 줄까?

"연서야."

낮은 목소리로 그녀를 불렀다. 연서가 왜 갑자기 이름을 부르냐는 듯이 쳐다본다. 좋아하는 사람이 있어요, 하고 말하던 그녀의 모습과 겹쳐지며 승현은 나오려는 말을 슬며시 삼켜 버렸다.

잘못된 키스 한 번으로 그녀에게 상처 줬는데, 지금 그가 원하는 마음 그대로 욕심을 부린다면 그녀는 그에게서 더 멀리 도망가겠지? 겨우 이만큼이라도 가까워진 지금의 거리가 허무할 만큼.

"왜요? 실장님."

"……둘이 있을 땐 편하게 말하라고. 그래도 된다고."

그저 그렇게라도 그녀와 특별한 사이가 되고 싶은 게 승현의 솔직한 마음이었다. 그러나 연서는 생각도 하지 않고 고개를 흔들었다.

"아닙니다. 저는 이게 제일 편해요. 실장님."

연서는 그렇게 말하고는 그에게서 눈을 돌려 먼 어둠을 응시했다.

그와 그녀는 실장과 부하 직원의 사이, 그것만이 사실이고 현실이다. 잠깐 회사 밖에선 친구처럼 가까운 사이마냥 가벼운 농담을 주고받던 것도 부질없이 느껴졌다.

그동안 혼자 승현을 좋아하면서 별것도 아닌 일로 상처를 받는 게 힘들었다. 아주 작은 기대라도 상처로 되돌아온다면 차라리 안 하는 편이 낫다.

연서는 고개를 숙여서 그녀의 상사에게 인사를 하고는 가게로 들어갔다.

5장. 인연이라면, 순리대로

엘리베이터 문이 열리자 바깥에 서 있던 그녀가 고개를 돌리며 환하게 웃는다. 로비에는 평소와 달리 사람들이 굉장히 많이 모여 있었고 그 속에서도 그녀의 웃음만 보인다. 다가가서 그녀의 얼굴을 두 손으로 감싸 쥔 채 키스를 했다. 사람들의 격한 함성이 들린다.

그러나 다음 순간, 그녀는 그를 밀치더니 가차 없이 그의 뺨을 날렸다. 방금까지도 열띤 함성을 보내던 사람들이 요상한 표정을 하고는 그를 비웃는다. 그리고 그녀가 그에게 말을 던졌다.

'좋아하는 사람이 있다고 했잖아.'

지이이잉. 머리를 울리는 둔탁한 진동 소리에 승현이 침대서 벌떡 일어났다. 그러곤 베개 밑에서 열심히 진동하는 핸드폰을 신경질적으로 바라봤다.

이게 무슨 흉몽이지? 승현은 이마에 흥건한 땀을 손등으로 쓱 닦았다. 이젠 하다하다 별 꿈을 다 꾼다. 며칠째 밤낮을 가리지 않고 강연서만 생각한 탓인지 꿈에서마저 그녀가 등장한다.

핸드폰이 진동을 멈출 때까지 승현은 침대헤드에 기댄 채 물끄러미 생각에 잠겼다. 정리할 필요가 있다. 언제부턴지도 모르게 시작된 이 알 수 없는 감정을. 도대체 언제부터 연서에게 시선이 머물고 관심이 가게 됐을까?

처음엔 동창과 같이 일을 한다는 게 그냥 신기했다. 능력 있고 성실한 그녀가 예쁘기도 했다. 그러나 그건 어디까지나 직원을 바라보는 시선이었지, 여자로서는 아니었다.

그러면서도 그녀가 그를 대하는 태도가 불현듯 차가워지면 왠지 마음에 걸렸고 단둘이 있을 때면 슬쩍슬쩍 농담을 하거나 장난치고 싶기도 했다.

핸드폰의 알람이 멈추자 승현은 방을 나와 부엌으로 향했다. 답답한 속을 다스리기 위해 물을 한 잔 따랐다.

보통의 직원을 대할 때보다는 연서가 편하고, 그리고 친근했다. 여기까지도 괜찮았다. 적어도 여기까지는 연서가 여자로 의식되지 않았다.

그런데 폭우가 쏟아지던 그날, 차 안에서 잠든 연서에게 뜬금없이 꿈틀거렸던 남자의 본능은 뭐였단 말인가? 게다가 말랑말랑한 그들의 관계를 한 방에 깨트린 키스 사건 뒤로 완전히 차가워진 그녀 때문에 혼자 전전긍긍한 그 시간들은 또 뭐며.

언제부턴가 그녀를 바라보는 시선이 조금씩 미묘하게 바뀌었다. 열심히 일하는 연서의 모습보다 그녀의 목소리와 웃음, 그리고 향기에 집중하게 된다. 그건 남자가 여자를 바라보는 눈빛, 그 이상도 이하도 아니었다.

"그래, 인정하자."

남자가 여자를 좋아할 때만 생기는 감정이란 걸.

탁. 마시던 물컵을 협탁 위에 올려놓은 승현이 기지개를 켰다. 이대로 혼자 속을 끓이면서 매일 삽질하느니, 차라리 오늘 말하자. 좋아하는 사람이 있든지 말든지 그건 그녀의 사정이다.

아침 식탁에서 전투적으로 밥을 먹는 아들을 유심히 들여다보던 민 대표가 말을 했다.

"갑자기 입맛이 돌아왔어? 볼이 다 미어지겠네. 천천히 먹어."

승현은 대꾸 없이 숟가락으로 밥을 푹푹 떠서 입안에 밀어 넣었고 반찬도 젓가락이 닿는 대로 집어넣고서 우물우물 씹었다. 그런 승현을 한 여사는 국을 뜨다 말고 한참 바라보았다.

출근해서는 연서가 뭐 하는지 시도 때도 없이 디자인팀에 들러 한번 빙 둘러보고는 자리에 돌아왔다. 그러고도 10분도 안 지나 다시 또 궁금해 디자인팀 사무실로 갔다. 실장실과 디자인팀을 수시로 오가며 그는 언제 고백해야 할지를 심각하게 고민했다.

그러나 그런 승현의 사정을 모르는 사무실의 디자이너들은 한껏 긴장했다. 무슨 사건이 터졌나? 아니면 디자인 때문에 무슨 할 얘기가 있으신가?

승현이 한 번씩 들어올 때마다 직원들은 궁금한 기색으로 서로 눈치를 보았고 연서도 오늘따라 자꾸만 들어와서 기웃거리는 승현을 이상하다는 듯이 쳐다봤다.

"저기…… 실장님. 무슨 전달할 말씀이라도 있으신가요?"

드디어 손 과장이 모든 디자이너들을 대신해 조심스레 물어봤다.

"아니, 없는데. 왜요?"

"자꾸 여기 오시기에 뭔가 일이라도 생겼는지 궁금해서요."

여태 본인의 행동이 이상했는지도 감지 못 한 승현은 그제야 정신을 차리고는 얼른 무표정을 지어 보였다.

"일은 무슨. 그냥 한번 둘러본 거죠. 다들 열심히 해요."

승현이 그 말을 하면서 연서를 바라보자 그녀는 얼결에 크게 머리를 끄덕였다. 그러곤 몸을 돌려 가는 승현의 뒷모습을 보면서 연서는 무슨 잘못한 일이 있었는지 곰곰이 생각해 봤다.

왜 그녀를 쳐다보고 열심히 하라는 의미심장한 말을 남기고 갔을까? 연서는 오늘도 오류가 나 작업이 멈춘 노트북을 보면서 입술을 잘근잘근 씹었다.

하루 종일 말썽을 일으키는 노트북 때문에 작업 시간이 훨씬 길어져서 퇴근 시간이 지나도록 연서는 여전히 일을 하고 있었다. 그런 그녀를 꼬박 기다린 승현은 실장실에 홀로 앉아 생각해 둔 대사를 거듭 고쳐 봤다.

드디어 하루의 업무를 마감한 연서가 퇴근하려는데 뒤에서 승현이 따라 나오며 불렀다.

"강연서 씨. 오늘 약속 있어요?"

"네? 약속이요?"

연서는 고개를 돌리며 의아한 표정을 지었다. 그가 가까이 다가오며 말한다.

"요 앞에 프랑스 요리를 잘하는 데가 있어요. 같이 가요."

"……갑자기 왜요?"

어깨의 가방끈을 손으로 매만지면서 연서가 물었다. 승현이 재킷 안주머니에서 차 키를 꺼내며 싱긋 웃었다.

"연서 씨 들어오고 나서 지금까지 입사회식도 없었잖아요."

"오늘 회식이에요?"

"네. 강연서 씨와 나, 우리 단둘의 회식입니다."

더더욱 어리둥절한 표정을 짓고 있던 연서는 빨리 나오라고 재촉하는 승현의 눈짓에 마지못해서 사무실을 나왔다.

잔잔한 선율이 흐르는 실내에서 연서는 한참 동안이나 메뉴를 들여다보며 뭐가 맛있을지 고민했다. 그런 그녀를 인내심 있게 기다려 주던 승현이 물었다.

"뭐로 시킬까요?"

"아…… 전 잘 모르겠어요. 스테이크 같은 건 별로 먹질 않아서."

연서는 어색한 웃음을 지으면서 메뉴판을 그에게 넘겼다. 오늘은 밥이 중요한 게 아니니까 아무거나 시키자. 승현은 그런 생각을 하며 음식을 주문했다. 그러고는 레스토랑의 여기저기를 둘러보는 연서에게 물었다.

"여기, 분위기 어때요? 좋죠?"

"네. 뭐랄까, 이국적인 운치가 있어요."

그가 엷은 미소를 지어 보이자 연서는 무슨 회식이 이렇게 로맨틱한 걸까 혼자 생각했다.

주문한 음식은 빨리 나왔고 메뉴에 써져 있던 가격에 미안하지 않게 정말 맛있었다. 먹는 동안 승현은 잠시 뒤에 해야 할 말을 여러 번 곱씹어 보았다. 연서는 그런 그의 기분을 눈치채지 못한 채후식으로 나온 멜론과 복숭아까지 배불리 먹었다.

분위기 좋고 맛도 좋은 굉장히 즐거운 식사였다고 인사하려고 고개를 들었는데 여태 그녀를 보고 있던 승현과 시선이 마주쳤다.

"할 얘기가 있으세요? 실장님."

뭔가 꼭 할 말이 있는 사람마냥 간절한 눈매로 쳐다보는 승현에게 연서는 궁금해서 물었다. 그는 고개를 작게 끄덕이더니 조심스럽게 입을 열었다.

"지금부터 내가 하는 말은 로아의류의 실장이 아닌, 그냥 남자 민승현으로 하는 얘기야. 그러니까 편하게 말할게."

".......무슨 얘긴데요?"

연서는 그가 할 말이 뭔지 감이 안 잡혀 계속해서 존댓말을 썼다.

"좋아하는 사람이 있다는 거 알아. 그래서 나도 여러 번 단념하려고 해 봤어. 그런데, 그게 잘 안 된다. 너한테 관심을 두지 않으려고 마음을 먹어 보아도 그게 내 뜻대로 안 돼. 그래서 참 괴로워."

......무슨? 지금 이게 다 무슨 소리지? 연서는 갑자기 고백해 오는 승현의 말에 어리둥절해졌다.

그런 그녀를 보면서 승현은 긴장으로 입술이 말라 왔다. 마음을 전하기가 이렇게 두근거리면서 설레는 일인 줄 처음 경험해 보는 그였다. 뜬금없이 고백을 받은 그녀에게서 어떤 대답이 돌아올지 심하게 걱정스럽기도 했다.

"널 좋아해. 네가 좋아. 얼굴만 봐도 좋고 웃는 모습은 더 좋고 조용한 모습 안에 감춰진 맑은 기운이 사랑스럽고.......'

왜 이렇게 오글거리는 단어들만 술술 나오는지, 승현은 말하다 말고 잠시 멈췄다. 근사하게 고백할 수 있는 대사들을 수도 없이 고민했는데 막상 상황에 닥치니 본능적으로만 혀가 굴러간다. 그게 영 마음에 안 들어서 승현은 눈썹을 살짝 찌푸렸다. 그때, 연서의 말이 들렸다.

"실장님은 저를 얼마나 안다고 생각해요?"

연서에게 승현의 고백은 뜬금없었다. 아니면 그녀가 지금까지 눈치가 없었던 건지도 모른다. 어찌 됐든 아무런 준비도 되지 않은 상태에서 듣는 승현의 말들은 연서에게 깊은 혼란을 가져다주었다.

그는 그녀가 좋다고 말을 했지만 연서는 기쁨 대신 짙은 의문이 생겼다. 왜 그녀를 좋아하는 건지, 언제부터 그랬던 건지, 가장 중요한 건 그는 그녀를 얼마나 안다고 자신 있게 마음을 드러내는 걸까 하는 의문스러움에 착잡해졌다.

"잘 모르면 좋아할 수 없나요?"

연서의 물음이 꽤나 당황했는지 승현은 곧바로 반말을 거두고 되물었다. 대답이 없는 그녀에게 승현이 다시 말했다.

"잘 모르는 부분은 만나면서 더 알아 가고 싶은데, 그런 건 안 되나 봐요."

잘 모르면서 무작정 좋아했던 건 오히려 연서였다. 사춘기 시절부터 그를 좋아했다고는 하지만 정작 그녀는 그에 대해서 아는 게 별로 없었다. 이름과 나이, 같은 중학교를 다녔고 지금은 그녀가 다니는 회사의 책임자라는 사실 외에는 승현에 대해 아는 게 없었다.

그래서 더욱더 그녀의 감정에 확신이 들지 않아서 마음을 꺼내 보이기 주저했는지 모른다. 잘 알지도 못하면서 섣불리 좋아한다는 말을 한다는 게 얼마나 조심스러운 일인지, 적어도 연서의 입장에서는 그랬다.

"잘 알지 못하는 상태서 좋아한다고 얘기하는 건 너무 빠르지 않나 싶어요. 그건 호감이 아니라 호기심이거든요."

연서의 말을 듣고 승현은 저도 모르게 씁쓸한 웃음을 지었다. 거절인가……? 그래. 거절이었다. 각오하지 않은 건 아니다. 어차피 좋아하는 사람이 있다는 걸 아는지라 이런 거절쯤은 이미 예상을 했었다.

그러나, 그래도 마음이 추워진다. 간신히 잡고 있던 한 가닥의 끈을 놓쳐 버린 채 끝도 보이지 않는 아래로 추락해 버리는 기분이랄까?

"그럼 연서 씨를 잘 알게 될 때 다시 좋아한다고 얘기하면, 그때는 진심이라고 받아 줄 건가요?"

처음이다. 여자한테 이렇게까지 매달려 보기는. 한 번 더 거절을 당하는 기분이 어떠할지 상상이 되질 않지만 승현은 그래도 연서의 대답을 기다렸다.

그러나 연서는 더 이상 아무런 말을 하지 않았다. 먼저 들어가 보겠다고 인사하고 자릴 뜨는 그녀의 뒷모습을 승현은 물끄러미 바라보았다.

두 번째의 좌절이었다. 스물두 살, 그가 좋아하는 일을 그의 의지대로 할 수 없다는 걸 깨달았을 때 이런 패배감을 느꼈다. 그리고 8년이 지난 오늘, 좋아하는 여자를 그의 마음대로 원할 수가 없다는 사실에 승현은 또다시 절망스런 기분이 들었다.

세상 모든 일이 마음먹은 대로는 되지 않는다고 스스로 위로를 해 보았지만 자꾸만 밀려오는 상실감은 어찌할 수가 없었다.

너무 빠르게 갈 생각은 아니었다. 연서에게 좋아하는 사람이 있다는 걸 알면서 당장 그녀와 어떻게 해 보고 싶은 것도 아니었다. 그냥 그녀가 한 번쯤은 그에게도 기회를 주고 좋은 감정으로 바라봐 줬으면 하는 생각으로 했던 고백인데 연서는 그런 그가 부담스러웠는지 시원스럽게 허락도, 거절도 하지 않고 자릴 떠나 버렸다.

그의 마음이 호감이 아니라 호기심이라던 얘기가 떠오른다. 그래, 그럴 수도 있겠다. 호기심일 수도 있어. 처음으로 여자의 환심을 사 보려고 절절매던 요즘 자신의 감정이 스스로도 혼란스러웠던 승현은 억지로 연서의 말이 맞을 거라고 수긍을 했다.

그래. 맞아. 호기심일 거야. 어느 정도 시간이 지나면 자연스레 잊혀져 가는 그런 사소한 감정들……. 승현은 그렇게 체념해 버릴 수밖에 없었다.

툭. 옆으로 지나가는 사람과 가볍게 부딪치며 손에 들고 있던 지갑이 떨어지자 연서는 정신을 차렸다. 신호등은 어느새 파란불로 바뀌었다. 잰걸음으로 길을 건너는 사람들의 틈에 연서도 같이 묻어 갔다.

'널 좋아해. 네가 좋아. 얼굴만 봐도 좋고 웃는 모습은 더 좋고 조용한 모습 안에 감춰진 맑은 기운이 사랑스럽고…….'

승현의 그 말들은 오는 길 내내 그녀의 머릿속에서 맴돌았다.

"강연서, 바보다. 진짜."

연서는 약간 짜증 섞인 손동작으로 흘러내린 머리칼을 귀 뒤로 쓸어 넘겼다. 뭐가 두려웠던 걸까? 뭐가 자신이 없어서 그녀도 같은 마음이라고 선뜻 얘길 못 했던 걸까?

호기심이든 호감이든, 최소한 승현은 자신의 감정을 솔직하게 말할 수 있었던 승자였고 그런 그의 앞에서 주춤거리기만 했던 그녀는 본인이 생각해도 겁쟁이였다.

고개를 돌려 방금 자신이 지나온 횡단보도를 바라보았다. 나일 먹을수록 겁이 나는 게 점점 더 많아지는 건 사실이었다. 그래서 소중한 감정일수록 조금은 느리더라도 후회 없이 가고 싶다.

밤새 뒤척거리는 연서를 정 씨는 이불 밖으로 머리를 내민 채 쳐다봤다.

"딸. 무슨 고민 있어?"

"아직 안 잤구나, 엄마."

"네가 하도 뒤척거려서 잘 수가 있어야지. 무슨 일이야? 엄마한테 말해 봐."

연서는 어둠 속에서 조용히 고개를 흔들었다.

"아냐. 일은 무슨."

"세상만사 쉬운 일이 어디 있겠냐만 그렇다고 너무 어렵게 생각하지 마. 풀릴 일이면 속 끓이지 않아도 자연스레 풀리고 안 풀릴 일이면 백날을 고민해 봐도 안 돼."

"그렇겠지?"

연서가 나지막하게 되물었다. 인연이라면 그녀가 약간 더디게 반응해도 결국 승현과 함께할 것이고, 인연이 아니라면 아무리 애를 써도 안 될 테지. 그녀와 그는 과연 인연일까……?

연서는 가만히 승현을 떠올려 봤다. 남자가 뭔지도 모르는 어린 나이에 무작정 그를 좋아했던 게 생각나고 스물두 살에 그를 다시 만났을 때의 설렘도 기억난다.

그러나 곧 소식이 끊겨 버려 그를 수많은 사람들의 틈바구니에서 잃어버렸을 때의 그 상실감은 한동안 얼마나 그녀를 괴롭혔던가?

그런데 민승현은 이제 더 이상 그녀와는 상관없는 사람이라고 체념하고 있을 때쯤 마치 그 생각이 틀렸다는 듯이 우연히 이뤄진 서른 살의 재회. 이후로도 계속된 그녀의 외사랑, 그리고 오늘 그의 고백까지 둘의 사이는 언제나 불투명했으며 간간이 이어져 왔다.

앞으로 그와의 관계가 어찌 발전할지 지금의 연서로선 알 수가 없다는 게 안타깝다. 단지 예전엔 승현을 향한 그녀의 감정을 홀로 키우려 노력을 했다면 지금은 그 마음을 가만히 내버려 둔 채 스스로 죽어 가길 바라고 있다. 상처를 받았던 적이 있어서, 또다시 그에게서 상처받는 게 두려워서.

"순리대로 생각해……. 다 잘 될 거야."

정 씨가 잠꼬대 비슷하게 중얼거리자 연서는 고개를 돌려 그런 엄마를 바라보았다. 손을 뻗어 이불을 엄마의 턱 끝까지 잘 덮어 주고는 다시 등을 돌렸다.

❖

워노백화점 담당자와 함께 계약을 마친 승현이 자리서 일어났다. 그런 그의 시선이 카페 문에 잠시 동안 머무른다. 송채연도 카페에 들어오다 말고 그를 발견한 듯 멈칫했다.

"그럼, 납품까지 잘 부탁드립니다, 민 실장님."

담당자가 악수를 청하자 승현은 고개를 끄덕였다.

"납품 날짜에 맞춰서 연락드릴게요. 감사합니다."

담당자는 사람 좋게 웃어 보이고는 먼저 카페를 나갔다.

"오빠가 여긴 웬일이야?"

어느새 다가온 채연이 건네는 말이었다.

"계약 때문에 들렀어. 너는?"

"나는 미팅 때문에. 워노백화점에 포스터 모델로 들어갈 것 같아."

"그래? 잘됐다. 넌 이미지가 좋아서 반응이 뜨거울 거야."

승현이 진심으로 말했다. 비록 마지막 헤어짐이 매우 껄끄러웠지만 그래서 더욱 편하게 말을 꺼내려고 노력했다. 아무 일 없었던 것처럼 당당하게 보이려고 애쓰는 송채연에게 미안한 마음도 컸다.

연인으로선 끝난 사이지만 채연은 모델로는 완벽했다. 그녀의 재능이라면 굳이 로아가 아니어도 좋은 조건으로 데려가려는 곳이 많을 거다. 채연은 가시가 사라진 듯한 승현의 나른한 태도에 약간 어리둥절한 얼굴이었다.

"잠깐 앉아도 돼?"

맞은편을 가리키며 채연이 묻자 승현은 머리를 끄덕였다. 종업원한테 커피를 주문한 채연은 승현을 바라보았다.

창가에 시선을 준 채 아무 말도 없는 그는 무슨 생각을 하는지 온 얼굴에 고뇌가 가득 차 보였다. 예전의 오만하고 딱딱한 모습은 온데간데없이 기가 꺾인 피곤한 표정이었다.

"어디 아파? 아님 무슨 일이라도 있어?"

승현은 고개를 돌렸다.

"왜 그렇게 물어?"

"그냥. 예전의 오빠 모습이 아닌 것 같아서."

"내가 예전엔 어땠는데?"

채연이 아니라는 듯 머리를 흔들었다. 그렇게 대화가 끊기고 잠깐의 침묵이 지나간 뒤 승현이 그녀를 마주 보면서 말했다.

"미안했다, 송채연."

갑자기 무슨 소리냐는 듯 채연이 그를 바라보았다. 승현은 말을 계속했다.

"같이 있는 동안 잘해 주지 못하고 무관심했던 거. 내가 좋으면 그만이고 싫으면 말고, 그런 이기적인 생각 때문에 괜히 너만 마음 다친 거란 걸 알아. 이미 끝난 사이지만 그래도 제대로 사과해야지 내 마음이 편할 듯싶다."

연서와 사소하게 부딪치며 조금씩 가까워지는 시간들 속에서 승현은 그가 채연에게 얼마나 무심했는지 문득 깨달아 버렸다.

그가 채연과 나누었던 그 감정들은 사랑이 아니었고 연애마저도 아니었다. 사랑받는 자의 우월한 특권의식이었을 뿐. 그런 그를 향해 외로운 사랑이나마 갈구했던 채연에게 자신이 얼마나 몹쓸 남자였는지도 이제야 알 것 같았다.

"오빠. 갑자기 적응 안 되게 왜 그러냐?"

채연의 눈가에 눈물이 고였다. 처음이었다. 민승현이 이렇게 그녀와 시선을 마주치면서 얘길 하고 그녀가 외로웠던 시간을 알아주며 사과해 준 건. 눈물을 참기 위해 아랫입술을 슬며시 깨물면서 채연은 말했다.

"어쨌든 오빠의 그 말 한마디면 됐어. 나도 잘한 건 없었어. 우린 그냥 인연이 아니었을 거야."

"다음엔 좋은 사람 만나. 널 아껴 주고 온 마음으로 사랑해 주는 멋진 남자 만나서 잘 지냈으면 좋겠다."

"응. 꼭 그런 사람 만날게."

고개를 여러 번 끄덕이다가 채연이 물었다.

"오빠는…… 이미 그런 사람이 생긴 거네. 사랑하는 사람. 그치?"

승현은 대답 대신 그녀를 보았다. 채연은 오른손의 팔찌를 만지작거리면서 말했다.

"좋아하는 여자가 생긴 거지? 오빠를 지금과 같이 변하게 해 준 여자가 있는 거지?"

이번에도 승현은 대답 없이 그저 고개만 끄덕였다.

"벌써? 나와 헤어진 지 얼마나 됐다고 벌써 좋아하는 여자가 생겼네."

채연이 서글프게 중얼거렸고 승현은 똑같이 서글픈 웃음을 지어 보였다.

"그래. 벌써."

그도 모르는 사이에, 예고도 없이 벌써.

❖

생활 정보 신문을 종류별로 가득 안고 사무실에 들어오던 승현은 마네킹에 샘플을 입혀 보느라 여념 없는 손 과장을 불렀다.

"과장님. 들어오실래요?"

손 과장은 마네킹에 입혀 뒀던 샘플을 걷어 내서 본인이 직접 입고는 실장실로 들어갔다. 승현이 탁자 위에 신문을 내려놓자 손 과장은 두 손을 마주 비비며 호들갑을 떨었다.

"어머. 이게 다 뭐예요? 웬 신문을 이렇게나 많이 가져왔대요?"

"저 좀 도와주세요."

"무슨 일인데요? 실장님이 도와 달라면 당연히 해 드려야죠. 뭘 찾아드려요?"

승현은 신문의 절반을 그에게 내밀며 부탁했다.

"신천역 근처 먹자골목에 임대가게로 마땅한 게 있는지 찾아봐 줘요. 임대료는 신경 쓰지 말고 내부가 깨끗하고 위치가 좋으면 됩니다. 기왕이면 손님을 많이 받을 수 있게 평수가 크면 더 좋고요."

"왜요? 먹자골목에 옷가게라도 차리시려고요, 실장님?"

승현은 대답 없이 웃을 뿐이다. 손 과장은 어디 보자, 하면서 신문을 뒤적였다. 승현도 볼펜을 쥐고는 임대정보들을 하나씩 읽어 내려가며 체크했다.

시간은 더딘 듯 빠르게 지나갔다. 아침부터 점심까지 눈이 빠지도록 신문을 뒤진 손 과장은 지친 듯 소파에 기대었다.

"다 봤다. 만세."

"몇 개 찾았어요? 이리 줘 봐요."

손 과장이 넘겨주는 전화번호와 위치를 적고 승현은 본인이 찾은 것도 같이 메모했다.

"근데 무슨 가겐데요?"

"손 과장님은 모르셔도 돼요."

기껏 같이 찾아 줬더니. 손 과장은 콧마루를 실룩거리고는 신문을 승현에게 넘겨줬다. 그가 나가자 승현은 메모한 전화번호로 하나씩 전화를 걸어 보았다. 상가의 상태와 임대기간 등을 꼼꼼히 따져 보고는 각기 방문 약속을 잡았다.

"여기 위치가요, 전철에서 내리면 바로 보이는 곳이고 전망도 좋거든요. 그리고 가게 내부 한번 보십쇼. 이곳이 꽤나 오래된 건물인데 이렇게 실내가 깨끗하고 탁 트인 곳이 없어요."

상가의 주인으로 보이는 50대 남자의 장황한 설명을 들으면서 승현은 여기저기 살펴보았다.

"국밥집 할 건데 내부시설은 따로 손볼 데 없이 괜찮은가요?"

"그럼요. 계속 깨끗하게 써 와서 그냥 바로 들어와 장사 시작하면 됩니다."

그 뒤로도 몇 개를 더 둘러보았고 내일 다시 나머지 상가들을 보기로 약속을 잡았다.

그리고 이튿날 여러 군데를 더 둘러본 승현은 그중 가장 위치가 좋고 평수가 큰 가게를 선택했다. 내부도 깨끗한 것이 간판을 바꿔 달고 테이블 몇 개만 바꾸면 별로 문제가 없을 것 같아 보였다.

"그럼, 계약하시겠어요?"

상가 주인이 은근히 재촉하는 듯한 말투로 승현을 향해 말했다.

"제가 아니고 다른 분이 계약하실 건데요. 그분이 원하는 임대료에 맞춰 드리세요."

"……그게 무슨 소립니까?"

"거기서 차이 나는 금액은 저를 찾으시면 됩니다. 여기, 명함이요."

승현이 건네주는 명함을 받으며 상가 주인은 무슨 소린지 모르겠다는 듯 고개를 갸우뚱거렸다.

"대신 임대료에 관한 비밀을 지켜 주셔야 합니다. 저한테서 추가임대료를 가져갔다는 말을 그분과 하셔서는 안 돼요. 제 말뜻 아시죠?"

"아…… 네. 알 것 같긴 한데요. 추가임대료 부분에 관해서는 어떻게 하실 건가요?"

"저한테 와서 추가임대료를 받을 때 우리끼리 계약 하나를 더 쓰면 돼요. 그냥 제 말대로 하시면 됩니다."

그는 알겠다고 머리를 끄덕였다.

상가 주인과 헤어지면서 승현은 이렇게 연서를 도와주는 게 맞는 건지 고민했다.

그는 마음으로 도와준 건데 훗날 연서가 알기라도 하면 보태 준 임대료 때문에 그한테 싫은 소리를 할까봐 걱정이 됐다. 어떻게든 상가 주인과 이 비밀을 무덤까지 가지고 간다고 약속하는 방법밖엔 없다고 생각했다.

사무실에 도착한 승현은 디자인팀에서 들리는 웃음소리에 이맛살을 찌푸렸다. 다가가 보니 연서의 앞에 서 있는 진성이 무슨 농담을 건넸던지 그녀가 즐겁게 웃고 있었다. 그런 그녀를 바라보는 진성의 시선도 따뜻하기 그지없다.

김진성, 애쓴다. 그래 봤자 결과도 없을 일을. 강연서는 그에게 그랬듯이 진성에게도 절대 쉽게 마음을 열 여자가 아니었다.

그런 생각이 들자 승현은 문득 김진성에게 동병상련의 애잔한 마음을 느꼈다. 좋아하는 사람이 누군지 정말로 잘난 놈이 틀림없나 보다.

얼마나 대단한 놈인지 한번 보고 싶은 마음까지 생긴다. 꽤나 멀쩡한 남자 둘이 연달아서 호감을 표시했는데도 연서는 단단하게 마음의 빗장을 치고는 아무도 못 들어오게 하니까 말이다.

어쨌거나 자신이 있는 곳에선 그녀한테 차인 그를 배려해서 웃지 않았으면 좋겠다. 그의 속도 모른 채 저렇게 즐겁게 웃는 걸 보면 괜히 화가 난다.

실장실에 다가가 문을 열었더니 민 대표가 굉장히 열중한 자태로 신문을 들여다보고 있었다.

"어쩐 일이세요?"

승현이 다가가며 물었다. 민 대표는 머리를 들더니 보고 있던 신문을 펄럭였다.

"회사에 무슨 신문이 이렇게 많아?"

"쓸 데가 있어서 좀 봤어요. 웬일로 나오셨어요?"

그러자 민 대표는 보던 신문을 한쪽에 밀어 놓으면서 말했다.

"출장 준비해."

"무슨 출장이요?"

뜬금없는 소리에 승현은 의아하게 물었다.

"밀라노에서 패션위크가 있잖아. 귀찮겠지만 이번엔 다녀와. 내년 여름신상 동향을 미리 접하고 오면 작업 때 덜 헤맬 거야."

"알겠습니다. 그러죠."

"가는 김에 쭉 다 돌고 와. 이태리뿐 아니라 런던과 뉴욕도 한번씩 들러서 유명 브랜드의 패션쇼는 놓치지 말고 보고 오는 게 좋겠구나."

"미국까지 돌면 언제 한국에 돌아오라는 건가요?"

승현이 약간 짜증을 내자 민 대표는 얼른 다정한 목소리로 달랬다.

"길지 않아. 한 달로 잡고 있으니까. 저번에도 다녀왔으면서 뭘 새삼스럽게."

그럼 한 달 동안 연서를 못 본다는 얘기가 된다. 왜 이 와중에도 연서의 생각에 주춤하는지, 그런 자신이 마음에 안 들어서 승현은 바로 고개를 끄덕였다.

"그렇게 할게요."

의외로 선선히 대답하는 승현을 보고 민 대표는 기분 좋은 목소리로 말했다.

"그래. 가끔은 밖에 나가서 살펴보고 와야 디자이너들과 호흡을 잘 맞출 수 있을 거야. 사실 네가 디자인을 볼 줄만 알지 작업할 줄은 모르잖아. 본인의 단점을 극복하려면 부단히 보고 배우고 익히며……."

"아, 알았어요. 다녀올 테니까 걱정 마요."

다시 한 번 승현의 확답을 받은 민 대표가 흡족한 기색으로 자리에서 일어났다. 그리고 서 있는 아들의 어깨를 툭툭 두드려 주며 말을 했다.

"그동안 사무실은 내가 볼 테니까 아무런 걱정 말고 다녀와."

책상에 마주 앉은 승현은 달력에 매직으로 줄을 죽 그었다. 월말까지 줄을 그어 버린 다음에 스케줄을 써 놓고 중얼거렸다.

"세라패션 오픈은 못 보겠네요."

"괜찮아. 내가 알아서 할게."

"오픈시즌엔 메인 디자이너한테만 너무 닦달하지 마시고 보조나 다른 디자이너한테도 일을 나눠 주세요. 지금까지 거의 혼자 해 온데다 일이 많아도 힘들다고 말할 줄 모르는 성격이니까 대표님이 먼저 신경을 써 주시고요."

"알았다. 그리하마. 강연서라고 했지? 세라패션의 메인 디자이너가."

"네."

승현이 대답하면서 달력을 묵묵히 들여다보았다. 그가 없을 동안 연서는 지금까지 착실히 해 왔던 대로 오픈 작업까지 잘 마무리하겠지.

그는 당분간 그녀를 볼 수 없는 먼 곳에서, 지나치게 넘쳐흐르는 이 '호기심'이란 감정을 죽이고 오면 된다. 그게 그의 뜻대로 잘 될지는 모르겠지만.

한편으로 출장 준비를 하면서 다른 한편으로 승현은 가게 문제 때문에 시간을 내어 정가네 국밥집을 찾았다. 오후라 손님이 없는 실내에선 정 씨가 홀로 앉아 식기를 소독하고 있었다.

"안녕하세요."

그의 인사에 고개를 든 정 씨는 잠시 승현을 바라보다가 곧 반색을 했다.

"아유! 연서네 실장님이시군요. 어서 오세요."

"아닙니다. 편하게 말씀하세요, 어머니."

어머니? 정 씨는 그녀를 스스럼없이 어머니라고 살갑게 부르는 승현을 보고는 즐겁게 웃었다.

"어머니 소리가 왜 이렇게 듣기 좋을까? 앉아요. 여기까지 오셨으니 차라도 한 잔 드려야지. 무슨 차로 드릴까요?"

정 씨가 수선을 피우면서 승현의 팔을 잡아끌어 비어 있는 테이블에 앉혔다. 녹차를 두 잔 가져온 뒤 정 씨는 턱을 괸 채 그를 유심히 살펴보았다. 그런 그녀의 시선이 약간 당황스러웠지만 승현은 용케도 미소를 잃지 않았다.

"그런데 웬일로 오셨어요? 지금 이 시간에 식사하러 여기까지 오셨을 리는 없고."

가게 안의 시계는 오후 세 시를 넘기고 있었다. 정 씨의 의아한 물음에 승현은 잠시 고민하다가 말했다.

"다름이 아니라 연서가……. 아, 연서랑 저 같은 중학교 동창입니다."

부하 직원을 이름으로 부르는 데에 놀란 정 씨의 표정을 읽었는지 승현이 설명을 덧붙였다.

"어머. 동창이었어요? 동창인데 지금은 같은 회사서 일하고? 이런 게 바로 인연이죠!"

정 씨는 손뼉을 치면서 즐거워했다. 승현도 웃으며 고개를 끄덕이고는 말을 계속했다.

"연서한테서 얘길 들었어요. 이 가게 곧 정리해야 해서 다른 데를 새로 찾으신다고요."

"맞아요. 여긴 좀 있으면 계약기간이 만료되거든요."

"마침 제가 아는 분이 가게를 싼값에 내놓으시는데 그거라도 어떠할지 해서 찾아왔습니다."

"오, 그래요? 어딘데요?"

승현은 지난번에 만나 보고 결정했던 상가 주인의 명함을 정 씨한테 넘겨주었다. 덧붙여 상가 위치와 임대료를 적당하게 말해 주자 그녀의 얼굴엔 금방 화색이 돌았다.

"아니, 이렇게 좋은 위치에 가게 세가 너무 착한데요. 내가 아무리 찾아봐도 이 가격엔 정말 후미진 곳 아니면 평수가 작은 것밖엔 없더라고."

"아는 분이라 어머니의 사정을 말씀드렸더니 많이 싸게 내놓으시더라고요. 한번 약속을 잡아 둘러보시고 마음에 들면 계약하세요. 여기가 마음에 안 들면 제가 다른 데로 더 찾아볼게요."

더 찾아본다는 말에 괜찮다고 손사래를 치던 정 씨가 문득 묘한 웃음을 지어 보였다.

"그런데 왜 이렇게 도와주시는 건지……."

말끝을 흐리는 정 씨를 보며 승현은 슬그머니 시선을 피해 버렸다. 연서와 특별한 사이도 아니면서 이렇게 도와주는 게 과연 맞는 건지, 쓸데없는 오지랖은 아닌지 여기까지 오는 동안에도 그는 수없이 고민을 했던 것이다.

차라리 연서의 남자친구라도 된다면 자신 있게 말할 수 있을 텐데, 아무 사이도 아니면서 이러는 게 연서에게 오히려 부담으로 작용할까 봐 지금도 사실 계속 걱정 중이었다.

"우리 딸, 좋아해요?"

정 씨가 이번엔 바로 직설적으로 물어 오자 승현이 쿨럭 기침을 했다. 그런 그를 보면서 다 안다는 듯이 그녀가 흐뭇한 미소를 지었다.

"연서가 남자 보는 눈은 있네요. 참 반듯하네."

겨우 두 번째 보는 그를 좋게 말해 주는 정 씨에게 승현은 왠지 가슴이 뭉클거리는 느낌을 받았다.

"좋게 봐 주셔서 감사합니다, 어머니. 그런데 가게를 알아봐 줬다는 얘기는 연서에게 하지 마세요."

"어머. 왜요?"

"연서는 독립적인 성격이라 도움을 받는 걸 부담스러워할까 봐서요. 나쁘게 말하면 똥고집이죠."

정 씨가 슬며시 웃었다. 연서를 그녀만큼이나 잘 아는 걸 보니 실장님이 사람 보는 눈도 참 예리한 것 같다.

"저는 마음으로 도와준 건데 만약 연서가 제 마음마저 부담스러워하면 저도 맥 빠지니까 어머니가 모른 척해 주세요. 부탁드려요."

정 씨는 미소를 지으면서 머리를 끄덕였다. 그러다가 다시 명함을 들여다보며 중얼거린다.

"정말 착한 가격에 좋은 위치라서 꿈만 같네."

상가 주인과 임대료에 관해서 누설하지 말 것에 대해 확답받아야겠다고 다시 한 번 생각하며 승현은 자리에서 일어났다.

"그럼, 저는 이만 가 볼게요."

"그래요. 이 고마움을 어떻게 갚아야 할지……. 어쨌든 가게 새로 계약하면 자주 놀러 와요. 내가 다른 건 몰라도 국밥 하나만은 끝내주게 잘하니까."

가게 밖까지 승현을 배웅하면서 정 씨는 자주 들러 줄 것을 연신 다짐받았다. 그가 차에 앉아 출발하는 모습을 지켜보다가 정 씨는 나른한 한숨을 쉬었다.

"누구 집 아들인지 인물 좋고 예의 바르고 마음 씀씀이도 깊은 게 우리 연서한테 든든한 그늘이 되어 줄 짝이었으면 참 좋겠네."

혼잣말로 중얼거리다 말고 정 씨는 머리를 들어 하늘을 쳐다보았다. 구름 한 점 없는 하늘은 높고 푸르러서 더 예뻤다.

당신도 살아 있었으면 얼마나 좋을까? 우리 연서 커 가는 모습도 보고 멋진 남자랑 연애하고 결혼해서 아들딸 낳고 잘 살아갈 모습도 다 보면 참 좋을 텐데…….

따가운 햇살이 눈을 자극해서인지 눈이 아리면서 눈물이 나온다. 정 씨는 얼른 고개를 숙이곤 가게로 들어갔다.

오후가 지나도록 승현은 보이질 않고 대신 민 대표가 사무실에서 맴도는 게 의아했던 연서는 손 과장에게 조심스레 물어보았다.

"실장님은 오늘 안 나오세요?"

"아, 비염인가? 왜 코가 자꾸 간질거리지?"

손 과장은 혼잣말로 중얼거리더니 이내 고개를 끄덕여 주었다.

"자기, 몰랐어? 오늘부터 실장님은 당분간 사무실에 못 나와."

"왜요? 무슨 일이 있어요?"

세라패션의 오픈이 코앞에 닥쳤는데 당분간 못 나온다는 소리가 이해되질 않았다. 연서가 궁금함을 담은 눈동자를 깜빡이자 손 과장이 대답한다.

"해외 출장 갔어."

"출장이요? 언제 돌아오는데요?"

"한 달 걸린다고 들었어. 정확하진 않지만 예전에도 그 정도 걸렸으니까 아마 한 달 뒤엔 돌아오실 거야."

한 달씩이나……? 연서는 갑자기 맥 빠지는 느낌이 들었다. 고개를 돌려 사무실 창문 너머의 하늘을 바라보았다. 비가 올 것같이 잔뜩 흐린 하늘이 걱정스럽다. 지금쯤 이륙했겠지?

그런데…… 왜 아무런 말도 없이 그냥 간 걸까? 물론 그는 본인의 일정을 그녀에게 일일이 보고할 이유가 없다. 그럼에도 아무 말 없이 해외 어딘지도 모를 곳으로 떠나 버린 승현이 서운했다.

스물두 살 그와의 소식이 뚝 끊겼던 그때처럼, 그가 흔적도 없이 사라질 것 같은 두려움마저 생긴다. 그의 부재를 알고 나자 바로 엄습해 오는 불안감을 느끼고 연서는 스스로를 위로했다. 순리

대로, 모든 게 때가 있을 테니. 정말 인연이라면 여기서 끝이 아닐 거야.

한 달은 날짜로 계산하면 30일, 시간으로 따지면 720시간이 된다. 별거 아니다. 일에 치여서 바쁘다 보면 한 달이 어찌 지났는지도 모를 때가 많다.

그러나 승현과 연서에게 찾아온 그 한 달은 예전과 달랐다. 바쁘기로 따지면 밀라노 현지에 가 있는 승현이나 세라패션의 오픈을 맞이한 연서나 둘 다 정신없이 바빴다. 그러나 바쁜 틈틈이 연서는 승현을 떠올렸고, 승현은 연서를 생각했다.

그가 없는 사무실은 공허한 것이 꼭 뭔가가 빠진 듯했다. 연서는 늘 그래 왔던 것처럼 본인이 해야 할 일을 묵묵히 하면서 한 달이 얼른 지나가기를 바랐다.

물론 그가 돌아온다고 해서 둘의 관계에 급진전이 있을 거라고는 기대하지 않는다. 다만 같은 곳에서 매일 그의 얼굴을 볼 수 있다는 것, 그거라도 원하고 싶은 게 연서의 솔직한 마음이었다.

승현은 승현대로 허전한 나날을 보냈다. 멀리 떨어져 있을 동안 그녀의 얼굴을 보지 못하면 혼돈스러운 마음이 안정을 찾을 거라고 기대했지만 시간이 흐를수록 그 생각이 틀렸다는 걸 깨달았다.

잠시 떨어져 있다고 죽어 버릴 감정이 절대 아니었다. 그는 하루가 지남에 따라 진해지는 그리움 속에서 자신의 감정을 더욱 절실하게 자각하기 시작했다.

✦

시간은 그렇게 단조롭게 흐르는 듯했다. 세라패션의 오픈까지 한 주 남았을 때 생산을 맡긴 제품이 전부 다 나왔다. 생산팀에서 가져온 옷을 한 장씩 뜯어보는 연서에게 담당자가 조심스레 묻는다.

"문제가 없나요?"

"큰 문제 없이 디자인대로 잘 나오긴 했는데요. 소소하게 부위별로 뜯어고쳐야 될 건 있어요."

다시 작업해야 할 것은 분류하여 담당자가 가지고 온 커다란 박스에 넣으면서 연서는 총 3만 장의 옷들을 자세히 살펴봤다. 눈으로 보고 줄자로 체크하고 어떤 옷은 직접 입어 보면서 연서는 점검에 열심이었다.

"가슴부터 허리까지 떨어지는 핏이 뭉쳤어요. 옷은 입었을 때 딱 떨어지는 느낌이 가장 중요하거든요. 눈으론 안 보이지만 입으면 바로 느껴져요. 이쪽도 다시 해야 합니다."

아침부터 시작된 작업은 저녁 퇴근 시간이 훨씬 지나도록 계속 이어졌다. 오랜 시간을 연서와 함께 점검을 하던 생산팀의 담당자는 슬슬 지루해져서 대꾸했다.

"눈으로 잘 안 보이는 흠은 그냥 지나가도 되지 않을까요? 솔직히 고객마다 체형이 다 다른데 모든 고객들의 몸에 딱 들어맞는 옷이란 없잖아요."

"옷이 눈으로만 보는 건가요?"

연서가 줄자를 팔목에 감으면서 담당자에게 되물었다. 그는 본인의 말실수를 깨닫고 황급히 고개를 흔들었다.

"아닙니다. 죄송해요."

"옷이란 게 눈으로만 감상하는 거라면 저도 이렇게까지 일일이 점검하지 않아요. 옷은 누군가에게 보여 주기 위한 게 아니라 본인이 입고 활동하는 거라 입었을 때의 느낌이 가장 중요하다는 거예요."

"네. 제가 잘 알지도 못하면서 함부로 말을 해서 죄송합니다."

연서는 아니라는 듯 웃어 보였다.

"죄송하긴요. 제가 더 미안해요. 오래 걸려서 지루하실 텐데 커피라도 한잔하세요. 얼마 남지 않았으니 바로 끝날 것 같아요."

마침 디자인팀을 지나가다 말고 그들의 대화를 듣고 있던 민 대표는 흐뭇하게 고개를 끄덕였다. 그러곤 사무실 유리문을 똑똑 두드렸다.

"아직 안 끝난 거예요?"

팔목에 감은 줄자를 풀어 내리면서 연서가 얼른 대답했다.

"네. 대표님. 거의 끝나 갑니다."

"디자인과 많이 차이 나요? 생산 진행할 때 QC샘플을 참고하지 않고 생산에 투입된 건가요?"

책상의 디자인과 생산된 옷들을 번갈아 보며 민 대표가 다시 물었다.

"샘플도 같이 보내서 참고시켰고요, 큰 문제는 아닌데 약간씩만 손봐 주면 제 선에선 완벽해요."

그래. 그렇지. 판매가 시작되기 전에 작은 흠이라도 잡아내 디자이너의 손에서 완벽하게 다듬는 게 중요하지. 민 대표는 점검에 열중하는 연서를 보면서 회심의 미소를 지었다.

디자인에만 감각이 있는 게 아니었다. 나이는 젊은데 신중하고 성실한 태도가 더 마음에 들어 민 대표는 연신 고개를 끄덕이고는 사무실을 나왔다.

늦게야 일이 끝나서 퇴근했을 땐 어둠이 깊어진 뒤였다. 막차를 아슬아슬하게 잡아타고 가게에 도착해 보니 정 씨는 테이블에 앉아 뭔가를 열심히 들여다보고 있었다.

"뭐야? 엄마, 숙제해?"

가까이 다가가며 농담을 건네자 정 씨는 고개를 들었다. 그러곤 연서를 향해 지금까지 보고 있던 계약서를 펄럭였다.

"새로 들어갈 가게 자리를 찾았어."

"진짜? 어딘데? 가게 상태는 어때?"

연서는 가게를 찾았다는 소리에 연달아 물으며 정 씨와 마주 앉았다. 정 씨의 설명을 들으면서 계약서를 자세히 들여다보던 연서가 믿기지 않는다는 듯 고개를 갸웃거렸다.

"말도 안 돼. 이 위치와 평수에 임대료가 겨우 요것밖에 안 된다니, 상가 주인이 머리에 총 맞지 않고는 이런 게 있을 수가 있어?"

"말이 안 되긴 하지. 근데 확실해. 엄마가 오늘 직접 주인아저씨도 만나 보고 왔어. 가게 상태가 아주 최상급이야. 우린 땡잡은 거지!"

"땡은 아무나 잡나? 왠지 이상한데. 이거, 사기 아닐까? 엄마, 잘 알아보고 온 거야?"

자꾸만 의문을 던지는 딸에게 정 씨는 진지하게 면박을 주었다.

"넌 엄마를 바보로 알아? 엄마가 가게를 한두 번 계약한 것도 아니고, 이 나이에 사기도 구분 못 하겠어?"

"그런 뜻이 아니야. 난 그냥 세상에 이렇게 좋은 일도 있다는 게 신기해서 그래."

연서의 그 말에 정 씨가 흐뭇하게 웃으며 대답했다.

"귀인이 도와서 그래."

"귀신은 아니고 귀인이야? 아무튼 엄마가 마음에 들어 하니 잘됐다. 큰 걱정을 덜었네."

계약서를 넘겨주면서 연서는 자리에서 일어났다. 시름거리를 덜은 듯 활짝 웃는 연서를 보며 정 씨는 속으로 중얼거렸다.

'널 좋아하는 귀신이 도와준 거다. 바보 같은 녀석아.'

토요일 오전 연서는 일찍이 집을 나섰다. 오늘은 선경이네 토스트 가게가 오픈하는 날이다. 전날 선경의 전화를 받고 연서는 마치 자기 일처럼 기뻐했다. 이혼을 한 뒤 한동안 슬럼프에 빠져 있던 선경이 걱정스러웠는데 다행히 그녀는 이제 어느 정도 괜찮아진 듯했다.

연서는 꽃집에 들러서 개업 축하용으로 꽃바구니 하나를 사고 떡도 좀 사서 가게에 들어갔다. 한창 테이블을 닦고 있던 선경이 고개를 돌리며 환하게 웃는다.

"축하해, 선경아. 내가 첫 손님인 거지?"

선경은 장난스럽게 고갤 흔들더니 대답했다.

"미안하지만 이미 몇 명이 다녀갔어."

"어머. 진짜? 미안해. 일찍 온다고 했는데 늦어 버렸네."

"아냐. 얼른 들어와."

연서는 가게에 들어와 내부를 둘러보면서 즐거운 표정을 지었다. 그런 그녀에게 방금 만든 사과주스를 가져다주던 선경이 말했다.

"빈손으로 오면 어디 심심해? 그냥 오라니까."

밉지 않은 핀잔에 연서가 쌩긋 웃으면서 꽃바구니와 떡을 내밀었다. 꽃들이 물기를 흠뻑 머금은 채 향기를 풍기자 선경은 들뜬 목소리로 말한다.

"고마워. 친구의 축복을 받고 잘 살아 볼게."

"응. 이제는 좋은 일들만 있을 거야. 준우도 더 씩씩하게 클 거고 이 가게도 나날이 잘 되고. 그치?"

고개를 끄덕이던 선경이 새삼스레 중얼거렸다.

"엄마한테 잘해, 연서야. 물론 너처럼 착한 딸이 어디 있겠냐만, 내가 혼자 준우를 키워 보니까 너희 엄마가 긴 세월 동안 얼마나 고생했을지 조금은 짐작하겠더라고."

연서는 괜히 코끝이 시큰거려서 눈을 찡긋했다. 그러곤 선경의 손을 꼭 잡으며 말했다.

"알았어. 지금보다 더 잘해 드릴 거야."

"빨리 좋은 남잘 찾아서 결혼하는 게 제일 큰 효도인 거 알지?"

선경의 장난스러운 말에 연서는 배시시 웃으며 고개를 끄덕였다. 하루 종일 선경이네 가게서 오픈 뒷정리를 해 주고 손님이 오면 대신 주문도 받으면서 연서는 주말을 꼬박 선경이와 함께 보냈다.

늦은 밤이 되자 가게는 문을 닫았다. 잠든 준우를 안쪽에 딸린 작은 방에 눕힌 뒤 둘은 마주 앉아서 캔 맥주를 하나씩 땄다.

"아, 좋다. 정신없이 바쁘다가 이렇게 잠깐씩 되찾는 내 시간과 여유."

선경의 말을 들으며 연서도 머리를 끄덕여 동조했다. 오늘은 하루 종일 바삐 움직여서 그런지 승현이 덜 생각났다. 물론 지금처럼 잠시 세상이 조용해지면 습관처럼 그를 떠올리긴 하지만.

"근데 나, 고민이 있어, 선경아."

맥주를 절반쯤 마셔 버린 연서가 용기를 내어 그녀의 고민거리를 털어놓기로 했다. 선경은 무슨 얘기냐는 듯 호기심 어린 눈빛을 보냈다.

"좋아하는 사람이 있었어. 아니, 있어. 지금도 자꾸 그 사람을 생각하니까."

"그래?"

"그 사람은 아마 내게 관심이 없었을 거야. 그냥 이렇게 눈에 띄지 않는 평범한 나와는 달리 그 사람은 잘생기고 능력도 있고 집에 돈도 많고, 소위 말하는 스펙이 좋은 남자거든."

선경은 고개를 끄덕이면서 물었다.

"혼자 짝사랑을 했다, 이거지?"

"응. 맞아. 그 사람에게 고백하고 싶었지만 사실 용기가 안 났어. 그렇게 계속 망설였는데……."

"그랬는데 왜? 그 사람도 너 좋대?"

연서가 깜짝 놀란 얼굴로 하던 얘기를 뚝 멈추자 선경이 재미있다는 듯 깔깔 웃었다. 귀신이 따로 없다. 말하지도 않은 뒷얘기를 어떻게 알고 있지? 연서는 당혹스러운 표정을 감추지 못했다. 선경은 그런 그녀에게 넌지시 묻는다.

"그래서, 어떡할 거야?"

"모르겠어."

나지막한 한숨을 쉬는 연서를 의아한 시선으로 쳐다보자 그녀가 뒤이어 말했다.

"그 사람은 내가 좋다고 하는데 난 그게 그냥 호기심일 거라는 생각이 들었어. 사실 먼젓번 여자친구와 헤어진 지 얼마 안 된 걸 알고 있는데, 갑자기 날 좋아한다니 믿기지도 않고 또 나를 잘 알지도 못할 텐데 좋아한다고 자신 있게 말하는 것도 의문이 생겨."

"거절했어?"

연서는 고개를 흔들었다. 선경은 다시 물었다.

"그럼 허락했어? 사귀기로 했어?"

연서가 다시 고개를 흔들었다. 선경의 고운 이마가 살짝 찌푸려졌다.

"거절도 아니고 허락도 아니면, 도대체 뭐야? 보류? 시간을 달라고 했어?"

"그것도 아니야. 그냥 날 잘 알지도 못하면서 고백하는 게 너무 빠른 거 아니냐고, 그렇게만 말하고 돌아왔어. 바보 같지?"

"응."

선경의 짧은 대답에 연서는 시무룩하게 웃었다. 겉으론 웃고 있으나 속은 안타까움으로 멍이 들어 간다.

거절은 아니었다. 다른 사람도 아니고 승현이 그녀를 좋다고 하는데 내 마음은 그렇지 않아, 하고 거절할 수가 없었다. 그렇다고 나도 같은 마음이야, 하고 선뜻 허락을 하는 것도 내키지 않았다.

다만 조금 시간을 두고 스스로의 마음을 돌아보고 싶었다. 좋아한다면서 그 흔한 고백조차 할 수 없었던 그녀의 마음이 과연 사랑이었는지, 상처받았다고 금세 마음을 접기로 한 자존심이 정말 사랑이 맞긴 했는지. 연서는 자신에게 혼란이 왔다. 그래서 무작정 승현의 고백을 받아들일 수가 없었다.

본인의 감정에 확신이 들면 그때는 승현에게 자신 있게 웃어줄 수 있을 것 같았다. 그런 연서의 욕심을 정작 승현은 어떻게 받아들일지, 고백하던 그를 외면하고 돌아설 때는 미처 생각을 못 했다. 아마 그는 그녀의 애매한 대답을 거절로 알아들었을지도 모른다.

정말로 인연인 거면 약간 느려도 되겠지 하는 느긋한 생각은 승현이 출장 간 시간 동안 조금씩 초조함으로 바뀌어 갔다. 연서는 스물두 살의 그때처럼 또다시 그를 그녀의 세상에서 잃어버릴까 걱정되었다.

민승현은 냉정했다. 스물두 살에 소리 소문 없이 잠적해 버렸을 때도, 해외 출장을 나간 지금도 그는 그녀에게 한마디 언급조차 하지 않은 채 조용히 어딘가로 떠나 버렸다.

그러다가 시간이 어느 정도 흐르면 마치 아무 일도 없는 듯이 말짱한 모습으로 나타나겠지. 혼자 궁금해하며 애를 태운 그녀가 바보 같을 정도로.

만약에…… 정말 만약에 그날 승현의 고백을 웃으면서 받아 주었다면 지금쯤 그는 그녀에게 전화 한 통이라도 해 줬을까? 그날 그의 고백에 모른 척 돌아섰던 건 그녀였으면서도 왜 이제 와서 이런 의미 없는 기대를 하는 건지, 연서는 자신의 마음에 갈피를 잡지 못해서 답답했다.

"한 사람을 잘 알면 좋아할 자격이 있고 잘 모르면 좋아하지도 못하나?"

선경의 말에 연서가 그녀를 쳐다봤다. 그녀는 어깨를 으쓱하면서 말을 이었다.

"한 사람을 어느 정도까지 알아야 잘 안다고 할 수 있어? 나는 모르겠다."

"선경아."

"난 준우 아빠를 잘 안다고 생각했고 나만큼 그 남자를 사랑하는 여자는 없을 거라고 자신하며 결혼했는데…… 결국 실패로 끝났어."

선경은 씁쓸하게 웃었다. 연서가 아무런 말도 없이 그저 자신을 바라보자 선경이 계속해서 말했다.

"먼젓번 여자친구와 헤어진 지 얼마 안 됐다고 해서 다른 사람을 좋아할 시간마저 없는 건 아니라고 생각해. 짧은 시간을 봐도 사랑이란 감정은 충분히 생기거든. 또 모르지. 예전 여자친구와는 감정이 깊지 않아서 마음 정리가 쉬웠을 수도 있고. 결국 남자와 여자의 일은 아무것도 정답이 없어."

연서는 가만히 고개를 끄덕였다. 선경은 약간 젖어 든 목소리로 말을 이어 갔다.

"나 역시 남자를 잘 모르지만 그래도 결혼과 이혼에 있어선 너보다 선배니까 내 말들이 도움이 될지도 몰라."

"얘기해, 선경아."

"한 사람을 얼마나 잘 아느냐가 중요한 게 아니라 그 사람을 알아 가면서 서로에게 얼마나 잘 맞춰 줄 수 있는지가 중요한 것 같아. 나와 준우 아빠는 그걸 못 해서 다른 길을 갈 수밖에 없었어."

"……후회해? 준우 아빠랑 결혼하고 또 이혼했던 거."

선경이 고개를 저어 보였다. 눈망울이 반짝이는 걸 봐서는 눈물이 고인 것 같았지만 그녀는 그래도 웃음을 지었다.

"후회 안 해. 여자에겐 마치 주홍글씨와도 같은 이혼딱지가 새겨졌지만 말이야. 그 사람을 정말로 사랑했고, 그러다가 싸우고 미워하며 완전한 남남이 되기까지 나는 내 마음에 최선을 다했으니까. 그래서 후회는 없어. 나쁜 기억들도 경험으로 받아들일 줄 아는 내가 되려면 아직 멀었지만, 그렇게 되기 위해 노력하고 있는 중이야."

연서는 맥주 캔을 들어서 전부 다 마셔 버렸다. 답답하던 가슴이 후련해지자 왜 그런지 눈물이 나올 것 같다. 캔을 내려놓으며 연서가 말했다.

"멋지다. 친구야."

"난 네가 더 멋진데?"

연서는 내가 뭐? 하는 표정을 지었고 선경이 살며시 웃었다.

"짝사랑의 상대한테서 고백까지 받았잖아. 그거, 쉬운 일 아니다? 남자와 여자가 서로 같은 마음을 가진다는 게 얼마나 힘든데."

그래. 승현이도 힘들었을 거야. 그는 어쩌면 그의 가장 소중한 마음을 용기 내어 보여 줬는데 그녀가 모른 척 외면하고 돌아섰으니, 상처를 받았을지도 몰라.

연서는 슬며시 눈을 감았다. 늘 무심한 눈빛을 하다가도 가끔씩 보여 주던 그의 따뜻한 웃음이 생각난다.

보고 싶다……. 못 본 지 얼마나 됐다고 왜 이렇게 눈물이 나도록 보고 싶은 걸까? 연서는 눈물을 참으려 괜히 애꿎은 캔만 손톱으로 긁어 댔다.

날짜는 그렇게 지났다. 그동안 연서는 평소보다 더욱더 일을 만

들어서 몸과 마음을 바쁘게 만들었다. 잡생각이 많아지는 사무실을 나와 일부러 외부 시장조사를 나가선 온몸이 녹초가 될 때까지 의류시장들을 둘러보기도 했다.

퇴근 시간이 다 되어 회사에 도착한 연서는 로비로 들어가다 말고 고개를 돌려 봤다. 뒤에서 웬 여자가 힘겨운 동작으로 캐리어를 질질 끌고 있었다.

왜 그러지? 연서는 의아해서 여자한테 다가가 봤다. 여자는 바퀴가 빠진 캐리어 때문에 한창 골머리를 앓고 있는 중인 것 같았다.

"도와드릴까요?"

연서가 머리를 기웃거리며 말을 건넸다. 여자는 고개를 들어 보더니 손으로 얼굴의 땀을 닦았다.

"아, 그래 주시겠어요? 고맙습니다."

"바퀴가 빠진 건가요? 아니면 고장이 났어요?"

"빠졌어요. 글쎄 이게, 중간에서 툭 하고요."

여자가 허무한 표정으로 오른손에 꼭 쥐고 있던 바퀴 한쪽을 내보이자 연서는 슬그머니 웃었다. 50대로 짐작돼 보이는 여자는 꿍장히 세련된 옷차림이지만 은근히 귀여운 행동이 몸에 배어 있었다. 연서가 그녀의 손에서 바퀴를 가져와 캐리어에 맞추어 보는데 여자가 말을 했다.

"안 될 거예요. 저도 해 봤는데 바퀴가 도저히 안 들어가요."

"한번 해 볼게요."

연서의 고집스러운 말에 여자는 어쩔 수 없다는 듯이 그녀를 바라보다가 핸드폰을 꺼냈다. 어딘가에 전화를 걸던 여자가 중얼거린다.

"아이 참. 이이는 꼭 이럴 때면 전화를 안 받아."

이때 연서가 굽혔던 허리를 펴면서 일어났다.

"됐어요. 한번 보세요."

"네? 진짜 됐어요?"

여자는 캐리어에 바짝 얼굴을 대고 바퀴를 관찰해 보다가 손잡이를 쥐고 끌어 보았다. 바퀴가 부드럽게 잘 돌아가자 여자는 기쁜 나머지 큰 소리로 탄성을 질렀다.

"어머! 어떻게 하신 거예요? 아가씨. 진짜 재주가 좋네요!"

여자의 칭찬에 연서가 생긋 웃었다.

"손으로 벌어먹고 사는 직업이라 재주가 아예 없진 않아요."

연서의 대답을 듣고 여자는 아, 정말요? 하면서 두 손을 모아 쥔 채 잔뜩 부러운 시선을 보냈다. 여자는 그 뒤에도 연신 감탄을 하며 연서와 함께 엘리베이터에 올랐다. 둘이 동시에 17층 버튼을 누르다 말고 시선이 마주친다.

"어? 도착지가 같네요?"

여자의 말에 연서도 의아한 표정을 지었다. 17층 전체가 로아의 류 사무실인데 여자는 로아를 찾아온 손님인 걸까?

17층에 도착하자 여자는 먼저 엘리베이터에서 내렸다. 연서는 사무실을 향해 익숙하게 걸어가는 여자의 뒷모습을 기웃거리다가 마침 안에서 민 대표가 나오는 걸 보고는 얼른 인사했다. 웃으며 연서의 인사에 화답하는 민 대표에게 앞서가던 여자가 짜증을 냈다.

"아니, 왜 전화를 안 받아요? 지금까지 계속 전화를 하고 있었는데."

"회의하느라고 핸드폰을 확인 못 했어. 근데 김 비서는 어쩌고 혼자 여기까지 온 거야? 아까 김 비서가 공항에 마중 간다고 전화 왔던데, 무슨 일이 생겼어?"

"김 비서는 피곤해 보이기에 돌려보내고 혼자 운전해서 왔어요. 그나저나 오다가 캐리어가 말썽을 부려서 얼마나 고생했다고요. 바퀴가 빠져서 질질 끌고 오느라 힘들어 죽겠어요. 하도 어떤 고마운 아가씨가 도와줘서 말이지……."

여자는 말끝을 흐리면서 고개를 돌렸다. 그때까지 뒤에 있던 연서는 둘을 번갈아 보며 서 있었다.

"바로 저 아가씨예요. 젊은 아가씨가 친절하기도 하고 재주가 어찌나 좋은지 1분도 안 걸려서 바퀴를 쏙 집어넣는 거예요. 얼마나 고맙던지. 여보. 인사 좀 해 줘요."

여보……? 그럼 이 여자가 민 대표의 부인? 잠깐, 그렇다면 승현의 어머니 되시는 분이란 소리잖아. 연서가 머릿속으로 재빠르게 민 씨 일가의 호적 정리를 하는 동안 민 대표는 고개를 끄덕이며 그녀에게 웃어 주었다.

"연서 씨. 고마워요."

"아닙니다. 별로 도와드린 것도 없었어요."

연서는 어색한 웃음을 지으며 대답하고는 사무실로 들어갔다. 그런 그녀의 뒷모습에 한 여사가 고개를 갸웃거리자 민 대표가 말했다.

"우리 회사 디자이너야. 착하고 성실한 데다 재주도 많아서 일을 잘 도와주고 있지."

"아, 정말요? 안 그래도 나랑 같이 17층에서 내리기에 설마 직원일까 생각은 했었는데. 근데 다른 사람들은 다 나를 못 본 척 지나가던데 저 아가씨는 자기 일처럼 선뜻 도와줘서 너무 고맙더라고요."

"승현이가 뽑았어. 녀석이 처음 뽑은 직원인데 참 괜찮은 것 같아서 계속 눈여겨보고 있어."

한 여사는 웃으며 고개를 끄덕이다 말고 샐쭉하게 쏘아붙였다.

"그 녀석한테 직원만 잘 뽑지 말고 여자 보는 눈도 좀 키우라고 해 줘요."

"나도 같은 마음이야. 여자도 저렇게 참한 여잘 데리고 오면 얼마나 좋겠냐만, 눈이 사팔뜨기인지. 쯧."

민 대표는 더 말하기 싫다는 듯 머리를 절레절레 흔들었다. 한 여사는 캐리어 손잡이를 그에게 넘기면서 말했다.

"당신이 끌어요. 안에 술이 들어 있어서 무거워요."

"술? 여행을 갔으면 편하게 놀다가 오지 무슨 술까지 사 오고 그래?"

"유명한 술이라고 가이드가 하도 추천하니까 당신 생각이 나서 사 온 거죠. 무거운 거 고생하면서 끌고 왔으니까 고맙게 받아요."

민 대표는 어쩔 수 없다는 듯이 캐리어를 끌고는 사무실로 들어갔다.

✥

승현이 자리를 비운 동안 그가 기획하고 추진했던 세라패션은 성공적으로 오픈됐다. 모두가 잘 될 거라 기대를 모았던 만큼 매출은 쑥쑥 올라서 판매 시작 10일 만에 총 3만 장의 의상이 전부 매진이 되는 쾌거를 이뤄 냈다.

로아에서 처음으로 선보이는 보이쉬룩의 대표 브랜드인 세라패션은 기존 로아의류의 고급원단을 소재로 하여 세련된 디자인과 자연스럽고 편한 착용감을 경쟁력으로 내세워 시장을 급속도로 점령했다.

지난번에 이어 연서의 재능이 두 번째로 빛을 발하는 시점이었다. 처음엔 그녀가 운이 좋았을 뿐이라고 뒤에서 공공연히 말이 많던 다른 디자이너들도 세라패션의 매출 결과를 보고는 인정하는 태도를 보였다.

매진된 의상은 곧 추가 생산에 들어갔고 해외 수출 전략으로 디자인 하나당 10만 장씩 찍는 등, 로아는 계속되는 호황에 힘입어 판매를 극대화시켰다.

뉴욕의 떠들썩한 도심 속 킨 호텔의 스위트룸.

노트북으로 세라패션 관련 기사를 읽고 있던 승현의 눈매가 부드럽게 휘어진다. 그는 휴대폰을 들어 로아 사무실 번호를 눌렀다.

마케팅의 김진성 팀장에게서 세라패션의 매출보고에 대해 간단히 들은 승현은 곧바로 디자인팀으로 연결했다. 손 과장이 전화를 받는 소리가 들린다.

"잘 지냈어요?"

— 어머. 실장님! 저야 잘 지내죠. 근데 아이스크림만 자꾸 먹고 살이 디룩디룩 쪄서 큰일이에요.

승현이 피식 웃었다가 다시 물었다.

"별일은 없고요?"

— 네. 대표님이 계속 나와 계시니까 별일은 없어요.

"내가 안 돌아가도 되겠구먼."

— 아니, 무슨 말씀을 그리 섭섭하게 하십니까? 안 되지요. 실장님이 없으면 우리 디자이너들이 얼마나 맥 빠진다고요.

디자이너의 얘기가 나오자 승현은 때를 놓치지 않고 말했다.

"디자이너분들도 다들 잘 계시죠?"

— 그럼요. 제가 아주 확실하게 관리를 하고 있어요. 믿으셔도 돼요.

"음, 강연서 씨는요?"

— 연서 씨도 잘 있죠 뭐.

"지금 옆에 있어요?"

잠시 전화 저쪽이 부스럭거리더니 곧 손 과장의 대답이 들린다.

— 연서 씨는 부자재 조사하러 시장에 나갔대요.

실망스러움이 승현의 얼굴에 한가득 내려앉고 만다. 손 과장의 전화를 끊은 승현은 휴대폰을 끊임없이 만지작거렸다. 고민하다가 결국 연서에게 전화를 걸고는 신호음이 들리길 기다렸다.

가슴이 두근거리고 불안해진다. 연서가 전화를 못 받을까 봐. 시장에 나간 거면 시끄러워서 전화 소리가 잘 들리지 않을 텐데, 정말 못 받는 거 아닌지 몰라. 신호음이 길어질수록 승현은 애가 탔다. 돌연 신호음이 끊어지며 말이 들린다.

— 여보세요?

연서의 목소리가 머나먼 곳에서 전기음을 타고 늘려왔다.

"나예요."

전화 저쪽에서는 대답이 없다. 그의 말을 못 들은 걸까? 아니면 그의 목소리를 모르는 것일까? 승현은 조급해졌다. 다시 말을 하려는데 연서의 대답이 들려온다.

— 네. 실장님.

그놈의 실장님 소린 여전하네. 승현이 슬며시 웃다가 말을 했다.

"잘 지냈어요?"

잘 지냈겠지. 아마 잘 지냈을 거야. 세라패션의 기사 속 강연서 디자이너의 얼굴은 밝게 빛나고 있었으니까. 승현은 그녀의 대답을 기다리며 모니터 안 연서의 기사 사진을 물끄러미 쳐다봤다.

잘 지내길 바라지만 그가 없는 곳에서도 이렇게 환한 웃음을 짓고 있는 연서가 서운했다. 그녀가 없는 시간이 괴로운 그와는 달리 그의 부재에도 평소와 다름이 없는 그녀는 어쩐지 잔인해 보이기까지 했다.

— ……실장님은 잘 지냈어요?

대답 대신 물어 오는 말에 승현은 조용하게 대답했다.

"전 못 지냈어요."

— 왜요?

"내 나라가 그리워서요. 그리고……."

그곳에 있는 한 여자가 그리워서. 보고 싶다고 말을 하고 싶은데 고백도 차인 마당에 자꾸만 그의 마음을 꺼내 보인다는 게 왠지 찌질한 것 같아서 승현은 이를 악물고 참았다.

— 그리고 뭐요?

"한식이 그리워서요. 여기 음식이 입에 안 맞아요."

승현이 다른 말로 돌려 대자 연서는 전화 저편에서 웃었다. 그러곤 나지막한 목소리로 말을 했다.

— 그럼 빨리 와요.

"왜? 한식 만들어 주려고요?"

장난스런 승현의 말에 연서가 다시 웃었다. 전기음에 의해 들려오는 그녀의 웃음소리는 달콤했다. 또 한쪽 볼우물이 파이면서 예쁜 표정이 나오겠지. 승현은 그 생각에 가슴이 저렸다.

— 맛있는 된장찌개 끓여 드릴게요.

"된장찌개, 약속한 거죠?"

— 네.

연서의 확실한 대답을 듣고 승현은 괜히 손가락으로 미간을 어루만졌다. 참아 보려 했지만 즐거운 웃음이 입가를 비집고 나온다.

어쩌자고, 좋아하는 사람이 따로 있다는 여자한테 어쩌자고 이렇게 감동을 느끼는 거지? 승현은 그런 자신이 답답하면서도 행복했다.

"방금 약속 안 지키면 연서 씨 이달 월급이라도 깔 거예요."

— 네. 안 그래요. 그러니까…….

"그러니까?"

전화기에선 한동안 침묵이 흘렀다. 이대로 그냥 전화가 끊어질까 두려워서 승현이 얼른 다그치려는 순간에 연서가 조그맣게 말을 했다.

— 빨리 와요.

"알았어요. 빨리 갈게요."

전화가 끊어지고 승현은 생각했다. 연서로 인해 설방했다가 언서로 인해 행복해지는 이 감정은, 틀림없다. 사랑인 게 분명하다. 어쩌면 호기심과 호감이란 게 뭔지 모르는 건 강연서일지도 모른다.

이제는 그녀가 아무리 거부하고 마음을 열지 않는다고 해도 포기를 못 할 것 같았다. 그는 그가 행복해지는 이유를 제대로 찾았으니까.

휴우. 연서는 사람들이 바삐 지나다니는 시장거리에 멈춰 선 채 끊어진 핸드폰을 만지작거리며 안도의 숨을 내쉬었다. 방금 전 잘 지냈냐고 물어보던 승현이 생각난다.

잘 지내지 못했다. 그의 마음을 가벼운 호기심으로 치부한 채 외면해 놓고 오히려 그녀가 힘들어서 병이 날 것 같았다. 그만큼 그가 없던 시간들이 괴로웠다. 그런 그녀의 마음을 솔직하게 전해 주지는 못했지만 그와의 통화에 불안에 맴돌던 마음이 조금은 안정됐다.

스물두 살의 그때와는 상황이 다르다. 한마디 안부조차 없이 사라진 건 똑같지만 이번엔 먼저 전화를 걸어 와 잘 지냈냐고 물어봐 주고 빨리 오라는 그녀의 말에 그럴 거라고 약속을 해 준 승현이었다.

이렇게 별거 아닌 안부 전화 한 통에도 안심하고 행복해지는데, 그녀의 마음이 바로 이런데. 뭘 더 바라고 겁을 냈던 걸까……?

사무실에 들렀다가 퇴근을 한 연서는 택시를 탔다. 지난번에 승현과 같이 올라가 봤던 응봉산으로 가 달라고 택시 기사한테 말을 하고는 한 달이 지나려면 아직도 며칠이 더 남았을지 손가락을 열심히 꼽아 보았다.

응봉산에 도착하여 지난번 승현이 들어갔던 카페에 들러 아이스 아메리카노 두 개를 샀다. 양손에 커피 하나씩 들고는 팔각정까지 올라가는 걸음마다 승현을 떠올렸다.

그때는 잘 몰랐다. 혼자 산을 오르는 걸음이 이렇게 심심할 줄은. 연서는 괜히 커피를 쭉 소리 내어 마시고는 힘차게 정상까지 올라갔다.

눈앞에 펼쳐진 아름다운 야경은 여전했다. 무수한 별무리처럼 반짝거리는 불빛들을 한동안 바라보다가 연서는 고개를 돌렸다. 바로 옆에 승현이 있을 것 같았지만 아무도 없이 텅 빈 자리엔 그녀 혼자였다.

적응되지 않는 낯선 외로움, 그 속에서 연서는 다시 승현을 떠올렸다.

들고 간 커피 두 개를 다 마시니 밤이 깊어졌다. 연서는 서둘러 산을 내려왔다. 그러다 바닥을 굴러다니던 돌을 미처 발견 못한 그녀는 그만 돌이 발부리에 걸려 엉덩방아를 찧으며 주저앉았다.

'잡아요.'

문득 들리는 환청에 고개를 들었다가 아무도 없는 까만 어둠을 발견하고는 피식 웃었다. 그러나 다음 순간, 눈물이 왈칵 치밀고 만다.

그를 향한 감정을 거두어들이려 애를 써도 여전히 민승현만 생각났고, 느리게 가고 싶지만 그런 그녀의 의지와는 달리 급하게 넘쳐흐르는 감정은 그녀의 마음대로 제어가 안 됐다.

'넌 좋아해. 네가 좋아. 얼굴만 봐도 좋고 웃는 모습은 더 좋고 조용한 모습 안에 감춰진 밝은 기운이 사랑스럽고……'

평소 그의 이미지와는 어울리지 않는 어눌하고 서툴렀던 그날의 고백이 떠오른다.

그녀도 그랬다. 그의 얼굴만 봐도 좋고 웃는 모습은 더 좋고, 무표정한 인상 속에 감춰진 채 가끔 내보이는 그 따뜻한 감성들이 좋았다. 그런 그를 더 알아 가고 싶었다.

"이제는 피하지 않을래. 가장 솔직한 시선으로 너를 보면서 내 마음을 꺼내 보이고 싶어. 민승현. 빨리 와."

깊은 밤, 그의 대답은 없었지만 연서는 수줍게 웃었다. 그를 향한 마음이 뭔지 이제는 알 수 있었다. 그녀를 행복하게 하는 넉넉한 이유, 그건 사랑이었다.

6장. 마주 보는 시선

금요일 저녁 퇴근하려다 말고 연서는 문득 드는 생각에 책상의 맨 아래 서랍을 열었다. 그 안엔 비타민이 가득 차 있었다.

하루에 하나씩 승현에게 건네주던 짝사랑의 메신저였던 비타민은 결국 그날의 키스 사건을 끝으로 서랍 안에서 재고가 되어 버렸다. 넘치는 그녀의 마음처럼 많이도 사 둔 비타민들, 이제는 주인을 찾아갈 때가 됐다.

연서는 사무실에 아무도 없는 걸 확인하고는 서랍 안의 비타민을 실장실로 가져갔다. 승현의 책상 위에 전부 진열해 놓으니 총스물일곱 개였다. 출장에서 돌아와 깜짝 놀랄 승현을 떠올리며 연서는 방긋 웃었다.

착륙 안내 방송이 들린 지가 한참인데 아직 나오지 않는 아들을 기다리며 한 여사는 손목을 들어서 연신 시간을 확인했다.

"아유. 답답해라. 왜 이렇게 안 나온대요?"

초조한 기색인 한 여사와 달리 민 대표는 신문을 들여다보며 무심하게 중얼거렸다.

"도착했는지도 모르고 비행기 안에서 자느라 정신없을 거야. 한두 번도 아니고."

그런 민 대표를 얄미운 시선으로 흘겨본 한 여사가 고개를 돌렸다. 이때 익숙한 남자가 카트를 밀며 게이트에 나타났다.

"왔어요! 우리 승현이 왔다고요. 여보. 얼른 손 흔들어 줘요!"

"왔으면 왔지, 뭘 손까지 흔들어?"

성가셔 죽겠다는 표정으로 고개를 들어 본 민 대표의 시선에 승현의 모습이 보였다. 편한 트레이닝복에 단화를 신은 녀석은 어디 여행 갔다 온 사람마냥 가벼운 분위기가 흘렀고 얼굴은 잔뜩 들떠 있었다.

과장된 동작으로 손을 흔드는 한 여사와 그 옆의 민 대표를 발견하자 승현은 씩 웃었다. 민 대표 역시 오랜만에 보는 아들의 모습에 흐뭇한 미소를 지어 줬다.

"그래. 고생했다. 잘 다녀왔고?"

가까이 다가온 승현에게 물으니 녀석은 고개를 끄덕이며 대답한다.

"네. 별일은 없었어요."

한 여사가 기다렸다는 듯이 손에 들고 있던 꽃다발을 안겨 주자 승현이 눈썹을 찌푸렸다.

"이런 거 하지 말라고 했잖아요."

"해 주면 그냥 고맙게 받기나 해."

그러나 꽃다발을 도로 민 대표에게 넘긴 승현은 카트의 캐리어도 함께 건네줬다. 그러곤 백팩만 챙기고는 그들보다 더 빨리 공항을 빠져나간다.

"급하게 가 볼 데가 있어요. 먼저 들어가세요."

그 말을 던지고 공항의 택시 승차장으로 걸음을 옮기는 승현의 뒷모습에 한 여사와 민 대표는 멍하니 서로를 쳐다봤다.

"아들! 사무실은 아빠가 너 없을 동안 잘 지켰어. 가 보지 않아도 돼!"

뒤늦게 한 여사가 길게 소리쳤지만 승현은 이미 그들의 시야에서 사라진 뒤였다.

아니, 쟤가 왜 저래? 한 여사가 어리둥절한 표정을 지었다. 민대표는 승현이 넘겨줬던 꽃다발을 그녀에게 도로 건넸다.

"여보. 우리 아들 변했어."

한 여사의 우울한 목소리에 민 대표가 슬그머니 웃었다.

"여자가 있나 보지 뭐."

"어머. 진짜요? 승현이 연애해요?"

"그런 거 아니면 도착하자마자 어딜 저렇게 가겠어? 백 퍼센트 여자가 생긴 게 틀림없어."

남자는 남자가 보면 안다. 녀석의 들뜬 얼굴에선 설레고 행복한 기운이 흘러넘쳤다. 그게 사랑하는 여자를 향한 숨길 수 없는 마음임을 젊은 한 시절, 열렬히 사랑을 해 봤던 민 대표는 알 수가 있었다.

진짜 사랑을 만났나 보네. 민 대표는 문득 녀석을 저렇게 혼이 나가게 한 여자가 누군지 궁금해졌다. 이번엔 제대로 된 참한 여자였으면 좋겠다고 기대를 걸면서 민 대표는 한 여사와 함께 돌아갔다.

장사를 일찌감치 접은 채 홀로 가게를 지키던 연서는 먼저 짐을 싸기 시작했다. 허리가 시큰거린다던 정 씨는 연서의 성화에 못 이겨 30분 전에 마사지 받으러 나간 뒤 아직 돌아오지 않았다. 이때, 가게 문이 열리는 소리가 들린다.

"죄송합니다. 오늘 영업 끝났어요."

손님이 아무런 대답이 없자 엄마가 벌써 왔나 하는 생각에 연서는 고개를 돌려 봤다. 그런데 뜻밖에 가게로 들어오는 사람은 승현이었다. 그를 바라보는 연서의 눈동자가 환희로 물들었다.

"실장님. 언제 돌아왔어요?"

가까이 다가온 승현은 그녀의 시선을 마주 보면서 웃었다. 이렇게 가까이서 연서의 얼굴을 보고 있으니 떨어져 있는 내내 초조하던 마음이 거짓말처럼 진정이 된다.

"둘만 있을 땐 우리만의 언어를 쓰자. 반말."

승현의 그 말에 연서가 어이없다는 듯이 웃는다.

"언제 도착한 거야? 한 달 걸린다면서? 이제 3주 지났잖아."

"일부러 앞당겨 왔어."

연서는 시선을 올려서 그를 바라봤다. 그녀를 마주 보는 그의 눈매가 부드러운 곡선을 그렸다. 아찔한 미소였다. 그러나 다음에 들려오는 말은 더욱더 아찔했다.

"생각이 나서. 미칠 듯이."

승현이 돌아오면 그녀의 솔직한 마음을 전하고 싶었는데 예고도 없이 갑자기 나타나서 이렇게 가슴 떨리는 말을 하면 뭐라고 답해야 할지, 연서는 그만 머릿속이 하얘졌다. 괜히 고개를 숙인 채 신발 끝만 내려다보는데 승현의 말이 들린다.

"된장찌개 해 준다며? 그 생각이 너무 나잖아."

……아, 된장찌개. 그래. 그렇지. 된장찌개 약속을 까먹을 뻔했다. 그런데 아무리 그래도 된장찌개 때문이라니, 너무 얄밉다. 연서는 실망스러운 표정을 감추지 못했고 승현은 피식 웃을 뿐이다.

"잠깐만 테이블에 앉아서 기다려 줄래? 찌개 끓여 줄게."

승현은 그녀가 가리키는 대로 테이블에 앉았다. 연서는 주방으로 들어가 냉장고를 뒤적였다.

개방형 주방이어서 그녀가 음식을 하는 모습이 그대로 보이지만 조금 더 좋은 각도에서 관찰하려고 승현은 고개를 뺴든 채 지켜봤다. 냉장고에서 두부와 애호박을 꺼낸 연서가 승현에게 말을 했다.

"재료가 이것밖에 없어. 가게 정리하느라 요새 냉장고를 비우는 중이거든. 오늘 올 줄 미리 알았으면 장이라도 봤을 텐데. 이거라도 괜찮아?"

"좋지."

승현의 시원한 대답에 연서는 활짝 웃었다. 채소를 씻는 물소리에 이어 듣기 좋은 칼질 소리가 가게를 울렸다. 뚝배기에 멸치 육수를 붓고 된장을 푼 연서는 썰어 놓은 채소를 넣으면서 찌개를 끓이는 데 열중했다.

그런 그녀의 모습에서 시선을 떼지 않으며 승현은 시금처럼 이렇게 늘 함께 있으면 좋겠다는 생각을 했다.

구수한 찌개의 냄새가 가게에 가득 찬다. 그 냄새를 맡으니 갑자기 당기는 식욕에 승현은 밥이 언제 올지 주방만 바라봤다.

"배고프지? 다 됐어."

문득 연서가 고개를 돌려 말하자 승현은 머리를 끄덕였다. 왜 이 상황에서 연서가 마치 그의 아내 같다는 생각이 들었는지, 승현이 혼자 피식 웃었다. 빠져도 단단히 빠진 게 틀림없다.

"입맛에 맞을지 모르겠어. 그래도 엄마의 어깨너머로 배운 솜씨라 아주 나쁘진 않을 거야."

잠시 후에 연서는 찌개를 뚝배기째 테이블에 올리고 밥과 반찬 등을 가져와 상을 차려 내었다. 보글보글 끓는 소리와 함께 따뜻한 김이 모락모락 피어오르는 찌개를 본 승현은 급하게 숟가락을 들었다. 그의 앞에 앉아 궁금한 표정으로 바라보았더니 찌개를 한술 떠먹은 승현이 말한다.

"옷만 잘 만드는 줄 알았는데. 강연서, 그 손이 재주다."

"맛있어? 진짜?"

연서가 명랑한 목소리로 되묻자 승현은 고개를 끄덕였다.

"되게 달아."

"달다니? 설탕 안 넣었어."

정색해서 말하는 연서를 보고 승현이 웃고 만다.

"근데 왜 이렇게 달지? 내 마음이 그래서인가?"

그제야 승현의 얘기가 농담인 줄 알고는 연서는 가늘게 눈을 흘겼다. 그러곤 테이블에 팔을 올린 채 생글생글 웃었다.

그녀가 해 준 음식을 맛있게 먹는 승현을 보는 게 행복했다. 그의 마음만 알고 있을 뿐이지 아직은 아무 사이도 아닌데 이렇게 승현과 마주 앉아 있으려니 그와 굉장히 친밀한 관계인 것 같았다.

"다 먹었어."

들려오는 말에 정신을 차렸더니 그는 벌써 깨끗이 비운 그릇을 보여 주며 씽긋 웃는다.

"괜찮았어?"

"내 인생에서 제일 맛있었던 만찬."

"그건 좀 오버다. 달랑 된장찌개랑 밑반찬뿐인데."

"진짜로, 가장 맛있었던 식사였어."

승현은 따뜻한 목소리로 말을 했다. 잠시 대화가 끊기고 연서와 승현은 한동안 무슨 말을 해야 할지 몰라 서로 시선을 마주한 채 앉아 있었다.

"……일단 치우고 올게. 커피 한잔할래? 아님 녹차?"

연서가 먼저 달콤한 침묵을 깨며 자리에서 일어났다. 녹차라고 대답하고는 설거지를 하러 들어간 연서를 지켜보다가 문득 바닥의 박스들을 발견한 승현이 물었다.

"근데 뭐 하고 있었어? 이사 가?"

"응. 새 가게 찾았거든."

"계약했어? 위치가 어딘데?"

연서에게서 가게 주소를 들으며 승현은 얼른 핸드폰을 꺼냈다. 출장 나가 있는 동안 한국에서 걸려 오는 수신전화는 전부 차단했던 것이다. 급하게 지난번 상가 주인의 번호를 찾아선 문자부터 넣었다.

[중요한 일이 생겨서 잠시 자릴 비웠습니다. 추가임대료 부분은 내일 오전에 만나서 드릴게요. 그때 우리의 계약서도 함께 사인합시다.]

곧 설거지를 끝낸 연서가 차를 가지고 테이블에 와서 마주 앉았다. 승현은 백팩의 지퍼를 열어 뭔가를 꺼내 그녀에게 넘겨주었다.

"이게 뭐야?"

"선물."

망설이는 연서에게 어서 받으라는 듯 승현이 눈으로 재촉했다.

연서는 건네받은 검정색 가방의 지퍼를 주르륵 열어 보다 말고 놀라서 고갤 들었다. 가방 안에는 노트북이 들어 있었다.

"저번에 보니까 네가 쓰던 노트북이 너무 느리더라고. 괜찮은 놈으로 구해 왔으니 작업에 속도가 좀 붙을 거야."

"승현아. 이런 선물은……."

"부담이 된다고요? 그럼 회사에만 놔두고 써요. 회사 비품이라고 생각하고 쓰면 부담 될 것 없잖아요."

승현은 그녀가 어떤 거절을 할지 지레짐작을 하고 거기에 받아칠 말까지 준비하고 있었다. 연서는 잠시 대답이 없다가 웃어 보였다. 그러곤 고개를 끄덕이면서 말했다.

"고마워. 잘 쓸게."

다행이다. 연서가 고집 피우면서 거절할까 봐 걱정했던 승현은 안도의 숨을 쉬었다. 뒤이어 백팩에서 또 하나를 꺼내 건네줬다.

"이건 또 뭐야?"

"역시 선물."

백팩은 무슨 요술 상자라도 되는 듯이 선물이 쏟아져 나왔다. 연서는 호기심 어린 표정으로 그가 넘겨준 두 번째 선물을 받았다.

"와! 작업도구 세트다!"

포장을 북 뜯다 말고 연서가 기분 좋은 탄성을 지르자 승현은 뿌듯하게 웃었다.

한국에 돌아오기 전 며칠은 특별히 시간을 내어 뉴욕의 백화점을 돌면서 연서에게 필요할 선물을 골랐다. 선물을 받고 진심으로 즐거워하는 연서를 보니 그 보람이 느껴졌다.

"그런데 외국에서 산 거라면 비쌀 텐데."

"비싸지 않아. 노트북은 오히려 한국보다 더 싸니까 부담 갖지 마."

그녀를 위로하기 위해 하는 말인 줄 알면서도 연서는 눈동자를 깜박거리며 웃음을 지었다. 어차피 이미 사 온 선물이니 고마운 마음으로 잘 쓰는 게 선물한 사람한테 기분 좋은 일일 거라는 생각에 연서는 기쁘게 받기로 했다.

"정말 고마워. 잘 쓸게. 그런데 이렇게 좋은 걸 받았는데 나는 줄 게 없어서 어떡하지?"

"난 이미 좋은 걸 받았잖아."

무슨 말이냐는 듯 연서는 그를 쳐다봤다.

"된장찌개. 정말 맛있었어."

승현의 대답에 연서가 맑은 웃음을 터뜨렸다. 그러곤 노트북과 작업도구 세트를 여기저기 살펴보며 한참을 신나 있다. 승현이 그런 그녀를 기다리다 못해 먼저 운을 뗐다.

"할 말이 있는데, 지금 해도 돼?"

"아, 나도 할 말 있어."

연서는 얼른 선물들을 테이블 한쪽에 조심스레 밀어 놓고는 그를 마주 봤다.

"내가 먼저 할까? 네가 먼저 할래?"

"너 먼저 해."

승현이 하고 싶은 말이 뭔지 짐작할 수 없어 연서는 그에게 먼저 얘기할 것을 권했다. 잠시 머릿속으로 단어를 고르던 승현이 말을 꺼냈다.

"네가 잘못 알고 있는 내 감정에 대한 얘기야. 사실 내 감정 따위엔 관심이 없다고 해도 좋은데, 나는 내 마음을 제대로 정정해 줄 필요가 있어. 왜냐면 내가 좋아하는 사람은 너고 넌 그런 내 마음을 오해하고 있으니까."

"승현아."

"결론부터 얘길 하자면, 호기심이 아니야."

"……."

"솔직히 어디서부터 어떻게 이 감정이 시작됐는지 혼자 많이 생각해 봤어. 처음엔 그냥 동창, 그리고 일 잘하는 성실한 직원으로 생각했는데 볼 때마다 기분이 참 좋았어. 항상 구김 없고 조용하면서도 뭔가 에너지가 넘치고, 그런 널 지켜보면서 가끔은 나도 모르게 웃고 있을 때도 있었거든."

조금씩 자주 시선에 들어오고 생각이 났다. 빼어나게 예쁘지도 않고 아찔한 몸매를 가진 것도 아닌 평범한 여자지만 단정하고 맑은 표정이 사랑스러웠다.

업무적으로 엮여 있을 때나 단둘이 소소한 얘길 나눌 때도 편하고 즐거웠다. 뚝배기처럼 천천히 진하게 끓어오르며, 깊은 열정을 가진 강연서가 좋았다. 모든 게 봄비처럼 잔잔했고 그렇게 그녀와 가까워지는 일들이 두근거렸다. 그러나 얼마 못 가 완전히 금이 갔던 그들의 관계.

"본격적으로 내 감정에 혼란이 온 건 그날 이후였어. 내가 너에게 함부로 행동했던 그날."

연서는 그가 얘기하는 그날을 떠올리며 숨을 깊게 들이쉬었다. 그 사건에 관해선 이미 충분히 사과를 받았고 더 이상 신경을 안 쓴다고 했지만 다시 생각해도 별로 유쾌하진 않았다. 그런데 승현은 거기서부터였나 보다. 남자와 여자의 일은 정답이 없다던 선경의 얘기가 문득 떠오른다.

"내 실수를 인정하고 사과를 했지만 마음이 편치 않았어."

그날 이후, 연서를 볼 때마다 그랬다. 혹여 딱딱한 표정을 보면 그가 정말 죽을죄를 지은 것처럼 힘들었고 그녀가 다시 웃어 줬을 땐 세상을 다 가진 것마냥 행복하기도 했다.

"처음엔 그냥 미안함 때문인 줄 알았어. 그런데 미안함과는 무관한 감정이었어."

자꾸만 궁금해지고 그녀의 얼굴을 보면 기분이 좋고 어떻게든 핑계거리를 만들어서 그녀를 찾아가고 함께 있는 시간을 늘려 보기도 하면서, 그는 점점 더 이 감정에 빠져들어 갔다.

"네 말처럼 호기심일까도 생각했어. 그래서 출장 가 있는 동안 애써 널 떠올리지 않았어. 호기심일 테니까. 시간이 지나면 잊혀져 버리는 의미 없는 감정일 테니까."

그러나 그건 착각일 뿐. 출장 내내 그녀의 생각에 가슴이 지끈거렸고 하루에도 몇 번씩 스케줄을 취소해서 한국행 비행기를 타고 싶은 충동이 일었다. 그녀와 통화했던 그날은 사춘기 소년처럼 설레서 밤늦게까지 잠도 못 잤다.

"승현아."

"그런데 시간이 지나도 이 감정이 사라져 버리질 않아. 오히려 더 진하게 스며들 뿐."

승현의 검은 눈동자가 거센 격랑이 일듯 흔들린다. 마주 보는 연서를 응시하는 그의 턱에 단단히 힘이 들어갔다.

"이런 느낌은 처음이고 그만큼 간절해서 놓을 수가 없어. 놓고 싶지도 않고."

가게 안은 한동안 정적이 흘렀다. 그의 얘기를 중간에 여러 번 잘랐지만 막상 그가 말을 끝내니 연서는 갑자기 할 말을 잃은 듯했다.

"얘기가 참 길지? 구구절절 내 마음을 얘기하는 게 나도 참 쑥스럽고…… 쉽지 않네."

승현이 어색하게 웃었다. 정말로 쑥스러웠던지 그의 뺨은 약간 달아올랐다. 연서는 그런 승현을 보면서 가슴이 온통 따뜻함으로 들먹거리는 걸 느꼈다.

"그 느낌, 나도 알아. 똑같이 느껴 봤으니까. 지금도 그래."

연서가 말하자 승현은 대답을 못 했다. 그녀의 얘기는 뭔가 종잡을 수가 없었다. 그녀가 좋아하는 사람한테 이런 느낌을 가졌다는 뜻인지, 만약 정말 그런 거라면 그녀의 다음 얘기를 어떤 마음으로 들어야 할지 그로선 갈피가 잡히지 않았다.

"아마도…… 사랑일 거야."

뒤이은 연서의 말에도 그저 그녀를 바라보았다. 연서는 고개를 숙였다가 잠시 후에 머리를 들면서 웃어 보였다. 그러고는 한결 단정한 목소리로 말을 했다.

"내가 좋아하는 사람은 바로 너야."

또다시 정적이 흘렀다. 고백이라면 이것도 고백인 셈이다. 연서는 용기를 내어 그녀의 사랑이 바로 그라고 말을 했다. 그런데, 상대방은 왜 그런지 대답이 없다.

"민승현?"

조심스레 승현을 부르자 그는 알 수 없는 표정을 지은 채 대답을 못 했다. 당황한 것 같기도 하고 기쁜 것 같기도 한, 상당히 복잡한 변화가 느껴지는 얼굴이었다.

"하, 강연서."

"왜?"

그녀를 불러 놓고도 한동안 말을 못 하다가 결국 승현은 고개를 옆으로 돌리고는 웃었다. 처음엔 어이없는 웃음을 터뜨리더니 곧 어깨까지 들썩거리며 웃는다. 이번엔 연서가 당황했다. 그녀의 고백이 그렇게 뜬금없었던 걸까?

"정말이지 반전드라마도 이보다 더 골 때리진 않을 거야. 강연서, 최고다."

한참을 혼자 웃던 승현이 겨우 진정을 하고선 그녀에게 한 말이었다. 좋은 뜻인지 놀리는 건지 갈피가 안 잡혀 연서는 그저 가만히 있었다. 곧 승현이 진지하게 묻는다.

"날 사랑한다는 거, 진짜야?"

연서는 조용히 고개를 끄덕거렸다. 승현이 그게 아니라는 듯 말했다.

"말로 해 봐, 말로."

"방금 했잖아."

"그러니까, 다시 한 번만 말로."

"싫어. 다 들었으면서."

이 똥고집. 샐쭉해선 더 이상 말을 안 하는 연서를 보며 승현은 슬쩍 눈썹을 찌푸렸다. 어쨌든 그를 사랑한다는 건 진짠가 보다. 아니, 근데 왜? 언제부터? 좋아하는 사람이 있다는 건 어쩌고? 그 사람이 설마……?

졸지에 그는 혼자 끙끙거리면서 스스로를 질투했던 우스운 꼴이 됐다. 여태 연서의 손바닥에서 놀아난 기분이 들었지만 지금은 그런 것마저 다 즐거워졌다. 그는 그녀가 좋아하는, 바로 그 대단하게 잘난 남자니까.

연서가 좋아하는 그 사람이 바로 자신일 줄 알았으면 고민하지 말고 진즉에 고백할 것을. 그동안 홀로 애태운 시간들이 아련하게 떠올랐다.

그렇게 속을 끓이던 마음이 결국 연서와 같은 마음이었다는 게 얼마나 다행이고 감사한 일인지, 지금은 세상을 가진 듯 그저 좋기만 하다.

다시 웃음이 번지기 시작했다. 참아 봤지만 입가를 비집으며 나오는 설레는 웃음은 그의 얼굴을 온통 다 행복하게 만들었다. 그런 그를 보면서 연서가 조심스레 말했다.

"미안해. 좋아하는 사람이 사실은 너였다고, 일찍 얘길 해 주지 못해서."

승현은 애써 딱딱하게 표정을 굳히고는 이때다 싶어서 따졌다.

"일부러 그랬지? 내가 혼자 애타는 꼴이 재미있어서."

"아니야. 무슨 말을 그렇게 해? 그런 게 재미있을 리가 없잖아. 혼자 좋아한 시간으로 따지면 내가 선배라 그 마음을 너무 잘 알거든."

"거짓말."

"진짜야."

제법 정색하며 항변하는 연서다.

"근데 날 좋아한다면서 왜 그동안 그렇게 티를 안 냈어? 저번에 내가 허둥지둥 정신을 못 차리면서 고백했을 땐 또 어땠고? 왜 거절했어?"

"거절한 거 아니야."

"거절한 거 아니면?"

"난 단지 내 마음이 진짜 사랑일까 확신이 들지 않아서 시간을 두고 고민하고 싶었어. 나 많이 소심한 거 알잖아."

"그렇게 소심하게 고민만 하다가 딴 여자가 채 가면 그 후회를 어떻게 감당하려고 그래?"

갑자기 웬 잘난 척? 연서는 그만 피시식 웃어 버렸고 승현도 따라 웃었다.

"인연이면 조금은 먼 길을 돌아도 다시 마주 볼 수 있을 거라고 생각했거든."

하이고, 속 편한 소리 하네. 승현이 심통스런 얼굴을 하자 연서가 조그맣게 중얼거렸다.

"봐. 결국 우린 이렇게 마음을 확인했잖아."

"내가 널 정말 많이 좋아했기 때문에 가능했어."

그가 그녀의 앞에선 얼마나 약해지는지, 그녀에게만은 얼마나 너그러워지는지 승현은 제 마음을 있는 그대로 다 꺼내서 보여 주고 싶었다. 그만큼 그녀를 많이 좋아한다는 걸 그녀가 알아주길 바랐다.

"알아."

연서가 생긋이 웃으며 대답했다. 딱 한 번의 고백을 끝으로 깨끗이 미련 털고 돌아서는 남자였다면 그녀의 성격으로 다시 다가가기가 힘들었을지도 모른다. 그런데 승현은 그런 그녀를 먼발치에서 기다려 줬고 주춤거리는 그녀에게 다시 먼저 손을 내밀어 잡아 줬다.

그게 고마웠고 그런 그의 마음이 이제는 느껴진다. 그녀를 정말로 좋아했기에 가능했던 거라고.

"그럼 이제 우리는 무슨 사이야?"

말 나온 김에 확실하게 매듭짓고 싶은 승현이 직설적으로 묻자 연서는 아랫입술을 살짝 깨문다. 대답을 못 하는 그녀에게 승현은 다시 물었다.

"사귀는 거지?"

"그전에 하나만 확인하고 싶은 게 있어."

"말해 봐."

다정한 시선으로 연서를 마주 보는 승현은 그녀가 말만 하면 다 들어줄 것 같은 표정이었다. 고민을 하던 연서가 잠시 후에 묻는다.

"전에 송채연 씨랑 연인 사이라고 들었는데, 이제 다 정리된 거야?"

아, 그 얘기네. 승현은 연서가 그와 송채연 사이의 일을 어디까지 알고 있는지 짐작이 안 갔지만 그녀에게 확실한 답을 줄 필요를 느꼈다.

"다시 송채연 때문에 마음 상할 일은 없을 거야. 약속할게."

승현의 대답에 연서는 가만히 머리를 끄덕였다.

"그럼 됐어. 나머지는 천천히 알아 가지, 뭐."

"그 말은, 우리가 지금부터 연애하는 사이란 거지?"

"응."

수줍게 대답하는 연서다. 승현의 얼굴에 햇살 같은 웃음이 떠오르더니 그 뒤로는 마냥 싱글싱글 웃기만 한다.

"그렇게 좋아? 너무 웃으니까 민승현 같지 않아."

연서의 놀림에도 승현은 그저 웃기만 할 뿐이다. 자꾸만 웃음이 나는 건 사실 연서도 마찬가지였다. 조심스레 사랑을 시작하는 연인들의 가슴엔 설레는 바람이 끝도 없이 불었다.

밤이 깊어지자 연서는 승현을 바래다주러 같이 가게를 나왔다.

"아무튼 우리 엄만 정말 못 말려. 갑자기 엄마가 들어오셔서 불편했지?"

마사지를 받고 돌아온 정 씨가 마침 가게에 있는 승현을 발견하고는 뛸 듯이 반가워하며 그를 붙잡고는 이것저것 난처한 질문들을 했던 것이다. 연서는 혹시라도 승현이 불편했을까 봐 조심스레 물었다.

"아니. 불편한 거 없었어."

승현은 느긋한 목소리로 대답했다. 연서가 커피를 타러 주방에 간 사이 정 씨는 덕분에 가게를 잘 계약했다고, 서로 인사까지 나누었던 것이다.

그한텐 언제나 살갑게 대해 주는 정 씨가 승현은 불편하지 않았다. 오히려 연서와 사귀게 된 지금, 가족처럼 더 가까워지고 싶을 뿐이었다.

"다행이네. 우리 엄마는 사람을 참 좋아해. 아빠가 곁에 안 계신 지 오래다 보니 사람이 그리운가 봐. 내가 자주 말벗을 해 드리긴 하는데, 그래도 늘 외로우시겠지."

연서는 커피를 마시며 정 씨가 얘기하는 의미 없이 소소한 말들에 가끔 맞장구를 치며 대화를 이어 가던 방금 전 승현이 떠올랐다. 그는 마치 그들과 오랜 시간을 함께한 가족처럼 친근했다.

"근데 엄마랑 안 닮았다."

"나?"

"응. 엄마랑 성격이 달라 보여."

"난 아빨 닮았대. 엄마가 그랬거든. 나도 엄마처럼 밝고 친화적인 성격이면 참 좋을 텐데."

바보. 오월의 햇볕마냥 맑고 잔잔한 네 성격이 얼마나 매력 있는데. 승현이 그 생각으로 다정하게 웃었다.

"저기 앞까지 가면 바로 택시를 잡을 수 있을 거야."

연서의 말에 승현은 양팔을 모으면서 팔짱을 꼈다. 으스스한 바람이 불자 가벼운 옷차림이던 그는 싸늘한 한기를 느꼈다. 연서가 걱정스레 말했다.

"되게 추워졌지? 네가 출장 간 뒤에 비가 두 번 오더니 기온이 뚝 떨어졌어."

아닌 게 아니라 3주 전과 비교하면 날씨 변화가 갑작스러웠다. 가을도 없이 겨울이 온 느낌이다. 여전히 걱정스런 시선으로 쳐다보는 연서에게 승현이 장난스럽게 말을 한다.

"추위를 덜 수 있는 방법이 있는데."

"어떻게?"

정말로 궁금한 듯 제법 진지하게 묻는 연서다.

"이리 가까이 와."

그러나 연서가 가까이 올 시간도 기다리지 못한 승현이 한 발 다가갔다. 그의 신발과 그녀의 신발이 서로 맞닿을 만큼 가까워지자 연서가 주춤 뒤로 물러서려 했다.

승현은 그런 그녀를 끌어당겨 조심스레 품에 안았다. 흠칫 놀라는 연서의 몸을 놓아주지 않고 그녀의 손을 잡아서 그의 허리에 둘렀다.

"난 이러면 안 추워. 잠시만 이렇게 있자."

그녀의 귓가에서 나지막하게 속삭이는 승현의 목소리에 연서는 괜히 볼이 발갛게 물들었다. 꽤나 차이 나는 키 때문에 연서의 얼굴은 그의 어깨에 닿았다. 거기에선 지난번에 빌려준 슈트에서처럼 상큼한 사과 향이 났다. 좋다, 이 냄새.

"연서야."

문득 그가 그녀의 이름을 불렀다. 연서는 대답 없이 그의 말을 기다렸다.

"고마워."

그의 어깨에 살며시 머리를 기대니 따뜻한 체온이 느껴진다. 승현의 말은 계속해서 들려왔다.

"내가 지금 느끼는 이 마음을 너도 느꼈으면 좋겠어. 정말 행복해서 나 혼자만 느끼면 너무 억울할 것 같거든."

"나도 그래. 꿈만 같이 행복해."

연서는 그의 허리를 두른 손에 슬며시 힘을 주었다. 저 멀리서 택시가 미끄러져 오는 게 보이자 둘은 아쉬운 웃음을 지으며 떨어졌다. 택시를 타다가 승현은 문득 궁금해져서 물었다.

"그런데 언제부터 날 좋아한 거야?"

연서는 잠깐 고민을 하더니 대답했다.

"비밀."

"야. 강연서."

"다음 주에 회사에서 뵙겠습니다, 실장님."

그러곤 더 뭐라고 할 새도 없이 몸을 돌려 걸어간다. 그런 그녀의 뒷모습을 보던 승현은 기가 차다는 듯이 웃었다. 지금까지 애태운 것도 모자라서 앞으로 계속 애달게 할 작정인가? 저 여자가 정말.

"어디로 갈까요?"

택시 기사가 묻는 말에 승현은 그제야 차창 밖으로 향한 시선을 거두었다. 집 주소를 불러 주자 기사는 경쾌하게 시동을 걸었다.

집으로 가는 동안에도 승현은 여전히 연서를 생각했다. 그녀와 나눈 다정한 얘기들을 떠올렸고 방금 전에 안아 보았던 그녀의 따뜻한 체온을 떠올렸다.

작고 말랑말랑한 몸은 꽉 안으면 터질 것 같아서 소중한 도자기를 어루만지듯 조심스레 안고만 있었지만 그녀에게서 나는 은은한 향기에 어지러운 자극을 느꼈다.

여자를 경험 못 해 본 것도 아닌데 왜 이렇게 그녀를 향한 행동마다 급격하게 떨리고 긴장되는지, 승현은 그런 자신이 못마땅할 정도였다.

손목을 들어서 시계를 보니 밤 열한 시가 가까워 온다. 저녁 여덟 시에 한국에 도착하자마자 연서를 찾아가 거의 세 시간을 함께 보냈다. 그래도 부족해서 주말에 약속을 잡으려고 했지만 연서는 친구네 가게가 아르바이트생을 찾을 때까지 도와줘야 한다면서 야무지게 거절했다.

"깍쟁이 같기는."

저도 모르게 혼잣말로 중얼거리던 승현은 택시 기사와 시선이 마주치자 머쓱하게 웃었다.

❖

다음 날 오전, 승현은 연서네 가게가 새로 들어갈 상가의 주인을 만났다. 그동안 연락이 안 되어 애가 탔다는 주인을 달래고 계약서에 사인한 뒤 그 자리에서 바로 입금까지 마쳤다.

그제야 한시름을 덜은 듯 싱글벙글해진 주인한테 승현은 임대료에 관해 비밀을 지켜 줄 것을 다시 한 번 확답받았다.

그와 헤어진 후 카페를 나와서 회사로 걸어가며 승현은 연서가 뭘 하는지 궁금해서 전화를 해 보았다. 잠시 신호음이 가던 휴대폰

너머에서 전화 받는 소리가 들렸다.

"뭐 하고 있어?"

— 어제 얘기했잖아. 친구네 가게에 와 있어.

"거기서 서빙해?"

— 계산도 받고 주스도 갈고 청소도 해 주고, 다 해.

"강연서, 능력잔데? 매출 1위의 의상디자이너에 된장찌개도 잘 끓이고 주말엔 국밥집과 토스트 가게를 번갈아서 관리하다니. 아무리 봐도 멋있는 여자란 말이야."

승현의 말에 연서는 흐웅, 하고 콧소리를 냈다.

— 놀리지 마.

"놀리는 거 아냐. 열심히 사는 모습이 보기 좋아서 그래."

연서가 나직하게 웃는 소리가 들렸다. 그런데 수화기 너머가 약간 소란스러워졌다. 손님이 들어온 모양이었다.

— 지금 좀 바빠. 끝나고 전화할게.

연서와의 전화를 끊고 승현은 회사로 들어갔다. 주말이라 아무도 없는 사무실에서 습관처럼 디자인팀 유리문을 바라봤다.

스케치북과 색연필이 연서의 책상 위에 가지런히 정돈이 되어 있었고 노트북, 달력 등 소소한 물건들에서 그녀의 그림자가 느껴지는 듯하다. 승현은 작게 미소를 짓다가 실장실로 들어갔다. 환기부터 시키려고 창문을 열고는 다시 책상으로 돌아왔다.

그의 시선이 무심코 책상 위에 머물렀다가 눈동자에 세찬 파도가 일렁였다. 가지런히 줄지어져 있는 비타민들. 승현의 입에서 나지막한 탄식이 새어 나왔다. 비타민의 범인이 누군지, 이제는 알 것 같았다.

그녀가 남기고 간 마음이 너무 예뻐서, 그리고 여태 몰랐던 자신이 바보 같아서 승현은 설레기도 하고 쓸쓸하기도 했다. 한동안 비타민들을 훑어보다 말고 그는 무슨 생각이 들었는지 매직펜을 꺼냈다. 그리고 비타민 뚜껑에 글자를 하나씩 썼다.

강. 연. 서.

마치 그림을 그리듯이 글자 하나마다 정성 들여 다 쓰고는 중얼거렸다.

"비타 강연서. 아까워서 어떻게 먹냐?"

문득 승현은 그날 로비에서의 일이 떠올랐다. 그때 연서의 눈에 가득 고인 눈물의 의미가 불현듯 깨달아진다. 설마 그 사건 전부터 그를 좋아했던 걸까? 그랬던 거면 그는 그녀에게 무슨 짓을 한 거지……? 그녀가 받았을 상처가 도무지 상상이 안 되어 시린 한숨이 올라왔다.

연서가 남긴 마음들을 하나씩 눈자리 나게 훑어보다가 승현은 자리에서 벌떡 일어났다. 급한 발걸음으로 지하 주차장에 내려가 차에 오르면서 연서에게 전화를 걸었다.

"바쁜데 귀찮게 해서 미안하지만 지금 만나야겠어. 가게 위치가 어디야?"

— 왜? 무슨 일이 생겼어?

"그래. 아주 급하게 봐야 돼. 지금 당장."

연서는 어리둥절한 목소리로 토스트 가게 주소를 불러 줬다. 내비게이션에 위치를 찍고 승현은 다소 급박하게 운전했다. 잠시 후 근처까지 도착한 승현이 가까운 골목에 주차하고는 가게를 찾아 들어갔다.

"어서 오세요."

연서는 보이지 않고 젊은 여자 하나가 그를 반가이 맞아 준다. 승현은 부지런히 실내를 훑어보았다. 선경은 대답 없이 여기저기 둘러보는 남자를 미심쩍게 보다가 다시 물었다.

"뭐로 드릴까요? 앉으실래요?"

"강연서 씨 찾으러 왔는데요."

"아, 연서요? 방금 요 앞 약국엘 갔는데."

"약국엔 왜요? 금방 오는 거죠?"

"네. 잠시만 앉아서 기다려 주세요."

선경의 말을 듣고 창가의 테이블에 자릴 잡고 앉자 그녀는 따뜻한 차 한 잔을 가져다주었다. 고맙다고 머리를 끄덕여 보인 승현은 연서가 들어오길 초조하게 기다렸다.

얼마 안 지나 가게 유리문으로 익숙한 모습이 보인다. 승현이 자리서 일어났다.

"어디 가세요? 연서 금방 올 텐데."

가게를 나가는 승현의 뒷모습에 선경이 다급하게 불렀다. 그러나 곧 유리문으로 연서를 발견하고는 슬며시 웃었다.

"아, 깜짝이야……."

한편 땅만 보며 걸어오던 연서는 가게 앞을 버티고 선 승현의 그림자에 화들짝 놀라서 짤막한 비명을 질렀다.

"약국엔 왜 갔어?"

그러나 승현은 지금 여길 온 이유보다 연서가 약국에 왜 갔는지가 더 중요해졌다. 연서는 그의 물음에 별거 아니라는 듯 어깨를 으쓱해 보였다.

"주스 갈다가 믹서기에 손이 베어 버렸어. 밴드 사서 오는 길이야."

연서의 대답을 듣고 작게 한숨을 쉰 승현은 그녀의 손에 들려진 밴드를 가져갔다. 그러곤 말을 했다.

"손 줘 봐."

말 잘 듣는 아이처럼 연서가 손을 내밀자 상처 위에 정성스레 밴드를 붙여 주면서 승현이 꾸짖었다.

"능력자라고 칭찬해 줬는데 안 되겠네. 그새 이렇게 다치고 실수하는 걸 보니 아마추어잖아."

연서가 배시시 웃으며 그의 손에서 자기 손을 빼내었다. 그러곤 다정한 웃음을 지은 채 말했다.

"고마워. 앞으로 조심할게."

"당연히 그래야지."

짐짓 무뚝뚝한 척하는 승현을 보다가 연서가 물었다.

"그런데 왜 왔어? 급하게 와야 될 일이 뭐야?"

그는 잠시 연서를 보더니 곧 손을 뻗어 그녀를 안았다. 환한 대낮이고 사람들이 자주 지나다니는 가게 앞이라 깜짝 놀란 연서가 두 손으로 그를 밀어냈다. 그럴수록 승현은 그녀를 안은 팔에 힘을 주고는 말했다.

"미안해."

"……뭐가?"

갑자기 왜 미안하다고 얘기하는지 연서는 어리둥절해졌다. 그래서 더 저항을 하지 않은 채 그의 품에 가만히 안겨 있었더니 승현의 목소리가 이어졌다.

"나 때문에 마음 상했던 적 많았지? 그거 다 미안해. 사실 어디서부터 사과를 해야 할지, 갈피가 안 잡혀. 그래서 그냥 무작정 사과를 해도 받아 줘. 혹시라도 나 때문에 상처받은 적이 있다면 미안해."

연서는 살며시 손을 올려 그의 등을 어루만졌다. 상처받은 적이 없다면 거짓말이다. 무심한 승현이 가끔 멋대로 행동할 땐 그 차가움과 이기적인 모습 때문에 가슴이 시렸지만 어찌 보면 당연한 일이기도 했다.

더 먼저, 더 일찍 사랑한 사람만이 느낄 수 있는 알싸한 상처들. 이제는 승현과 마주 보는 사랑을 하기 때문에 그런 달콤아릿한 상처는 웃으며 돌아볼 수 있다.

그런데 자꾸 욕심이 생긴다. 더 많은 걸 바라고 더 큰 걸 원하게 된다. 그의 시선이 늘 그녀에게 머물러 줬으면, 늘 그녀에게 다정히 웃어 줬으면, 늘 지금처럼 그녀한테만 한없이 따뜻해 줬으면 하는 욕심……

승현을 보내고 가게로 들어오니 카운터에서 빙그레 미소를 짓고 있던 선경이 묻는다.

"남자친구지?"

연서는 생긋 웃는 것으로 대답을 대신했다. 남자친구라는 말을 들으니 정말 승현과 사귀고 있고 가까운 사이란 게 느껴진다.

"진도는 어디까지 나간 거야?"

"진도라니, 어제부터 사귀기로 했는데."

"어제 금방 사귀었단 사람들이 남의 가게 앞에서 부둥켜안고 무슨 짓이야?"

선경의 악의 없는 농담에 연서가 크게 웃음을 터뜨린다. 전에 없이 행복한 표정의 연서 때문에 선경은 따라서 즐거워졌다.

"되게 멋진 사람 같은데, 더 좋아 보였던 게 뭔지 알아?"

연서는 궁금한 시선으로 선경을 보았다. 그녀는 계산기를 한쪽으로 쓱 밀어 놓으면서 말을 했다.

"널 향한 사랑이 온몸에서 묻어 나왔어. 시선이나 말투, 행동들이 전부 다 네게 집중해 있는 것 같았거든. 그걸 보고는, 아, 저 남자가 우리 연서에게 푹 빠졌구나, 하는 생각이 들었지."

연서는 선경의 그 말에 배시시 웃으면서 얼굴이 발갛게 물이 들었다.

"기지배야. 그렇게 좋아?"

이번엔 여러 번 고개를 끄덕이는 연서를 보고 선경은 부럽다는 듯이 웃었다.

"사랑이란 게 참 좋다. 그치?"

"내가 좋아하는 사람이랑 그 사랑을 한다는 게 더 좋은 것 같아. 이런 기분은 처음이야."

연서는 말을 하다 말고 어제 승현이 했던 얘기를 떠올렸다. 이런 느낌은 처음이고 그만큼 간절해서 놓을 수도 없고, 놓고 싶지 않다던 그 말. 승현도 꼭 그녀와 같은 마음일까……? 방금 돌아간 승현이 벌써 그리워진다.

아르바이트생으로 면접 온 여대생이 몇 명 다녀간 뒤 선경은 연서더러 얼른 들어가라고 등을 떠밀었다.

"여기서 나랑 저녁 먹지 말고 남자친구와 맛있는 것도 먹으며 데이트해. 저녁 시간대면 한가해서 나 혼자도 충분하거든."

선경의 등쌀에 못 이겨 가게에서 나온 연서는 승현에게 전화를 걸어 보았다. 아까 오후에 사무실에 잠깐 들러 해야 될 일이 있다고 하더니 여태 아무 연락 없는 걸 봐서는 아직 바쁜가 보다. 괜히 방해를 하는 건 아닐까 걱정하는데 곧 전화 받는 소리가 들렸다.

"저녁, 아직이지? 약속 없으면 같이 먹을래?"

이 한마디를 건네는 것조차 여러 번 망설이면서 연서는 어렵게 말을 꺼냈다. 그의 대답을 기다리는 동안 괜히 손가락으로 버스정류소의 광고판을 긁으며 장난쳤다.

— 네가 사는 거야?

밝은 승현의 목소리엔 장난기가 가득했다. 연서는 냉큼 대답했다.

"그래. 내가 살게. 어디서 만날래?"

마침 이리로 오고 있다는 승현에게 연서는 근처의 버스정류소를 알려 주었다. 5분도 안 지나서 익숙한 차 한 대가 그녀의 곁으로 미끄러져 온다. 조수석 문이 열리자 연서는 안으로 들어갔다.

"저게 뭔지 알아?"

승현이 뒷좌석을 눈짓하자 연서가 고개를 돌려 봤다. 뒷좌석엔 웬 쇼핑백이 덩그러니 있었다.

"비타 강연서."

무슨 말이냐고 의아한 표정을 짓던 연서는 곧 그녀가 건네준 비타민인 걸 눈치채고는 슬며시 웃었다.

"꽤나 많지? 뒀다가 하나씩 꺼내 먹어."

"네 생각이 날 때마다 먹으려고. 근데 아무래도 내일 아침엔 다 없어질 것 같아서 걱정이야."

"설마. 저 많은 걸 한꺼번에 다 먹으려고?"

"하루에 스물일곱 번보다 더 네 생각이 나니까. 나 아무래도 미친 거지?"

연서는 못 말린다는 듯이 웃으며 고개를 돌렸다. 그런 그녀를 애정 가득한 시선으로 쳐다보던 승현은 생각했다. 예고도 없이 찾아온 이 감정에 미친 건지, 언젠지도 모르게 그의 가슴에 스며들어 온 강연서란 여자에 미친 건지.

어쨌든 지금의 그는 스스로 느끼기에도 연서를 만나기 전과 너무 달라졌다. 그런 자신의 변화마저 행복한 승현은 연서에게서 시선을 떼지 않으며 웃었다.

연서가 저녁 메뉴를 회로 정하자 승현은 근처의 횟집으로 방향을 잡았다. 안으로 들어가서 광어 2인분 세트를 주문하고 연서가 말한다.

"입맛이 까다롭지 않은 편인가 봐."

"왜 그렇게 물어?"

따뜻한 보리차를 먼저 그녀에게 건네며 승현이 되묻자 연서는 말갛게 웃었다.

"그냥 그래 보여서. 편의점 커피도 그렇고 내가 직접 만든 된장찌개도 그렇고. 다 잘 먹잖아."

"음식보다는 사람에 한해서 까다롭지. 좋아하는 사람한테는 무조건 다 너그러워서 그래."

승현의 대답에 연서는 어깨를 움츠리며 웃음을 터뜨렸다. 신기하다. 이렇게 오글거리는 말을 어쩌면 이토록 자연스레 할 수가 있지? 그가 요즘 입버릇마냥 해 왔던 말처럼 그녀에게만 그러는 걸까?

그녀에게만 넉넉한 사람, 그리고 그 사람이 그녀가 좋아했던 승현이란 사실에 연서는 가슴이 온통 따뜻해졌다.

싱싱한 회에 소주까지 살짝 곁들인 저녁을 먹고 나왔을 때는 느지막한 시간이 돼 가고 있었다. 내일은 일요일이라 굳이 연서를 일찍 집에 들여보내고 싶지 않았던 승현이 커피라도 한잔하자고 했지만 연서는 고개를 흔들었다.

"미안한데 진짜 안 돼. 다음 주 주말에 가게 이사해야 돼서 정리할 것도 많고 엄마 혼자서 힘드시거든."

아쉽지만 어쩔 수가 없다. 평일이나 주말 할 것 없이 늘 여기저기에서 바쁜 연서를 이해하면서도 괜히 걱정이 들어 승현은 잔소리했다.

"너무 무리하지 말고 쉴 땐 쉬어. 그러다 아프기라도 하면 나한테 혼나."

연서가 그 말에 상처 난 손가락을 들어 보이며 장난스럽게 묻는다.

"또 아까처럼 혼내려고? 그러지 마. 자꾸 혼내면 진짜 상사 같단 말이야."

승현은 여전히 생글거리는 연서한테 한 걸음 다가가서 안았다. 그의 스킨십에 어느새 적응된 연서는 자연스레 어깨에 얼굴을 묻으면서 허리에 팔을 둘렀다.

"내일 못 보니까 오늘은 조금 더 오래 안고 있을 거야."

승현의 말을 들으며 연서가 달콤하게 웃었다.

"따뜻해서 좋아."

"뭐가?"

"날 안아 주는 품이 왠지 익숙해. 마치 오래전부터 이곳이 내 자리인 듯한 생각이 들어. 되게 웃기지?"

연서의 말에 이번엔 승현이 슬며시 웃었다. 중학교 시절의 그들은 전혀 친하지 않았고 그 어떠한 접점도 없었다. 그러나 세월이 흘러서 다시 만난 그들은 가장 친밀한 사이가 되어 서로의 존재 때문에 행복해진다.

이게 사람들이 말하는 인연인 걸까? 승현은 소중하게 그녀의 머리칼에 키스했다. 그녀의 달달한 웃음소리가 들린다. 로맨틱한 밤이었다.

⊕

그녀의 손맛이 들어간 갈비가 생각이 난다는 민 대표의 주문에 한 여사는 늦은 시간까지 주방에서 갈비를 양념에 재우고 있었다.

그때 현관에서 들려오는 인기척에 고개를 돌려 봤다. 뭔가를 가득 담은 쇼핑백을 소중히 안고 들어오던 승현은 그녀에게 돌아왔다고 고개를 끄덕여 주었다.

"그게 뭐야? 아들."

한 여사의 호기심 어린 시선에 쇼핑백을 한번 내려다본 승현이 활짝 웃는다. 뭔데 저래? 한 여사의 눈빛에 궁금함이 한층 더해졌다.

"내 사랑이죠."

"사랑은 무슨. 비타민 아냐? 무슨 비타민을 박스도 없이 쇼핑백에 가득 넣고 다녀? 오다가 박스 터진 거야?"

한 여사는 가까이 다가가며 들여다보려 했다. 그러나 그런 그녀를 가볍게 저지하면서 승현이 몸을 돌렸다.

"엄마는 알 필요 없어요. 먼저 들어갈게요."

그러고는 방으로 쏙 사라져 버리는 아들의 뒷모습을 보다 말고 한 여사는 괜히 서운해서 중얼거렸다.

"비타민이 얼마나 한다고, 제 엄마한테는 하나도 건네주지 않고 들어가는 것 좀 봐. 인정머리 없긴."

재운 갈비를 냉장고에 넣은 한 여사가 욕실에 들어가 샤워하고 나와서 얼굴에 스킨을 두드려 바르다가 문득 민 대표에게 말을 했다.

"여보. 아무래도 승현이 쟤, 진짜 연애하나 봐요."

"뭔 소리야?"

침대헤드에 기대어서 신문을 보던 민 대표는 한 여사에게 시선을 돌렸다. 다소 급한 동작으로 기초화장을 끝낸 한 여사가 말한다.

"애가 너무 실실 잘 웃어요. 예전엔 안 그랬잖아요. 그리고 어제부터 어딜 그렇게 뽈뽈 쏘다니는지."

아내의 호기심으로 반짝이는 눈을 보던 민 대표가 크게 웃음을 터뜨렸다. 그러곤 보던 신문을 접으면서 말을 한다.

"지켜보자고. 이번엔 왠지 느낌이 좋아."

"그럴까요? 하긴, 녀석을 저렇게 웃게 만들어 주는 여자라면 우리야 대환영이죠. 사실 승현이가 대학 때 지가 배우고 싶었던 영화제작을 포기하고 파리로 유학을 떠나면서 얼마나 힘들어했는지, 기억하죠?"

다행히 승현은 그들의 주문에 따라 유학을 잘 끝내고 돌아왔지만 웃음과 말이 줄어들었다. 무뚝뚝하니 완전히 다른 사람처럼 변해 버린 승현 때문에 한 여사는 꼭 아들을 어딘가에 잃어버린 것 같아서 괴로웠다.

"연애라도 하면 예전 모습을 되찾지 않을까 하는 기대감이 없지 않았던 건 아니었어요. 승현이가 좋아하는 여자를 만나면 말도 잘 하고 잘 웃던 원래 모습을 찾을 것 같아서 녀석이 여자 만난단 소식 들릴 때마다 기대를 했거든요"

그런데 웬일인지 여자들은 바뀌어도 녀석은 그대로였다. 그다지 행복해하지도 않고 헤어져도 그다지 슬퍼하지 않는 아들을 보면서 저대로 영영 차가운 아이가 되는 건 아닐까, 한 여사는 혼자 불안 에 떨었다.

"그때 당신의 편에 서서 승현이 꿈을 보잘것없는 유치한 이상으 로 치부해 놓고는, 하나밖에 없는 아들을 아주 잃어버린 것 같아서 매일 후회를 거듭했어요."

"나도 그랬어. 나도 매일 반성을 하고 후회를 했어."

비록 승현에겐 한 번도 진심을 터놓고 사과하지 못했지만 이 몇 년 동안 승현을 볼 때마다 민 대표는 가슴에 무언가가 걸린 것 같 았다.

승현에게도 제 생각과 꿈이 있는데 그의 욕심을 위해 마치 인형 다루듯이 그의 생각대로만 움직이게 한 건 굉장히 권위적이고 강 압적인 무형의 폭력이었다.

그래서 이 몇 년을 녀석은 마음에 상처를 입은 채 홀로 자신을 가두며 변해 버렸는지도 모른다.

"당신도 그동안 승현이 때문에 힘들었다는 거 알아요. 사실 이 몇 년 동안 당신도, 나도, 승현이도 행복하지 않았어요."

민 대표는 무거운 표정으로 한 여사의 말을 잠자코 듣기만 했 다. 그녀가 하는 얘기들이 곧 그의 마음이었다. 한 여사는 눈물이 그렁그렁한 눈가를 꾹 누르다 말고 말을 했다.

"그래서 승현이가 행복해지길 정말 간절히 원했어요. 그 아이를 예전처럼 사람 냄새가 나도록 웃게 만들어 줄 여자라면…… 전 아무것도 필요 없어요. 이번엔 무조건 승현이 선택을 믿어 줄 거예요."

"나도 같은 마음이야. 우리가 **뺏어갔던** 걸 그 여자가 해 줄 수 있을 테니까."

민 대표의 말에 한 여사는 눈꼬리에 눈물을 달고는 씽긋 웃어 보였다.

나이만 먹는다고 해서, 부모가 된다고 해서 어른이 되는 건 아니었다. 그들의 하나밖에 없는 분신인 승현일 낳고 키우는 긴 세월 동안, 무수한 사건들을 겪고 수없이 많은 시행착오를 거듭하며 비로소 진정한 어른이 되어 가는지 모른다.

부모로서 무엇보다 자식이 잘되길 바랐으나 이제는 그 바람이 부와 명예가 아닌 자식의 건강한 웃음과 행복으로 바뀌는 요즘, 변해 가는 승현은 그들에게 있어서 커다란 위로와 만족이었다.

7장. 달콤한 당신

연서를 볼 수 없어서 긴 주말은 느리게도 지나갔다. 월요일이 되자 승현은 아침 일찍 비타민 몇 개를 들고 집을 나섰다. 잠시 후에 회사에서 만날 그녀의 얼굴을 떠올리며 그중 하나를 마셨다. 새콤하고 달착지근한 맛이 입안에 감도는 게 가슴까지 간질거리는 느낌이다.

사무실에 도착하니 가슴 한가득 패션잡지를 안은 채 디자인팀으로 가는 진성이 보였다.

"김 팀장님."

뒤에서 그를 부르는 목소리에 진성이 머리를 돌려 인사를 건넸다. 승현은 눈짓으로 그가 안고 있는 잡지를 가리켰다.

"뭔가요?"

"아, 이거요? 연서 씨가 봐야 될 책자들인데 무거우니까 제가 가져다주려고요."

승현의 눈썹이 살짝 찌푸려지는 변화도 눈치 못 챈 진성이 즐거운 목소리로 대답했다.

"이리 주세요."

"실장님이 가져다주시려고요?"

"왜, 안 됩니까?"

상사의 날이 선 반문에 진성은 자신이 뭘 잘못했는지 몰라 어리둥절해졌다. 여직원을 배려해서 잘 도와준다고 칭찬을 들어야 할 상황인데 승현의 딱딱하게 굳은 표정은 왜 그런지 아주 도전적이었다.

"전부 두꺼운 잡지라 꽤나 무거우실 텐데, 그냥 제가 가져다 드릴게요."

진성이 예의 있게 말하자 승현은 가소롭다는 듯 웃었다. 그러곤 그에게 다가가서 패션잡지들을 한꺼번에 가져갔다.

"뭘 이만한 걸로 무겁다고요. 그만 자리로 돌아가세요. 아홉 시에 회의가 있으니 자료 준비해 주시고요."

"아, 네. 알겠습니다."

잡지를 그득 안은 채 디자인팀으로 가다 말고 승현이 고개를 돌렸다. 뒤에 서 있는 진성에게 승현은 아예 쐐기를 박아 버렸다.

"앞으론 급한 업무 때문이 아니라면 디자인팀 출입은 자제해 주세요."

이건 또 무슨 트집이지? 진성은 아침부터 연달아서 태클을 걸어오는, 저보다 나이 어린 상사에게 슬그머니 짜증이 났다.

대답을 강요하는 승현의 표정에 알았다고 수긍을 해 줬지만 가슴속엔 의문이 차올랐다. 그가 상사의 눈에 띌 정도로 그렇게 자주 디자인팀에 들락거렸던 걸까? 그런 그의 모습이 그렇게 할 일 없이 한가해 보였던 걸까……?

입사 후 한 번도 자신에게 이토록 까칠하게 구는 승현을 본 적이 없는지라 진성은 더구나 이해가 되질 않을 뿐이다.

그런 진성을 뒤로하고 걸어가면서 승현은 승현대로 화가 났다. 전에야 연서가 좋아하는 사람이 자긴 줄도 모른 채 진성이 그와 마찬가지인 처지라고 동병상련의 정까지 느꼈지만 이제는 아니다.

김진성은 그의 여자를 넘보는, 마땅히 견제해야 할 대상 1순위다. 어떻게 둘의 사이를 차단할까? 같은 회사에서 매일 얼굴을 보는 사이인데 어떻게 서로 부딪치지 않게 하지……? 승현은 심각한 고민에 빠졌다.

자를까……? 그건 안 되지. 그의 사사로운 질투로 인해 회사의 유능한 직원을 함부로 자른다는 건 말도 안 된다.

김진성은 업무능력이 뛰어난 데다 여태 실수하거나 사고 친 적도 없으니 해고에 어떠한 이유를 붙여도 타당성이 없다. 연서를 좋아하는 남자란 점만 빼면 승현 본인도 절대적으로 믿고 신뢰하는 직원이었다. 그렇다면 마케팅팀 사무실을 다른 데로 옮겨야 하나……?

별의별 쓸데없는 생각을 다 하다가 승현은 인상을 찡그렸다. 여자 하나 때문에 부하 직원과 보이지 않게 피 튀기는 전쟁을 하다니, 참 못났다. 스스로 한심해서 혀를 쯧 차고는 디자인팀으로 들어갔다.

"어머어머. 웬일이야. 노트북 너무 예쁘다. 이거 새로 나온 거라 아직 여기선 구매하기 힘든데 자긴 어떻게 산 거야?"

"아…… 친한 분이 외국에서 선물로 사다 주신 거예요."

손 과장과 연서는 노트북을 앞에 놓고 열심히 수다 중이었다. 그가 사다 준 노트북을 두고 잡담하는 둘을 보면서 승현이 웃었다.

그런데 친한 분이라니, 그냥 남자친구라고 대답해도 그라는 걸 모를 텐데. 그 생각에 괜히 삐딱한 표정으로 연서의 책상 앞에 다가갔다. 들고 있던 잡지를 내려놓으니 기척에 고개를 돌린 연서가 활짝 웃는다.

"오셨어요? 실장님."

"주말은 잘 보냈어요?"

"네. 실장님도 잘 보내셨죠?"

바로 이틀 전까지도 그의 품에 안겨서 편하게 말하던 연서는 지금은 어색한 표정 없이 꼬박꼬박 존댓말을 했다.

사무실에선 디자이너와 실장으로만 관계를 유지해야 하는 게 당연한 줄 알면서도 은근히 섭섭해진다. 모든 사람들한테 그들의 사이를 자랑하고 싶은 게 승현의 솔직한 마음이었다. 특히나 진성에게 둘의 관계를 공개하고 싶은 생각이 굴뚝같았다.

그러나 연서는 비밀연애를 고집했고 그게 그녀를 위해서나 다른 직원들을 위해서도 좋은 일임을 알기에 어쩔 수 없다. 승현은 자신을 향해 말갛게 웃는 그녀에게 애정 어린 미소를 지어 주곤 자리를 떴다.

오전 마케팅팀과의 회의를 마친 승현은 연서를 호출했다. 무슨 일인지 궁금해서 들어가 봤더니 승현이 그녀에게 여러 장의 이력서들을 넘겨준다.

"이력서를 보시면 알겠지만 새로 디자이너와 디자이너 보조가 들어오게 될 거예요. 그래서 인사변동이 약간 있습니다. 앉으세요."

선 채로 이력서를 들여다보며 그의 말을 듣고 있던 연서는 소파에 앉았다. 승현은 그녀의 맞은편에 앉더니 말을 계속했다.

"지금까지 로아의류 본사 디자인팀의 구조는 로아란 브랜드의 팀 하나였습니다. 거기에 세라패션이 새로 추가가 되었는데 단독 디자이너인 강연서 씨에 보조 두 명이라 고민이 많았습니다. 아무래도 세 명으론 부족하다 싶네요."

연서는 고개를 끄덕이며 승현을 바라봤다.

"다음 계절 신상부터는 세라패션 역시 로아처럼 디자인을 대량으로 내와서 생산을 확장할 계획입니다. 그래서 세라패션에서 새로 일하게 될 디자이너들을 모집했고 한 주 뒤에 출근하게 될 거예요. 그리고 강연서 씨가 그 팀의 팀장이 되는 겁니다."

"팀장이요?"

"네. 물론 로아의류 디자인 작업에도 계속 참여는 하게 되겠지만 강연서 씨의 주된 업무는 세라패션의 메인디자인 작업입니다."

연서는 대답을 못하고 승현일 바라보았다.

"추가 업무라면 연서 씨가 신입 디자이너 여섯 분을 관리해 주시는 겁니다."

연서는 여전히 고민 어린 표정을 지었다. 여태 쭉 직장 생활을 해 왔지만 수걱수걱 본인의 일만 하는 타입이고 상사와 친근하게 어울리는 스타일도 아니라서 그런지 승진과는 거리가 멀었다.

그녀 또한 그런 데에 딱히 욕심이 없었던지라 승현의 제안은 갑작스러웠다. 사람들을 관리해 본 경험이 없는 그녀가 승현이 추천한 팀장 자리를 과연 잘 해낼 수 있을까? 대답이 없는 연서를 보던 승현은 다시 물었다.

"괜찮겠어요?"

"그런데 왜 갑자기 팀장으로 추천해 주시는지요? 혹시 저와의 관계 변화 때문에……."

연서의 괜한 걱정에 승현이 딱 잘라서 분명하게 대답했다.

"연서 씨를 세라패션의 팀장으로 두고 싶단 생각은 예전부터 있었고 이번 매출 성적을 참고로 마케팅팀과 오랜 토론을 한 끝에 내린 결정입니다. 저와의 사적인 부분은 신경 안 쓰셔도 됩니다."

그제야 연서의 얼굴이 조금 밝아졌다.

"사실 걱정이긴 해요. 실장님도 잘 알다시피 제 성격이 리더십이 없고 사람들과 잘 어울리는 스타일도 아니라서……."

"연서 씨의 진중함과 성실성이라면 충분히 잘 하실 수 있어요. 처음 하는 일에는 당연히 어려움이 따를 테지만 그걸 견뎌 내면 연서 씨는 발전할 수 있는 폭이 더 넓어지는 거예요."

대답을 기다리는 승현에게 연서는 고민을 접고는 말했다.

"실장님이 주신 기회를 소중하게 생각하고 잘해 보겠습니다."

환한 웃음을 지으며 승현이 그녀에게 손을 내밀었다.

"그래요. 계속 잘해 봐요. 강연서 팀장님."

연서가 승현의 손을 잡았더니 그는 장난스런 눈빛을 해 보였다.

"우리 연애도 계속 잘해 보자, 강연서."

살짝 눈을 흘기면서 그에게 잡힌 손을 빼내려고 했으나 한번 잡은 손을 승현은 그리 쉽게 놓아주지 않았다.

"저녁에 데이트해야 되니까 일은 퇴근 전에 마무리하기. 정시 퇴근해서 지하 주차장으로 와. 기다릴게."

"오늘 금방 팀장 달았는데 정시퇴근을 어떻게 합니까? 민승현 실장님."

그녀의 항변을 귀엽다는 듯이 바라보던 승현이 말한다.

"괜찮아. 실장님이 허락할게. 다음 주부터 신입 디자이너들이 투입되면 그만큼 일이 분담이 될 테니 미련하게 혼자만 남아서 계속 야근하지 말고."

"야근하지 말고, 뭐요?"

"데이트도 좀 하자고, 이 여자야."

말을 못 알아먹는 연서 때문에 승현이 버럭하자 그녀는 웃음을 터뜨렸다. 그러고는 힘을 주어 손을 뺐다. 나가려던 연서는 문득 고개를 돌리더니 묘한 표정을 지었다.

"그런데, 업무 시간에도 자꾸 네 생각이 나서 큰일이야. 그럴 때마다 보고 드릴 게 있다고 와서 얼굴을 봐야 되나?"

"강연서……. 그런 말은 너무 설레잖아."

연서가 방긋 웃고는 나갔다. 요물 같은 강연서 때문에 승현은 오후 내내 업무에 집중하기가 힘들었다. 사랑은 너무 많은 걸 변화시키는 재주가 있다. 별다를 것 없는 평범한 그의 일상에 연서가 들어오는 순간부터 모든 게 무지개 빛깔로 풍성해졌다.

"행복하다. 내 비타민."

승현은 책상 위의 비타민을 볼펜으로 톡톡 건드리며 웃었다.

"여기 오니까 갑자기 그때 생각이 나. 폭우 오던 날."

저녁을 먹고 난 뒤 영화 보러 가며 연서가 한 말이었다. 승현은 백화점 앞 벤치를 힐끗 건너다봤다.

"바보같이 몇 시간을 기다린 거야? 그 빗속에서."

승현의 핀잔에 연서는 고개를 살래살래 흔들더니 웃었다.

"왠지 네가 꼭 올 것 같았거든."

"왜?"

"그냥. 여자의 느낌으로."

연서는 눈을 찡긋해 보였다. 그런 그녀의 볼을 아프지 않게 살짝 꼬집으며 승현이 말을 했다.

"그날, 분홍색이었어."

"응? 뭐가?"

영화관에 들어가기 위해 백화점 지하로 이동하면서 연서가 무심코 물었다. 승현은 그녀의 허리에 팔을 단단히 두르면서 야하게 속삭였다.

"네 속옷 색깔 말이야."

화들짝 반응하는 연서의 허리를 꽉 붙들며 승현이 악마처럼 웃었다.

"미안하지만, 남자라서 젖은 속옷에만 시선이 가더라."

"아, 그만해, 민승현."

연서는 얼굴이 온통 빨개져서 툴툴거렸다. 전혀 신경 쓰지도 못했던 일이었다. 그날, 승현이 재킷을 벗어 주면서 다 비친다고 했을 때까지만 해도 빗물에 젖었으니 당연하겠지라고만 생각했는데. 예상보다 훨씬 적나라하게 비쳤는지도 모른다. 울상이 된 연서는 괜히 승현의 시선을 피했다.

"그리고 그날은 하얀색 레이스였고. 호텔 화장실에서 드레스 터진 날."

승현의 짓궂은 말들은 계속됐다. 연서가 하지 말라고 승현의 팔을 밀어냈지만 소용없었다.

"저기, 팝콘 있다! 팝콘이랑 음료수 사 줘."

연서가 일부러 어울리지도 않게 발랄한 목소리를 내면서 승현의 화제를 뚝 잘랐다. 얼굴이 발개져선 그와 시선도 마주치지 못하는 그녀의 모습이 어찌나 귀여운지, 승현은 저도 모르게 연서의 이마에 쪽 입맞춤했다.

"알았어. 그만할게."

그제야 연서는 그의 팔뚝을 밀어내려는 몸짓을 멈추었다. 연서의 허리에서 손을 올려 어깨를 다정히 감싸 안은 승현은 영화표를 사기 위해 줄섰다.

요즘 인기리에 상영하는 영화는 나름대로 괜찮았다. 영화를 보고 나온 연서와 승현은 걸어서 신천역까지 갔다.

"오늘 너무 즐거웠어. 내일 회사에서 봐."

그래. 아쉽지만, 한 밤 자고 일어나면 내일 또 볼 수 있을 테니. 승현은 그 생각으로 고개를 끄덕였으나 연서가 돌아서는 순간, 저도 모르게 그녀의 팔을 붙잡았다. 의아하게 돌아보는 그녀를 한동안 말없이 보기만 하자 연서는 웃으며 말했다.

"얼른 들어가. 밤엔 많이 쌀쌀해."

걱정스레 말하는 연서의 뺨도 한기 때문인지 추워 보였다. 승현이 손을 뻗어 그녀의 얼굴을 살며시 어루만졌다. 밤바람 때문에 차가운 그녀의 뺨에 따뜻한 온기가 가득 내려앉자 연서는 눈을 마주치며 웃었다. 가로등 불빛이 비낀 그녀의 미소는 뭔가 유혹적이었다.

"해도 돼?"

"뭘?"

연서는 뜬금없는 소리에 의아한 표정을 지었다.

"키스."

연서의 눈동자가 커진다. 거절할까 봐 두렵다. 아무래도 지은 죄가 있는 승현은 이렇게 허락을 구해야만 하는 상황이 그저 마음에 안 들 뿐이다.

대답 없이 연서는 가만히 눈동자를 내리깔았다. 더 기다려야 할지, 아니면 그의 욕심대로 다가가야 할지 고민하며 승현이 그녀를 불렀다.

"연서야."

연서가 시선을 올려서 보더니 웃었다. 거절은 아니란 생각에 승현이 안도했다. 그러고는 그녀에게 한 발 다가갔다. 얼굴 사이의 거리가 가까워지며 긴장된 연서의 눈동자가 시선에 들어온다.

그녀의 뺨을 감싼 손으로 소중하게 얼굴을 보듬으며 고개를 기울여 입술을 찾았다. 추위를 잔뜩 머금은 입술에 뜨거운 열망으로 가득 찬 남자의 입술이 닿았다.

부드럽다. 맞닿은 입술에서 전해지는 체온에 연서는 가슴 한구석마저 녹아드는 느낌이었다.

심장이 너무 뛰어서 숨을 고르고 싶은데 막혀 버린 입술 때문에 어떻게 해야 할지, 그저 머릿속이 하얘진다. 그런 그녀의 입술을 살며시 열고 따뜻한 혀가 밀려들어 오자 연서는 그만 눈을 감아 버렸다.

그의 두 손이 그녀의 얼굴을 조심스레 감싸며 조금 더 열심히 입술을 탐한다. 연서의 손은 자연스럽게 그의 허리를 감아서 슈트를 꽈악 틀어쥐었다. 마치 잡고 있어야 할 마지막 방선이라도 되는 듯이, 연서는 간신히 슈트 재킷을 잡고 있는 손에 온 신경을 모았다.

그랬지만 그녀의 입술을 마치 자기 것인 양 헤집는 승현의 집요한 혀는 피할 수가 없었다. 그야말로…… 아찔했다.

"……못하는 거 하나 발견."

문득 그녀에게서 입술을 떼며 승현이 속삭인 말이었다. 몽롱한 시선으로 쳐다봤더니 그가 묘한 미소를 지어 보인다. 의중을 파악할 수 없는 나쁜 남자들이나 짓는 사악한 웃음이었다.

"뭐든 다 잘할 줄 알았는데, 키스는 못하잖아, 강연서."

뒤이은 승현의 말에 부끄럽고 난처해졌다. 자주 해 봐야 잘하지. 남자를 많이 사귀어 본 것도 아니지만 그마저 키스는 한 손에 꼽을 정도였다.

깊게 사랑하는 사이도 아니고 약간의 호감으로 시작된 관계에서 적극적으로 접근하는 남자들이 연서는 부담스러웠다. 그래서 언제나 그런 상황을 피했고 부득이하게 닥쳤을 때도 그리 달갑지 않았던 게 바로 키스였다.

그러나 오늘은 완전히 다르다. 그녀가 오랫동안 좋아했던 남자와 나누는 키스는 정말이지 달콤했다. 그런 그녀와 달리 승현은 안 좋았나 보다.

우울한 얼굴로 연서가 고개를 떨어뜨리자 승현이 슬며시 웃었다. 이 소심쟁이를 어떡하지? 남자를 미치게 만들어 놓고선 장난도 진지하게 받아들인다.

승현의 두 손이 다시 연서의 뺨을 감싸 쥐었다. 그녀의 시선에 갈증으로 허덕이는 승현의 눈동자가 보였다. 그녀의 눈을 마주 보면서 승현이 말했다.

"잘할 때까지 많이 연습해야겠네?"

이번에는 허락을 구하지 않았다. 그럴 시간마저 아까웠다. 연서

275

가 미처 대답할 새도 없이 승현은 다시 그녀에게 입술을 포갰다. 방금 전의 그 아득한 느낌을 찾아서 그녀의 입술을 열고 달콤한 타액을 나누며 말캉거리는 혀를 감았다.

그런 승현이 얄미워 괜히 두 손으로 그의 어깨를 떠밀었다가 계속되는 혀끼리의 엉킴에 연서의 손에 가득 들어갔던 힘이 그만 온데간데없이 풀어져 버린다.

골목길의 희미한 가로등 불빛은 사랑에 빠진 남녀의 입맞춤을 오래도록 따스하게 비춰 줬다. 그들은 떨어질 줄 몰랐고 밤은 그렇게 소리 없이 깊어 갈 뿐이었다.

✥

시간은 조금씩 흘렀다. 세라패션의 신입 디자이너들이 오기 전 그 한 주는 디자인의 변경으로 인한 추가 생산 때문에 비상이 걸렸고, 이 와중에 가게 이사까지 겹쳐서 유난히 바쁜 시간이었다.

그 틈 속에서도 연서와 승현은 매일같이 함께 저녁을 먹고 한두 시간이라도 데이트를 하며 즐거운 날들을 보냈다.

수요일 저녁엔 연서를 데려다주면서 승현이 문득 말했다.

"모레 시간 괜찮으면 저녁에 내 친구들 잠깐 볼래? 고등학교 때부터 지금까지 계속 연락을 하던 녀석들이라 편하게 보면 될 거야."

눈이 동그래져서 대답이 없는 연서에게 승현은 다시 얘기했다.

"불편하면 안 가도 돼. 그냥 녀석들한테 내 여자친구 자랑하려고."

뒤이은 승현의 말에 연서는 혼잣말로 나지막하게 중얼거렸다.

"그날, 예쁘게 꾸며야겠다."

"지금보다 더 예쁘면 곤란해."

"난 딱히 소개시켜 줄 친구가 없어. 지난번에 토스트 가게서 봤던 그 친구 말고는 따로 연락을 하고 있는 친구가 없거든."

약간 소심한 어투로 말하는 연서에게 승현은 고개를 끄덕여 줬다.

"언제 정식으로 소개시켜 줘. 그리고 다음 차례는 부모님."

"부모님?"

연서는 놀란 표정과 함께 되물었다. 국밥집이 보이자 승현이 천천히 속력을 줄인다.

"민승현. 너, 좀 많이 빠르다. 알지?"

"난 지금 널 배려해서 엄청 느리게 가고 있는 건데. 느림보 강연서."

그녀가 느린 건 잘 알지만 승현은 웬만큼 빠른 게 아니었다. 사귄 지 얼마나 됐다고 벌써 부모님 얘기까지 나오다니. 연서는 이러다 며칠만 더 지나면 결혼해서 애도 낳을 것 같았다.

가게의 불이 깜박거리는 걸 지켜보던 연서가 차에서 내리는데 승현의 손이 그녀를 스윽 잡아당겼다. 고개를 돌리는 연서의 입술에 어김없이 승현의 뜨거운 체온이 떨어진다.

"연습."

맞붙은 입술 사이로 장난스럽게 말을 내뱉은 승현이다. 연서는 얄미운 시선으로 흘겨보다가 결국 수긍하여 입술을 약간 열어 주었다.

기다렸다는 듯이 그의 혀가 밀려들어 온다. 실내등이 꺼진 깜깜한 차 안에서 둘은 오랜 시간 동안 사랑에 꼭 필요한 연습을 반복했다.

그러다 한계를 느낀 승현은 가까스로 그녀를 떼어 냈다. 조금만 더 탐하다가는 이 차 안에서라도 그녀를 가질 것 같았다. 어둠에 익숙해진 시선으로 연서의 쑥스러운 표정이 보이자 다시 충동을 못 이겨 그녀의 이마에 키스했다. 따뜻함이 이마를 간질거리니 연서는 작게 웃음을 터뜨린다.

"들어가 일찍 쉬어."

연서가 차에서 내려 가게로 들어가는 걸 지켜보면서 승현은 아직 그의 입술에 남아 있는 그녀의 체온이 사라질까 두려웠다. 바람이 멈추지 않는 추운 밤이었지만 그의 마음에 스며들어 온 강연서라는 여자 때문에 승현에겐 이 계절이 유난히 따뜻했다.

금요일은 승현의 친구들과 모임이 잡혀 있는 날이었다. 연서는 다른 때보다 더 정성을 들여 화장을 하고는 한참 동안 옷을 골랐다. 그런 그녀의 옆에 바짝 붙어 선 정 씨는 잔소리 아닌 잔소리를 한가득 늘어놓기 시작했다.

"매일 출근하다 보니 이 옷이 이 옷이고 저 옷이 저 옷인 게 막상 입으려니 변변한 게 없지? 그래서 엄마가 뭐랬어? 여잔 무조건 옷이 많아야 한다고 했잖아. 아니, 무슨 패션디자이너의 옷장이 이렇게 수수하다 못해 초라해?"

정 씨의 말에 연서는 어깨를 으쓱하며 웃어 보였다. 옷이 없어서가 아니라 어떤 스타일을 골라야 할지 고민한 건데.

잠시 생각을 하다가 결국 연서는 평소에 잘 안 입던 원피스를 꺼냈다. 날씨가 추워서 괜찮을까 걱정이 들었지만 곧 까만 스타킹과 무릎까지 오는 코트를 선택하고는 가벼운 슈즈를 신었다. 그제야 정 씨는 환한 웃음을 지으며 연서의 옷매무시를 여기저기 다듬어 줬다.

"그래. 바로 이거란 말이야. 이렇게 치마를 입으니 얼마나 단아하고 여성스러워? 그런데 굽이 좀 있는 구두 신고 가방도 환한 색깔로 들고 가. 엄마 거 핸드백 빌려줄까?"

"엄마랑 나는 스타일이 달라. 아, 오늘도 늦을 거야. 가게서 기다리기 힘들면 먼저 집으로 와."

그러곤 더 뭐라고 할 새 없이 나가 버린 딸의 뒷모습에 정 씨는 고개를 갸우뚱했다. 요새 매일같이 자정이 되어서야 들어오고 부쩍 화장과 옷차림에 신경을 쓰는 연서는 아무리 봐도 수상했다. 연애를…… 그래. 연애를 하나 보다! 지난번의 그 반듯한 실장님이랑. 정 씨는 스스로 내린 결론에 고개를 여러 번 끄덕였다.

일 년에 몇 번 입지 않아서인지 치마를 입은 날이면 왠지 행동하기가 어색하다. 연서는 그런 날엔 잘 움직이지 않았다.

오늘도 출근을 한 뒤에 어디도 안 나가고 계속 자리에만 가만히 앉아 있으니 그런 그녀가 궁금한 승현은 자꾸만 디자인팀으로 들락거렸다. 그 바람에 사무실의 다른 디자이너들은 앉은 자리가 가시방석이 되어 승현이 들어올 때마다 허리를 곧게 펴고는 업무에 열중했다.

"강연서 씨, 바빠요?"

오전에만 다섯 번째 들어오던 승현이 드디어 그녀에게 물어 오자 연서는 크게 머리를 끄덕였다.

"네. 실장님."

"일이 많아요?"

"네."

일도 많지만 자주 안 입던 치마를 입어서 불편한 데다 그 모습을 승현에게 보여 주려니 괜히 낯간지럽다.

그런 연서의 속도 모른 채 승현은 오늘따라 그와 시선도 마주치지 않는 연서를 느끼고는 의기소침해졌다. 의문이 가득한 시선으로 연서를 보다가 다시 실장실로 되돌아가는 승현의 뒷모습에 손 과장은 괜히 연서와 승현을 번갈아 힐끔거렸다.

승현은 손에 쥐고 있는 케이스를 끊임없이 만지작거렸다. 퇴근하고 차에서 연서를 기다린 지 10분째였다. 얼마 안 지나 익숙한 모습이 주차장에 나타나더니 그의 차로 다가온다. 승현의 고개가 살짝 기울여졌다. 어? 치마다. 그의 시선이 빠르게 연서를 훑어보는 동안 그녀는 차 문을 열고 들어왔다.

"너무 짧다."

조수석에 앉다 말고 연서가 그게 무슨 소리냐는 듯 고개를 돌렸다. 승현은 눈짓으로 그녀의 원피스를 가리켰다. 연서는 다소 서툰 동작으로 다리에 코트를 덮었다. 그 위에 가방까지 내려놓으며 꼼꼼히 방어를 하는 연서를 지켜보던 승현은 뜨거운 피가 끓어올라 목 끝까지 차는 느낌이었다.

욕구불만이 심해지면 건강에 안 좋은데. 애써 시선을 돌리려 했지만 남자로서의 본능은 자연스레 연서의 다리로 향한다. 까만 스타킹을 신은 여자들을 한두 번 본 것도 아닌데, 스타킹 하나로 이렇게 지독한 섹시함을 연출할 수 있는 건 강연서 하나뿐일 듯하다.

"괜히 입었나 봐. 행동하기 불편해서 걱정이야."

연서의 난감한 말투에 승현은 헛기침을 했다. 이렇게 예쁘게 꾸민 그녀를 늑대 같은 남자들만 모인 자리에 데려간다는 건 상당히 어리석고도 위험하다.

"그래. 다음부터는 입지 마."

아무래도 오늘 의상은 진짜 이상했나 보다. 연서는 시무룩해져선 고개를 끄덕였다. 시동을 걸길 기다리는데 한참 동안 아무 반응이 없자 연서가 머리를 들었다.

그때, 승현이 그녀의 손을 가져갔다. 손에 차가운 금속이 스르르 걸리자 연서의 놀란 시선이 손가락으로 향했다. 반짝반짝 빛나는 반지가 그녀의 손가락에 꼭 맞춘 듯이 들어왔다.

"승현아……."

"커플링."

케이스 안의 다른 하나의 반지를 들어 보이며 승현은 눈부시게 웃었다. 그녀의 손가락에 들어온 반지보다 좀 더 굵은 남자 반지였다. 연서가 환희로 물든 목소리로 중얼거렸다.

"커플링을 하려면 말이라도 하지. 남자 반지는 내가 사게."

"더치페이는 적당하게 하자."

승현이 남자 반지를 그녀에게 건네자 연서는 조심스레 그의 손가락에 반지를 끼워 줬다. 맞춤형 반지인지 사이즈가 꼭 들어맞는 게 신기했다. 똑같은 디자인의 반지가 둘의 손에 걸려 있는 걸 보니 행복해진다.

승현은 그녀의 손을 깍지 껴서 잡았다. 마주 잡은 손처럼 반지끼리 자연스레 맞물리고 그의 입술이 가만히 연서의 입술을 찾아든다.

"사랑해, 연서야."

처음이었다. 그의 마음을 알고 그와 사귀는 며칠 동안 어느 누구도 먼저 말을 하지 않았던, 가장 솔직하고 간절한 고백을 승현이 먼저 꺼냈다. 사랑하는 사람에게서 듣는 사랑한다는 그 말 하나만으로 가슴 터질 것 같은 감동을 느끼며 연서는 마주 잡은 손에 힘을 주었다.

모임에 가는 차 안에서 연서는 그녀의 손과 운전하는 승현의 손을 번갈아 보면서 말했다.

"너무 예쁜데, 걱정이 돼."

"뭐가?"

"우린 매일 같은 회사에서 일하는데 이 반지는 딱 봐도 커플링이잖아. 혹시 회사의 눈치 빠른 누군가가 우리 사이를 알아챌까 봐."

알아채면 사실대로 공개하면 되지, 무슨 불륜을 하는 것도 아니고. 그러나 승현의 생각과 달리 연서는 고민이 많은지 진지한 표정으로 반지를 보고 있다.

"걱정 마. 다 잘 될 거야."

승현이 말하다 말고 아까 하루 종일 자신을 찾아오지 않고 눈도 잘 마주치지 않던 그녀가 생각나서 따져 물었다.

"그런데 낮엔 왜 그렇게 냉담했어?"

"내가 뭘? 의상이 불편해서 별로 움직이지 않은 건데."

"그런 것도 모르고 난 또 치열하게 고민했군. 내가 뭘 잘못했나 싶어 혼자 얼마나 삽질했는데."

"민승현, 그런 면도 있었어? 엄청 소심하다."

그녀를 좋아하면서 그가 얼마나 소심해졌는지 연서는 모를 거다. 승현은 그 생각으로 피식 웃었다. 모임 장소인 술집이 보이자 승현이 그쪽으로 방향을 꺾어 들었다.

"술은 안 마셔도 돼. 들어가서 불편하면 언제든 얘기하고."

연서는 고개를 끄덕였다. 시동을 끄고 승현이 먼저 내리자 그의 뒤를 따라 차에서 내렸다. 자연스레 손을 내미는 승현의 손을 잡고는 시선을 마주치며 웃었다.

안으로 들어가니 남자 다섯 명이 이미 자리를 잡고 있었다. 그들은 들어서는 승현과 연서를 보더니 부러움 섞인 야유를 보냈다.

"이야! 커플인 거 다 아니까 꼭 잡은 그 손부터 놓으시죠."

"민승현, 입 찢어지는 거 좀 봐."

그들의 말을 들으며 연서는 어느 타이밍에 어떻게 인사를 해야 할지 고민했다. 그런 그녀의 눈치를 알아차린 승현은 자리에 앉으며 연서의 손을 이끌었다.

"처음 보지? 내 여자친구 강연서야. 나랑 중학교 동창."

무슨 학생회 발표라도 듣는 듯이 승현의 얘기에 귀 기울이던 남자들은 수선을 피우면서 박수를 쳤다. 주위의 들뜬 분위기에 연서가 웃으며 인사를 건넸다.

"안녕하세요. 강연서라고 합니다."

"너무 반갑습니다. 사실 승현이가 여자친구를 소개해 주는 게 처음이라 저희가 오기 전에 얼마나 궁금했다고요. 과연 예상대로 미인이세요. 둘이 잘 어울려서 부러울 뿐입니다."

남자들 중 하나가 하는 말에 연서는 고개를 돌려서 승현을 쳐다봤다. 소개시켜 준 여자가 정말 내가 처음이었어? 하는 의미로 봤더니 승현은 당연하다는 듯이 고개를 끄덕인다. 그러더니 그녀의 귓가에 나지막하게 속삭였다.

"내 여자라는 확신이 들었으니까."

승현의 간지러운 고백에 연서가 어깨를 움츠리면서 웃음을 터뜨렸다. 둘이 좀 떨어져 앉으라는 주위의 악의 없는 구박은 모임이 끝날 때까지 계속됐다. 그런 속에서도 연서와 승현의 손은 시종일관 꼭 잡은 채 풀어지지 않았다.

둘러앉은 남자들에 의해 술병은 계속해서 비워져 갔으나 연서는 한 모금도 마시지 못했다. 친구들이 그녀에게 술을 따라 줬지만 내 여자친구는 술 못 마신다는 승현의 유난에 술잔은 고스란히 승현의 몫으로 돌아갔던 것이다. 연서는 남자들끼리의 정신 사나운 분위기 속에서 열심히 탄산음료를 마셨다.

자정이 가까워 올 무렵에 끝난 술자리에서 승현은 꽤나 마신 듯 살짝 취해 있었다. 그래도 주섬주섬 일어나 계산을 잊지 않았고 핸드폰과 함께 그의 가장 소중한 단짝인 연서의 손도 놓치지 않았다. 친구들을 보내고 승현이 대리를 부르려 하자 연서가 그를 말렸다.

"난 술 안 마셨으니까 내가 운전할게."

의외라는 듯이 승현이 눈을 가늘게 접으면서 연서를 보았다. 그녀는 그를 안심시키기 위해 말을 덧붙였다.

"장롱면허는 아니야. 안전하게 집으로 모셔 드릴 테니 차 키 주세요, 실장님."

"그럼 어디 한번 강연서 씨의 운전 실력을 봅시다."

차 키를 그녀의 손에 놓아주며 승현이 장난을 쳤다. 조수석에 승현이 먼저 타자 연서는 운전석에 앉아 익숙한 폼으로 핸들을 잡았다.

옆자리에 앉은 승현은 기대에 찬 시선으로 그녀를 바라봤다. 곧 시동이 걸리고 차는 부드럽게 주차장을 빠져나와서 거리로 진입했다. 시원하게 거리를 달리는 차는 안정감 있게 일정한 속도를 유지

했다. 의자에 몸을 파묻으면서 승현은 전에 없는 편안함을 느꼈다.

"키스 빼곤 뭐든 다 잘하네."

나른한 목소리로 중얼거리자 연서는 고개를 살짝 돌리며 눈을 흘겼다. 언제나 잔잔한 표정을 짓고 있다가 가끔 저렇게 새치름한 얼굴을 할 때면 그저 귀여울 뿐이다.

승현이 자기를 빤히 바라보는 것도 모른 채 연서는 앞만 보며 운전에 열중하고 있었다.

"운전도 능숙한데 왜 차를 안 가지고 다녀?"

"그냥. 별로 필요성을 못 느껴서. 난 전철이 편해."

그러곤 고개를 돌리면서 승현을 향해 웃는다.

"나, 운전 잘하지? 칭찬해 줘."

뜬금없이 칭찬을 바라는 그녀가 예뻐서 손을 뻗어 볼을 꼬집었다.

"아야. 아파. 칭찬해 달라니까 왜 꼬집어?"

"이게 칭찬이야. 운전은 아주 잘하니까 됐고, 키스는 언제 잘할래?"

"또 그 얘기야."

연서가 작게 투덜거리면서 다시 운전에 집중했다. 승현은 그런 그녀의 얼굴을 찬찬히 뜯어보았다. 하얀 피부에 갈색 눈썹, 옅게 쌍꺼풀진 눈과 위로 살짝 들린 콧마루, 어디나 다 조막만 하게 생겨선 묘하게 그를 미치게 한다.

"내 친구들이 불편하진 않았어?"

"아니. 재미있던데 뭐. 서로 분위기도 좋고. 다들 결혼은 했어?"

"둘은 결혼했고 한 놈은 결혼했다가…… 사고 때문에 혼자가 됐고 나머지 셋은 결혼 예정이지."

"어? 다섯인데 어떻게 나머지 셋이 결혼 예정이야?"

연서가 운전하면서 고개를 갸우뚱거렸다. 이런 눈치는 정말이지 못 알아먹는 바보. 승현은 슬며시 웃고는 대답했다.

"나도 결혼 예정이니까. 나머지 셋은 막 결혼을 앞두고 있어."

그게 그 소리냐는 듯 연서는 눈을 흘기다 말고 웃어 버렸다.

"근데 한 사람은 사고 때문에 혼자가 됐다는 게 무슨 뜻이야?"

"기태라고, 베이지 색깔의 후드티 입은 녀석 있잖아. 와이프랑 3년 전에 교통사고로 사별했어."

뜻밖의 대답을 듣고 연서는 말을 잃었다. 승현도 친구 녀석의 아픔이 떠올라 가만히 침묵을 지켰다. 사고로 유명을 달리한 아버지와 긴 세월을 혼자 지냈던 엄마가 생각나서 연서는 한동안 묵묵히 운전만 했다.

"그 사람…… 애기는 있어?"

"어. 딸내미 하나가 있는데 네 살쯤 됐나?"

선경이 아들도 네 살 됐는데. 문득 떠오르는 선경의 아들 때문에 연서는 나지막한 한숨을 쉬었다. 어린 것들이 무슨 죄라고, 엄마와 아빠의 사랑을 듬뿍 받아도 모자란 나이에 외기러기처럼 커 가는 게 안쓰럽다. 그녀 또한 경험자였기에 그들의 외로움에 더욱 마음이 쓰였다.

"좋은 사람 만나서 다시 예쁜 가족 만들었으면 좋겠다."

승현의 친구도 그렇고 선경도 그랬으면 하는 바람으로 연서가 말을 하자 승현이 대답했다.

"친구들이 그동안 많이 얘기하고 그랬는데 아직은 떠나간 와이프 그림자를 잊지 못하나 봐."

아까 술자리에서 다들 웃고 떠드는 속에서도 유난히 대화가 없고 가끔 승현과 연서랑 눈이 마주치면 그냥 시무룩하게 웃고만 있던 그 남자가 생각난다.

"좋은 여자 있으면 소개시켜 줘. 어린 자식까지 품어 줄 수 있는 여자면 더 좋으련만, 그런 여자가 많지 않아서 녀석도 재혼을 감히 생각 못 하나 봐."

승현의 말에 연서는 선경을 떠올렸다. 선경이라면 적당한데. 그래도 사람의 인연은 모르는 법이니 조금 더 지켜볼 수밖에.

그 뒤로 둘은 각자 무슨 생각엔가 빠져 있었고 그사이 차는 길 옆의 나무들을 수없이 지나쳤다.

"그런데 나, 그거 정말 못해?"

문득 연서가 걱정스런 어조로 물었다. 가만히 그녀를 지켜보던 승현은 시원스럽게 웃음을 터뜨린다. 어떤 대답을 원하냐고 쳐다보자 연서는 우울한 목소리로 말했다.

"연습도 많이 했는데…… 계속 못하면 어떡하지?"

"뭘 어떡해? 계속 연습해야지. 잘할 때까지 평생."

치. 누구 좋으라고? 연서가 살짝 눈을 흘기며 웃는 모습을 보고 있으려니 승현은 참기가 힘들었다. 아랫도리로 자꾸만 몰려드는 혈기 때문에 괴롭기까지 했다.

"저쪽에 차 좀 세워 줘."

"어? 갑자기 왜?"

"토할 것 같아. 빨리."

"진짜? 아, 어떡해? 알았어."

비상상황을 느낀 연서가 급하게 방향을 꺾어서 거리를 빠져나와 골목에 차를 댔다.

"여기 근처에 화장실이 있을 텐데. 일단 내려 봐."

차창 밖을 기웃거리며 화장실을 찾던 연서가 말했다. 승현은 차에서 내리는 대신 손을 뻗어 왔다. 뒤이어 그의 입술이 연서에게 포개지면서 부드러운 혀가 날카롭게 입안을 헤집자 연서는 그만 머릿속이 텅 비워져 버렸다.

입안 가득히 차오르는 술 냄새가 싫기는커녕 지독히도 감미로웠다. 자신의 입술을 집요하게 탐하는 승현의 머리칼을 가벼이 쓸어 주면서 연서는 이 남자에게 처음보다 더 많이, 더 깊이 빠져들고 물들어 가는 자신을 느꼈다.

승현의 손이 다소 급하게 원피스의 치맛자락을 올리면서 스타킹을 신은 다리 사이로 파고들었다. 연서는 아득한 정신 너머로 간신히 그의 손을 잡았다.

"연서야……."

그녀를 부르는 그의 목소리는 간절했고 애가 탄 듯 약간 쉬어 있었다. 취기 때문은 아니었다. 연서에 대한 마음을 확인하고 그녀와 같이 있는 며칠 동안 늘 원해 왔다.

그녀를 바라보고 그녀의 웃음에 취해 있고 그녀와 뜨거운 키스를 나누면서도 채워지지 않는 목마른 갈증 때문에 승현은 더 깊은 걸 원하지 않을 수가 없었다.

그러나 연서는 그런 그의 빠른 걸음이 버거웠는지 더 이상은 허락하지 않았다. 그게 안타까워 승현이 고개를 들었다.

가깝게 맞닿아 있는 그녀에게서는 방금 전 그에게서 나던 것처럼 약간의 술 냄새가 났다. 손을 뻗어 그 냄새를 지우려는 듯 조심스레 그녀의 입술을 쓰다듬자 연서의 입술이 약간 벌어지면서 말을 한다.

"술 많이 마셨어, 승현아."

"그래. 많이 마셨어. 하지만 취기 때문에 그랬던 건 아니야. 내 마음은 그게 아니란 거, 알지?"

연서가 작게 고개를 끄덕였다. 다행이다. 연서가 그의 마음을 오해할까 봐 두려웠던 승현의 얼굴에 안도의 미소가 번졌다. 까짓 거, 참아 보라고 하면 더 참지 뭐.

승현은 급격히 뜨거워진 신체적 반응을 잠재우느라 차창을 열었다. 쌀쌀한 바람이 불어 들어오자 차 안의 온도가 서서히 식기 시작했다.

연서가 그의 손을 조심스레 잡았다. 손가락이 얽히며 마주치는 반지가 기분이 좋다. 승현도 같은 생각을 한 듯 둘의 손을 내려다보았다.

"고마워, 민승현."

멈춰 줘서 고맙다는 소리인가? 승현은 피식 웃었다. 그가 그녀를 얼마나 원하면서도 아끼는지, 연서는 알고 있나 보다.

그녀와 함께 있으면서 매 순간 달콤하고도 짜릿한 감정이 일렁이는 게 신기하다. 남자와 여자가 서로 마주 보는 사랑이란, 생각했던 것보다 더 뜨겁고 진한 설렘이었다.

❖

"오늘 이사하고 다음 주부터 바로 장사 시작하는 거 아니지, 엄마? 한 주는 천천히 정리하면서 쉬어."

일요일 이른 아침부터 가게에 나온 연서는 이삿짐을 둘러보며 말했다. 정 씨는 딸의 말에 고개를 끄덕거린다.

"이사라면 이젠 진절머리 나. 생각 같아서는 장기계약 하고 싶었는데 최대 계약 기간이 2년이라니 어쩔 수 없지 뭐. 들어가서 더 연장할 수밖에."

"그래. 엄마 좋을 대로 해. 근데 차가 올 때가 됐는데."

연서는 고무줄로 머리칼을 둘둘 묶으면서 말했다. 가게서 일하는 아주머니의 남편이 오늘 이사를 도와주기로 해서 기다리고 있는 중이었다.

이때 가게 문이 열렸다. 당연히 아주머니인 줄 알고 반가운 표정으로 고개를 들었더니 들어서는 사람은 웬걸, 승현이었다. 가벼운 트레이닝복 차림의 승현을 보고 정 씨도 놀랐지만 연서는 더더욱 놀라서 괴상한 목소리를 내었다.

"웬일이야? 이 아침부터."

그런 그들에게 가까이 다가오며 승현이 씩 웃었다.

"오늘 이사하는데 어떻게 모른 척해? 명색이 남자친구인데."

승현의 대답에 연서가 뭐라고 하기도 전에 정 씨가 둘의 사이에 끼어들었다.

"남자친구요? 그럼 둘이 진짜 사귀는 사이예요, 실장님?"

"네. 연서가 소심하게 고집만 피우다가 드디어 마음을 열었어요. 그러니 어머니도 이젠 편하게 말씀하세요. 제 이름은 민승현입니다. 다음부터 실장님 대신 승현이라고 다정히 불러 주시면 돼요."

하여튼 변죽도 좋아. 연서는 승현을 향해 예쁘게 눈을 흘겼다. 그런 둘의 중간에서 정 씨는 두 손을 모아 쥐고는 좋아했다. 처음 승현이를 봤을 때부터 마음에 들었던지라 내심 둘이 이어지길 기대했던 정 씨는 아침부터 들은 희소식에 온 얼굴에 화색이 돌았다.

"그래요! 실장님이면 어떻고 승현이면 어떤가요. 둘이 사귄다니 이젠 더 자주 놀러 와요."

정 씨는 잠시 후에 차를 가지고 온 아주머니와 아저씨에게 승현을 소개시켜 주었다. 딸이 능력 있네, 라는 아주머니의 농에 정 씨는 더욱더 신이 나서 어쩔 줄을 몰랐다.

그런 그들을 보다가 시선을 마주친 연서와 승현은 동시에 달콤한 웃음을 지어 보였다.

새로 들어가는 가게에 짐 박스들을 옮긴 지 얼마 안 되어 상가의 주인이 찾아왔다. 정 씨는 정리하다 말고 반갑게 인사를 했다.

"오셨어요? 가게가 깔끔하고 넓어서 참 마음에 드네요. 앞으로 잘 부탁드려요."

"불편한 점이 있으면 주저하지 말고 연락 주세요. 아무쪼록 장사가 번창하시길 바랍니다."

둘의 대화를 들으며 승현은 구석에서 괜히 짐 박스의 테이프를 뜯었다가 다시 붙이며 상가 주인이 얼른 가길 바랐다. 그런 그의 곁에 다가온 연서가 작은 목소리로 속삭인다.

"지금 엄마랑 얘기하시는 분이 이 가게의 주인이야."

"아, 그래?"

"아저씨가 인상이 선해 보이는 게 참 착하신 분 같아. 가게 상태가 이렇게 좋은데 임대료가 보통 가게보다도 더 싸거든. 가게를 깨끗하게만 쓴다면 장기계약도 해 주신다니, 우린 아무래도 땡잡은 것 같아."

그래. 그 땡의 이유를 영원히 알지 말길 바란다. 승현은 아무것도 모른 채 해맑게 웃는 연서를 보면서 기쁜 한편 불안하기도 했다. 이때 정 씨와 얘기하다 말고 둘러보던 상가 주인은 승현을 발견하고는 가까이 다가오며 알은체를 했다.

"아, 이분은……."

당황한 승현이 짐 박스로 얼굴을 구겨 넣고 싶다 생각하는 순간에 옆에서 정 씨가 적절한 타이밍에 끼어들었다.

"제 딸의 남자친구 되는 사람이에요. 그런데 저 좀 도와주시겠어요? 주방에 들어가 봤는데요……."

정 씨가 상가 주인을 이끌고 주방으로 건너가자 승현은 안도의 숨을 몰아쉬고는 핸드폰을 꺼냈다. 여전히 아무것도 모른 채 노래를 흥얼거리며 박스를 풀어 헤치는 연서에게서 등을 돌린 승현은 상가 주인한테 문자를 넣었다.

[저와 단독으로 만날 때를 **빼고는** 알은체하지 말아 주세요. 추가임대료 부분과 함께 지켜 주셔야 할 비밀입니다.]

주방에서 정 씨와 함께 가스레인지를 살펴보던 상가 주인이 문자를 본 뒤 이쪽을 힐끔대는 것까지 확인한 승현은 얼른 박스를 들고 그 자리를 떠났다.

상가 주인이 돌아가고 나서 연서네는 본격적인 정리를 시작했다. 승현을 포함해 가게서 일하는 아주머니와 아저씨까지 속도를 붙여서 하자 저녁쯤엔 정리가 얼추 끝났다. 근처의 중국집에서 자장면과 짬뽕을 배달시킨 뒤 그들은 마치 한 가족마냥 둘러앉아 즐거운 이사 뒤풀이를 했다.

"오늘 생각지도 않게 승현 씨가 와 줘서 얼마나 도움이 됐는지 몰라요. 고마워요. 하루 종일 힘들었을 텐데 식사라도 많이 해요."

승현의 자장면 위에 단무지를 듬뿍 얹어 주며 정 씨는 벌써 사위를 챙기듯이 다정히 굴었다. 옆자리의 아주머니가 부럽다는 듯이 목소리를 길게 냈다.

"아유. 어디 단무지로 되겠수? 닭이라도 잡아야죠. 오늘 보니까 몸 쓰는 일은 전부 혼자서 다 하드만, 뜨끈뜨끈한 삼계탕이라도 한 그릇 드셔야 될 텐데."

그러자 정 씨는 고개를 끄덕이며 못내 아쉬운 기색을 보였다.

"오늘은 너무 정신없으니까 나중에 다시 오면 삼계탕 드시러 갑시다."

정 씨의 요청에 승현은 환하게 웃으며 고개를 끄덕였다. 친하지 않은 사람들과 어울리는 자리가 불편할 텐데 하루 종일 밝은 표정으로 함께해 줬던 승현이 고마워서 연서는 그의 종이컵에 생수를 따라서 줬다.

"천천히 먹어. 물도 마시면서."

"연서야. 아줌마도 목말라. 남자친구만 챙기지 말고 주위를 둘러봐 주렴."

그 틈을 놓치지 않고 아주머니가 농을 건네자 연서는 괜히 뺨을 붉혔다. 그런 그녀의 표정이 재미있기만 한 아주머니는 깔깔 웃어 젖힌다.

"그리도 좋으니? 난 우리 연서가 어떤 남자를 데려올지 궁금했는데 오늘 이렇게 보니 너무 잘 어울리네. 이런 걸 딱 보면 척인 궁합이라고 하지."

아주머니의 말에 연서는 진심으로 즐거웠다. 약간 느리고 조용한 그녀와 달리 어딘가 자유분방한 승현과 잘 안 맞으면 어쩌나, 하는 걱정이 없었던 건 아니었다.

그러나 승현과 지내 보니 나름대로 서로의 부족한 데를 채워 주며 잘 사귈 수 있을 것 같았다. 연서는 승현에게 물티슈를 챙겨 주면서 방긋 웃었다.

주말은 가게 이사 때문에 정신없이 흘러가 버렸고 새로운 한 주가 시작되자 로아엔 신입 디자이너들의 첫 출근으로 북적였다. 주간 전체회의가 끝나 회의실을 나오는 연서의 옆에서 갑자기 손 과장이 뭔가를 발견한 듯 수선을 피워 댔다.

"어머머! 이거 뭐야? 못 보던 반지잖아! 자기, 남자친구 생겼어? 커플링 아냐?"

손 과장의 호들갑스러운 방정에 연서가 얼른 손을 등 뒤로 숨겼다. 하지만 그의 눈빛은 이미 지대한 호기심으로 빛나고 있었다.

"맞지? 그거 남자친구랑 맞춘 커플링이지?"

조금만 낮은 목소리였으면 좋을 텐데. 연서는 살짝 이마를 찡그리다 말고 고개를 끄덕였다. 그러자 손 과장은 부러움이 잔뜩 담긴 목소리를 길게 뺐다.

"설마 했는데 진짜 연애하네! 좋겠다, 자긴! 이 쓸쓸한 계절에 옆구리 시릴 일이 없겠어!"

연이어 회의실을 나오던 사람들의 시선이 그녀한테 향하자 연서가 난처하게 웃었다. 그 사람들 속에서 손 과장의 얘기를 듣던 진성의 얼굴에 씁쓰레한 웃음이 떠오른다.

좋아하는 사람이 있다더니 그 사람이랑 잘돼 가고 있나 보다. 바보처럼 고백 한 번 하고 더 이상 다가가지 못한 그는 아직도 그녀를 좋아하는 마음을 비운 적이 없는데 지금의 연서는 너무 행복해 보여서, 그게 슬펐다.

그런 진성의 시선을 느끼지도 못한 채 연서는 재빠르게 디자인팀 사무실로 사라졌다. 그녀의 등 뒤에서 손 과장은 계속해서 부럽다고 난리를 쳤고 주변의 시선들은 어떤 남자랑 사귀는 걸까 궁금해하는 분위기였다.

"좋은 옷이란 어떤 옷을 말할까요?"

"잘 팔리는 옷을 말합니다!"

막 대학을 졸업한 스물네 살의 김지혜 디자이너가 씩씩하게 답하는 말에 연서는 생긋이 웃었다.

"그러면 잘 팔리는 옷이란 어떤 옷을 말하죠?"

"디자인이 예쁜 옷입니다!"

"디자인이 예쁜데 원단이 안 좋아요. 보풀이 일고 구김이 심한 원단 때문에 핏이 전혀 살지 않아요. 이런 원단에 아무리 예쁜 디자인을 씌운다고 해도 좋은 옷이 될까요?"

김지혜는 대답을 못 했고 연서가 말을 계속했다.

"디자인이 예쁘면 우선 옷은 잘 팔립니다. 그러나 잘 팔리는 옷이 전부 다 좋은 옷은 아니에요. 원단 재질이 나쁜 옷은 핏이 어색해서 스타일이 안 살뿐더러 하루 종일 몸을 불편하게 만들어요. 그래서 전 의상을 작업할 때 가장 신경 쓰는 부분이 몸에 꼭 감기듯이 들어맞는지를 염두에 두고 디자인을 내오고 원단을 선택해요."

신입 디자이너들은 고개를 끄덕이며 맑은 눈동자로 연서를 쳐다봤다.

그 눈빛들 속에서 연서는 대학에서의 첫 디자인 수업을 떠올렸다. 그리고 처음 패션회사에 입사했을 때 설레던 그 느낌도 생각났다. 마치 지금의 이들처럼 패션디자이너에 대한 자부심과 열정이 가득했던 때였다.

이제 막 꿈의 질주를 시작할 새내기 디자이너들에게 하나라도 더 가르치고 싶어진다. 연서는 마카펜에 더 힘을 주어서 정성 들여 칠판에 그림을 그려갔다.

"여길 보세요. 디자이너들이 가장 쉽게 놓치는 부분입니다. 우린 쉽게 놓치는 곳이지만 고객은 옷을 입는 순간, 바로 느낌이 오거든요. 그래서 디자인 마무리할 때 이 부분은 꼭 점검하고 문제가 없는지 살피셔야 돼요."

연서의 마카펜이 동그라미를 그려 보이는 부분을 주시하며 여러 디자이너들은 꼼꼼히 메모를 하거나 가끔 질문들을 제기했다.

외근 때문에 실장실을 나오던 승현은 작업실을 지나치다 말고 유리문으로 그런 연서를 바라봤다. 활기찬 표정으로 신입교육에 열중하는 연서에겐 무한한 에너지가 느껴졌고 본인의 일에서 행복을 찾는 그녀의 모습이 보기 좋다. 승현은 바지 주머니에 두 손을 찌른 채 서서 한참 동안 연서를 지켜봤다.

문득 그의 시선을 느꼈는지 연서가 고개를 돌렸다. 유리문을 사이에 두고 둘의 시선이 아련하게 부딪쳤다. 그러고는 누가 먼저랄 것도 없이 서로에게 따뜻한 미소를 지어 보였다.

자리에서 열심히 교육을 듣던 디자이너들이 그를 발견하고 일어나 인사하려 하자 승현은 가볍게 고개를 끄덕여 보이고 자리를 떴다.

두 시간의 교육이 끝나니 어느새 점심이 되었다. 같이 밥을 먹고 나서 아이스크림을 자꾸 권하는 손 과장을 두고 연서는 먼저 사무실로 돌아왔다. 따뜻한 커피가 마시고 싶어져 커피를 한 잔 뽑아서는 오랜만에 옥상으로 향했다.

[길어지네. 점심은 먹고 미팅하는 거야?]

연서는 한 손엔 커피를 들고 다른 한 손으론 외근 나간 승현에게 문자를 보내며 몸으로 옥상 문을 밀었다. 그와 동시에 안쪽에서 누군가 옥상의 문을 당기며 나오는 바람에 연서가 들고 있던 커피가 순식간에 그 사람에게 엎질러졌다.

"어머나! 어떡해요……. 팀장님?"

옥상에서 나오던 사람은 다름 아닌 진성이었다. 공교롭게도 그녀가 들어오는 순간에 나가려다가 봉변을 당한 것이다. 그의 정장 셔츠가 커피로 인해 싯누렇게 변하는 걸 울상을 지으며 바라보는데 정작 진성은 괜찮다는 듯이 피식 웃어 보였다.

"이걸로 빚은 다 갚았습니다, 강연서 씨."

무슨 소리냐는 듯 연서가 그를 쳐다봤다.

"우리 처음 만났을 때 제가 연서 씨의 블라우스에 커피를 쏟았잖아요. 이번엔 연서 씨가 실수한 거니 서로에게 미안할 거 없어요."

"팀장님은 여태 제게 미안한 마음을 가지고 있었어요?"

그건 아니라면서 진성이 고개를 흔들었다. 그러곤 손으로 셔츠의 커피를 툭툭 털어 내며 말을 한다.

"그날, 커피 벼락을 맞고도 전혀 화내지 않던 연서 씨에게 괜히 잔뜩 미안한 마음이 들었던 건 사실이었어요. 그러나 쭉 미안했다기보다는…… 그 마음을 시작으로 연서 씨한테 호감이 생겼죠."

"팀장님……."

"그러나 저 혼자만의 감정이라 더 이상 다가가지 못했던 거예요."

연서는 대답 없이 그의 흰 셔츠가 커피 때문에 누렇게 물들어 가는 걸 묵묵히 지켜봤다.

인연과 인연이 아닌 사람, 그 속에서 남자와 여자는 만남과 이

별을 수없이 반복하며 비로소 자기 짝을 찾는 거겠지. 열네 살, 스물두 살, 그리고 서른 살…… 승현을 알기 시작해서부터 그와 간간이 이어지던 시간의 고리들이 생각난다. 다행히도 인연이었던 걸까? 민승현과 그녀는.

"행복해 보여서 좋네요. 연서 씨가 지금처럼 행복해야 제가 빨리 마음을 접을 수 있을지도 몰라요."

"고맙습니다."

연서는 어떤 말을 해야 할지 고민하다가 겨우 대답했다. 그런 연서를 보며 진성은 손을 내밀었다. 방금 전에 셔츠를 잔뜩 적신 커피를 닦았기 때문인지 그의 손에선 커피 향이 진하게 났다. 그 손을 잡고 악수를 하며 연서가 말했다.

"팀장님도 행복하실 거예요. 좋은 남자니까."

그러나 진성은 씁쓸하게 웃을 뿐이었다.

"절 좋아해 줘서 고마웠어요. 그 마음을 받을 순 없지만 고마웠던 건 진심이에요. 누군가 날 좋아해 준다는 건 정말 감사한 일이니까요."

진성은 그녀의 손에 걸린 반지만을 물끄러미 바라봤다. 저 반지를 그녀의 손에 걸어 준 남자가 누군지 참 부러웠다. 유달리 빛이 나는 반지는 그런 진성을 더 초라하게 만들어서 맥이 빠졌다.

"회사에서는 계속 잘 부탁드려요."

연서의 말에 진성은 겨우 미소를 지었다.

"세라패션의 팀장이 되신 거 축하드려요. 조금 늦었지만, 그래도 인사는 해야지 싶네요. 강연서 씨라면 잘 해내실 거예요. 앞으로 업무적으로 제가 도울 일이 있으면 언제든 얘기해요."

연서가 환하게 웃으며 고개를 끄덕였다. 그런 그녀를 뒤로하고 진성은 먼저 옥상을 나왔다. 그러고는 옥상에서 17층까지 계단을 하나씩 걸어서 내려왔다.

❖

시간은 또 그렇게 흘렀다. 내년 여름신상 작업이 본격적으로 시작되자 디자인팀을 비롯해 로아의류는 늘 그랬듯이 계절마다 겪는 비상을 맞이했다.

그 속에서 연서와 승현은 벌써 몇 주째 제대로 된 데이트 없이 매일 늦게까지 야근을 이어 갔다.

여름신상 디자인이 생산에 들어가고 조금 여유가 생기자 연서는 오늘은 그나마 업무를 일찍 마무리했다. 아직 일이 남은 승현을 기다려야 할지 고민하며 문자를 보냈더니 바로 답문이 온다.

[나도 다 끝났어. 같이 나가.]

밤 열한 시를 넘기는 시계를 바라보다가 가방을 챙기는데 마침 실장실의 문이 열린다. 아무도 없는 사무실에서 그들이 맨 마지막으로 퇴근했다. 긴 복도를 걸어 나오며 승현은 자연스레 연서의 허리를 팔로 감았다.

"일은 다 끝났어?"

요새 그녀 못지않게 거의 매일 자정까지 사무실에 붙어서 신상발표회와 패션쇼 준비 작업에 바쁘던 그가 생각나 물었다. 승현이 고개를 끄덕여 줬다.

"다음 주에 열릴 발표회는 오케이 됐고 패션쇼는 손 과장과 회의 한 번 더 해야지."

그러곤 그녀의 허리를 감은 손에 힘을 주면서 묻는다.

"그냥 들어갈 거야?"

꽤나 늦은 시간이 마음에 걸렸지만 그와 단둘이 잠시라도 더 있고 싶은 생각에 연서는 어디 갈 거냐고 눈짓으로 물었다. 승현은 대답 대신 아무도 없는 텅 빈 엘리베이터에 오르면서 다급하게 그녀의 입술을 찾았다. 그렇게 오랜만의 키스도 아니지만 굉장히 반가운 체온이었다.

연서는 발꿈치를 들고 팔을 승현의 목에 두르며 입술을 열었다. 달콤하고 부드러운 느낌은 여전했다.

엘리베이터가 쉼 없이 하강하는 동안 둘은 시간을 잊은 듯 서로에게 흠뻑 빠져 있었다. 그러나 지하 주차장까지 내려오는 엘리베이터는 너무도 빠르다. 두 사람은 아쉽게 키스를 멈추곤 시선을 마주치며 웃었다.

"요 앞에 가서 커피라도 마시자."

승현의 요청에 연서는 엄마에게 늦을 거라고 문자를 보냈다.

늦은 시간인데도 카페엔 사랑에 취한 연인들이 다정한 대화를 나누고 있었다. 맨 안쪽 창가 테이블에 다가가 앉은 승현은 따뜻한 바닐라라떼 두 잔을 주문했다. 맞은편에 앉으려는데 승현이 그의 옆자리를 툭툭 가리켜 보였다.

"내 옆으로 와."

그의 말은 별거 아닌데도 어딘가 모르게 가슴을 간질거리게 만든다. 연서는 괜히 두근거리는 바람에 얼굴엔 홍조가 피어올랐다. 승현의 옆에 앉으니 기다렸다는 듯이 그가 팔로 그녀의 어깨를 감싸 안는다. 따뜻한 체온이 온몸을 나른하게 했다.

"……좋다."

승현이 그녀의 어깨에 머리를 묻은 채 숨을 깊게 들이쉬며 말했다. 연서는 그의 손에 걸린 반지를 만지작거리며 물었다.

"뭐가?"

"이 냄새. 무슨 향수지?"

"나 향수 안 쓰는데."

무슨 냄새를 말하는지 몰라서 연서가 대답하자 승현은 고개를 갸웃했다.

"네가 가까이 있으면 이 향기가 나. 시원하면서도 달달한 향인데, 향수 아니야?"

"에센스를 발라서 그럴 거야. 난 머리카락에 수분이 없고 너무 가늘어서 에센스 없이는 정돈이 안 돼."

그녀의 말대로 머리카락이 가늘긴 했지만 에센스의 역할 때문인지 수분을 잔뜩 머금은 머리카락엔 윤기가 흘렀다. 아무 말 없이 자신을 빤히 바라보는 승현의 시선에 연서가 조심스레 물었다.

"네 머리카락은 되게 좋은 것 같은데, 만져 봐도 돼?"

그러라는 듯이 고개를 끄덕여 주자 연서는 손을 뻗어서 조심스레 그의 머리카락을 만졌다.

매일 신경을 써서 관리하는지 부드러운 머릿결은 꼭 마치 실크가 올올이 손가락 사이에서 흩어지는 느낌이다. 그게 기분이 좋아서 자꾸만 간질간질 쓸어 주었더니 승현은 으음 하고 허스키한 신음을 내었다.

"그만해. 위험하니까."

뭐가 위험하다는 건지 몰랐지만 승현의 그 말에 연서는 얼른 손을 내렸다.

그녀의 손이 살며시 만져 줄 때마다 씩씩하게 일어서던 자신의 신체에 적잖게 당황한 승현은 그제야 안도의 숨을 내쉬었다. 때와

301

장소를 가리지 않고 그녀에게 반응을 해 버리는 그의 몸은 너무나도 정직해서 문득문득 당황할 지경이었다.

"근데 이 향은 뭐지? 무슨 향수 써?"

그의 어깨에 기댄 채 코를 약간 킁킁거리는 그녀가 귀엽다. 승현은 고개를 돌려 연서의 이마에 입을 맞췄다. 기분 좋은 듯이 콧소리를 내며 연서가 시선을 올리더니 웃는다.

"나도 향수 안 쓰는데. 무슨 냄새를 말하는 거야?"

"그…… 있잖아. 파란 사과에서만 나는 독특한 향. 그게 너한테서 나. 향수 아냐?"

승현은 아, 하고 고개를 끄덕이더니 대답했다.

"향수 아니라 세제 냄새일걸."

승현에 대답에 연서가 깔깔거리며 웃었다. 이렇듯 사소한 부분마저 조금씩 알아 가는 게 행복해서 이 느낌을 정말 오래도록 간직했으면 좋겠다는 생각을 했다.

카페 창밖엔 바람이 그치지 않고 불었다. 따뜻한 커피 향과 서로의 체온에 기대어 일어날 줄 모르다가 드디어 연서가 자그마한 목소리로 중얼거렸다.

"집에 안 가도 돼?"

그런 그녀를 힘주어 끌어안으며 승현이 대답했다.

"난 안 가도 돼."

연서는 소리 없이 보드라운 웃음을 지었다. 그녀도 이렇게 밤새 그와 함께 있고 싶었다. 누구의 방해도 받지 않은 채. 그러나 아직은 때가 아닌 걸 자각한 연서가 그의 팔을 풀고는 대신 손을 잡으며 말했다.

"난 가야 돼. 엄마가 기다리셔."

어쩔 수 없다는 듯이 승현이 자리에서 일어섰다. 그녀의 손을 벌주듯이 꽈악 힘을 주어 잡고는 그가 말했다.

"요새 보기 드문 요조숙녀와 연애하려니, 내가 참 고생이 많아요."

뭐가 웃긴 건지 연서가 웃음을 터뜨렸다. 그를 이토록 애태우는 그녀가 밉기는거녕 예쁘기만 해서 큰일이다.

승현은 연서를 따라서 웃으며 카페를 나왔다. 초겨울의 한기가 느껴지는 맑은 밤하늘엔 달빛이 아스라하니 사랑스러운 연인을 비춰 주었다.

8장. 키다리 실장님

이른 아침 집을 나서며 연서는 목도리를 코끝까지 올렸다. 시린 바람에 몸을 한껏 움츠리며 출근길을 재촉하다 말고 아직 집에서 나오지 않았을 승현에게 메시지 하나를 보냈다.

[기온이 많이 떨어졌어. 너무 춥다. 감기 걸리지 않게 따뜻하게 입고 나와.]

메시지가 전송되는 걸 확인하고는 연서는 전철의 수많은 인파 속으로 섞여 들어갔다.

그녀가 회사 근처 역에 막 도착했을 즈음에 승현은 집을 나서며 습관처럼 핸드폰을 들여다봤다. 곧 연서의 메시지를 발견하자 입꼬리가 올라가며 미소가 지어진다. 연서에게 답장을 보내고는 손가락의 반지를 마치 그녀를 보듯 애정 어린 시선으로 한참 바라봤다.

연서와 사귄 지 벌써 꽤나 시간이 흘렀다. 그동안 둘은 보통의 연인들이 흔히 하는 싸움 한 번 없이 사이가 좋았으나 정작 연애의 진도는 키스에서 멈춰 버렸다.

이 정도 시간이면 충분히 기다려 줬다고 생각했는데 연서는 마치 지금의 관계만으로 대단히 만족한 듯이 더 깊은 사이를 원하지 않았다.

20대 초반이면 그러려니 하겠지만 막말로 서른이 된 여자가 이쪽으론 전혀 감흥이 없는 듯한 모습에 승현은 어떤 날은 굉장히 진지한 고민에 휩싸이기도 했다.

혹시 지금까지 경험이 없었던 걸까? 대놓고 물어보기도 뭐하고 또 그렇다고 계속 들이대는 건 짐승 같아서 승현은 어떻게 할지 적당한 방법이 생각나지 않았다.

회사까지 도착하니 휴대폰이 울린다. 김진성의 번호가 뜨는 걸 보고는 승현이 전화를 받았다.

— 실장님. 다 오셨어요?

"로비로 나오세요. 바로 출발합시다."

오전엔 김진성과 함께 스페인 바이어를 만나기로 약속했던지라 승현은 사무실에 올라가지 않고 그러러 내려오라고 했다. 좀 지나서 깔끔한 정장 차림의 진성이 로비에 모습을 드러내자 승현은 차를 그쪽으로 대었다. 그의 차 문을 열고 옆에 앉은 진성은 승현에게 예의 있는 묵례를 해 보였다.

"약속 시간에 늦지는 않겠죠?"

미팅 장소로 잡혀 있는 카페로 향하며 승현이 묻자 그가 대답했다.

"막히지 않으면 괜찮을 것 같은데요."

"DIT와 장기협력 하려면 우리가 어떤 노력을 해야 하는지, 로아가 국내의 경쟁사에 비해 고객에게 어떤 메리트가 있는지 팀장님의 의견을 말해 봐요."

스페인 현지에서 유명한 의류제조공장인 DIT와의 계약을 앞두고 승현은 지금까지 단독으로 이 오더를 추진해 왔던 김진성의 생각을 물어봤다. 진성은 잠시 고민을 하더니 얘기를 했다.

"DIT는 로아의류의 독특한 디자인과 그에 따른 당사의 판매 전략에도 긍정을 보였습니다."

"다른 경쟁사와 비교, 고민하고 있던 부분은 가격이었다고요?"

"네. 똑같은 원단으로 비슷한 디자인을 내오는데 로아의 의상은 왜 경쟁사보다 비싼지 고민해 왔습니다."

"비슷하다고 해서 똑같은 디자인은 아니죠. 그래서 정품이 있는 건데."

승현의 말에 진성은 고개를 끄덕이며 웃었다.

"실장님의 얘기가 맞습니다. 그 점을 이해시키는 데 많은 시간을 들였습니다. 디자인만 보고는 판단이 안 되는 부분이 있어서 직접 백화점 매장을 같이 다니면서 모델이 입은 효과도 함께 보여드렸더니 결국은 인정을 하더라고요."

"팀장님이 수고하셨네요. 이번 오더를 계약하면 팀장님의 공이 가장 큽니다."

그의 노력을 인정해 주는 말에 진성이 환한 미소를 지었다.

진성이 고개를 돌려 승현을 봤다. 승현은 무슨 생각에 잠긴 건지 말이 없이 운전에 열중하고 있었다. 젊은 나이에 로아에 들어와 3년 동안 본인의 치열한 노력으로 차기 오너로서의 자리를 확실하게 잡은 유능한 상사였다.

때론 지나친 욕심 때문에 무리한 업무목표를 직원들에게 던져 줄 때도 있지만 여타 기업들과 달리 무분별한 회식과 지루한 야근을 강요하지 않았다.

성격 또한 무뚝뚝해서 그렇지 변덕이 없는 터라 직원들은 상사 스트레스 없이 편하게 업무를 해 나갔다.

처음 로아에 들어왔을 때 들리는 무성한 소문으론 민 대표의 강압에 억지로 이 일을 했다더니 짧은 시간 동안 업무도 제대로 마스터하고 매출에 이어 로아의 주가도 쑥쑥 올리는 걸 보면, 정말 만만치는 않은 남자임에 틀림없다.

승현을 새삼스레 살펴보던 진성의 시선이 문득 운전대를 잡고 있는 그의 손으로 향했다. 약지에 걸린 반지가 아침 햇살에 유달리 빛을 뿌린다.

어딘가에서 봤던 익숙한 디자인에 진성의 표정이 살짝 굳어졌다. 설마……? 강연서와 사귀고 있는 남자가 바로 민승현 실장이었어?

"다 왔네요. 다행히 20분 일찍 도착했군요."

승현이 고개를 돌리며 싱긋 웃었다. 맑게 빛나는 그의 눈동자와 미소에 진성은 왜 그런지 기가 죽어 버리고 만다.

"……커플링인가 봐요."

슬그머니 중얼거리자 승현은 시선을 내려 제 손가락을 보더니 다시 웃는다. 그러곤 고개를 끄덕여 주었다.

"제가 정말 많이 사랑하는 여자거든요."

두 남자의 시선이 날카롭게 부딪쳤다. 승현은 그가 말하는 여자가 누군지 진성이 알길 바랐고 진성은 짐작했던 그의 대답에 허탈한 기색이었다.

"그런데 가끔 걱정이 돼요."

승현의 뒤이은 말에 진성은 무슨 소리냐는 듯 그를 바라봤다. 승현은 그런 진성의 시선을 조용히 응시하며 말을 했다.

"제 여자친구가 너무 예뻐서, 혹시라도 옆에 집적대는 놈이 있을까 봐서요."

진성은 대답 없이 실소했다.

"만약에 정말 그런 놈이 있다면, 그리고 눈치 없이 계속 집적댄다면 제 성격상 가만히 두고 보지는 않을 것 같은데요."

"왜 이런 얘기를 제게 하십니까, 실장님?"

그의 능력을 인정해 주고 그런 승현에게 존경을 느끼던, 서로에게 신뢰가 두터웠던 상사와 부하 직원은 어느새 가장 살벌한 사이로 변했다. 한동안 서로의 시선을 피하지 않고 노려보다가 진성이 먼저 고개를 돌렸다. 그와 동시에 승현은 차 문을 열고는 차에서 내렸다.

"김 팀장님은 내가 아끼고, 잃고 싶지 않은 직원입니다."

승현이 남기고 간 한마디를 여러 번 곱씹으며 진성은 다시 쓴웃음을 지었다. 카페로 먼저 걸어가는 승현의 뒷모습을 보면서 그는 중얼거렸다.

"집적거리지 않을 테니, 그녀를 잘 부탁합니다."

가슴이 답답해서 비라도 세차게 쏟아졌으면 좋겠는데 한겨울의 건조한 바람만이 차창을 두드린다. 차창에 비낀 자신의 우울한 실루엣을 진성은 한참 동안 들여다봤다.

"사랑해, 날?"

오늘만 세 번째 물어 오는 말에 연서가 대답 대신 승현을 빤히 바라보았다. 그의 표정은 웃음기가 없이 진지하다 못해 차갑게까지 느껴졌다. 연서는 그녀가 뭘 잘못했는지 어리둥절해질 수밖에 없었다.

"무슨 일이 있어, 승현아? 오늘따라 왜 그래?"

"그냥. 정말로 날 사랑하는지, 내가 널 좋아하는 만큼 너도 그런지 궁금해서."

찌질하다. 정말로. 이미 마음을 활짝 열어 준 채 그를 사랑하는 연서임을 잘 알면서도 그녀를 온전히 가지고 싶고, 그녀에게 완전히 자신을 다 내어 주지 못해 이렇게 쓸데없는 확인이나 하고 있다니. 승현은 그런 자신이 마음에 들지 않아서 카페 창밖으로 고개를 돌렸다.

연서가 마시던 커피 잔을 내려놓더니 맞은편에서부터 그의 옆으로 자리를 옮겼다. 습관처럼 그의 손을 잡으며 웃어 보였는데도 승현은 웃지 않았다.

그녀가 옆에 다가가면 자동으로 팔을 들어서 어깨를 감싸 안아 주던 그 사소한 동작마저 하지 않는 걸 알아챈 연서는 당황해했다.

"왜 그래? 내가 뭘 잘못한 거야?"

"그게 아냐."

"그럼 팔 좀 들어 봐."

그의 왼팔을 끙끙거리며 들고선 자신의 어깨에 걸친 연서가 승현에게 기대 왔다. 그는 저도 모르게 한숨을 쉬었다.

"이건 희망고문이야."

남자를 몰라도 너무 모르는 바보 둔탱이, 강연서. 승현은 답답하다는 듯이 연서를 바라봤다.

연서는 그녀대로 이해되지 않는 표정을 지었다. 자신을 바라보는 눈빛도, 기대 온 자신의 몸을 안은 따뜻한 체온도 변한 건 없는데 그는 더 이상의 스킨십은 하지 않았다. 그러다 문득 뭔가를 깨달은 연서가 입술을 잘근거렸다.

"말해 봐. 언제면 될 수 있는지."

마치 어린아이처럼 조르고 약속을 받아 내려는 승현에게 연서는 고민을 거듭하다가 결국 말을 꺼냈다.

"나는…… 혼전순결주의야."

그녀의 말을 듣고 승현의 표정이 극도로 혼란스러워지기 시작했다. 혼전순결주의라니, 그렇다면 연서는 정말로 여태 경험이 없었다는 뜻이 된다. 그리고 결혼 전까지는 그녀와 함께 밤을 보낸다는 건 꿈도 꾸지 말라는 의미가 되겠다.

이 무슨 희비가 엇갈리는 발언이지? 다소 퀭한 눈동자로 그녀를 보고만 있는 승현에게 연서가 조그마한 목소리로 중얼거렸다.

"일부러 거부하거나 네가 싫어서는 아니란 걸 얘기하고 싶어서……. 어떻게 말하면 가장 솔직하게 말할 수 있을지 나도 잘 모르겠어. 그냥……."

"혹시 종교가 뭐야?"

듣기론 특정 종교에선 결혼 전의 관계가 금기시되어 있다는 얘기가 떠올라 승현이 묻자 그녀는 고개를 흔들었다.

"없어. 무교인데, 혼전순결은 그냥 내 철학이고 원칙이야."

아, 무교라니 다행이다……가 아니었다. 무교임에도 여태 이렇게 고집스레 그녀만의 원칙을 고수해 왔으니 웬만한 유혹으론 넘어오지도 않을 게 아닌가. 강연서는 생각보다 훨씬 더 어렵고 까다로운 여자다.

의미를 알 수 없는 시선으로 그녀를 바라보기만 하는 승현에게 뭔가를 말하려다가 연서는 고개를 떨어뜨렸다. 문득 승현의 손이 다가오더니 그녀의 콧마루를 장난스럽게 눌렀다. 반사적으로 시선을 올려 봤더니 그가 따뜻하게 웃어 준다.

"방법은 하나네. 내일이라도 당장 결혼하는 거."

연서가 금세 환하게 웃는 걸 보면서 승현은 생각했다. 그래, 결혼 도장만 찍자. 그게 제일 간단하고 빠른 방법이겠다. 언제 어떻게 부모님한테 연서의 얘기를 꺼낼지 진지하게 계획하기 시작하는데 그런 승현의 속내를 알 리 없는 연서는 잡고 있던 그의 손을 흔들었다.

"밥 먹으러 갈까? 배고파."

둘은 카페를 나와서 근처의 레스토랑으로 자릴 옮겼다. 실내에 흐르는 음악과 맛있는 음식은 하루 동안의 긴장된 신경을 느슨히 풀어 주었다.

기분이 좋은지 평소의 그녀답지 않게 조잘조잘 끊임없이 얘기를 하는 연서였다. 그녀의 말을 들으며 열심히 스테이크를 썰어 주는데 문득 연서의 말이 끊긴다. 승현이 고개를 들었다.

"왜?"

연서는 손의 포크를 식탁에 내려놓으며 급하게 자리에서 일어섰다. 그러곤 승현의 뒤쪽을 향해서 고개를 숙여 보인다.

"안녕하세요, 대표님."

뜬금없는 호칭에 승현이 머리를 돌렸다. 그의 시선에 민 대표의 모습이 들어온다. 약속이 있었는지 일행과 함께 들어서던 민 대표도 그들을 발견하고는 놀란 표정으로 다가왔다.

"강연서 씨? 두 분이서 식사 중이셨군요."

"아…… 네."

연서의 당황한 표정이 재미있다. 승현은 왠지 이 상황이 오히려 잘됐다는 생각이 들어서 가만히 둘을 지켜봤다. 민 대표도 그제야 뭔가를 눈치챈 듯 승현에게 넌지시 묻는다.

"회식인가요? 민 실장님?"

"글쎄요."

승현이 묘하게 말끝을 흐리자 둘의 대화를 듣고 있던 연서는 말씀 나누시라며 자리를 피했다. 실례하겠다는 말만 던지고 부랴부랴 화장실을 찾는 연서의 뒷모습을 보고 있던 민 대표가 말을 했다.

"여직원과 단둘이 회식하는 모습은 그다지……."

"회식이 아니면요? 아버지."

그의 말을 자르며 승현이 반문했다. 민 대표가 대뜸 손바닥으로 녀석의 어깨를 힘 있게 쳤다.

"집에 한번 데리고 와 봐. 네 엄마한테도 보여야지."

"안 그래도 정식으로 인사시킬 예정이었어요."

"그래. 난 룸으로 예약했으니까 신경 쓰지 말고 맛있게 먹다 들어가."

몸을 돌려 일행한테 가다 말고 민 대표는 다시 고개를 돌리더니 슬며시 웃어 보였다.

"짜식. 그동안 여자 보는 눈을 제법 키웠네."

"마음에 드세요?"

"그럼. 너보다 훨씬 낫다."

실없는 민 대표의 농담에 승현이 피식 웃었다. 민 대표가 룸으로 들어간 뒤 한참을 기다려도 연서는 화장실에서 나올 줄 몰랐다.

승현은 궁금한 김에 자리서 일어나 화장실을 찾았다. 그러나 화장실 앞에서 서빙하던 종업원은 그녀가 화장실이 아닌 위층 계단을 통해 야외 테라스로 간 것 같다는 대답을 해 왔다. 승현은 머리를 약간 갸웃했다. 어지간히 당황했나 보군. 긴장해서 바람이라도 쏘이려고 거기까지 간 걸까?

승현은 테라스로 향했다. 겨울이라 테라스의 테이블엔 손님이 없어 한적한 가운데 연서가 등을 돌린 채 서 있는 게 보였다. 무슨 생각을 하는 건지 뒤에 와 있는 그의 기척도 느끼지 못한 연서는 꽤나 심각한 표정이었다.

"바람이 차. 이런 곳까지 와서 뭐 해?"

등 뒤로 감싸 안아 오는 체온에 깜짝 놀랐다가 곧 익숙한 목소리를 확인하고 연서는 가만히 있었다.

승현을 좋아하면서, 그가 그녀와 같은 마음인 걸 확인하고 꿈같은 연애를 즐기는 동안 늘 외면하고 싶었던 게 있었다. 승현의 집안과 그녀의 집안 차이.

보통의 평범한 가정보다도 구성원이 부족한 그녀의 형편은 연서가 가장 자신 없는 부분이기도 했다. 가난해도 좋으니 가장인 아버지가 살아 계셨으면 이토록 힘이 빠지진 않았을 것이다.

그런 그녀와는 달리 국내 대기업의 오너를 아버지로 둔 승현의 집안은 솔직히 차이가 심하게 나서 비교 안 될 리가 없었다. 막말로 승현의 스펙정도면 '사' 자 직업의 전문직 여성들이나 송채연처럼 엄청난 외모를 가졌거나 뭐 하나는 빼어나야 잘 어울릴 텐데, 괜한 자격지심마저 들면서 연서는 우울해졌다.

여태 승현을 좋아하는 감정에만 최선을 다해 왔지만 그와 함께 지내는 시간이 길어질수록 그런 것들을 느껴 왔고 방금 전 민 대표를 마주했을 때 연서는 다시 한 번 자신의 처지를 실감했다.

누구보다 열심히 살아와서 아무리 대단한 사람을 만나도 저자세를 취하지 않을 만큼 자존감이 있다고 여겨 왔으나 막상 가장 현실적인 문제에 부딪치니 연서는 자신의 상황에 무기력함을 느꼈다.

결혼은 연애와는 달라서 양쪽 집안끼리 비슷하게 맞춰서 하는 게 정석인데 민 대표의 입장에선 그녀를 어떻게 생각할지 걱정이 들기 시작했다. 그리고 이런 그녀의 걱정을 어떻게 승현에게 얘기해야 할지 몰랐다.

"화장실에 사람이 많아서 기다리기가 답답해 올라온 거야. 대표님 아직 계시지? 기다리실 텐데 얼른 내려가자."

그럴듯한 변명을 하며 연서가 몸을 돌렸다. 승현은 두 손으로 그녀의 몸을 안아선 테라스의 난간 위에 앉혔다. 그리고 그녀의 얼굴 여기저기를 관찰하듯이 하나씩 뜯어본다.

"왜? 승현아."

"도대체 왜 이렇게 예쁜 거지? 내 눈에만 예쁜 줄 알았더니."

"아…… 무슨 소리야? 내려 줘 봐."

아래로 보이는 아득한 풍경에 진저리 쳐져서 연서가 고개를 흔들며 난간에서 내려오려고 했다. 그런 그녀를 두 손으로 안전하게 꼭 잡은 승현이 말한다.

"무슨 재주로 우리 아버지의 눈에도 쏙 들었는지 신기해서 관찰 좀 해야겠어."

승현의 말에 연서가 머리를 갸우뚱했다.

"대표님이 뭐라고 하셔? 우리 사이 말씀드렸어?"

걱정스러운 연서의 물음에 승현은 대답 대신 가만히 그녀의 입술을 찾아들었다. 그녀의 손을 깍지 끼어 잡고 부드럽게 입술 안으로 침입해 들어오는 남자의 혀 때문에 아찔해지는 와중에도 연서는 민 대표의 반응이 궁금해서 다시 물었다.

"나를 마음에…… 안 들어하시지?"

연서의 머리칼을 다정히 쓸어 주면서 승현은 진한 키스를 멈추지 않았다. 누구에게나 예쁜 그녀가 사랑스럽고 그런 그녀가 자신에게 와 줘서 고마웠다.

불어오는 시린 바람에도 상관없이 한동안 서로에게 꼭 붙은 채 키스를 나누다가 승현이 연서를 놓아주면서 잠깐의 틈이 생겼다. 립스틱이 약간 번진 그녀의 입술 근처를 손가락으로 슥 닦아 주곤 승현은 부드럽게 웃었다.

"네가 얼마나 괜찮은 여잔지 알아주는 사람이 내 아버지라서 참 다행이다 싶다. 너라면 우리 엄마한테도 충분히 합격일 거야."

"……승현아."

연서의 눈에 슬그머니 눈물이 고이자 승현은 바보라고 중얼거리며 그녀를 안았다. 그의 어깨에 턱을 기댄 채 연서는 눈동자를 깜박이며 그렁그렁해진 눈물을 떨어트렸다.

어쩌면 승현은 그녀가 느끼는 자격지심을 눈치챘을지도 모른다. 그가 얘기해 주는 민 대표의 반응이 사실인지 정확히 알 순 없지만 그녀의 마음이 처지지 않게 감싸 안아 주는 승현이 고마웠다.

✧

민 대표한테 데이트를 들킨 지 얼마 지나지 않아 둘의 관계는 회사 사람들도 하나둘씩 눈치를 채기 시작했다.

어떤 사람은 둘의 커플링에 주의를 돌렸고 또 어떤 사람은 주차장에서 승현의 차에 타는 연서를 발견하기도 했다. 거기다 둘이 함께 카페에서 늦은 시간까지 있는 모습을 목격했다는 소문까지, 불과 며칠 사이에 로아의류에서는 연일 승현과 연서의 관계가 사람들의 입방아에 올랐다.

"들었어? 실장님이랑 연서 씨가 무슨 사인지. 둘이 글쎄, 그렇고 그런 관계라잖아!"

"어머어머. 웬일이래? 진짜야? 사람들이 계속 수군거리는 걸 들으면서도 설마설마했는데 정말이란 얘기야? 이건 도저히 말이 안 되잖아!"

"말이 안 되긴. 연서 씨가 갑자기 세라패션의 단독 디자이너에 이어 팀장까지 달았을 때부터 나는 왠지 석연치 않다 했어. 안 그래? 입사한 지 일 년도 안 된 디자이너가 관리직을 담당한다는 게 웃기지 않냐?"

"그래. 맞아! 그러고 보니 그것도 이상하네. 말로는 연서 씨의 디자인이 매출이 좋아서라고 하지만 매출이야 마음만 먹으면 얼마든지 조작할 수 있는데. 아, 근데 연서 씨는 무슨 재주로 실장님을 꼬신 거야? 솔직히 되게 평범하고 수수하잖아. 그리 눈에 띄는 외모도 아니고."

작업실에 들어서려던 연서는 안에서 들리는 소리에 그 자리에 멈춰 버렸다.

하루가 다르게 눈덩이처럼 불어만 가는 동료들의 험담이었다. 처음엔 신경을 쓰지 않으려 했지만 문득문득 듣게 되는 본인의 뒷담은 강도가 심해질수록 견디기 힘들었다.

다들 웃고 떠들다가도 그녀만 사무실에 들어서면 서로 헛기침을 하면서 대화를 끊고 정색하는 동료들의 표정 속에서 연서는 자신이 은근히 따돌림을 당한다는 걸 알아챌 수 있었다.

수군거리는 목소리가 돌연 작아졌다. 그리고 다음 말은 마치 칼날같이 연서의 귓가에 파고들었다.

"우리야 모르지 뭐. 작정하고 홀딱 벗은 채 덤볐을 수도 있고."

"어머, 얘는. 순진하게 생긴 연서 씨가 그랬을 리가."

"요샌 순진한 척하는 여자들이 더 무섭다니까. 내가 듣기론 둘이 학교 때 동창이란 얘기도 있던데, 그걸 핑계 삼아 실장님한테 친한 척 접근했겠지."

하, 연서의 입에서 저도 모르게 쓴 한숨이 새어 나왔다. 조용히 수걱수걱 본인의 일만 하노라면 괜찮을 줄 알았던 루머는 왜 그런지 수그러들 줄 몰랐다. 오히려 가지가지 양념과 살을 붙여 그녀를 희대의 신데렐라 캐릭터로 부각할 뿐이었다.

한 기업의 차기 오너인 젊은 남자와 사귀는 평범하디평범한 여자, 그리고 그 때문에 차지하게 된 팀장 자리. 그것만으로 연서는 한순간에 모든 여직원들의 시기와 질투의 대상이 되어 버렸다. 갑작스레 불어온 회오리바람 같은 이 상황에 연서는 어떻게 대처할지 몰라서 답답했다.

"아무튼 내가 장담하는데 둘이 얼마 못 가 깨진다에 한 표. 모델 송채연도 실장님한테 헌신짝처럼 차인 마당에 별 볼 일 없는 연서 씨야 얼마를 버티겠어?"

"그래. 그때가 되면 송채연이 떨어져 나간 것처럼 연서 씨도 사표 낼 거야. 사내연애의 결말이 다 그렇지 뭐……."

작업실 문고리를 잡았던 손을 결국 내렸다. 일부러 입술을 꾸욱 깨물었지만 눈물 한 줄기가 주르륵 흘러 버리고 만다.

연서는 황급히 손을 들어서 눈물을 스윽 닦았다. 머리를 숙인 채 사무실을 빠져나오다 말고 들어서는 사람과 툭 부딪치고 말았다.

"죄송합니다."

누군지도 살필 겨를 없이 그 말만 하고 나가려는 연서의 손목을 잡은 승현은 고개를 기울였다. 날카로운 그의 시선이 그녀의 얼굴을 훑었다.

"……무슨 일입니까?"

얼굴색이 상당히 안 좋은 데다 눈꼬리의 눈물 흔적을 기어이 발견한 승현이 물었다. 사람들이 지나다니는 문 옆에서 그에게 손목을 잡힌 채 서 있으려니 안 그래도 가시같이 싸늘한 주위 시선들이 마구 등에 와서 꽂히는 느낌이다. 연서는 힘을 주어서 손목을 빼내며 대답했다.

"아닙니다, 실장님."

"강연서."

"회사입니다. 나중에 얘기해요."

그 말을 끝으로 연서는 사무실을 나가 버렸다. 그런 그녀의 뒷모습에 잠시 시선을 주다가 승현은 고개를 돌려 사무실 내부를 둘러보았다.

점심이라 한적한 사무실엔 몇몇 직원만이 방금 전의 둘에게 호기심 가득한 시선을 보내다가 승현의 차가운 눈빛과 마주치자 서둘러 일하는 척했다. 뭐라고 말하려 입을 열다 말고 승현은 그냥 그들을 지나쳐 갔다.

"젠장……."

DIT계약서를 들여다보던 승현은 나지막한 욕설과 함께 신경질적으로 계약서를 덮어 버렸다. 세 시간이 지나도록 하고 있던 일은 진도를 나가지 못했고 그 시간 동안 아까 보았던 연서의 모습만 어른거렸다.

언제부턴지 모르게 회사에서 야금야금 돌기 시작하던 이상한 소문을 그 역시 모르는 건 아니었다. 그와 그녀를 둘러싼 말들이 듣기 싫었지만 직원들의 쓸데없는 소리를 어떻게 관리하는 게 현명할지 마땅한 방법이 떠오르지 않아서 가만히 두고 봤더니 마냥 신난 저들은 이쪽에서 엎어 버리기 전에는 그만둘 기세가 보이지 않았다.

마음 같아선 소문을 퍼다 나르는 사람들을 하나씩 불러다 추궁하고 입조심하라고 쓴소리를 실컷 하고 싶었으나 업무적인 일도 아니고 본인의 사생활이라 무조건 윽박지르기도 뭐했다.

손 과장이라도 있으면 연서의 바람막이 역할을 좀 해 달라고 부탁할 텐데 그는 3주 넘게 출장으로 자리를 비운 터라 애매모호한 이 상황이 답답하기만 할 뿐이다. 그래서 소문이 저절로 수그러들길 잠자코 기다렸으나 오늘처럼 상처는 고스란히 연서의 몫으로 돌아가게 될 것이다.

정면대응밖에는 방법이 없겠지……. 승현은 잠시 생각에 골몰하다가 고개를 들어 시계를 봤다. 미팅까지 한 시간밖에 남지 않은 걸 확인하고는 계약서를 챙겨서 사무실을 나갔다.

퇴근 시간이 훨씬 지나도록 그림에만 열중하던 연서는 사무실의 사람들이 하나둘 나가자 그제야 색연필을 내려놓았다. 몇 시간을 연필에 힘을 주었던 탓인지 손가락이 빨갛게 부풀었다.

퇴근 준비를 하면서 실장실을 바라봤다. 두 시간 전에 사무실을 나간 승현은 아직 돌아오지 않았고 무슨 일인지 휴대폰도 꺼져 있었다.

회사를 나온 연서는 선경의 가게를 찾았다. 문 옆에서 한창 바삐 맴도는 친구의 모습을 지켜보다가 불렀다.

"선경아. 나 왔어."

고개를 돌린 선경은 전화도 없이 들른 연서를 보고는 반가운 표정을 지었다.

"웬일이야? 매일 남자친구랑 데이트하느라 바쁜 몸이."

연서는 시무룩하게 웃으며 구석진 테이블에 앉았다. 그런 그녀의 모습이 약간 이상하다는 걸 느끼고 선경은 연서의 맞은편에 다가왔다.

"고민 있구나. 그치?"

"귀신이야, 하여튼."

연서의 말에 선경은 어깨를 으쓱해 보인다. 그러고는 유자차 한 잔을 가져왔다.

"말해 봐. 무슨 일인지 들어 보게."

주변의 삐딱한 시선과 악의적인 소문에 지쳐 있던 연서는 다정하게 채근하는 친구를 보면서 불안한 마음이 기댈 곳을 찾은 듯했다.

한동안 침묵을 지키는 연서를 인내심 있게 기다려 주는 선경이다. 연서는 유자차를 한 모금 마셔 보았다. 기분 좋은 새콤함이 온통 입안을 감돈다.

연서는 곧 말을 꺼냈다. 딱히 해결책을 바라고 얘기를 하는 건 아니었다. 그냥 그녀의 말을 있는 그대로 들어 주고 답답한 마음을 공감해 주는 사람이 있었으면 하는 생각으로 요즘의 일들을 터놓았다.

"신경 쓰지 마. 괜히 네가 부럽고 배 아파서 그러는 거니까. 재주가 있으면 지들이 한번 꼬셔 보든지. 실장님이 퍽이나 잘도 넘어오겠다. 신데렐라는 아무나 되나."

"그냥 소문을 무시하고 싶은데 자꾸만 귀에 들어오니 아무렇지 않은 척하기가 쉽지 않아."

"악성루머에 대처하는 방법은 딱 두 개야. 정면으로 부딪치거나 시간이 지나길 기다리는 거. 그런데 네 성격상 그냥 참는 방법밖에 없을 테니 나도 답답하네. 그 시간 동안 무지 상처받을 거잖아."

연서는 고개를 흔들었다. 그러곤 손으로 찻잔을 감싸면서 다짐하듯이 말했다.

"그냥 손 놓은 채 시간이 해결해 주길 기다리는 건 바보 같아서 싫어. 나도 노력은 해야겠어."

"무슨 노력?"

선경의 물음에 연서가 중얼거렸다.

"뭐…… 그 사람들이랑 친해지려고 다가가야지. 나를 잘 모르는 사람들이라서 그럴 거야. 친해지면 괜찮아지겠지."

그것도 방법이라는 듯 선경이 고개를 끄덕였다. 잠시 가만히 앉아 있던 연서는 문득 화제를 돌렸다.

"근데 넌 언제까지 혼자로 지낼 거야? 적당한 사람이 있으면 한번 만나 볼래?"

"무슨 소리야?"

지난번에 만났던 승현의 친구 기태를 떠올리며 묻는 연서의 말에 선경은 의아한 표정을 지었다.

"언제까지고 혼자서 살아갈 순 없잖아. 준우에겐 아빠가 하나뿐일 테지만 너에게도 네 인생이 있는데 재혼……."

그러나 선경은 웃으며 살며시 머리를 흔들었다.

"이혼한 지 얼마나 됐다고 벌써 남자 생각이 나겠어? 지금은 그냥 아무 생각 없이 열심히 돈 버는 게 좋아."

"그래. 그럴 수도 있겠다."

"네 말처럼 언젠가는 또 다른 내 인생을 찾겠지. 그런데, 지금은 아니야."

연서가 이해한다는 듯이 고개를 끄덕이며 웃었다. 그러고는 씩씩하게 홀로서기를 하는 친구가 대견해서 말했다.

"멋지다. 응원할게. 그래도 너무 오랜 시간을 외롭게 지내지 마. 좋은 인연이 생기면 한번 진지하게 생각해 봐. 넌 아직 너무 젊어."

선경은 연서의 말에 잔잔한 웃음을 지어 보일 뿐이다.

저녁은 선경이네 가게서 간단하게 토스트로 해결하고 이런저런 얘기를 하며 시간을 보내느라 연서는 잠시 승현을 잊었다.

밤 아홉 시가 넘어서야 국밥집 근처에 도착한 연서는 승현에게 전화하려고 휴대폰을 꺼냈다. 문득 가벼운 휘파람 소리가 들린다. 반사적으로 고개를 돌렸더니 국밥집의 바깥벽에 기대서 있는 승현이 보였다. 그는 두 손을 바지 주머니에 찌른 채 그녀를 보고 웃고 있었다.

"얘기도 없이 언제 온 거야?"

연서가 다가가자 승현은 그녀의 손을 잡아서 자신의 양복 재킷 주머니로 쏙 집어넣었다. 가방을 들고 있느라 차갑게 얼어 있던 연서의 손이 따뜻한 온기를 만나자 본능적으로 바르작거렸다. 그 손이 도망칠세라 더 힘주어서 잡고는 승현이 말한다.

"나중에 얘기하자며? 그래서 나중에 찾아왔어."

아까 회사에서 그녀가 했던 말을 잊지 않은 승현이다.

"추운데 밖에서 기다렸어? 안에 들어가서 기다리든가 아님 전화라도 하지."

"방금 왔어. 안에 들어가려다가 술 좀 마셔서 어머니한테 인사드리기가 뭐하더라고. 너한테 전화하려고 했는데 마침 걸어오는 게 보여서."

대답하는 승현에게선 아닌 게 아니라 술 냄새가 약간 났다. 휴대폰도 꺼 놓고 지금까지 어디서 술을 마신 거지? 의문이 가득한 표정으로 승현을 쳐다보자 그가 대답해 주었다.

"계약에 대한 얘기를 마무리하느라 바이어와 약속이 있었어. 저녁 먹고 간단하게 술 한잔하고 오는 길이야."

DIT와의 계약은 다행히 큰 변고가 없이 순조로웠고 식사가 끝나자 승현은 곧장 연서를 찾아왔던 것이다.

"아까 왜 울었어?"

대답 없이 시선을 피해 버리는 연서를 끈질기게 마주 보니 그녀는 조그맣게 중얼거린다.

"다 알면서 왜 물어? 속상하게."

"바보같이 울긴 왜 우냐고. 내가 더 속상하게."

승현의 애정 어린 책망에 연서는 괜히 고개를 돌려 버렸다. 승현은 가만히 그녀의 몸을 당겨서 안았다. 그의 어깨에 턱을 고인 채 익숙한 향기를 맡으니 한결 편안해진다. 승현이 그런 그녀의 귓가에 사과했다.

"미안해."

"네가 왜 미안해? 내가 미안하지. 별거 아닌 일로 너 신경 쓰게 하고."

"많이 속상하지?"

약해지지 않으려 했는데 승현이 따뜻하게 물어 오는 그 말에 다시 눈물이 울컥 나올 것 같다. 연서는 숨을 크게 들이쉬고는 억눌렀던 말들을 하나씩 토해 냈다.

"속상하기도 하고, 좀 억울해. 너와 내가 서로 좋아하는데 왜 그런 소리를 들어야 하는지. 그리고 내가 정말 아무 능력도 없는데 팀장까지 된 걸까 괜히 그런 고민도 하게 되고. 이런저런 생각으로 맥 빠지고 지치긴 했어."

조용히 그녀의 얘기를 듣고 있던 승현은 장난스럽게 말을 했다.

"혼내 줄까?"

연서는 피식 웃어 버리며 그의 어깨에 얼굴을 묻었다. 이 냄새는 정말이지 너무 좋다. 강아지처럼 킁킁거리면서 열심히 그의 냄새를 맡고 있는데 승현의 말이 또 들린다.

"걱정 마. 오빠가 다 혼내 줄게."

연서가 즐겁게 웃으며 그의 허리를 껴안았다. 승현의 손이 다가와서 그녀의 머리칼을 부드럽게 어루만진다. 그의 말은 계속해서 들려왔다.

"다시 눈물 같은 거 보이지 마. 네 눈에 눈물이 고일 때마다 내 가슴이 얼마나 철렁하는지 모르지?"

승현의 나지막한 탄식 속에는 그녀에 대한 애틋한 마음이 가득 담겨 있었다. 그걸 느낀 연서가 배시시 웃었다. 속상했던 마음이 언제 들었나 싶게 다 사라져 버리는 게 신기하다.

"내일 오전엔 DIT와 정식 계약서 쓰느라 사무실에 나오기 힘들 거야. 내가 없어도 잘 버텨."

잠시 뒤에 승현이 대리를 부르며 연서에게 말했다. 연서는 씩씩하게 머리를 끄덕였다.

"걱정 말고 계약 잘 하고 와요, 실장님."

대리가 올 때까지 소소한 잡담을 하다가 승현을 태운 차가 시야에서 사라지자 연서는 돌아섰다. 매서운 추위에 오들오들 떨며 팔짱을 끼고 그녀는 국밥집으로 부리나케 달려갔다.

집에 도착한 승현이 거실에 들어서자 민 대표가 말을 건넸다.

"잘 다녀왔냐? 계약 얘기는 어찌 됐고?"

승현은 그에게 다가가 DIT와의 계약 진행 상황을 간단히 말해 주었다. 아들의 말을 귀 기울여 듣고 있던 민 대표는 조용히 고개를 끄덕였다.

"그래. 김 팀장이 애썼네. 나는 DIT가 미우패션이랑 계약할 줄 알았어. 미우패션이 우리보다 단가를 훨씬 낮춰서 계약하려고 DIT와 그동안 접촉을 많이 했거든."

"디자인만 훌륭하면 가격은 그다지 중요하지 않죠. 결국은 디자인의 경쟁이잖아요."

"그럼. 로아에는 훌륭한 디자이너들이 많아. 그 디자이너들이 곧 로아의 재산이야. 그들을 경쟁사에 뺏기지 않으려고 회사가 어려울 때도 디자이너들만은 섭섭하지 않게 잘해 줬어. 물론 저들도 자신의 재능으로 회사에 보답을 줬고."

승현은 인정한다는 듯이 가만히 머리를 끄덕였다. 신문을 접어서 탁자에 올려놓으며 민 대표가 말을 계속했다.

"그런데 그 팀은 여자들이 많아서 그런지 구설수가 끊이질 않아. 왜 그렇게 남의 일에 관심들이 많고 떠들어 대길 좋아하는지."

승현이 쓰게 웃으며 말을 받았다.

"들으셨네요. 요즘 소문이요."

"더 시끄러워지기 전에 차단해 버려. 타인들의 무심한 한마디라도 정작 당사자는 괴롭고 힘들지. 상처받을 거야."

"저는 괜찮은데 연서가 걱정이에요. 애가 은근히 눈물이 많아 상처도 잘 받을 텐데."

승현은 연서를 떠올리며 중얼거렸다. 민 대표가 소파에서 일어서더니 안방으로 걸어간다.

"예전엔 소문이 나든 말든 신경도 쓰지 않더니. 지금은 사랑하는 여자가 상처받는 건 절대 못 보겠지?"

민 대표가 흘리고 간 말을 곱씹으며 승현은 슬그머니 웃었다. 그러게. 언제부턴가 강연서에게만 모든 의미가 특별해졌다.

시곗바늘이 열한 시에 가까워지자 승현이 소파에서 일어났다. 내일은 계약 때문에 아침부터 움직여야 했다.

❖

드르르륵. 미싱으로 샘플의 밑단을 다시 박느라 여념이 없던 연서는 손목을 들어서 시계를 봤다. 계속 신경 쓰고 있었는데도 잠깐 집중하는 사이에 어느새 점심시간을 놓치고 말았다.

연서는 하던 일을 그대로 두고는 사무실로 나갔다. 자리에 앉아 있는 몇몇 디자이너들을 향해 연서가 웃으며 말을 건넸다.

"점심 식사는 하셨어요? 같이 가서 드실래요? 제가 살게요."

밝은 목소리로 요청하는 연서를 다들 왜 그러냐는 눈빛으로 쳐다본다. 모두가 대답 없는 가운데 연서는 다시 용기 내서 말했다.

"맛있는 거 먹으러 가요. 요 앞에 새로 한정식집이 생겼던데……."

"저희는 먹고 왔는데요."

디자이너 하나가 무심한 목소리로 대답하자 연서는 난처해졌다. 자신에게 편견이 있는 사람한테 다가가는 건 생각보다 어려운 일이었다.

"실장님이랑 같이 드시는 거 아니었어요? 당연히 실장님이랑 점심 드시는 줄 알고 우리끼리 다녀왔는데요. 아, 오늘은 실장님이 나오지 않으셨죠? 어떡하지? 미안하지만 강연서 씨, 혼자 드셔야겠는데요?"

요즘 악의적인 소문을 제일 신나게 퍼뜨리고 다니던 디자이너 윤경희가 하는 말이었다. 주위의 다른 시선도 경희처럼 말은 안 했지만 똑같은 표정이었다. 연서는 그만 맥이 탁 풀리는 느낌을 받았다.

"그렇게 얘기하면 좋으세요?"

연서의 허탈한 물음에 경희는 어깨를 으쓱하면서 되물었다.

"아니, 뭘요? 부러워서 그래요. 실장님이랑 좋은 사이로 지내는 연서 씨가 저는 얼마나 부러운데요. 제가 뭐 얘기를 이상하게 했나요?"

그러곤 뭐가 웃기는지 깔깔 웃는 경희를 보며 연서는 포기할 수밖에 없었다. 여기서 더 얘기해 봤자 관계 개선은커녕 저들은 점점 더 그녈 우습게 볼 뿐이다. 이때, 세라패션의 신입 디자이너인 지혜가 주변의 눈치를 보면서 우물쭈물 말을 걸어왔다.

"팀장님. 저는 이미 먹고 왔는데요. 두 번 먹을 수도 있어요. 저랑 같이 가……."

"김지혜! 가긴 어딜 간다는 거야? 할 일이 얼마나 많은데 무슨 점심을 두 번 씩이나 먹어? 그래 갖고 다이어트가 되겠어?"

연서가 대답할 새도 없이 냉큼 지혜를 질책하는 경희의 목소리에 김지혜는 곤란한 표정이 됐다. 연서는 이곳에 잠시라도 더 있고 싶지 않았다. 몸을 돌려 디자인 사무실을 나가는 그녀의 뒤에선 수군거리는 목소리가 여전했다.

맥이 빠졌지만 연서는 어제 승현과 했던 약속을 잊지 않았다. 이까짓 일로 다시 눈물을 보여서 승현을 속상하게 만들지 않을 거란 생각에 일부러 과장된 손동작으로 머리칼을 쓸어 올렸다. 문득 뒤에서 종종거리는 발걸음 소리와 함께 지혜의 목소리가 들린다.

"팀장님. 죄송해요. 내일은 꼭 점심 같이 먹어요. 내일 팀장님이 드시기 전까지 저도 먹지 않고 기다릴게요."

연서가 고개를 돌려 보자 지혜는 굉장히 미안한 표정으로 말했다.

"오늘은 저 사람들이 너무 눈치를 줘서…… 죄송해요. 팀장님 너무 힘들어하지 마세요. 저는 팀장님이 좋아요."

"지혜 씨."

"초짜 신입인 저한테 팀장님은 한 번도 화내지 않고 얼마나 잘 가르쳐 주셨는데요. 저는 팀장님이 착하고 좋으신 분이란 거 알아요. 그러니까 기운 내세요. 은근히 저 같은 생각 가진 사람도 많아요. 다만 다들 신입이라 괜히 시끄러운 싸움이 싫어서 저 사람들의

328

눈치를 볼 뿐이에요."

울지 않겠다는 약속 지키기가 이렇게 힘들 줄이야. 연서는 왜 그런지 갑자기 눈물이 나 황급히 손을 들어서 쓱 닦아 버렸다. 지혜가 말을 계속했다.

"패션은 핏이다. 그리고 패션디자이너는 의지의 여신이다. 팀장님이 하신 얘기잖아요. 팀장님의 의지로 잘 이겨 내실 수 있어요."

사무실로 도로 들어가려는 지혜에게 연서는 말했다.

"고마워요, 지혜 씨."

허리를 꾸벅 숙여 인사한 지혜가 쌩긋 웃어 보인다.

"곧 좋아질 거예요. 힘내세요."

지혜가 들어간 뒤에도 한참을 복도에 서 있던 연서는 두 손으로 얼굴을 감쌌다가 잠시 후엔 밝게 웃었다. 괜찮아. 세상에는 좋은 사람들이 훨씬 더 많으니까. 조금 전보다 기운을 차린 걸음으로 엘리베이터를 향해 걷던 연서는 문득 생각나는 사람이 있었다. 그녀는 핸드폰을 꺼내 메시지를 보냈다.

[과장님. 보고 싶어요. 얼른 와요.]

눈치 없고 수다스럽지만 그래도 그녀에겐 언제나 진솔했던 손 과장이 그리워진다. 메시지는 전송되자마자 확인이 되더니 곧 답장이 떴다.

[자기, 왜 그래? 징그러우니까 그런 소리 하지 마. 난 여자 안 좋아하는 거 알지?]

연서는 그만 피식 웃었다. 엘리베이터를 기다리는 동안 손 과장과 계속 메시지를 보냈다.

[언제 오세요? 출장 끝나지 않았어요?]

[안 그래도 지금 막 비행기에서 내렸어. 오후에 전체회의 있다

면서? 회의 시간에 늦지 말라고 실장님이 어찌나 잔소리를 해 대는지. 무슨 중요한 발표라도 해? 어쨌든 나, 지금 공항에서 택시 타고 가고 있어.]

오후에 전체회의가 있나 보다. 연서는 손 과장에게서 들은 소식에 얼른 점심을 먹으려고 구내식당으로 향했다.

밥과 국을 가져와 막 식탁에 앉는데 그녀의 맞은편에서 인기척이 들렸다. 고개를 들어 보니 김진성이다. 그는 놀란 연서의 표정에 조용히 웃어 보였다.

"저도 연서 씨처럼 열심히 일하느라 늘 점심시간을 놓쳐요."

마치 변명처럼 말을 하고는 그녀와 점심을 함께 먹길 요청하는 진성이다. 연서는 살짝 고개를 끄덕이고는 웃었다.

"내일부터는 제때에 챙겨 드세요. 저도 그러려고요."

둘은 시선을 마주치며 웃어 보이고 밥을 먹기 시작했다. 밥을 먹는 동안 별로 대화가 없었지만 연서는 가슴이 따뜻해졌다. 예전에는 잘 몰랐던 사실, 조용히 그녀의 옆에서 그녀에게 힘이 되는 사람들. 자의든 타의든 인간관계에서 좌절을 겪고 나니 그들의 소중함이 더 진하게 느껴진다.

"요즘 회사의 이상한 말들 때문에 힘들죠?"

밥을 다 먹고 커피를 마시면서 진성이 묻는 말이었다. 연서는 잔에 담긴 블랙커피를 들여다보다가 고개를 흔들었다.

"괜찮아요. 견딜 만해요. 그러다 말겠죠."

"그래요. 시간이 지나면 괜찮아질 거예요."

"네."

담담히 대답하는 연서에게 진성이 다시 위로했다.

"그래도 상처받지 말았으면 좋겠어요."

"그러려고요. 고마워요. 팀장님."

"뭐가요?"

진성은 일부러 잘 모르겠다는 표정을 지어 보였다.

"저랑 같이 밥 먹어 줘서요."

"별게 다 고맙네요."

시크하게 대답하는 진성이지만 연서는 잘 안다. 그는 일부러 그녀가 밥 먹는 시간을 기다려 줬다는 것을. 그 마음이 진심으로 고마웠다. 아까 지혜가 했던 얘기들만큼이나.

그냥 그런 그들이 고마웠다. 신경 쓰지 말라고 위로해 줬던 선경이도, 곧 좋아질 거라고 용기를 줬던 지혜도, 쓸쓸한 식사를 같이 해 줬던 진성도, 그리고 혼내 줄 테니까 다시 울지 말라고 안아 주던 승현까지.

이렇게나 좋은 사람들이 그녀의 곁에서 걱정해 주는데 타인들의 시답지 않은 얘기에 일일이 상처를 받았던 자신이 못나 보였다.

점심을 훨씬 넘긴 시간인지라 커피 한 잔을 무슨 냉수 마시듯이 급하게 마시곤 식당을 나왔다. 그들이 탄 엘리베이터가 17층에 도착하자 맞은편 엘리베이터 문도 마침 문이 열린다. 그 안에 혼자 타고 있던 남자는 엘리베이터에서 내리는 연서와 진성을 번갈아 보더니 싸늘한 목소리를 내었다.

"점심시간이 지난 지가 언젠데, 요샌 안 바쁩니까? 김 팀장님?"

승현의 밑도 끝도 없는 태클을 용하게 캐치해 낸 진성은 마지못해 대답했다.

"죄송합니다. 다음부터는 조심하겠습니다."

약간은 불쾌한 기색으로 말한 진성이 먼저 자리를 뜨자 승현의 시선이 연서에게 향했다. 여전히 싸늘했다.

연서는 그런 그에게 뭐라고 말을 붙여야 할지 몰랐다. 마치 잘 못을 하다 들킨 아이마냥 시선을 내려뜨리고 손으로는 괜히 옷자락을 매만질 뿐이다.

"연서 씨도 그만 들어가요. 전체회의가 있습니다."

승현은 그 한마디를 남기고 먼저 사무실을 향해 걸어갔다. 그런 승현의 뒷모습을 멍하니 보다가 연서는 짧은 한숨을 쉬었다.

전체회의를 앞두고 모두들 분주하게 움직이는 가운데 유달리 반가운 목소리가 들려왔다.

"아니, 도대체 무슨 중대발표를 하려고 비행기 타고 태평양을 건너온 사람까지 기어코 참석하게 만들어? 시차 때문에 피곤해 죽겠고만."

연서는 노트를 챙기다 말고 고개를 들어 보았다. 손 과장이 우렁찬 목소리와 함께 디자인팀 사무실에 요란하게 등장했다.

해외 출장이 끝나 컴백한 손 과장은 예전보다 훨씬 더 오바스러운 패션으로 화려하게 단장하고 있었다. 계속 봐도 적응되지 않는 손 과장만의 패션 스타일에 오늘도 디자이너들은 그를 둘러싼 채 웃고 떠들어 댔다. 연서는 그런 손 과장에게 눈인사로 반갑다고 인사를 하고는 회의실에 들어갔다.

디자인팀은 물론 생산팀, 마케팅팀, 인사팀, 재무팀을 비롯한 본사의 모든 팀원들이 둘러앉으니 널찍한 회의실은 금방 꽉 차버렸다.

회의를 진행할 승현은 정중앙에 딱딱한 표정으로 앉아 있었고 연서는 사내의 소문 때문에 의식적으로 그와 가장 멀리 떨어진 자리를 찾았다. 그런 연서의 오른쪽에 손 과장이 부산스럽게 다가와 앉더니 잠자리 선글라스를 벗어서 자랑질을 시작한다. 그녀의 왼쪽에는 지혜가 다른 디자이너들의 눈치를 살피며 조심스레 다가와 앉았다.

사람들은 각자 자리를 잡고 앉더니 승현을 바라보며 궁금한 눈빛을 보냈다. 승현이 슈트에 연결한 회의용 마이크를 만지고는 말을 시작했다.

"전달할 사항이 세 가지가 있어서 여러분들을 불렀습니다. 본론부터 들어가죠. 첫 번째는 DIT와의 해외 수출 수주계약 건입니다. 오늘 오전 최종적으로 계약서에 사인을 했고 총 30개의 디자인을 계약했습니다. 디자인 하나당 생산량이 만 장에서 5만 장까지입니다. 국내 생산량과는 비교할 수 없을 만큼 물량이 큰 장사라 당연히 수익부분도 기대를 하고 있습니다. 생산에 들어갈 30개의 디자인 부분에 관해서는 디자인팀과 다시 회의를 하겠습니다."

잠시 말을 끊었던 승현은 마케팅팀 김진성에게 시선을 주었다.

"그리고 두 번째. 이번 DIT와의 계약을 단독으로 추진하고 성공적으로 수주를 받아 내기까지 애를 쓰신 마케팅팀의 김진성 팀장님은 해외영업부서의 과장으로 인사조정을 합니다."

진성은 오늘 처음 듣는 승진 얘기에 승현을 쳐다보았다. 민승현은 신뢰가 두터운 눈빛으로 그를 보면서 격려했다.

"앞으로도 고생해 주세요. 김진성 과장님."

박수를 치며 축하하는 사람들 틈에서 연서도 기쁘게 웃었다. 그동안 봐 온 김진성은 누구보다 열심히 일하고 능력도 좋은 사람이라고 생각했는데 시기적절하게 승진이 되어서 다행이다. 그 생각으로 진성을 보았다가 승현에게 시선을 돌렸더니 그도 그녀를 보고 있었다. 연서가 괜히 주변을 의식하여 고개를 돌리자 승현의 다음 말이 들려온다.

"마지막 세 번째. 저와 강연서 씨에 관한 얘기입니다."

회의실의 사람들은 그 어느 때보다 더 소란스러워졌다. 술렁거리는 사람들의 시선이 전부 다 그녀에게 쏠리는 것 같아서 연서는 앉은 자리가 가시방석이었다.

승현이 어떤 얘기를 할지 짐작할 수 없어서 더럭 겁이 나기까지 했다. 계속 수군거리는 사람들 틈에서 손 과장은 혼자 아무것도 모른 채 고개를 뱅뱅 돌리며 상황 파악을 하려고 애를 썼다.

"뭐야, 뭐야? 뭔데 그래? 자기랑 실장님 무슨 일 있었어?"

그녀에게 캐묻는 손 과장을 애써 외면하며 연서는 가지고 온 노트를 꾸깃꾸깃 쉼 없이 만지작거렸다.

"요즘 사내에서 들리는 무성한 소문처럼, 저와 강연서 씨는 연인 사이입니다."

뒤이어 들려온 승현의 말에 사람들의 술렁거림은 삽시간에 조용해졌고 이제는 한마디도 놓칠 수가 없다는 듯이 모두가 귀를 기울이며 승현을 쳐다보았다.

수많은 사람들의 반응에 개의치 않고 승현은 오로지 연서만 지켜보았다. 정작 연서는 고개를 수그린 채 그 시선을 외면하고 있었지만 말이다. 그러나 그의 눈빛을 볼 수 없어도 그가 얘기하는 말들은 그녀의 귀에, 그리고 가슴에 울려 왔다.

"그러나 소문처럼 저와의 관계 때문에 강연서 씨가 세라패션의 팀장이 된 건 아닙니다. 이 자리에서 분명히 밝힙니다."

승현의 손이 서류 봉투에서 뭔가를 꺼내더니 들어 보였다.

"뭔지 아십니까? 올해 하반기 매출 통계입니다. 보면 아시겠지만 강연서 씨의 디자인은 3개월 연속 매출 성적이 1위입니다."

경희가 조그맣게 코웃음을 치면서 팔짱을 끼었다.

"혹 어떤 사람은 그러더군요. 매출이야 마음만 먹으면 얼마든지 조작한다고요."

경희의 팔짱이 슬그머니 풀어지면서 애써 승현의 반대편으로 시선을 보냈다. 승현이 고개를 돌려 김진성에게 추궁했다.

"하반기 온, 오프라인 영업 매출을 담당하셨던 김진성 과장님께 묻습니다. 제가 이 매출을 조작했습니까?"

주위는 술렁거리기 시작했고 모두가 김진성을 지켜보는 가운데 승현은 다시 물었다.

"제가 그렇게 할 일 없는 사람입니까? 어떻게 매출을 조작하면 티가 안 날까, 그런 꿍꿍이나 꾸미게 생겼습니까? 제가 그렇게나 한가해 보였느냔 말입니다."

경희를 비롯하여 가장 열정적으로 소문을 내고 다니던 몇몇 디자이너들은 슬며시 서로 눈치를 보기 시작했다.

"김진성 과장님. 대답해 주세요. 이 매출 통계는 누가 냈는지."

"저와 마케팅팀 전체 팀원들이 분석한 매출집계입니다. 회사 프로그램상 조작할 수도 없고 조작할 이유도 없습니다."

김진성의 대답이 끝나자마자 승현은 들고 있던 매출분석표를 회의 책상에 던졌다.

경희를 타깃으로 던졌던 탓인지 매출보고서는 마침 그녀의 앞에 떨어졌다. 움찔하며 고개를 떨어트린 경희를 날카롭게 응시하며 승현은 물었다.

"이래도 조작입니까? 이래도 강연서 씨는 아무 능력도 없으면서 세라패션을 단독으로 맡았고 팀장 달았습니까?"

실내는 이젠 아무런 소리도 들리지 않을 만큼 더할 나위 없이 고요해졌다. 이제 회의용 마이크가 필요 없어진 승현은 한 손으로 거추장스러운 마이크를 떼어 냈다.

"강연서 씨는 이름만 대면 알아주는 명문대 의상과를 졸업했고 로아에 들어오기 전에도 6년을 일한 경력자입니다. 무엇보다 제가 강연서 씨에게 세라패션을 단독으로 맡긴 건 지금까지 로아 디자이너들한테서 발견하지 못했던 독특한 컨셉과 그 시장 가능성을 보고 선택했던 일입니다. 그리고 강연서 씨는 그런 제 기대를 실제 매출 성적으로 보답해 주었고요."

승현이 서류 봉투에서 다른 자료를 꺼냈다. 뭔지 궁금해서 사람들이 기웃거리자 그가 설명했다.

"방금 전에 얘기했던 DIT와의 계약서 전문입니다. DIT는 연서 씨의 디자인 18개를 선택 및 계약했습니다. 계약된 디자인의 60%가 연서 씨의 디자인이란 얘기가 됩니다. 이 정도면 능력이 아니라 신화죠. 제 말이 틀렸습니까?"

그 뒤로 꽤나 오랫동안 말없이 주변을 훑어보던 승현이 얘기를 이어 갔다.

"여러분들께 부탁드립니다. 강연서 씨를 믿어 주고 도와주세요. 패션디자인이란 직업에 무한한 애착을 가지고 열심히 최선을 다하는 연서 씨가 예전처럼 즐겁게 이 일을 계속할 수 있게 도와주시길 바랍니다. 제가 3년 전 처음 로아에 들어왔을 때 여러분들이 제 가능성을 믿고 도와주셨던 것처럼 말입니다."

손 과장이 감격한 듯한 목소리로 '맞아'를 연발했다. 다른 직원들도 이제 서로 눈치 보는 것을 관두고 살짝 고개를 끄덕이기 시작했다.

"지금처럼 악의적인 소문이 계속되면 당사자는 일에 집중을
못 합니다. 그만둘 수밖에 없죠. 여러분이 원하는 게 정말 그런
거라면, 저도 지금처럼 가만히 두고 보지는 않겠습니다. 강연서
씨는 제게 소중한 사람일뿐더러 회사 차원에서도 재능 있는 메이
저급 디자이너입니다. 로아의 경영자로서, 저는 유능한 직원을
지켜 줄 의무와 권리가 있습니다. 차후에 다시 이 같은 소문들을
재미 삼아 떠들고 다니거나 사무실 분위기를 안 좋게 만드는 분
이 있으면."

혹시 자를 건가? 하는 생각으로 수많은 사람들이 똑같은 눈빛을
한 채 승현을 쳐다보았으나 그의 입에선 전혀 생뚱맞은 대답이 흘
러나왔다.

"제가 그분을 직접 상대하겠습니다. 진상상사가 어떤 건지 제대
로 한번 보여 드리죠. 제가 지긋지긋해서 본인 발로 로아를 나가게
해 드리겠습니다. 전 말하면 말한 대로 합니다."

웃으라고 하는 얘기가 아닌데도 여러 사람들이 웃음을 터뜨렸
다. 다소 밝아진 분위기 속에서 승현은 계속해서 말을 했다.

"다 똑같이 로아의 한솥밥을 먹고 사는 가족입니다. 편견은 버
리고 안 좋은 부분은 직접 얘기하고 서로 고쳐 가면서 재미있게
일들 합시다. 여러분들이 있어서 제가 있고 로아의류도 있습니다.
그래서 저는 여러분들 중 단 한 명도 잃고 싶지 않습니다. 저와 함
께 계속 가 주세요. 부탁입니다."

회의실은 내내 조용했다. 그러나 더 이상 불편한 침묵이 아니었
다. 조금 전보다 훨씬 부드러워진 목소리로 승현이 마지막 말을 했
다.

"그리고 저와 강연서 씨 헤어지지 않습니다. 결혼을 전제로 진

지하게 만나고 있으니 곧 좋은 소식을 들려 드리겠습니다."

여태 머리를 숙인 채 노트만 들여다보던 연서가 드디어 고개를 들었다. 승현에게 시선을 보냈더니 그도 그녀를 바라보고 있었다. 연서의 눈매가 휘어지면서 환하게 웃었다.

폭풍우가 쏟아졌지만 머리칼만 약간 비에 젖었을 뿐이다. 정신 없이 휘몰아치는 비바람을 막아 주는 든든한 우산이 있었기 때문이겠지.

고마워요, 나의 키다리 실장님. 그녀의 마음이 전달됐는지 승현도 똑같은 웃음을 지어 보였다.

"그러니까, 그게 다 사실이란 말이야? 어쩜, 어쩜!"

두 손을 그러모아 쥔 채 황홀한 표정을 짓는 손 과장에게 연서는 어색하게 웃었다.

회의가 끝나자 손 과장은 승현이 했던 얘기의 진실 여부를 재차 연서에게 확인했다. 연서가 가타부타 부정을 하지 않는 모습을 보곤 냉큼 손을 들어 그녀의 등짝을 힘 있게 치기도 했다.

"아야! 아파요, 과장님."

"지금 아픈 게 대수야? 내일모레면 로아의 안방마님이 될 판국에 좀 아프면 뭐 어때! 축하해! 자긴 이제 상류사회로 진출하는 거야!"

"상류사회라니, 그건 오버예요."

연서는 그가 내리친 등을 매만지며 이맛살을 찡그렸다. 손 과장은 행동거지는 여자지만 힘만은 남자임을 속일 수가 없는 건지 그가 장난으로 후려친 어깨가 아프기 그지없다.

"당연히 상류계층이 되는 거지! 대표님이나 실장님이 일반인처럼 허세가 없으셔서 그렇지 엄연한 재벌가야. 자긴 이제 재벌집 며느리가 된다고. 좋겠다! 아니, 로또를 맞아도 어떻게 쌍로또를 맞았어? 상사로도, 남자친구로도 완벽한 실장님의 사랑을 한 몸에 받는 자긴 정말 복받은 거야!"

아, 역시 너무 부산스럽다. 연서는 시끄러운 목소리로 연달아 떠들어 대는 손 과장을 보면서 잠시나마 그의 부재를 그리워했던 자신이 미울 지경이었다. 계속해서 그들의 관계 발전사를 물어 오는 손 과장 때문에 연서는 재빠르게 사무실로 몸을 피해 버렸다. 자리에 앉자마자 노트북에선 사내 메신저 알람이 반짝이는 게 보였다.

[강연서 씨. 잠깐 들어와요.]

승현이다. 또 무슨 일로 호출이지? 연서는 메신저를 로그아웃하고 자리에서 일어났다. 어느새 뒤쫓아 온 손 과장은 나가려는 그녀를 붙잡고 다시 성화를 부린다.

"언제부터 시작됐어? 자기랑 실장님의 러브스토리 좀 듣자. 궁금해 죽겠잖아. 얼른 얘기해 줘 봐."

"지금 실장님이 부르셔서 가 봐야 돼요. 이따 얘기할게요."

그를 뿌리치고 부리나케 실장실로 사라져 버리는 연서의 뒷모습에 손 과장은 샐쭉한 목소리로 중얼거렸다.

"아니, 그새 보고 싶어서 부른 거야? 공과 사는 구분해야지. 여긴 엄연히 사내인데."

대화가 한참 재미있어지려는데 중간에서 도망간 연서가 영 마음에 안 드는 손 과장이었다. 그는 고갤 기웃거리며 또 다른 대화 상대를 찾았다.

실장실 문 앞에 다가간 연서가 손을 들어 노크하자 안에서 승현의 대답이 들려온다. 문을 열고 들어가니 누군가와 통화 중이던 승현은 곧 전화를 끊었다. 그녀의 앞까지 다가와서 싱긋 웃어 보이는 승현에게 연서도 똑같이 웃었다.

"나한테 할 얘기 없습니까? 강연서 씨."

사내에선 꼬박꼬박 존댓말을 해야 하는 그들의 사이가 재미있어서 연서는 다시 웃었다.

"고맙습니다, 실장님."

"뭐가 고마운데요?"

"소문에 대해 적극적으로 해명해 줘서 고맙습니다. 직원 강연서를 지켜 주고 연인 강연서가 상처받지 않게 감싸 줘서 고마워요."

승현의 입꼬리가 슬쩍 올라가며 엷은 미소가 지어진다.

"그리고 또요."

"실장님의 기대에 보답하여 저도 더 열심히 일하겠습니다. 매출 1위 3개월뿐이 아닌 1년의 신화를 창조할게요."

"그거, 좋은데요? 가만. 연속 1년을 매출 1위 찍으면 강연서 씨를 어디까지 승진시켜 줘야 하나? 제 자리를 드릴까요? 그 정도 이익을 창출하면 실장님 정도는 되어야 하는데."

장난스러운 그의 말에 연서가 그만 웃어 버렸다. 승현은 바지 주머니에 두 손을 찌르며 말했다.

"정작 내가 듣고 싶은 얘기는 한마디도 안 하잖아."

"무슨 얘기?"

그가 원하는 얘기가 뭔지 모르는 연서는 궁금한 표정을 지었다. 승현은 근엄한 목소리로 명령했다.

"앞으론 김진성이랑 같이 밥 먹지 마."

아, 맞다. 회의 전에 진성과 함께 괜히 승현에게 한 소리를 들었던 일이 떠올라서 연서는 난처한 얼굴이 되었다.

"난 내 여자가 다른 남자랑 밥 먹고 웃고 있는 걸 보면 화가 나. 다시 그 사람이랑 밥 먹을래?"

"김 과장님은 착한 사람……."

"여기에 나쁜 사람이 어디 있어? 됐으니까, 다신 그 사람이랑 엮이지 않겠다고 약속해."

연서는 어쩔 수 없다는 듯이 코를 찡긋대면서 대답했다.

"그래. 약속할게. 네가 싫다는 건 안 할 거야."

승현이 손을 뻗어 연서의 머리칼을 어깨 뒤로 넘겼다. 머리칼에 가려졌던 목걸이가 그녀의 하얀 목에서 반짝거리는 게 무척이나 유혹적이었다.

"안아 주고 싶지만, 퇴근 뒤에."

그가 나지막한 목소리로 속삭이자 연서는 생긋 웃어 보였다. 실장실을 나가는 그녀의 등 뒤에서 승현은 손 과장을 불러 달라는 말을 남겼다.

연서가 실장실로 간 뒤, 누가 봐도 확실한 소문의 출처인 경희와 그 공범들을 닦달하던 손 과장은 승현이 찾는다는 말에 경희 일당한테 힘껏 눈을 흘겼다.

이 호출은 명백한 이유에서였다. 팀원 관리에 소홀하지 말라는. 손 과장은 승현의 의도를 미리 알아채고는 짜증 섞인 중얼거림을 내뱉었다.

"하여튼 내가 잠시라도 자릴 비우면 안 된다니까. 지지배들이 그새 군기가 다 빠져선."

그러고는 뚱한 표정으로 실장실로 향했다.

손 과장은 그가 들어왔음에도 뭔가를 뒤적이며 찾고 있는 승현에게 조심스레 다가갔다.

"부르셨어요? 실장님."

"네. 잠시만요."

곧 승현은 두꺼운 스케치북을 찾아내 그에게 넘겨주면서 말했다.

"DIT와 계약한 디자인 시안들입니다. 디자이너들에게 보안파일로 만들어 놓으라고 해 주세요."

"알겠습니다. 바로 진행할게요."

"출장은 잘 다녀오셨어요? 별일 없으셨죠?"

"그럼요. 좋은 기회를 주셔서 많은 걸 배우고 돌아왔어요."

밝은 목소리로 대답하는 손 과장을 보며 승현은 고개를 끄덕였다.

"오늘 중으로 출장보고서를 따로 올려 주시고요."

"네, 실장님. 자리에 돌아가는 대로 보고서 제출하겠습니다."

"그리고요."

나가려는 손 과장을 붙잡은 승현은 한 손으로 턱을 매만지며 뜸을 들이다가 말했다.

"윤경희 씨요. 안 바쁜 것 같으니까 일 많이 주세요. 한가할 틈 없이 바쁘게 돌아쳐야 쓸데없는 소리를 안 할 테니 말입니다."

그러자 손 과장이 슬그머니 웃는다.

"소심한 복수를 하시는 거예요?"

"아, 티 났어요?"

능청스레 되묻는 승현이다. 손 과장은 부럽기도 하고 웃기기도 해서 짐짓 볼멘 목소리를 냈다.

"그럼요! 티 많이 나요. 강연서 씨를 얼마나 아끼는지 세상 사람들이 다 알게 티 내고 있잖아요."

승현은 즐겁게 웃었다. 그런 승현을 보면서 손 과장은 덩달아 기분이 좋아졌다.

"티 나도 상관없어요. 내 사람을 힘들게 했으니 그 정도의 벌은 받아야죠. 윤경희 씨, 한 달 동안 정시 퇴근 못 하게 일로 고생 좀 시키세요."

"실장님, 이러시면 정말 진상상사 소리 듣습니다?"

손 과장의 악의 없는 농담에 승현은 씩 웃으며 받아쳤다.

"이번 딱 한 번만 진상 부릴게요. 손 과장님은 모른 척해요. 혹시라도 연서 씨가 팀 내에서 겉돌지 않게 당분간 디자인팀 직원 관리에도 신경 좀 써 주시고요."

"알겠습니다. 그런데 언제부터 시작된 건가요? 하필이면 제가 자릴 비우다가 돌아오니 이런 쇼킹한 뉴스가……. 진작 알았으면 커플용으로 해외서 선물이라도 사 올 텐데."

"아닙니다. 마음만이라도 고맙네요."

그래도 뭔가 성의를 보여야겠다고 생각한 손 과장이 잠시 고민을 하다가 기발한 아이디어가 떠올라서 손뼉을 쳤다.

"아! 그럼 제가 연서 씨랑 실장님께 커플티를 직접 만들어서 드릴게요. 세상에 단 하나뿐인 특별한 커플티요. 어때요?"

승현은 쿨럭쿨럭 기침을 하더니 손을 저었다.

"받은 걸로 할게요. 감사합니다."

"아니, 왜요? 제 패션 센스를 의심하시는 건가요?"

손 과장이 기분 나쁘다는 듯이 캐묻자 승현이 아니라고 재차 손을 젓는다.

"그게 아닙니다. 마음만 받을게요."

손 과장은 입술을 비쭉 내밀며 뚱한 표정을 짓고는 실장실을 나갔다.

9장. 입장 차이

"무조건 비싼 거여야 돼. 실장님이 입고 있던 옷을 보아하니 꽤나 있는 집안 차림새던데, 그런 집에 인사를 드릴 땐 무조건 제일 좋고 비싼 거로 들고 가는 거야. 엄마 말 들어."

일요일 오전, 연서는 정 씨의 무한 반복되는 잔소리를 들으며 집을 나섰다. 오늘은 승현의 집에 인사드리는 날이었다.

승현과 사귀는 시간이 길어지면서 결혼이 현실로 다가오자 연서는 용기를 내어 그의 부모님한테 정식으로 인사를 드리기로 했다. 전날 그 얘기를 정 씨에게 했더니 그녀는 반색을 하며 직접 백화점에 가서 선물들을 잔뜩 사 가지고 왔다.

양손에 들려진 1등급 한우선물세트와 화과자, 과일바구니가 무거워서 연서는 급하게 지나가는 택시를 불렀다. 기사에게 주소를 보여 주고 승현의 집으로 가는 동안 그녀의 가슴은 긴장으로 두근거렸다.

한편 승현은 집에서 연서가 오길 기다리고 있었다. 아줌마가 깨끗이 청소해 놓은 방을 꼼꼼하게 둘러보기도 하고 주방에 가서 한여사가 분주히 음식을 만드는 데 끼어들기도 하면서 그는 시종 진정을 못 한 채 집 안 여기저기를 배회했다.

손목을 들어서 시간을 확인하며 초조한 표정인 승현을 아까부터 흥미롭게 관찰하던 민 대표가 슬그머니 미소를 짓는다. 그러다가 공연히 아들한테 면박을 주었다.

"올 때 되면 오니까 조용히 앉아서 기다려 봐."

그러나 승현은 심각한 표정으로 머리를 흔들었다.

"생각보다 너무 늦네요. 요 앞에 나가서 잘 오고 있는지 볼게요."

"거, 녀석. 그새를 못 참아?"

민 대표의 잔소리에도 승현은 어느새 재킷을 어깨에 두르고는 급하게 현관문을 열었다. 저리도 보고 싶고 좋은 걸까? 한때 불같은 사랑을 하던 젊었을 적의 자신이 불현듯 떠올라 민 대표는 주방에서 바삐 맴도는 한 여사를 큰 목소리로 불렀다.

"여보. 내가 당신 사랑하는 거 알지?"

아줌마 두 명과 함께 식사를 준비하던 한 여사는 얄밉게 눈을 흘기면서 쏘아붙였다.

"농담할 시간이 있으면 여기 와서 나물이나 다듬어요. 일손이 딸려 죽겠고만."

분위기 없긴. 민 대표는 혀를 쯧 차면서 신문을 펼쳤다.

밖으로 나온 승현은 정원을 통과하다 말고 손에 들고 있던 핸드폰이 부르르 진동하는 바람에 액정을 봤다.

— 나, 다 왔는데 그냥 들어가도 돼?

전화를 받았더니 연서의 목소리가 조그맣게 들려온다.

2층짜리 단독주택의 대문 앞에 선 채 연서는 입술을 잘근거렸
다. 부자 동네에 자리 잡은 저택은 굳이 고개를 빼들고 살펴보지
않아도 굉장히 근사했고 그 안에 있을 승현과의 거리가 더없이 현
실감 있게 와 닿았다.

그녀는 보통의 평범한 서민, 승현은 재벌집의 외동아들. 서로
사랑하는 마음은 누구보다 애틋하다고 생각했으나 곧 안으로 들어
가서 결혼을 전제로 그의 부모님을 뵈어야 한다는 건 그녀에게 여
전히 커다란 부담이었다.

용기를 내자. 외면의 조건보다 그녀의 가치를 진정으로 알아주
는 남자라면, 그의 부모님 또한 훌륭한 분들이실 거야. 연서는 속
으로 끊임없이 자신에게 주문을 외우며 힘을 잃지 않으려 애를 썼
다.

"왜 이렇게 늦었어? 기다리다 숨넘어갈 뻔했다."

대문이 열리며 익숙한 목소리와 함께 승현이 보인다. 바로 어제
와 다름이 없는 승현이지만 왠지 낯설어서 연서는 가만히 쳐다보
기만 했다. 그가 다가와 그녀가 들고 있던 선물들을 가져가더니 말
한다.

"그냥 빈손으로 오라니까. 아님 마중이라도 나오라고 하지. 안
무거웠어?"

"아냐. 택시 타고 와서 괜찮았어."

"그래. 잘했어."

커다란 승현의 손은 연서의 머리칼을 쓱쓱 쓰다듬더니 이내 그

녀를 안으로 이끌었다.

"아버지랑 어머니가 기다리고 계셔."

회사에서 가끔 뵈었던 민 대표와 딱 한 번 봤었던 한 여사를 떠올리며 연서는 잠자코 승현을 따라갔다. 넓은 정원을 가로질러 주택의 현관으로 향하면서 그녀는 하나의 생각만을 거듭했다. 승현이와 결혼이란 걸 할 수 있을까……? 혼자 그를 좋아하던 시절에서 그와 같은 마음으로 마주 볼 수 있다는 사실만도 그녀에겐 기적이었다.

그러나 지금까지는 환상 같은 연애에 불과했다면 결혼은 현실이다. 현실, 그 얼마나 냉정한 단어인가? 연서는 피할 수 없는 현실 앞에서 주춤거렸고 승현은 늘 그래 왔듯이 그녀가 잘 따라올 수 있도록 잡은 손에 힘을 주었다.

"고마워."

문득 연서는 이 말만은 꼭 하고 싶어서 나지막하게 속삭였다. 무슨 소리냐는 듯이 승현이 시선을 내려서 그녀를 보자 연서는 조용히 웃었다.

앞으로의 일들이 겁나지만 피하고 싶지 않았다. 묵묵히 그녀를 기다려 주고 지켜 주며 기운을 잃지 않게 잡아 주던 민승현은 그녀가 오랜 시간을 마음에 담아 둘 만큼 충분히 가치가 있는 남자였다. 그런 그를 위해서, 그리고 그를 잃지 않기 위해서 연서는 조금 더 용기를 내고 싶었다.

연서 혼자서 앞선 고민을 하는 동안 둘은 현관 앞에 도착했다.

"연서 왔어요."

승현의 목소리를 듣고 민 대표는 보던 신문을 내려놓으며 현관으로 다가왔다. 주방에서 식탁을 차리던 한 여사도 앞치마를 벗어서 아줌마에게 건네주고는 서둘러 나와 본다. 승현의 옆에 서 있던 여자는 그런 둘을 보고는 긴장한 기색이 가득했지만 공손하고 예의 있게 인사했다.

"안녕하세요. 대표님, 사모님. 강연서라고 합니다."

그런 연서의 모습을 어딘가에서 봤었다는 생각에 한 여사가 머리를 갸웃거렸다. 민 대표는 사람 좋은 미소를 지어 보이며 인사를 받았다.

"어서 와요, 연서 씨. 오늘은 대표의 신분이 아니라 승현이 아버지로서 만나는 자리니 편하게 얘기해요."

민 대표의 말에 방긋이 웃는 연서를 찬찬히 관찰하던 한 여사가 문득 손바닥을 마주치면서 아, 하고 짧은 탄성을 질렀다.

"그 아가씨 맞죠? 그때 로아에서 고장 난 캐리어를 손봐 주던 바로, 그 친절한 아가씨죠?"

승현은 무슨 얘기냐고 어리둥절한 표정으로 한 여사와 연서를 번갈아 봤다. 연서 대신 민 대표가 고개를 끄덕여 준다.

"그래. 맞아. 그때도 얘기해 줬잖아. 우리 회사의 디자이너 강연서 씨라고."

"아니, 그때는 그냥 회사 직원인가 보다고 생각했죠. 근데 승현이 여자친구가 바로 이 아가씨라고요? 어머나! 세상에!"

약간 과장되게 감탄을 하는 한 여사를 보며 승현은 여전히 상황 파악이 안 됐다. 연서는 어떤 반응을 보여야 할지 몰라서 괜히 민 대표의 눈치를 살폈다. 그는 껄껄 웃으면서 어서 들어오라고 둘에게 눈짓했다.

"내가 말했지? 오늘 승현이 여자친구를 보면 당신, 깜짝 놀란다고. 어쨌든 얼른 들어와요."

그제야 연서는 잡았던 승현의 손을 놓고 조심스레 신발을 벗었다. 뒤따라 나온 아줌마가 그때까지 승현이 들고 있던 선물들을 주방에 가져간다.

한 여사는 마주 잡은 두 손을 비비며 괜히 들떠서 연서와 승현을 요리조리 쳐다봤다. 승현이 사귀는 여자를 집에 초대해서 정식으로 인사드리게 하고 싶다는 의사를 비쳤을 때만 해도 반신반의로 그래, 도대체 어떤 여자인지 한번 데리고 와 봐, 하는 생각이었으나 직접 그 주인공을 보고 나니 한 여사는 갓 사랑을 시작한 소녀마냥 본인이 더 설레어했다.

"처음이라 긴장할 테지만 그럴 거 없어요. 편하게 놀면서 맛있는 식사도 하고 가요. 이렇게 시간을 내어 들러서 참으로 반갑고 고마워요."

민 대표의 말에 연서는 황급히 고개를 흔들며 대답했다.

"아닙니다, 대표님. 반겨 주셔서 오히려 제가 너무 황송합니다."

그런 연서에게서 애정 어린 시선을 떼지 않는 승현을 보고는 한 여사가 실없는 핀잔을 주었다.

"그만 봐. 네 여자친구 닳아."

그제야 승현은 헛기침을 하며 아닌 척 고개를 돌렸다. 그런 아들의 모습에 민 대표와 한 여사는 시선을 마주치더니 웃었다. 아줌마가 내온 차를 연서의 가까이에 놓아주면서 한 여사가 다정하게 말을 건넸다.

"반가워요, 연서 씨. 처음 봤을 때부터 참 예뻤는데, 세상에 이런 인연이 있네요."

"감사합니다. 좋게 봐 주시고 반겨 주셔서 너무 고맙습니다."

그들의 대화를 듣다 말고 승현은 궁금증을 참지 못해서 도대체 둘이 언제 처음 봤냐고 물었다. 곧 한 여사의 설명을 듣고는 승현이 괜히 어깨가 으쓱해져 목소리에 힘을 준다.

"연서가 그래요. 누구한테나 성실하고 착하죠. 그래서 보는 사람마다 다 좋아해요."

"짜식. 장가도 가기 전부터 아주 그냥 팔불출이 다 됐네."

민 대표의 구박에도 뭐가 좋은지 승현은 여전히 싱글거릴 뿐이다.

"나이는 동갑이고 중학교를 같이 다닌 동창이라고 들었는데, 사귄 지는 얼마 안 됐죠?"

풍성한 점심 식사를 마친 뒤에 넷이 오붓하게 티타임을 가지면서 민 대표가 묻는 말이었다. 연서는 마시던 찻잔을 탁자에 내려놓고 대답했다.

"네. 사실 얼마 되지는 않았습니다."

"그래요. 시간이 뭐가 중요하겠어요. 그 짧은 시간 동안에도 저녀석을 푹 빠지게 만들었으니, 그러면 됐지요."

또다시 껄껄 시원스럽게 웃는 민 대표한테선 가끔 승현에게서 보이는 넉넉한 기운이 느껴졌다. 대화는 주로 민 대표와 연서가 나누었고 승현은 중간중간 끼어들며 연서에게 편한 쪽으로 화제를 유도했다. 한 여사는 홀짝홀짝 차를 마시면서 즐거운 표정으로 연서를 관찰하거나 가끔 심심하면 아들 녀석의 유난스러움에 악의 없는 핀잔을 날리는 게 다였다.

"가족관계는 어떻게 돼요? 부모님은 어떤 일을 하고 계시죠?"

민 대표의 물음은 평범했으나 연서에게는 어쩌면 가장 어려울 질문이었다. 저도 모르게 원피스의 치맛자락을 꾸욱 움켜쥔 손에 힘을 주었다가 연서는 최대한 차분한 톤으로 대답했다.

"지금은 어머니랑 단둘이 살고 있습니다. 어머니는 조그마한 국밥집을 하고 있고요."

"아버지는요? 같이 안 사시나요?"

승현의 걱정스런 눈빛이 연서에게 향했다. 연서는 눅눅해진 시선을 들어서 민 대표를 바라보았다.

"돌아가셨어요. 제가 열 살 때 사고를 당하셨습니다."

그녀의 조용한 목소리는 아무렇지 않은 듯했으나 주변의 공기는 잠시 무거워졌다. 연서에게서 들은 뜻밖의 대답에 민 대표와 한 여사는 놀란 시선으로 마주 보다가 곧 민 대표가 고개를 끄덕이며 말했다.

"그랬군요. 미안합니다."

"아니에요. 제가 먼저 말씀을 드렸어야 했는데, 죄송합니다."

왜 그런지 서로 굉장히 미안하고 죄송해서 민 대표와 연서는 서둘러 사과를 했다. 거실엔 또다시 침묵이 흐르다가 승현이 뭐라고 말하려는 순간에 민 대표가 묻는다.

"부친께서 무슨 사고로 돌아가셨는지…… 물어도 될까요?"

이렇게 대놓고 타인의 상처를 묻는 게 실례라는 걸 알면서도 묻지 않을 수가 없었다. 오늘 그들에게 찾아온 여자는 어쩌면 그들의 하나뿐인 아들과 결혼을 하게 될 여자일지도 모른다. 그래서 민 대표는 최소한의 인적사항은 확인해야 될 필요를 느끼고 연서를 보았다. 다행히 그녀는 큰 거부감이 없이 대답을 했다.

"생전의 아버지는 건축가로 일하셨어요. 현장의 책임자로 점검 작업 중에 기계 충돌 사고를 당하셨다고 들었습니다. 제가 많이 어릴 때라 어머니한테서 들은 게 이것뿐입니다."

"저런……."

민 대표는 저도 모르게 안타까운 탄식을 했고 한 여사도 괜히 애잔한 마음에 안쓰럽게 연서를 바라보았다. 연서는 둘의 반응에 약간 고개를 수그렸다.

어린 시절 아빠가 그리워서 보챌 때면 정 씨는 늘 그렇게 얘기해 줬다. 아빠는 아주 멋진 일을 하시던 분이라고, 돌아가실 때도 방향을 이탈한 기계를 멈추려고 무모하게 몸을 던졌지만 덕분에 현장의 희생자를 줄였다고, 그 바람에 아빠를 영영 볼 수 없게 됐다고.

그렇게 연서의 어린 가슴에 아빠란 이름은 더 이상 볼 수 없는 영웅으로 남았다. 다만 그녀의 영웅을 민 대표네 가족이 어찌 생각할지 연서는 알 길이 없었다. 그래서 그저 조용히 그들의 답을 기다렸다.

문득 누군가의 손이 다가와서 그녀의 손을 감싸 잡는다. 익숙한 승현의 체온에 고개를 들었더니 맞은편에서 민 대표의 말이 들린다.

"고생이 많았겠네요. 연서 씨도, 연서 씨를 이렇게 예쁘게 키워 주신 어머니도."

그녀와 정 씨가 열심히 살아온 날들을 인정하고 알아주는 마음이 고마워서 연서는 왠지 눈물이 나오려고 했다. 민 대표는 잔잔한 바람 같은 목소리로 계속해서 말을 했다.

"저는 그런 말을 믿어요. 고생한 보람이 있다는 말이요. 그 보람이 있을 거예요. 열심히 살았으니 반드시 그 보답을 받을 겁니다."

"고맙습니다, 대표님."

"지금까지 틈틈이 외로웠겠지만 누구보다 바르게 성장한 연서 씨가 참 대견합니다. 승현이가 앞으로 연서 씨에게 든든한 그늘이 되어 줄 놈인지 모르겠습니다만, 이런 녀석이라도 괜찮다면 제 아들을 믿고 기대어 줬으면 좋겠어요."

"대표님……."

슬프지는 않은데 왜 그런지 자꾸만 목이 메어 온다. 연서는 막혀 오는 목구멍 때문에 답답하게 말끝을 흐렸다. 그런 그녀에게 다 안다는 듯이 따뜻한 미소를 지어 보이는 민 대표다. 이때 한 여사의 손이 다가와서 연서의 손등을 다정히 쓸어 주었다.

"우리 승현이, 잘만 개조하면 꽤 쓸 만한 녀석이에요. 승현이를 잘 부탁해요."

허락이나 다름없다. 결혼해도 된다는 허락인 게 틀림없다. 민승현이 외동아들이라 연서는 민 대표와 한 여사의 며느리 욕심도 남다를 거라 생각했다. 그러나 마음에 안 차실 법도 한 연서에게 이상한 소리는커녕 오히려 따뜻하게 감싸 주었다.

연서는 눈물이 나올 것 같아서 고개를 푹 수그렸다. 그런 그녀를 눈치챈 승현이 괜히 역정을 냈다.

"아, 왜 애를 울리고 그래요? 놀러 오라고 집에 초대해 놓고 이러는 게 어디 있어요?"

"아니, 이 녀석이. 연서 씨가 왜 우는지 몰라? 앞으로 어떻게 너를 믿고 살지 몰라서 답답해 그러는 거야. 그렇게 눈치가 무뎌서는, 쯧."

악의 없는 아들의 짜증을 센스 있게 받아 주는 아버지의 모습에 한 여사는 못 말린다는 듯이 웃는다. 연서도 물기 어린 눈동자를 깜빡이며 방긋 웃었다.

통속적인 세상의 잣대는 어쩌면 말 그대로 일반적일지도 모른다. 주어진 잣대로 모든 걸 평가하는 사람도 있고 넓은 생각과 따뜻한 시선으로 타인의 진정한 가치를 볼 줄 아는 멋진 사람들도 있을 테지.

살면서 그런 멋진 사람을 만나고 또 그 사람들과 인연을 맺는다는 게 얼마나 행운인지, 연서는 오늘에야 비로소 알 것 같았다.

"와아. 이게 다 뭐야?"

잠시 후 승현의 뒤를 따라 그의 방에 들어선 연서가 감탄스러운 목소리를 냈다. 방의 왼쪽 벽면을 커다랗게 채운 수많은 비디오테이프들을 발견했던 것이다.

"영화광이라서 모아 둔 거야."

"모두 몇 개야? 이 정도로 비디오를 소장한 거면 보통 영화광이 아닌데?"

연서는 비디오테이프를 호기심 어린 시선으로 살펴보더니 곧 방안 전체를 둘러봤다. 널찍한 방은 침대와 소파, 책상, 컴퓨터, 러닝머신 등이 간단하게 비치되어 있었고 비디오테이프로 꽉 찬 벽의 반대편에는 드레스룸이 있었다.

웬만한 여자보다도 더 화려한 드레스룸엔 아예 한 번도 입지 않은 듯 라벨조차 떼어 내지 않은 옷들이 수두룩했다. 시선을 돌려 책상 위를 보던 연서가 작게 웃었다.

"내가 준 거야?"

책상 위에 일렬로 곱게 줄지어 있는 비타민을 보면서 승현은 고개를 끄덕였다.

"아껴서 먹는 중이거든."

연서는 비타민 뚜껑에 적혀 있는 그녀의 이름을 보곤 가슴이 달콤해졌다. 이때 등 뒤로부터 승현이 연서를 감싸 안았다. 따뜻한 숨결이 그녀의 목 뒤로 가볍게 퍼지자 나른한 한숨이 새어 나온다.

"이 방에 네가 있다는 게 신기하고 행복해."

승현의 말에 연서는 잔잔히 미소를 지었다.

"네 방은 언제 볼 수 있는 거야?"

"곧."

"곧 언제?"

집요하게 물으며 승현의 뜨거운 입술이 그녀의 귓불을 간질거린다. 날카로운 자극이었다. 연서는 저도 모르게 짧은 신음을 내며 어깨를 움츠렸다. 그와 단둘이 있는 이 상황은 너무 로맨틱하다. 그래서 위험했다.

"애, 앨범 같은 거 없어? 네 어릴 때 사진이랑 보고 싶은데."

연서는 급기야 그에게서 떨어지며 화제를 돌렸다. 승현은 소리 없이 웃더니 허리를 굽혀서 책상의 서랍을 열었다. 서랍을 뒤적거리는 승현의 뒷모습을 보면서 연서는 가만히 마른침을 삼켰다.

"이건가……? 어머니가 정리해 줬던 것 같아."

승현이 몸을 돌리며 사진첩을 내밀었다. 소파에 앉아서 앨범을 펼치는 그녀의 옆에 승현은 같이 앉았다. 사진들을 한 장씩 뜯어보면서 연서는 뭐가 재미있는지 지루한 표정이 없었다. 하여튼 여자들은 사진에 관심이 많아. 승현은 그 생각을 하면서 본인의 성장 과정이 담긴 앨범을 무료하게 쳐다봤다.

"별로 안 변했어. 그냥 키만 큰 것 같아. 어릴 때랑 똑같다. 신기해."

"그래? 안 변했나?"

"고등학교 때는 지금이랑 똑같아. 이때가 약간 앳된 걸 빼고는 거의 판박이 수준이야."

승현은 문득 생각나는 게 있어서 손을 뻗어 사진첩을 뒤졌다. 고등학교 때 사진이 있으면 중학교 시절의 사진도 있을 텐데. 그때의 연서 모습이 궁금해져서 빠르게 사진을 훑어 내려가며 승현이 중얼거렸다.

"중학교 때의 사진에는 너도 있을 거야."

곧 중학교 수학여행 사진을 발견한 승현은 눈동자를 밝게 빛내며 연서를 찾았다. 쉽게 찾아내지 못하는 그와는 달리 연서가 손가락으로 사진을 가리키며 말했다.

"여기 있다!"

그녀가 가리키는 곳에는 십 대의 민승현이 있었고, 놀랍게도 연서는 모든 사진에서 그를 쉽게 찾아냈다. 그 바람에 승현은 더 조급해졌다.

어디에 꽁꽁 숨은 건지 보이지 않는 연서를 찾아 동창들의 얼굴을 하나하나 살펴 내려가다가 문득 그의 시선이 한 여학생에게 멎었다. 그와 동시에 연서가 사진을 쑥 뽑아낸다.

"이건 내가 가져갈래."

연서가 사진을 등 뒤에 감춰 버렸다. 승현의 시선이 아리송해진다.

"왜?"

승현이 묻자 연서는 입술을 잘근거리며 어색하게 웃어 보였다.

"못생겼잖아. 보지 마."

"누가 그래? 이리 내."

"싫어. 안 줄 거야."

연서는 전에 없이 완강히 거부를 했다. 일자 앞머리에 귀밑까지 내려오는 단발머리의 촌스러운 모습을 왠지 승현에게 보여 주기 싫었다. 본인조차도 잊고 있었던 아득한 옛날 그녀의 모습을 보곤 승현이 웃을까 봐 걱정스럽기도 했다.

그러나 그런 그녀의 속도 모른 채 승현은 어렵게 찾아낸 연서의 모습을 제대로 보지 못한 것에 애가 탔다.

"한 번만 보고 줄게."

"싫다니까. 그냥 내가 가져갈래."

"그럼 딱 한 번만 보자."

"아, 안 돼."

둘 다 고집을 꺾지 않다가 승현은 기습적으로 그녀의 등 뒤로 손을 뻗었다. 깜짝 놀란 연서는 열심히 사진을 사수하면서 소파에 몸을 깊이 파묻었다. 그런 그녀의 등 뒤로 손을 넣고는 꼼지락거리며 사진을 안 주려는 연서와 실랑이를 하다 말고 문득 둘의 시선이 마주쳤다. 잠시 사진을 잊은 채 묘한 정적을 느끼던 승현이 고개를 기울였다.

그의 입술이 닿는 순간, 연서도 사진을 지켜야 한다는 생각을 잊어버리고 말았다. 둘은 조금씩 서로를 맛보듯 키스를 나누었다. 밀폐된 공간, 남녀의 키스는 곧 농밀해지기 시작했다. 승현의 혀가 제멋대로 그녀의 입안을 헤집으며 평소보다 더 거칠어진 숨결이 뜨겁기 그지없다. 숨을 쉴 틈도 안 주고 그녀의 입술을 탐하는 승현에 연서는 그만 진저리를 치며 고개를 돌렸다.

그녀의 허벅지 위로 딱딱한 무언가가 느껴진다. 굉장히 단단하고 뜨거운 그것은 스타킹 위로 그녀의 다리를 압박했다. 남자를 직접 경험하지 못했던 연서는 잠시 혼란이 왔다. 뭐지……?

그녀의 목으로 미끄러진 승현의 입술은 가녀린 살결을 잘근잘근 으깨듯 키스를 했다. 그동안에도 계속 느껴지는 그것 때문에 연서 는 고민하다 말고 더듬거리며 말했다.

"이상해. 뭔가가…… 느껴져. 허벅지에서……."

그녀의 말을 듣고는 승현이 연서의 목덜미에 얼굴을 묻은 채 큭 큭 소릴 내면서 웃었다. 나이만 서른이지, 남자에 대해선 아무것도 모르는 연서를 어디서부터 어떻게 가르쳐야 좋을지 감이 오질 않 는다.

승현이 몸을 위로 일으키며 그녀의 허벅지에 그것을 비벼 댔다. 연서의 눈동자가 커다래진다. 승현은 그녀를 내려다보며 짓궂은 물음을 던졌다.

"뭐가 느껴지는데? 말해 봐."

이제는 연서도 뭔가를 눈치챈 듯 입을 다물어 버렸다. 자꾸만 자극해 오는 그것 때문에 슬며시 미간을 찡그리기도 했다. 피하고 싶은데 피해지지가 않는다. 그녀가 몸을 뒤로 뺄수록 승현은 더 집 요하게 밀어붙였다. 뺨이 화끈거리며 달아오르자 연서는 고개를 옆으로 돌려 쿠션에 얼굴을 파묻었다.

승현의 손이 원피스를 말아 올리면서 다리 사이로 파고든다. 다 른 한 손으론 가슴을 말랑하게 주무르자 깊어지는 남자의 애무에 연서는 정신을 차릴 수가 없었다. 그의 손이 막 스타킹 안으로 들 어와서 맨살을 더듬는 순간에 방 밖에서 기척이 들렸다.

"승현아. 나와서 과일 먹어. 연서 씨도 같이요."

한 여사의 다정한 목소리에 연서는 그만 정신이 번쩍 들었다. 그러나 승현의 표정은 낭패스럽게 굳어졌다.

"안 먹어요. 아버지랑 둘이 드세요."

퉁명스레 대답하고 소파에서 일어나려는 연서를 다시 그의 몸으로 짓눌렀다. 한 여사는 포기하지 않고 또 말했다.

"연서 씨가 사 온 딸기가 너무 달고 맛있어. 넷이서 같이 먹자."

지금 승현에겐 딸기가 달든 시든, 중요하지 않았다. 왜 하필 이 순간에 한 여사는 그를 방해하는 것일까? 승현이 짜증난 시선으로 방문을 바라봤다. 연서는 어느새 그런 그를 밀어내고는 허겁지겁 대답했다.

"네. 같이 먹어요. 지금 나갈게요."

그러고는 잡을 새도 없이 옷매무시를 다듬으며 연서가 방을 나가 버린다. 참 나. 이런 경우는 대체 뭐지? 승현은 혼자 남은 방 안에서 저도 모르게 웃었다.

연서와의 첫 번째 거사를 이렇게 위험한 곳에서 치르고 싶은 생각은 아니었다. 다만 급격히 뜨거워진 신체적 반응에 잠시 주위의 상황을 잊은 채 그녀에게만 미친 듯이 몰입했을 뿐이다. 물론 방해하는 사람이 없었다면 끝까지 갔으려나……? 어쩔 수 없는 남자의 본능은 가끔 스스로를 이중적인 생각으로 괴롭게 했다.

승현은 아직도 잔뜩 커져 단단해진 채 수그러들 줄 모르는 자신의 그것을 처량하게 느끼다가 소파의 쿠션 밑으로 삐죽이 나와 있는 사진에 시선이 갔다. 방금 전 연서와 서로 뺏으려던 문제의 그 사진이었다.

급하게 나가느라고 사진도 챙기지 못한 덜렁이, 강연서. 승현은 피식 웃으며 사진을 쥐었다. 아까 찾았던 단발머리 소녀의 얼굴을 한동안 들여다보던 그는 손가락으로 사진 속 연서를 살며시 어루만졌다.

"사랑한다, 강연서."

그의 간절한 마음을 들었는지 사진 속 소녀는 방긋이 웃고 있었다.

승현의 집에서 오후 늦게까지 놀다가 집에 돌아가려 하자 한 여사는 아쉬운 기색으로 연서에게 자주 놀러 오라는 당부를 여러 번 했다.

"다음 주에 연서 씨가 사 온 한우 구워 먹게 꼭 와요. 알았죠?"

"네. 다음 주에 또 올게요, 사모님."

"에이. 사모님은……. 어머니라고 불러도 괜찮은데."

눈을 찡긋하면서 곱게 웃어 주는 한 여사는 소녀같이 해맑은 표정으로 주위 사람들을 기분 좋게 했다. 한 여사와 민 대표에게 인사하고 밖으로 나오며 연서는 혼잣말처럼 중얼거렸다.

"행복해 보여서 너무 좋다."

"뭐가?"

연서는 손에 들었던 코트를 왼팔에 걸고는 승현과 함께 정원을 걸었다.

"대표님이랑 사모님, 그리고 너까지 셋이서 한 지붕 아래 투덕투덕 살아가는 게 되게 보기 좋았어."

"그래?"

승현은 바지 주머니에 두 손을 찌른 채 미소를 지어 보였다.

"진짜 가족이란 게 어떤 건지, 진짜 어른이란 어떤 분들을 말하는지, 진짜 있는 사람은 다르구나…… 이런저런 생각이 많이 들었어."

승현이 걸음을 멈추고 가만히 그녀를 내려다보았다. 바람이 불어오자 얇은 원피스의 연서가 추울까 봐 그녀의 손에서 코트를 가져가 어깨 위에 둘러 주었다. 고맙다는 듯이 생긋 웃어 보인 연서가 이어서 말했다.

"볼수록 가진 게 많아. 민승현이란 남자는."

승현은 묘한 표정으로 웃었다. 차가 주차되어 있는 곳으로 연서를 이끌면서 그가 얘기했다.

"한때는 내 환경이 부담됐어. 그때는 그랬거든. 세상에 아무도 내 편이 없이 혼자만 남겨진 것 같아서 괴로웠던 적이 있었어. 스스로의 의지가 아닌 누군가의 강요로 내가 좋아하는 걸 포기해야 된다는 건 꽤나 많이 힘들더라고."

승현이 하는 얘기를 알아듣지 못해 아리송했지만 연서는 열심히 들었다. 그는 차로 다가가 문을 열어 주었다. 연서가 들어가자 승현은 운전석에 올라탔다.

"가진 게 많아 보일 테지만 거저 얻은 것도 아니란 얘기야. 우리 가족도 나름대로 힘든 고비가 많았어. 로아는 아버지가 젊은 시절, 열정과 혈기만을 믿고 맨주먹으로 시작한 사업인데 중간에 크게 실패하셨지. 그 때문에 신혼을 지하 단칸방에서 보내셨던 분들이야. 그런 힘든 시간들을 같이 겪으면서 두 분의 감정은 더욱더 끈끈해지셨나 봐."

"그랬구나. 대표님과 사모님이 서로를 바라보는 시선이 왠지 모르게 애틋하고 따뜻해서 참 보기 좋았어."

"내가 중학교에 들어가면서 조금씩 안정이 되더니 시간이 어느 정도 지나 로아의류는 서울 골목 모퉁이의 작은 옷가게서부터 대기업으로 발전했어. 그리고 아버지는 내게 이 사업을 물려받을 것을 제안했어. 그때가 대학 2학년쯤이었을 거야. 내가 스물두 살 때."

연서는 처음 듣는 로아의류의 성장 스토리에 지대한 흥미가 생겨서 숨소리마저 작게 줄인 채 승현의 말을 들었다. 그는 운전대에 손을 올리고는 시동을 걸 생각 없이 한동안 가만히 앉아 있더니 말했다.

"그래서 포기했어. 내가 즐기고 좋아했던 것들을."

연서의 눈동자가 의아하게 변하는 걸 보다가 승현은 쓸쓸한 미소를 지었다.

"그 때문에 아버지와 나는 수년간을 보이지 않는 갈등을 앓았어. 지금이야 서로 암묵적으로 상대에게 많이 너그러워졌지만 처음엔 중간에 끼인 엄마도 우리 둘의 눈치를 보면서 힘들었을 거야."

지난 몇 년을 서로가 서로 때문에 힘들었던 그들 가족이었다. 승현도 잘 알고 있었으나 먼저 다가가진 않았다. 은연중에 보상심리 같은 게 작용했는지도 모른다. 그들의 강요하에 그가 힘든 시간을 보냈으니 그들도 힘들어야 마땅하다는, 그런 못된 보상심리.

"비록 아버지가 강요했지만 어쨌든 나는 받아들였고 인정했음에도 한동안은 맥이 빠졌어. 친구도, 지인도 없는 외국 땅이라 더 힘들었는지 몰라. 내 고민을 말하고 싶은데 말해도 들어 줄 사람 하나 없고 하루 종일 흥미도 없는 여성패션을 배우다 보니 가끔은 내가 뭘 하고 있는지도 모르겠더라고. 한마디로 세상만사가 의미 없었지. 그냥 숨이 쉬어지니까 살고, 할 게 옷을 만지는 것밖에 없으니까 그것만 했고…… 그저 하루하루를 덧없이 보냈어."

스물두 살 때 소리 소문 없이 잠적했던 게, 이것 때문이었나? 연서는 그 시절의 기억을 더듬다가 생각나는 게 있어서 물었다.

"너, 그때 방송영화학과인가 다녔었지?"

그가 대답 대신 고개를 끄덕여 주었다. 그래서 아까 들어가 본 승현의 방에는 수많은 비디오테이프들이 있었던 거네. 연서는 문득 깨달아지는 사실에 중얼거렸다.

"대학 다니던 중에 공부를 그만둔 거지? 그리고 의상 쪽을 새로 배운 거구나."

승현은 뭔가 후련한 듯 길게 숨을 내쉬었다.

"아무한테도 털어놓지 못했던 이야기야. 오랜 시간을 혼자 가슴 속 깊은 곳에다만 눌러두었더니 답답했는데 너한테 얘기하니까 훨씬 낫네."

스스로 말하길 잘했다는 듯이 그는 가벼운 표정으로 웃었다. 연서가 그런 승현을 바라보다가 문득 손을 뻗어서 그의 뺨을 쓰다듬었다. 그러더니 곧 두 팔을 벌려 안아 준다. 난데없는 그녀의 포옹에 승현은 약간 당황했다.

"많이 힘들었지? 대표님도 나쁜 뜻은 없었을 거야. 어렵게 이뤄 내신 사업을 누구보다 가까운 핏줄인 네가 관리해 줬으면 하는 바람으로 강요하셨을지도 몰라. 그 시절에 외롭고 방황도 많이 했을 텐데…… 그래도 잘 견뎌서 다행이다."

연서의 깨알 같은 위로에 승현은 피식 웃었다. 그런데도 연서의 말을 들으니 가슴 한구석에 쌓아 뒀던 무기력한 원망들이 스르르 녹아내리는 느낌이었다. 연서는 작은 손으로 그의 등을 토닥거리며 말했다.

"나는 알아. 이해할 수 있어. 내가 좋아하는 일을 포기해야 할 때, 그 마음이 어떤지. 내 의지가 아니라 주변 상황 때문에 포기할 수밖에 없을 때 느끼는 좌절과 고독이 어떤지 알 수 있어."

그녀도 디자인 공부를 시작도 못 한 채 접을 뻔했던 시절이 있었기 때문이다. 수능에서 높은 학점을 받아 좋은 대학으로 들어가게 됐지만 일반학과보다 훨씬 더 비싼 등록금 앞에서 연서는 막막해졌다. 4년 동안 등록금을 마련하려면 엄마 혼자서 얼마나 고생해야 할지 잘 알고 있었기에 연서는 고민을 하지 않을 수가 없었다.

그리고 결국 대학을 포기하고 가게 일을 돕겠다는 말을 엄마에게 꺼냈을 때 연서는 그때 처음으로 눈물이 쏙 빠지도록 혼났다. 엄마의 몸이 바스러지는 한이 있어도 그녀가 좋아하는 공부는 반드시 후회 없이 시켜 준다며, 정 씨는 연서의 어리석은 판단을 단번에 일축시켜 버렸다.

그 후 연서가 대학을 졸업할 때까지 비싼 등록금과 실기수업에 필요한 갖가지 재료비를 마련하느라 정 씨는 가게를 스물네 시간 영업으로 간판을 바꿔 달고 하루에 세 시간도 못 되게 쪽잠을 자면서 일했다.

매일 불이 꺼지지 않는 국밥집과 그 안에서 쉴 틈 없이 돌아치는 엄마의 모습이 그 시절 연서에겐 가장 아프고도 무거운 마음의 짐이었다.

피곤이 쌓인 채 집에 오면 옷을 갈아입을 힘도 없이 쓰러지듯 잠들어 버리는 엄마의 양말을 벗겨 주며 혼자 눈물을 쏟았던 적도 많았다. 그랬지만 연서는 다시 약한 마음을 보이지 않았고 이를 악문 채 밤새 그림을 그리고 또 그렸다.

"이제야 조금 이해가 돼. 스물두 살 때 네가 왜 갑자기 잠적했는지, 다시 로아에서 만났을 때 왜 그렇게 다른 사람마냥 완전히 변해 버렸는지."

포기했던 꿈 앞에서 승현은 아마도 말이 줄고 웃음을 잃었으리

라. 세상만사 의미가 없었다고 했으니 누구를 만난들 말을 하고 싶고 웃어 줄 여유가 있었을까?

"너를 만나고 많이 괜찮아졌어. 알잖아. 이제 널 보면 웃기만 하는 거."

승현의 말은 진심이었다. 그걸 알기에 연서도 그 어느 때보다 더 환하게 웃어 보였다.

"근데 좋아하는 일은 따로 있는데 어떡해? 계속 이 일을……."

그는 걱정 말라는 듯이 담담한 어투로 말을 했다.

"좋아서 하는 일이 있고 하다 보니 좋아지는 일이 있어. 너는 전자이지만 나는 후자야."

"승현아."

"이제는 패션 일이 좋아. 계절마다 로아만의 유행을 만들어 내는 게 흥미롭고 사람들이 입고 있는 옷에 지금보다 더 많이 로아의 라벨을 붙여 주고 싶기도 해. 국내 백화점과 해외 매장에서 로아 신상이 메인으로 걸릴 때, 패션쇼의 화려한 스포트라이트를 받고 출시된 우리 디자이너들의 작품이 품평회에서 다량으로 계약될 때면 보람을 느끼고 일하는 재미가 생기지."

연서는 가늘게 눈을 접으며 웃었다. 자신의 일에서 즐거움을 찾고 최선을 다하는 남자는 충분히 매력 있다. 지금 승현의 표정은 그랬다. 누구보다 활기가 찼고 자신 있어 보였다.

좋아서 했던 일은 아니지만 하다 보니까 좋아하게 됐다. 어쩐지 너무 그럴듯한 말이라고 생각한 연서는 여러 번 고개를 끄덕였다. 그런 그녀의 입술을 손가락으로 부드럽게 쓸어 주면서 승현이 의미 깊게 말했다.

"그리고 또 하나, 이 일 때문에 너와 인연이 닿았다는 것."

연서의 눈동자에 잔잔한 파도가 일었다.

"그 생각만 하면 얼마나 기분이 묘해지고 다행스러운 생각이 드는지, 모르지?"

"알아. 나도 가끔 그런 생각을 하니까."

연서가 나지막한 목소리로 이어서 말했다.

"네겐 내가, 내게도 네가 진짜 인연이었나 봐."

승현은 고개를 살짝 떨어트리며 웃었다. 사랑하는 여자한테서 간질거리는 고백을 받는 기분은 정말 남달랐다.

"키스해 줄래?"

연서의 눈동자가 동그래진다. 승현이 장난스럽게 말을 덧붙였다.

"이번엔 네가 먼저."

항상 그가 먼저 했지만 이번에는 먼저 다가오는 그녀를 느끼고 싶었다. 강연서에겐 너무 어려운 도전일까……?

이때 연서가 그의 얼굴 가까이로 다가왔다. 따뜻한 체온을 머금은 입술이 닿더니 서투른 그녀의 유혹이 시작되었다. 입술 위에서만 조심스레 맴돌다가 그가 늘 그랬던 것처럼 혀끝으로 살살 그의 입술을 열려고 시도한다.

승현은 금방 후회했다. 그녀의 서툰 사랑의 표현에도 이렇게 무방비로 허물어지는데, 더 이상은 위험하다. 그런 그의 생각을 알아차렸는지 연서는 이내 그만두었다.

"왜 계속 안 해?"

욕망을 가까스로 눌러 참았기 때문인지 승현의 목소리는 한껏 잠겨 있어서 더없이 섹시했다. 연서는 가만히 마른침을 삼키고는 저도 모르게 그의 바지 앞섶을 힐끔거렸다. 아까 그녀의 허벅지를 노골적으로 찔러 오던 그것의 느낌이 되살아나며 괜히 얼굴이 화끈해졌다. 승현이 느릿하게 묻는다.

"지금 어딜 기웃거리는 거야?"

"아, 미안."

본인이 생각해도 너무 대담스럽게 진했던 눈빛을 알아채고 연서는 황급히 고개를 돌려버렸다.

"키스, 왜 그만둔 거냐고."

그러나 승현은 그런 그녀의 반응이 은근히 재미있어서 괜한 물음을 던졌다.

"희망고문은 잔인하잖아. 안 할래."

"고양이 쥐 생각 해 주네. 강연서."

연서가 예쁘게 눈을 흘기자 승현은 시동을 걸었다. 차고를 나오며 그는 지나가는 말처럼 넌지시 물었다.

"근데 혼전순결, 그거 꼭 지켜야 돼?"

대답이 없는 연서에게 그는 더욱더 끈질기게 말했다.

"널 볼 때마다 애국가를 부르니, 이거 장난 아니게 괴롭거든. 꼭 지켜야 돼? 내가 간절히 애원하면 안 될까?"

"아, 정말…… 운전이나 해."

급기야 연서는 대답을 거부한 채 고개를 돌렸다. 그런 그녀를 보며 승현이 시원스레 웃었다. 밖에는 계속해서 바람이 불고 곧 봄이 올 것 같다. 연서는 차창을 내려 바람이 전해 주는 냄새를 맡았다. 향기로운, 바람이었다.

❖

"남자친구랑은 계속 잘돼 가지? 남자 쪽 부모님한테 인사드린 지도 꽤 됐다면서?"

봄기운이 완연히 짙어진 저녁, 국밥집에 들러 밥을 먹던 선경이 묻는 말이었다. 연서는 그녀에게 보리차 한 잔을 따라 주며 대답했다.

"응. 아직 부모님들끼리는 만나지 못했지만 곧 약속을 잡을 것 같아."

"그래. 난 네가 연애도 야무지게 잘 해낼 줄 알았어. 꼭 평소 네 성격처럼 순리대로 차근차근 잘돼 가고 있구나."

친구의 사심 없는 칭찬에 연서는 살짝 웃어 보였다.

"예비 시부모님이 너무 좋으신 분들이라 참 고맙고 다행이야."

"근데 둘이 진도는 어디까지 나갔어?"

문득 선경이 궁금한 목소리를 낸다. 그러더니 가타부타 대답이 없는 연서를 보고는 고개를 살래살래 저었다.

"설마 아직도? 너도 만만치 않지만, 그런 널 여태 곱게 내버려 둔 남자친구도 인내심 대박이다. 상 줘야 되겠네."

연서는 어깨를 약간 움츠렸다가 조그맣게 중얼거린다.

"날 위해 기다려 주고 자제하는 걸 보면 되게 고맙고 그런데…… 막상 또 같이 밤을 보내려니 여러 생각이 들면서 주저하게 되고 망설여져."

"근데 남자친구가 좋으면 몸이 막 스스로 반응하지 않아? 괜히 그의 사소한 눈빛이나 행동에도 섹시함을 느끼고 그러지 않냐고. 나는 연애 중일 때 그랬거든. 남자와 관계를 했던 적도 없는데 이 상하게 단둘이 있으면 전기가 찌릿찌릿 올라왔어. 지금 생각해도 참 신기해. 남자와 여자가 서로 끌어당기는 힘이란 게 정말이지 묘하기도 하고 말로는 설명할 수가 없지."

연서는 선경의 말을 들으며 은근히 고개를 끄덕였다. 그녀라고 왜 그런 반응이 오지 않았을까. 이른 아침, 잠에 취한 승현의 목소리를 듣거나 가끔 아무런 대화도 없이 가만히 그녀를 쳐다보고 있는 시선을 느낄 때면 괜히 가슴이 두근거렸다.

어디 그뿐인가? 승현이 셔츠 소매를 걷어 올린 채 일에 열중하거나 단정한 슈트에 깔끔한 넥타이를 하고선 시계를 들여다보는 아주 사소한 동작마저도, 연서는 그런 것들에 익숙해지는 대신 날이 갈수록 남성적인 섹시함을 느꼈다.

좋아하는 이성에게서 성적 매력을 느끼는 건 건강한 여성으로서 아주 정상적이었고 그걸 부인하고 싶은 생각은 없었다. 그러나 오랫동안 고수해 왔던 그녀의 가치관도 그녀 나름대로는 소중했다.

"어쨌든 얼른 식 날짜 잡고 좋은 소식 전해 줘. 먼저 들어갈게."

일어나는 선경을 따라서 연서는 가게 밖까지 배웅해 줬다. 아직 장사가 끝나려면 한참 시간이 남았는지라 다시 가게로 들어오는데 핸드폰이 울린다.

[내일 저녁 잠실에서 콘서트 있다는데 가 볼래?]

승현이 보내온 메시지에 연서는 바로 답장을 보냈다.

[미안. 내일은 안 돼.]

[왜? 오늘 감기 기운으로 힘들대서 일찍 집에 보내 줬더니, 계속 컨디션이 안 좋은 거야?]

[몸은 괜찮은데 내일은 회식 있어.]

메시지를 보냈더니 답장 대신 전화가 걸려온다. 연서가 전화를 받자 승현이 대뜸 캐어물었다.

— 무슨 회식?

"손 과장님한테서 못 들었어? 디자인팀끼리 친목도 다질 겸 같이 고기나 먹으러 가자고 한 주 전부터 얘기가 돼 있었는데."

— 아…… 그래. 그런 얘길 들었던 것도 같네. 패션쇼 준비다, 뭐다 하면서 까먹고 지냈는데. 어쨌든 그게 내일이야?

"응. 너도 가?"

— 내가 끼면 불편하지. 그럼 내일은 팀원들이랑 맛있는 거 먹고 들어가.

승현의 전화를 끊은 뒤 가게 문 닫을 때까지 연서는 주방에서 내내 밀린 설거지를 했다. 시간이 늦어 손님들이 다 가고 없는 가게의 문단속을 하던 정 씨는 설거지 장갑을 낀 연서가 쿨럭쿨럭 기침을 하자 걱정스레 핀잔했다.

"감기 기운이 있나 보네. 그러게 집에 들어가 쉬라니까 기어이 나와서는 귀찮게 해."

"괜찮아. 지금 들어가서 약 먹고 푹 자면 돼."

"그래. 얼른 들어가자."

주기적으로 비상이 걸리는 회사 때문에 요즘도 늦게까지 야근하느라 수면부족에 시달렸더니 몸에 무리가 오나 보다. 정 씨는 퇴근해서도 가게 때문에 마음 놓고 쉬지 못하는 딸이 안쓰러워 장부 계산도 미뤄 둔 채 얼른 가게 불을 껐다.

"회식, 저는 빼고 하시면 안 돼요?"

이튿날이 되자 연서는 어제보다 더 무거워진 머리 때문에 조심스레 손 과장에게 말을 꺼냈다.

"무슨 소리야? 자기가 팀장인데 팀장이 빠지면 회식이 무슨 의미가 있어?"

"과장님이 계시잖아요. 감기 기운이 안 떨어져서 전 좀 힘들 것 같아요."

"아유. 매일 있는 회식도 아니고 간만인데, 같이 가자. 밥만 먹고 돌아와도 되잖아."

"……네. 알겠어요. 그래요, 그럼."

결국 손 과장의 닦달을 못이긴 연서는 퇴근하고 그들과 같이 움직였다. 룸 하나를 잡고 고기와 소주를 푸짐하게 시킨 팀원들은 그간 사내에서 하기 힘들었던 수다를 풀어 놓느라 시간 가는 줄을 몰랐다.

끝나지 않을 것 같던 술자리는 밤 열한 시가 넘어서야 파할 기미가 보였다. 그러나 여기서 끝나는 게 아쉬운 여럿은 2차를 가자고 마구 졸라댔다. 마치 그러길 기다렸다는 듯이 손 과장은 의기양양해선 손가락을 빙빙 돌리며 말했다.

"오늘은 잘생긴 오빠가 나오는 술집이야. 알지?"

"오오~ 우리 과장님, 너무 멋져!"

"치! 이럴 때만?"

안 어울리게 귀여운 목소리를 내는 손 과장을 보곤 여자들이 진저리를 치며 어깨를 떨었다. 손 과장은 이번엔 몸을 돌려 연서에게 묻는다.

"자긴 오늘 2차 힘들지?"

"네. 저는 이만 들어갈게요. 다음에 컨디션이 좋으면 마지막까지 함께 해요."

"다음? 다음엔 힘들 텐데. 다음 회식 때는 자긴 이미 실장님이랑 결혼해서 유부녀가 됐을지도 모르는데 남자 나오는 술집 가면 큰일 나지. 나, 실장님한테 목 졸려서 죽고 싶진 않거든."

손 과장의 짓궂은 농담에 연서가 슬며시 웃어 버렸다. 디자이너들이 왁작 떠들며 대리를 부르는 가운데 몇몇은 손 과장의 차에 탔다.

택시 타고 가도 된다는 연서의 거절에도 손 과장은 기어이 데려다준다며 그녀까지 자신의 차에 태우고는 출발했다. 연서가 국밥집으로 목적지를 알려 주자 차는 신나게 정가네 국밥집을 향해서 달렸다.

"아저씨. 살살 운전해요. 우, 울렁거려……."

아까 정신없이 술을 들이켜던 지혜가 차창에 매달려 괴롭게 끙끙대자 조수석에 앉은 손 과장이 화들짝 놀라서는 앙칼지게 쏘아붙였다.

"내 차에 토하지 마, 기지배야!"

"아우. 안 토해요. 저, 그 정도로 마시진 않았……. 우읍."

또다시 오바이트하려는 지혜를 보고 손 과장은 얼굴이 사색이되어 대리더러 천천히 갈 것을 당부했다. 차 안이 온통 손 과장과 지혜의 목소리들로 시끄러운 와중에 정가네 국밥집 간판이 보이자 연서는 내릴 준비를 했다.

"전 여기서 내리면 돼요. 지혜 씨. 힘들면 저희 가게에 들러서 해장이라도 하고 갈래요?"

"아, 아뇨. 팀장님. 저는 괜찮답니다. 아주 말짱해요. 우욱~ 어무나……. 왜 이러지?"

연속되는 지혜의 헛구역질에 손 과장이 한껏 짜증을 냈다. 그러더니 차에서 내리는 연서에게 다정히 웃어 보였다.

"그래. 자긴 얼른 들어가서 쉬어."

"네. 다음 주에 뵈어요."

연서가 차 문을 닫고 돌아서려는데 문득 손 과장의 말이 그녀의 걸음을 붙잡았다.

"근데 자기네 가게가 여기야? 여긴 내가 눈알이 빠지게 신문을 뒤져서 찾아 준 가게 아냐?"

연서의 의아한 시선이 손 과장한테 향했다. 코가 간질거려선지 그는 킁킁 소리를 내며 말을 계속한다.

"그때 웬 먹자골목에 가게 자리를 알아보나 했더니, 실장님이 자기네 가게 찾아 준 거였네. 아유. 그럼 그때부터 둘이 사귀었구나! 어쩐지 둘 사이가 은근히 수상해 보이긴 했다만."

뜬금없는 소리에 표정이 굳어지는 연서를 느낀 손 과장이 바로 말을 마무리했다.

"어쨌든 지금은 너무 예쁘게 잘 사귀잖아. 내 말에 악의 없는 거 알지?"

손 과장이 차를 출발시키려는데 연서가 차 문을 잡은 채 되물었다.

"실장님이…… 가게를 찾아 줬다고요? 민승현 실장님이요?"

다급하게 물어 오는 연서가 이상해서 잠시 쳐다보던 손 과장은 힘차게 고개를 끄덕였다.

"응! 왜? 뭐, 잘못된 거 있어?"

뭔가 상당히 복잡한 표정이 스쳐 지나는 연서를 의아하게 보다가 손 과장이 손을 작게 흔들었다.

"없으면 나 그만 간다?"

"네……. 들어가세요."

여전히 아리송한 표정으로 고개를 갸웃거리며 손 과장이 대리더러 출발을 요구했다. 차는 곧 골목을 벗어나 차도로 진입했다. 멀어지는 차 뒤꽁무니를 한참 동안 바라보던 연서는 몸을 돌렸다.

가게로 들어간 연서는 금방 나간 손님의 테이블을 치우고 있는 엄마에게 말했다.

"엄마는 알고 있었어? 이 가게, 승현이가 찾아 준 거지?"

힘 빠진 목소리였다. 정 씨가 테이블을 정리하던 손짓을 멈추고 고개를 돌려 보았다.

"연서야……."

"계약서 줘 봐. 가게 임대계약서."

승현의 성격상 그냥 가게만 알아봐 줬을 리가 없다. 처음부터 말도 안 되게 저렴했던 가게세가 의심이 갔다.

이렇게 좋은 위치와 넓은 평수에 가게세가 고작 그 정도라니, 지금 와서 생각해 보면 불가능했다. 주변 가게 상황을 조금만 더 조사해 봐도 바로 답이 나오는데 그냥 땡잡았다고만 생각했던 자신이 한심해져서 연서는 답답하게 표정을 흐렸다.

그런 연서를 보다가 정 씨는 카운터 서랍에서 계약서를 꺼내 주었다. 연서가 빈 테이블에 앉아 계약서를 한 장씩 훑어보는 동안에 정 씨는 아무 말도 하지 않았다.

계약서를 꼼꼼히 들여다보다가 연서는 핸드폰으로 신천역 근처 맛집의 가게 임대 정보들을 검색해 봤다. 평균 임대료가 대충 계산이 되자 저도 모르게 쓴웃음이 난다. 이건 좀 심하다.

"연서야."

맞은편에 정 씨가 다가와 앉으며 그녀를 부르자 연서는 계약서를 도로 건네줬다.

"승현이는 좋은 마음으로 도와줬어."

"엄마는 승현이가 가게 찾아 준 걸 알고 있으면서 왜 내게 말하지 않았어?"

"그게……."

"승현이가 가게세를 보태 준 사실은? 설마 그것도 알고 있으면서 아무 얘기도 안 한 거야?"

가게세를 보태 주다니, 처음 듣는 얘기였다. 정 씨가 놀란 눈으로 딸을 바라보자 연서는 고개를 여러 번 흔들었다. 감기 기운이 진하게 퍼지는 머리가 이렇게 무거울 수가 없다.

"가게세는 엄마도 몰랐어. 그냥 승현이가 아는 지인이 싸게 내놓은 거라고 추천하니까……."

"엄마. 난…… 왜 그런지 창피해. 내 마음을 이해할 수 있어?"

"연서야."

정 씨는 안타까운 목소리로 그녀를 불렀다. 마침 테이블의 핸드폰이 짧게 진동하며 메시지가 들어왔다. 연서가 곁눈으로 흘낏 봤더니 승현이다.

[회식 끝났어? 몸은 좀 괜찮은지 걱정되네.]

연서는 답장을 잠시 미루고는 정 씨에게 말을 했다.

"기억나? 엄마. 내가 초등학교 때 우리 생활이 얼마나 어려웠는지. 학교 급식비조차 제때 낼 수가 없어서 지원을 받았잖아. 나 배고프지 않도록 점심 먹을 수 있게 해 준 학교가 고마웠어. 당연히 고마워야지. 그래. 고마운 게 맞는데…… 근데도 난 한동안은 되게 창피했어. 왜 창피한지 엄만 내 마음 알지?"

"알아. 엄마도…… 알아."

"나, 방금 그 기분이 든 거야. 초등학교 때 느꼈던 그 고마운 창피함 말이야."

"그래도 연서야……."

정 씨는 흥분하는 딸을 달래려 자리에서 일어났다. 그러나 소용이 없었다. 연서는 굉장히 무기력한 표정으로 계속해서 말했다.

"그때랑 지금은 상황이 달라. 우린 많이 괜찮아졌어. 엄마와 나, 우리 둘이 열심히 일하니까 이제는 충분히 먹고살 만해. 근데 왜? 왜 승현이는 우릴 도와준 거야? 우리가 가게세도 못 낼 만큼 가난해 보였을까?"

"연서야."

"뭣도 모른 채 가게세가 싸다고 마냥 좋아했던 내 모습이 바보 같잖아. 승현이한테 가게 싸게 잘 구했다고, 땡잡았다며 촐랑거렸던 내가 막 부끄러워져."

연서는 깊은 한숨을 쉬면서 말을 멈췄다. 그런 그녀의 어깨가 유난히 초라하고 작아 보여서 정 씨는 가만히 탄식했다.

"나보다는 승현이랑 잘 얘기해서 풀어. 엄만 승현이의 생각도 이해하고 네 마음도 이해가 돼."

"엄마."

"그렇지만 상대의 호의에 괜히 모진 말로 상처 주지는 마. 그건 스스로를 더 못나게 만들 거야."

정 씨가 주방에 들어가자 연서는 핸드폰을 쥐었다. 그러고는 아까 온 메시지에 답장을 보냈다.

[괜찮아, 나는.]

아프면 스스로 알아서 쉬고 안 아프면 열심히 일해서 돈 벌고 생활을 꾸려 나가. 누구에게 기대지도 않고 누군가의 도움 없이도 충분히 잘 알아서 할 수 있는데, 왜 그랬어, 민승현?

연서는 메시지를 전송하고는 고민에 찬 표정으로 아랫입술을 질근질근 씹었다.

이튿날, 아침 일찍 연서는 상가 주인과 약속을 잡고 근처의 커피숍에서 만났다. 어리둥절한 표정으로 그녀와 마주 앉은 상가 주인에게 연서는 거두절미하고 본론부터 꺼냈다.

"다 알고 찾아왔습니다. 저희 엄마와 계약한 가게세 외에 그 사람한테서 따로 받은 추가임대료가 얼만가요?"

"……아, 그게……. 아니, 아가씨……."

"얼마인지만 얘기해 주시면 돼요. 제가 꼭 알아야 하니, 그것만 대답해 주세요."

잠시 후에 상가 주인에게서 금액을 전해 들은 연서는 은행에 들렀다. 예상했던 것보다 훨씬 큰 액수라 적금을 깰 수밖에 없었다. 정오가 될 무렵에 카드이체를 완료한 연서는 승현과 약속한 카페로 갔다. 그에게 건네줄 카드를 손으로 만지작거리며 기다리는데 가까이서 기척이 들린다.

"주말인데 푹 자고 나오지. 몸도 안 좋다면서."

익숙한 승현의 목소리에 고개를 들자 그는 맞은편에 앉는다. 연서와 시선이 마주치고는 어제와 다름이 없이 따뜻한 미소를 지어 보이는 승현이다. 연서는 카드 한 장을 그의 앞에 놓아주었다. 그의 시선이 아리송하게 변한다.

"내 카드인데 비밀번호는 잠시 네 생일로 변경했어."

"……무슨 소리야?"

여전히 어리둥절한 목소리로 승현이 묻자 연서가 대답해 주었다.

"가게세가 오버된 부분을 돌려주는 거야. 네가 따로 계약했던 추가임대료 금액만큼 넣었으니 받으면 돼."

연서의 그 말을 듣고 승현이 속으로 생각했다. 드디어 올 게 왔다고. 어떻게 연서가 알게 됐을까 하는 의문도 잠시였다. 그런 건 중요치 않았다. 가장 중요한 건 연서의 반응이다.

진실을 알아 버린 그녀는 그가 상상했던 것과 똑같았다. 왜 그랬냐고 따지지도 않는다. 그런 절차마저도 피곤한 듯 연서는 그냥 결론만 통보했다. 그가 준 돈이니 다시 돌려받으면 된다고.

승현의 눈이 테이블에 놓인 카드를 보고 있는 동안 연서는 자리에서 일어났다.

"먼저 들어갈게."

저도 모르게 답답한 웃음이 났다. 그의 옆을 지나쳐 가려는 연서의 손목을 잡고 승현이 말했다.

"앉아 봐. 이렇게 카드만 던져 놓고 가면 어쩌자는 거야?"

"그럼 내가 어떻게 해야 돼?"

"일단 앉아 보라고. 네 할 말만 하고 내 얘기는 듣지도 않았잖아."

잠시 그를 내려다보던 연서는 다시 맞은편에 앉았다. 이때 다가온 종업원에게 커피를 주문하려다가 승현은 코코아가 잔뜩 들어간 아이스크림을 시켰다. 신경이 날카로워지거나 예민할 때 초콜릿이 기분을 좋게 해 준다는 얘길 들어서 일부러 당분이 풍성한 아이스크림을 주문했다.

주문한 음식이 나올 때까지 연서는 별다른 말이 없이 그가 얘길 하기만을 기다렸다. 마치 그녀는 이 일에 관해서 더 이상은 할 얘기가 없다는 듯한 표정이었다. 그건 강연서가 화가 단단히 났다는 증명이기도 했다.

연서처럼 조용한 성격이 한번 화나면 어떤지 승현은 이미 잘 알고 있었다. 절대 소리를 지르거나 흥분하지 않는다. 오히려 착 가라앉아서 무섭게도 이성적으로 변하니 사실 상대하기가 제일 어려운 타입이다.

지난번 키스 사건을 어떻게 넘어왔는데, 또 사이가 나빠지다니. 승현은 겉으론 담담한 척했지만 마음속엔 이미 고뇌가 가득 차 있었다. 이 일을 연서와 어떻게 풀어야 할까? 일을 벌일 때부터 생각해 둔 해결방법은 단 하나였다. 솔직하게 말을 하는 것. 그게 과연 연서의 화를 달래 줄 수 있을지 지금의 그로선 감 잡을 수가 없었다.

"우선은 미안해. 처음부터 너를 속일 생각으로 일을 진행했으니까 그 부분은 내가 전적으로 잘못했다."

승현의 말에 연서가 시선을 올려서 쳐다본다. 맑은 눈동자엔 실핏줄이 엉켜 있어서 그녀의 상태가 많이 피곤하단 걸 알 수 있었다. 몸이 지쳐 있는 때에 이런 일이 터졌으니 평소보다 더 예민한 연서가 이해되지 않는 것도 아니었다.

"그러나 변명해 보자면, 가게 구하기 힘들다는 네 얘기를 듣고 그냥 모른 척하기가 쉽지 않았어. 그래서 괜찮은 곳이 있는지 알아봤고 지금 가게가 여러모로 적당한 것 같아서 어머니한테 얘길 드리……."

"네가 왜?"

문득 그의 말을 중간에서 자르며 물어 오는 연서다. 그 바람에 승현의 얘기가 끊겨 버렸고 그는 황망한 표정을 지어 보였다. 네가 왜……? 그래, 왜 그랬을까? 강연서에게 그는 무슨 존재일까? 승현은 헛헛한 웃음이 새어 나왔다.

"그때의 우리는 사귀지도 않았고 말 그대로 상사와 부하 직원이었잖아. 그런데 네가 왜 우리 집 일에 관심을 가지고, 게다가 나 모르게 적지 않은 가게세까지 보태 준 거야? 너는 내가 이 사실을 다 알아 버린 뒤에 기분이 어떨지 생각해 봤어?"

"당황했다면 미안하다. 사과할게. 네가 알면 불편할까 봐 말해 주지 않은 거야."

"그게 아니야."

"……."

"……창피했어."

입술을 꾸욱 깨문 채 원망스럽게 그를 바라보는 연서의 눈동자가 빨개진다. 또 왜. 또 왜 저 여자의 눈에서 눈물이 나게 했을까? 승현은 그만 본인에게 화가 났다. 그래서 연서의 시선을 피해 버렸고 그 다음엔 고개를 돌렸다.

"네가 지내온 시간과 내가 살아온 환경은 분명 차이가 나. 예전에도 그랬을 테고 지금도 마찬가지야. 너 보기엔 어떨지 몰라도 나는 우리 집의 현재 상황에 만족해. 예전이야 힘들고 어려울 때가 있었지만 엄마와 내가 열심히 노력해서 이겨 냈고 지금은 나름대로 안정을 찾았어."

승현은 시선을 창밖에 준 채 잠자코 그녀의 말을 들었다.

"우리도 알아. 가게는 비싼 만큼 제값을 한다는 거. 그 돈이 없어서 싼 곳을 알아보는 것도 아니야. 다만 나랑 엄마는 아낄 수 있는 부분은 최대한 절약해서 가격 대비 정말 괜찮은 곳을 찾으려고 했을 뿐인데."

연서의 목소리가 점점 작아졌다. 승현이 아랫입술을 지그시 물었다. 괜한 짓을 했나? 어쩌면 연서에겐 정말 필요치도 않았을 텐데 그가 쓸데없는 오지랖으로 상처만 줬던 것일지도.

"강연서."

"그냥…… 엄마랑 내가 한순간에 바보가 된 기분이야. 이런 내 마음을 너는 모르겠지."

그동안 그와 만날 때마다 데이트 비용을 거의 반반씩 부담하며 더치페이를 확실히 했던 연서가 생각이 났다. 그가 밥을 사면 커피 한 잔이라도 꼭 계산하던 연서의 은근한 고집에 괜히 마음이 상하기도 했었다. 허나 지금 돌이켜 보면 그런 사소한 행동들이 그녀의 성격이었고 누구에게도 빚지거나 기대기 싫어했던 연서의 조금 특별한 자존심이었다.

승현은 묵묵히 테이블의 아이스크림을 보기만 했다. 아무도 스푼을 대지 않았던 아이스크림은 조금씩 녹아 흘러내리고 있다. 이 아이스크림처럼 전부 다 녹아 버려서 흔적도 없이 사라졌으면 좋겠다는 생각이 든다.

그의 입장에선 신경을 써서 도와줬던 일이 연서에겐 이 같은 의미로 다가갈 줄은 몰랐다. 그것까지 미처 헤아리지 못했던 자신의 짧은 생각이 견딜 수 없을 만큼 후회스러웠다.

테이블에는 한참 동안 침묵이 흘렀고 둘은 하나의 일로 각자 다른 생각에 빠져 있었다. 그러다 연서가 먼저 자리서 일어났다.

"미안해. 내가 말이 너무 많았던 것 같다."

승현이 연서를 쳐다봤다. 방금 전 눈물이 고여서 그걸 참느라 빨갛던 눈동자는 어느새 시릴 만큼 맑아져 있다.

"마음만 받을게."

연서는 그 말을 하고 카페를 나갔다. 혼자 덩그러니 남겨진 승현은 그녀가 두고 간 카드 한 장과 녹아내린 아이스크림을 물끄러미 바라봤다.

탁.

실내에 들어선 승현은 불을 켰다. 주말 저녁의 로아 사무실에는
아무도 없이 적막한 공기가 흐르고 있었다. 천천히 걸어서 디자인
팀으로 간 승현이 연서의 책상으로 시선을 보냈다. 신상 작업이 끝
난지라 그녀의 책상은 전에 없이 깔끔히 정돈된 것이 어쩐지 허전
해 보이기까지 했다.

다가가서 그녀의 책상에 앉았다. 책상 위에 가지런히 정돈된 그
녀의 물건들을 물끄러미 바라보며 승현은 그렇게 한참을 앉아 있
기만 했다. 카페에서 헤어지고 지금까지 그도, 그녀도 서로에게 연
락을 하지 않았다.

전화를 걸려고 몇 번이나 핸드폰을 꺼냈다가 결국 도로 넣고는
승현이 한숨을 쉬었다. 어떻게 풀어야 할까, 그 고민으로 머리가
지끈거렸다.

늦어지는 시간을 확인하고는 자리서 일어나려던 그의 시선이 문
득 어딘가에 머물렀다. 승현은 손을 뻗어 책꽂이 틈에서 삐죽이 나
온 노트 하나를 집어 들었다.

유일하게 업무와 무관한 물건으로 보였다. 봐도 되나, 하는 생
각이 잠깐 들었으나 일기장은 아닌 것 같아서 후루룩 번져 보았다.
일상 다이어리인 듯 그녀만이 알아볼 수 있게 끄적끄적 적은 글자
들이 군데군데 보였다. 순한 그녀의 인상처럼 동글동글 예쁜 글자
들을 보면서 승현이 잠깐 웃음을 지었다.

노트를 번지던 그의 손이 문득 멈추더니 거기에 적힌 글자를 무

심코 들여다봤다. 보험료, 주택대출, 교통비, 통신비 등이 깨알같이 적혀 있었다. 가계부인 듯 꽤나 구체적인 금액까지 적혀 있는 걸 보던 승현의 얼굴에서 서서히 웃음이 사라진다.

한참 뒤에 승현은 노트를 내려놓았다. 그러곤 주머니에서 그녀가 건네줬던 카드를 꺼내 봤다. 이거 돌려준다고 적금까지 깼겠지? 한 달 생활비를 이렇게 차곡차곡 계산해서 쓰는 똑순이가 몇 년 모아 둔 적금을 깨면서 얼마나 착잡했을까……?

"미안해."

승현이 혼잣말로 사과를 했다. 그는 사무실 창문 너머로 깊어지는 어둠을 묵묵히 바라보았다.

어떻게 풀어야 할까, 하는 고민은 어느새 무조건 풀어야 한다는 생각으로 굳어졌다. 멋들어진 화해의 방법 따윈 없었다. 그저 사과하고 달래고 어르면서, 그녀의 화가 풀릴 때까지 안아 줄 수밖에는.

❖

이튿날은 일요일임에도 승현은 일찍이 집을 나섰다. 전화도 하지 않고 무작정 국밥집을 찾아갔더니 당연히 있어야 할 연서의 모습이 보이지 않았다. 여기저기 두리번거리다가 주방에서 막 나오는 정 씨를 발견하고 가까이 다가갔다. 그녀도 승현을 알아보고는 반색을 했다.

"우리 승현이 왔네요. 이른 시간에 여긴 웬일이래요?"

"연서는요?"

다짜고짜 연서부터 물어 오는 승현에게 못 말린다는 듯이 정 씨가 슬그머니 웃었다.

"연서는 집에 있어요. 어제 감기가 심해져서 자리 깔고 누웠거든요."

승현의 이맛살이 걱정으로 인해 한껏 찌푸려졌다. 아파서 몸져 누웠다면 가게에는 나오지 못할 테고 아픈 사람을 불러낼 수도 없고. 그렇다면 오늘은 못 보는 것일까? 승현은 조급해졌다. 그런 그의 마음을 어떻게 알아챘는지 정 씨가 친절하게 물어 온다.

"연서를 만나러 왔나 본데, 못 봐서 어쩐대요?"

"볼 수 있는 방법이 없을까요? 어머니."

정직하게 자신이 원하는 바를 물어 오는 승현을 보며 진지한 표정으로 고민하던 정 씨가 대답했다.

"집에 가서 볼 수밖에요."

승현의 얼굴이 환하게 밝아졌다. 정 씨는 먼저 나온 아주머니에게 가게를 당부하더니 몸을 돌렸다.

"연서가 찬바람을 맞으면 감기 더 심해지니까 그냥 집에 가서 얼굴 보고 얘기해요."

그녀를 본다면 어디든 다 괜찮다. 승현은 얼른 정 씨를 따라나섰다.

연서가 사는 집은 가게와 멀지 않은 깨끗한 신축 아파트였다. 아파트 단지에 들어서며 정 씨는 가게세에 대해 어찌 된 거냐고 묻고 싶었지만 연서와 승현이 알아서 하는 게 좋을 거란 생각에 그냥 모른 척하기로 했다. 10층 복도의 중간에 자리 잡은 문 앞에 다가가 비밀번호를 입력한 정 씨는 그를 돌아보며 말했다.

"들어와요. 연서랑 나만 사는 집이라 좀 작고 누추하지만."

"그런 말씀 마세요."

승현은 냉큼 대답하며 집 안으로 들어섰다. 햇살이 밝게 비쳐 오는 거실은 따뜻했고 그녀를 닮은 향이 집 안 어딘가에서 은은하게 전해졌다. 집주인의 깔끔한 성격이 그대로 드러나는 아담한 공간이었다.

연서의 이름을 부르며 거실 왼쪽에 있는 방으로 들어가던 정 씨는 잠시 후에 나오더니 낮은 목소리로 속삭였다.

"잠이 들었어요. 아까 나올 때 약을 먹더니 그새 잠들었나 봐요. 어떡하죠?"

그냥 돌아가기엔 뭔가 아쉬워서 승현이 가타부타 대답을 못 하고 있자 정 씨가 고맙게도 다음 말을 했다.

"아니면 잠깐 들어와서 기다릴래요? 한두 시간 자게 놔뒀다가 그때까지 안 깨면 깨워서 얘기해도 되고요."

"그래도 될까요?"

"그럼요. 얼른 들어와요."

정 씨는 오랜만에 집에 온 손님이기도 하고 곧 가장 친근한 가족이 될지도 모르는 승현을 홀대하지 않았다. 거실 소파에 앉은 승현에게 따뜻한 차 한 잔을 가져다주고는 잠시 더 얘기를 나누던 정 씨가 말했다.

"난 이만 가게에 나가 봐야 되는데. 주말이라 많이 바빠서 오래 비우면 안 되거든요."

승현은 소파에서 일어서며 얼른 얘기했다.

"먼저 가 보세요. 저는 어머니만 괜찮다면 여기서 연서가 깰 때까지 있을게요."

"그럴래요? 심심하면 TV를 봐도 되고 배고프면 식탁에 빵이 있으니 요기해요."

가게로 나가는 정 씨를 배웅하고 승현은 다시 거실 소파에 앉았다. 잠시 여기저기 둘러보던 그가 자리에서 일어났다. 아까 정 씨가 들어갔던 방으로 다가가 방문을 살짝 당겨 보니 문이 열린다.

창문에 커튼이 드리워진 게 보였고 그 옆에 침대가 보였으며 침대의 이불 안에 몸을 파묻은 채 자는 연서가 보였다. 자고 있지만 그래도 얼굴을 보니 마음이 놓인다. 승현은 한동안 방문 옆에 선 채 잠이 든 연서를 바라보다가 안으로 들어갔다.

침대와 마주한 책상에 마침 작은 의자가 있기에 그걸 끌어당겨 침대 옆에 앉았다. 감기 몸살로 추웠는지 이불을 턱 끝까지 올린 채 잠든 연서는 이마에도 식은땀이 흥건히 고여 있었다.

화장기 하나 없는 민낯은 창백했고 입술이 버석하게 말라 있어서 그걸 보는 승현의 입에선 한숨이 절로 새어 나왔다. 어제 그의 앞에선 혼자 씩씩한 척을 다 하더니 집에 와선 왜 이 꼴로 끙끙대는지 속상했다.

"이렇게 드러누울 거면서. 왜 그리 모질게 굴었어?"

승현이 중얼거리며 그녀의 이마를 조심스레 닦아 주었다. 갑자기 연서가 끄으응 하며 강아지 같은 신음 소리를 내는 바람에 화들짝 놀란 승현은 움직임을 정지한 채 그녀를 바라보았다. 이마를 찌푸리며 뒤척이던 연서는 몸을 돌려 누웠다. 승현은 기척이 날세라 조심조심 이불을 잘 여며 주고는 자리에서 일어났다.

본의 아니게 그녀가 생활하는 공간을 관찰할 기회가 생겼으니 놓치면 바보다. 승현은 신기한 눈빛으로 방 안 여기저기를 둘러보았다.

화이트의 붙박이 옷장과 그 옆의 화장대가 보였다. 침대와 마주한 책상에는 데스크탑이 자리를 차지했고 거기엔 포스트잇이 여러

장 붙어 있다. 들여다보니 신상 작업 날짜와 시안 제출 날짜 등이 적혀 있었다.

나보다도 더 일벌레군. 승현은 속으로 생각했다. 아마 연서는 집에 돌아와서도 디자인 작업 때문에 밤새는 일이 허다할 테지.

한동안 방 안을 관찰했지만 그의 흔적은 어디에도 없다는 게 마음에 안 든다. 언제 커다란 곰돌이 인형이라도 사서 채워 넣어야겠다. 집에 돌아오면 왠지 그의 생각은 전혀 하지 않을 것 같아서 불만스럽게 미간을 찌푸리던 승현은 문득 책상 위의 스케치북을 발견하고 다가갔다.

스케치북의 그림들은 회사에 제출할 시안이 아니라 그녀가 심심풀이 취미 삼아 끄적인 것으로 보이는 온갖 잡다한 패션들로 가득했다.

남자 의상도 제법 있었고 한복, 중국식 치파오, 파티 드레스도 보였다. 그녀의 재주 있는 손끝에서 태어난 작품들을 하나씩 유심히 들여다보니 뒷부분은 거의 남자와 여자의 결혼식 의상이 차지하고 있었다.

그중에서 웨딩드레스를 입은 여자와 턱시도를 입은 남자의 패션은 매 장마다 달랐지만 거기에 적혀 있는 글귀가 시선을 끌었다. 신부 이름은 강연서로 똑같았는데 신랑은 ㅅㅎ이었다가 ㅁㅅㅎ이기도 했다가 어떤 땐 MSH로, 여러 번 바뀌었다. 처음엔 이게 누구 이니셜일까 잔뜩 경계하던 승현은 곧 자기 이름인 걸 알아보고 저도 모르게 피식 웃었다.

"강연서답지 않은 소꿉장난이라니."

승현이 혼잣말을 하다가 스케치북 안의 웨딩드레스를 입은 여자와 정장을 입은 남자를 사랑스럽게 쓰다듬었다.

"물⋯⋯. 엄마. 나⋯⋯ 물 좀."

문득 들리는 연서의 목소리에 승현이 몸을 돌렸다. 깨어나려는지 연서가 뒤척이는 게 보인다. 승현은 보던 그림을 놓아둔 채 부엌으로 나갔다. 컵에 물을 따라서 다시 들어왔더니 연서는 그새 조용해졌다. 손에 물컵을 든 채로 연서를 깨워야 되나 고민하다가 승현은 침대 곁에 놓인 의자에 앉았다.

잠에서 깬 연서는 목이 타는 것 같아서 뒤척였다. 감기약만 먹으면 온몸의 수분이 다 빠져나가서 괴롭기 그지없다. 흐릿한 의식 속에서 연서는 다시 한 번 심한 갈증을 느끼고 웅얼거렸다.

"물⋯⋯."

그런 그녀의 손에 따뜻한 물이 담긴 컵이 닿는다. 연서는 힘겹게 눈을 뜨며 몸을 일으켰다. 몇 신지는 모르지만 엄마는 이 시간까지 가게도 안 나가고 옆을 지켜 줬나 보다. 연서는 한 손으로 눈을 비비며 다른 한 손으론 컵엔 든 물을 꿀꺽꿀꺽 마셔 버렸다.

"나, 너무 정신없이 잤지? 머리와 몸이 계속 무거워."

말을 하며 다 마신 물컵을 건네주자 그녀에게서 컵을 받으면서도 엄마는 대답이 없다. 왠지 이상해서 고개를 돌렸더니 그녀의 시야에는 엄마가 아닌 다른 사람이 들어왔다.

꿈인지 알고 눈을 깜짝거렸다가 다시 두 손으로 비비며 봐도 남자는 여전히 꿈쩍없이 자리에 앉아 있었다. 이 사람이 어떻게 여기에 있지? 금방 잠에서 깬 그녀의 머리는 느리게 회전하며 상황을 이해하려 했다. 문득 그의 손이 이마에 닿는다.

"깼으니 병원 갈래? 열이 많이 나던데."

"민승현?"

연서의 몽롱한 목소리에 그가 부드럽게 웃었다. 그러더니 땀에 젖은 그녀의 머리칼을 쓸어 주면서 대답한다.

"그래. 나다. 널 보면 웃기만 하는 나."

별거 아닌 말인데도 그만 눈가가 시큰해졌다. 연서는 가만히 고개를 숙여 버렸다. 그가 어떻게 이곳에 와 있는지는 중요치 않았다. 그냥 몸이 잔뜩 아파서 끙끙거리다가 눈을 떴는데 사랑하는 사람이 곁에 있었고 그녈 향해 따뜻이 웃어 줬다는 것에 가슴이 몽글거렸다.

분명 어제 그녀가 했던 뾰족한 말들에 상처를 받았을 법한데, 속도 없이 그새 여기 와서 웃어 주다니. 바보다, 이 남자는.

"병원 안 가도 돼? 지금 가서 주사 맞고 올까?"

승현이 연서의 뺨을 가볍게 만지작거리며 물어 왔다.

고개를 숙인 연서의 표정을 볼 수 없어서 안타까운데 그녀는 대답마저 없다. 어떻게든 연서의 얼굴을 보려고 고개를 조금 기울였다가 갑자기 흑 흐느끼는 소리를 내는 연서 때문에 당황했다.

"뭐야, 울어? 왜 그래?"

"아, 아냐. 콧물이 나서 그래. 울긴 내가 뭐."

정말 콧물이 났는지 연서는 크게 숨을 들이켰다. 협탁에 놓인 티슈를 뽑아서 콧물 풀라고 가져다줬다. 그러나 그것을 외면한 연서가 중얼거렸다.

"미안해."

"뭐가?"

승현이 어리둥절해졌다. 미안한 건 그였는데 왜 갑자기 연서가 미안하다고 하는지 이해가 되지 않았다. 의아한 그의 시선을 마주 보면서 연서는 말을 계속했다.

"좋은 의도였다는 거 알아. 사실 네 마음은 잘 알고 있는데 결

390

혼도 안 한 우리 사이에 그 돈들이 불편하고 부담이 됐었어. 그리고 또…… 언제 가게까지 신경을 써 준 걸까 날 생각해 준 네 마음이 너무 커서 내가 괜히 작아 보이잖아. 그래서 나도 모르게 화를 냈어."

잠자코 그녀의 말을 듣는 승현을 바라보며 연서가 작게 한숨을 쉬었다.

"엄마가 그랬거든. 상대방의 호의에 모진 말로 상처 주면 내가 더 못나 보인다고. 그 말이 맞았어. 어제 너랑 헤어지고 돌아오는 길 내내 마음이 더 괴롭고 힘들어졌어. 집에 돌아와서도 네 생각이 날 때마다 왜 그런지 울고 싶어졌어."

"연서야."

"내가…… 이번엔 내가 잘못했나 봐. 그냥 네 마음은 고마운데 돈은 불편했다고, 그렇게만 얘기했으면 좋았을 텐데. 쓸데없이 날카로운 얘기를 너무 많이 했어. 그러는 거 아닌데. 정말 못나 보이게 왜 그랬을까……? 미안해. 승현아."

승현이 물끄러미 그녀를 보면서 아무 말이 없자 연서는 덜컥 겁이 났다. 어제 그녀의 모습에 정이 뚝 떨어진 걸까? 그래서 이제 더 이상은 할 말이 없는 걸까……? 혼자 소심한 고민을 하는데 문득 승현이 손을 뻗어 오더니 그녀를 제 품 안에 가두었다.

따뜻하다. 너무 따뜻해서 또 눈물이 났다. 연서는 그의 가슴팍에 얼굴을 묻은 채 숨을 깊게 들이쉬었다.

"네가 이렇게 나오면 난 더 어떻게 사과하라고?"

그녀의 귓가에 대고 어르듯이 타박하는 승현에게 연서는 고개를 흔들며 대답했다.

"넌 어제 충분히 사과했잖아."

"이번 일은 내가 생각이 짧았고 너는 또 지나치게 생각이 많았어. 그렇게 자기 입장만 생각하느라 서로의 얘긴 안 들렸나 봐."

가만히 그의 말을 듣고 있는 연서를 승현이 힘주어서 안았다.

"다신 싸우지 말자. 너랑 안 좋게 헤어지고 돌아서니까 그냥 마음이 텅 비어 버린 게…… 정말 쓸쓸했어."

그녀가 느끼는 마음을 그대로 느낀 승현이었다. 사랑하면 같은 마음이 된다는 게 이런 걸 말하는 걸까? 연서는 그를 위로하듯 작게 등을 토닥거렸다.

"알았어. 다신 싸우지 말자. 그리고 앞으로는 가게세를 보태 주거나 그러지 마."

"그건 싫은데."

"으응……?"

연서가 길게 콧소리를 내며 그의 품에서 나오려고 했다. 그러나 그녀의 반항을 살짝 힘주어서 저지한 승현은 느릿한 목소리로 말했다.

"가게 자리 알아봐 주고 가게세 보태 주는 게, 사실 나쁜 일은 아니잖아. 나는 앞으로도 계속 그럴 거라고."

"민승현."

"다음에 가게 계약할 때는 우리 이미 결혼했을 테니까 당연한 거 아니야? 사위도 자식인데."

연서가 얄밉다는 듯 흘겨보는데도 승현은 개의치 않고 다음 말을 했다.

"대신 다시는 너 모르게 하지 않을게. 부부가 되면 뭐든 투명하게 오픈해야 하니까. 그렇지?"

"아, 정말. 능글능글 능구렁이 같아. 못 말리겠어."

연서가 더 이상은 답이 없다는 듯이 나른한 한숨과 함께 승현의 가슴에 얼굴을 묻어 버렸다. 승현이 즐겁게 웃으며 그녀의 머리카락을 어루만져 주자 연서가 그의 허리를 팔로 꼭 껴안았다.

둘은 점심시간이 훌쩍 지났는데도 배고픈 줄 모른 채 한동안 그렇게 껴안고 서로의 따뜻한 체온에 행복해했다.

"그렇게 관찰하지 않으셔도 돼요. 아무 일 없으니까."

민 대표가 저를 유심히 살펴보는 시선에 승현이 한 말이었다. 그들은 다소 시끌벅적한 감자탕집에서 마주 앉았다.

저녁 먹을 시간이 다 되어 전화를 한 승현이 다짜고짜 술 한잔 하자고 말해 나온 곳이었다. 술을 별로 좋아하지도 않는 녀석의 제안이라 민 대표는 의문스런 눈으로 그를 살피고 있었다.

"그냥 아버지랑 풀 때가 된 것 같아서요."

민 대표는 그가 따라 준 소주를 마시며 가만히 아들의 말을 들었다.

"그동안 저 때문에 마음 많이 쓰신 거 압니다. 제가 아버지처럼 처음부터 모든 걸 스스로 일궈 낸 게 아니라 그냥 앉아서 받기만 했는지라 철이 좀 없었죠."

로아에 들어가서 저보다 나이도, 경력도 많은 직원들의 도움을 받아 실무를 하나씩 익혀 가면서 승현은 비로소 민 대표의 노고를 알게 됐다. 알고는 있었지만 먼저 벽을 무너뜨리며 다가가기 주저했던 것도 사실이었다. 굳이 그래야 될 필요성을 느끼지도 못했다.

그랬던 그가 연서를 만나면서 매듭을 푸는 방법을 배웠다. 때론 어긋나고 어렵게 화해를 하기도 하면서 소중한 사람끼리 나눠야 할 마음의 자리를 찾았다.

늦은 감이 없지 않았지만 이제 더 늦기 전에 풀고 싶었다. 그에겐 또 다른 의미의 소중한 가족과의 관계도.

"항상 저 잘난 멋에 살아서 언제나 제 생각만 했고 실패를 겪어 본 적이 없어서 멘탈도 약했네요. 그래서 나만 피해자인 척 힘들다고 난리를 친 적도 있었고…… 부끄럽습니다."

"그럴 만했어. 나는 너를 이해해. 그래서 나도 늘 네가 마음 쓰였다."

"……."

"나만큼이나 너도 고생했어. 그만큼 결과도 만족스러웠고. 할 수 있을까 하는 나의 걱정이 무색하게 너는 보란 듯이 잘 해냈어."

민 대표의 그 말이면 충분했다. 승현은 한동안 가만히 그를 바라보았다. 서로를 보는 시선 속에선 그동안의 수많은 일들이 복잡하게 스쳐 지났지만 그 어느 때보다 단단한 믿음이 느껴졌다. 그게 민 대표에게도, 승현에게도 참으로 다행스러운 결과가 아닐 수 없었다.

"아버지가 마음을 놓을 수 있게 앞으로는 더 잘할게요. 믿으셔도 돼요."

민 대표는 아들의 진심 어린 목소리에 뭉클한 감동을 받고는 달리 대답해 줄 멋들어진 말이 없어서 그냥 고개만 끄덕였다.

오랜만이었다. 길다고 하면 긴 몇 년을 갈등 속에서 지내 온 아버지와 아들은 오늘 드디어 서로의 마음을 터놓고 진솔한 얘기를 나눌 수 있었다.

자신의 미안한 마음을 먼저 다가와서 어루만져 준 아들은 언젠지 모르게 철이 많이 들었고 성숙해져 있었다. 그게 대견해서 녀석이 하는 소소한 회사 얘기들을 귀담아들으며 민 대표는 소주잔을 연신 비워 나갔다.

"아빠."

소주를 네 병째 주문했을 때 녀석은 난데없이 장난스럽게 그를 불러왔다. 민 대표는 감자탕 국물을 떠 마시면서 능청스레 받아쳤다.

"뭘 사 달라고 또 이렇게 징그럽게 구는 거야? 말해 봐."

"나, 빨리 결혼시켜 줘."

"결혼하지 말라고 누가 뒷다리 잡았어?"

승현은 피식 웃음을 터뜨렸다. 감기 든 연서를 쉬라 하고 오후에 그녀의 집을 나오면서 왜 그리 헤어지기 싫던지, 마음 같아선 아침부터 잠들 때까지 계속 붙어 있고 싶었다. 그러려면 결혼하는 방법밖에 없지 않은가?

민 대표가 빙긋이 웃으며 승현의 잔에 마지막 술을 따라줬다.

"얼른 날짜 잡자."

민 대표의 여유로운 격려와 함께 그들의 결혼은 한발 더 앞으로 다가왔다.

❖

주말이 지나고 출근했더니 손 과장이 조심스러운 표정으로 실장실에 들어왔다. 평소의 모습과 다른 그를 궁금한 눈으로 보자 손 과장은 우물쭈물 말을 꺼냈다.

"저기…… 실장님. 드릴 말씀이 있는데요."

무슨 얘기냐고 승현이 눈짓으로 물었다. 그는 잠시 고민하더니 말을 했다.

"그게…… 금요일에 회식이 있었는데요. 끝나고 연서 씨를 데려 다주면서 왠지 제가 하지 말아야 될 말을 한 듯해서 말입니다. 제 말을 듣고 난 뒤에 연서 씨의 표정이 심상치가 않았던 게 자꾸 생 각이 나서……."

"하지 말아야 될 말이라니요?"

승현이 뭔가 짐작되는 게 있어서 날카롭게 묻자 손 과장의 얼굴 은 그만 사색이 됐다. 그래도 후에 가서 혼나느니 차라리 지금 자 수하는 편이 낫겠다고 판단한 손 과장은 더듬거리며 대답했다.

"신천역 근처의 가게에 관한 얘기인데요. 연서 씨네 가게가 그 쪽이기에 그때 실장님이 연서 씨한테 찾아 준 건지도 모른다고 그 만 홀랑 말해 버렸거든요. 아, 내가 맨정신이면 안 그랬을 텐데 그 날 하도 술을 들이켰더니 좀 맛이 가서……."

혹시 상가 주인이 그와의 약속을 어기고 연서에게 말했을까, 도 대체 그렇게 입단속을 시켰건만 연서가 어떻게 가게의 비밀을 알 게 된 건지 궁금했던 승현이었다. 그런데 결국 이번 사건도 손 과 장의 가벼운 입 때문이란 걸 듣고는 승현이 답이 없다는 듯 머리 를 저어 버렸다.

다행히 연서와 잘 풀었으니 망정이지 하는 생각으로 손 과장을 지그시 노려보니 그는 고개를 숙인 채 조심스레 눈치만 보고 있다. 저 민폐덩어리, 입을 확 그냥 박스테이프로 붙여 버릴 수도 없고.

"됐습니다. 알았으니까 그만 나가 보세요."

"어머. 실장님. 저 안 혼내시게요?"

손 과장의 얼굴에 금방 화색이 돌며 밝은 목소리를 냈다. 그러 나 승현의 표정이 여전히 무뚝뚝한 걸 발견하자 손 과장은 곧바로 풀 죽은 모습이 됐다.

"혼내서 뭐합니까? 아무리 주의를 줘도 다음에도 똑같이 입을 가벼이 놀릴 텐데요. 천성이 그런 걸 혼낸다고 될 일입니까?"

"실장니임."

"앞으로 손 과장님께 중요한 사항을 공유하는 일이 없을 겁니다. 손 과장님을 믿을 수가 없으니 제 스스로 조심할 수밖에요."

승현의 싸늘한 말을 듣고는 얼굴이 잿빛이 돼 버린 손 과장을 승현은 모른 척했다. 그도 뼈저리게 느낄 필요성이 있다. 효과가 있을지는 모르겠지만 그에게 주는 작은 벌이라고 생각했다.

10장. 아로하

계절은 6월에 접어들었다. 머리 위에서 내리쬐는 태양이 조금씩 뜨거워질 때쯤 양가는 드디어 상견례를 하고 연서와 승현의 결혼에 대해 진지하게 얘기를 주고받았다.

처음에는 승현을 그냥 좀 있는 집 아들쯤으로만 생각했던 정 씨는 민 대표와 한 여사를 만나고 충격 아닌 충격을 받았다.

딸이 한 기업체의 며느리가 된다니, 그같이 야무진 상상은 해 본 적 없는 정 씨였다. 누구보다 곱게 키운 딸이지만 집안 형편이 내세울 게 없다 보니 사위 욕심이 과하지 못했다. 그냥 평범하고 자상한 남자를 만나 연서가 소소한 행복을 가꾸며 살길 바랐던 그녀였다.

그랬는데 이름만 대면 알아주는 대기업의 외동아들과 결혼이라니. 이게 무슨 복일까. 정 씨는 요 며칠 동안 자다가도 벌떡 일어나서 뭔가 모를 걱정으로 한숨을 쉬다가 또 혼자 웃음을 짓기도 했다.

그 뒤로 자주 민 대표네와 만나면서 정 씨는 점점 딸의 결혼이 실감이 났고 남자는 물론 집안의 부모님까지 훌륭한 분들을 만난 연서가 대견할 뿐이었다.

결혼식 날짜를 잡고 예식 장소를 민 대표네와 함께 보고 돌아오는 길에 정 씨는 자신의 팔짱을 낀 채 걷는 딸을 한참 동안 바라봤다.

"엄마······. 미안해."

"미안하긴 뭐가. 할 말이 그렇게 없어?"

애정 어린 엄마의 핀잔에 연서는 팔을 뻗어 정 씨의 어깨를 안아 주었다. 연서가 힘이 들 때마다 정 씨는 늘 이렇게 그녀의 어깨를 감싸 안으며 다 잘될 거라고 따뜻이 웃어 줬다.

그렇게 든든하던 엄마는 이젠 그녀가 한 팔로 껴안을 만큼 말라 있었고 볼품없어졌다. 그 사실을 인지하자 괜히 눈물이 나고 미안해져서 연서는 한동안 말을 못 했다.

"내가 결혼하면····· 엄마는 어떡해? 나 없이 혼자 심심해서 어떡해?"

"심심할 틈이 뭐 있어? 매일 잠자는 시간도 부족할 만큼 가게에만 박혀 있는데."

짐짓 퉁명스러운 정 씨의 대답을 들으며 연서는 억지로 웃었다.

"나 없다고, 혼자 먹는 밥이 맛없다고 대충 차려 드실 게 뻔한데."

"괜찮아. 굶어 죽진 않으니까 너는 네 시집이나 가."

"겨울이면 우리 방이 좀 춥잖아. 엄마랑 나, 둘이서 이불 안에서 꼭 껴안고 있으면 진짜 따뜻했는데. 내가 없으면 엄마는 혼자 추워서 어떡해? 등 가려울 때 긁어 줄 수도 없잖아."

"보일러 뜨뜻하게 틀면 되지. 효자손도 있는데 뭐가 걱정이야."

"엄마."

연서가 문득 가던 걸음을 멈추자 정 씨는 괜히 붉어진 눈시울이 민망해서 고개를 돌려 버렸다. 어느새 연서는 울고 있었다. 바보가 따로 없다. 좋은 일을 앞두고 울다니. 정 씨는 그런 딸이 못나 보여서 악의 없는 구박을 했다.

"아니, 왜 길을 가다 말고 울고 그래? 누가 보면 내가 혼내는 줄 알겠네."

연서는 입술을 꾸욱 깨물면서 정 씨를 한참 바라보다가 두 손으로 연신 눈물을 닦아 냈다.

"엄마. 엄마는 나를 혼자 두지 않았는데, 지금까지 내 옆에는 늘 엄마가 있어 줬는데. 난 그러지 못해서 미안해. 엄마를 두고 나만 행복하겠다고 결혼해서 미안해."

"별게 다 미안해. 나이 잔뜩 먹고 시집 안 가고 있으면 그게 더 미안하고 불효인 거야. 넌 아주 잘하고 있는 거니까 쓸데없는 소리 말아."

"응. 나는 시집을 가 버리는 게 아니라 결혼을 하는 거야. 엄마는 날 잃어버리는 게 아니라 승현이처럼 착하고 멋진 사위가 생기는 거야. 우리, 예쁘게 잘 살면서 엄마한테 예전보다 더 많이 잘할게. 그니까 혹시라도…… 서운해하지 마."

정 씨는 딸의 말에 연신 고개를 끄덕이며 눈물을 훔쳤다. 연서는 그제야 웃어 보인다.

꽃보다 더 예쁜 딸의 웃음은 이제 자신의 것만이 아니란 생각에 정 씨는 마음이 구멍이 난 것처럼 아려 왔지만 그래도 소중히 키워 온 딸이 좋은 남자와 시부모를 만나게 돼서 참 다행이었다.

일찍 아빠를 여읜 지지리 복도 없는 녀석이라고, 그동안 어린 연서를 끌어안고 가슴 아파서 울던 밤이 얼마나 많았던지 기억조차 나질 않는다.

먼저 훌쩍 떠나 버린 그 양반이 하늘에서 축복을 내려 준 게 틀림없지. 정 씨는 그 생각으로 고개를 들어 봤다. 하늘 어딘가에서 미소 짓고 있을 남편이 무척이나 그리워지는 오후였다.

"신혼집은 어디로 할 건지 생각해 봤어?"

한편 연서네와 헤어지고 돌아가면서 민 대표도 아들의 결혼에 대해 이것저것 고민해 오던 바를 말했다.

"전 별다르게 생각해 본 적이 없는데 아버지의 의견은 어떠세요? 저희 둘은 어디든 상관없을 것 같은데요."

"아직 젊고 신혼이니까 우리랑 살림 합치려고 생각지 마라. 연서 불편하다."

이젠 친근하게 연서의 이름을 불러 주는 민 대표였다. 승현이 운전하는 차는 길가의 나무들을 빠른 속도로 지나쳤고 집이 가까워 오자 민 대표가 다시 말했다.

"생각해 봤는데, 연서네 친정이랑 가까운 곳에 아파트 하나 얻어 보는 게 어떨지 싶네. 식구라고는 달랑 엄마 하나뿐인데 그런 홀어미를 두고 결혼을 하려면 모르긴 해도 연서가 마음이 많이 쓰일 거야. 지금 운영하는 국밥집도 여태 엄마랑 둘이 관리를 했다고 들었는데 결혼했다고 갑자기 멀리 떨어져 살면 혼자 남은 사부인이 힘들지."

어느새 거기까지 마음을 써 준 아버지가 고마워 승현이 고개를 끄덕였다. 이때 한 여사가 동조한다는 듯이 말을 붙였다.

"그럼요. 음식장사란 게 제일 고되고 힘든데 아무리 직원이 일을 도와준다고 해도 내 가족처럼 관리해 주는 사람은 없죠. 승현이랑 연서가 결혼하는 바람에 사부인이 혼자 외롭게 지내면 우리도 마음이 불편해요."

"일단 연서네 사는 곳과 가까운 데로 적당한 신혼집을 알아볼게요."

승현의 대답에 한 여사가 맞장구를 쳤다.

"그래, 맞아. 승현아. 나이 드신 분을 외롭게 하면 안 돼."

"네. 결혼하면 장모님한테 더 잘할게요."

저택의 차고로 진입하며 승현이 말하자 민 대표와 한 여사는 넉살하고는, 하며 기분 좋게 웃었다. 승현은 뒤이어 말했다.

"물론 연서도 아버지랑 어머니한테 잘할 거예요. 마음 놓으셔도 돼요."

"너나 연서한테 잘해. 결혼은 너희 둘의 새로운 시작이니 둘만 알아서 잘 살면 우린 아무 문제 없다."

민 대표의 그 말에 승현은 즐겁게 웃었다. 차 안은 곧 새 식구를 맞이할 민 씨네 가족의 들뜬 분위기로 가득했다.

그 뒤로 신혼집을 구하고 가구를 들여놓고 결혼 준비를 하며 연서와 승현은 바쁘고도 설레는 날들을 보냈다. 결혼을 준비하는 때가 연인들이 가장 많이 싸울 때라는 말처럼 가끔 생각 차이 때문에 싸우는 일도 있었지만 서로 의견을 조율하며 큰 탈 없이 평화로운 시간이었다.

노곤한 월요일 오후, 디자인팀과 주간회의를 하고 나오니 사무실에는 뜻밖의 인물이 보였다.

"어머, 이게 누구야? 송채연 아니야? 자기가 어쩌다 여길 다 왔어?"

맨 처음 채연을 발견한 손 과장이 반갑게 알은체를 하는 바람에 회의실을 나오던 연서는 멈칫했다. 아닌 게 아니라 사무실 데스크엔 오랜만에 보는 채연이 있었고 그녀는 예쁜 웃음을 지으며 인사를 건넸다.

"다들 잘 지내셨어요? 손 과장님은 여전히 패션 센스가 장난이 아니세요."

"비꼬는 거지?"

"비꼬긴요. 이 바닥에서 손 과장님의 창의력이라면 따라올 사람 없는 거 아시면서."

송채연이 살짝 눈을 흘기며 웃자 손 과장은 괜히 으쓱해져선 거만한 목소리로 대답했다.

"역시 자긴 말 하나로 사람 마음을 들었다 났다 해."

디자이너들은 둘의 대화를 듣다가 괜히 연서와 채연을 번갈아 보면서 작게 수군거렸다. 그들이 수군대는 의미가 뭔지 잘 아는 연서는 일부러 아무렇지 않은 척 태연한 표정으로 디자인팀 사무실로 들어갔다. 밖에선 손 과장이 여전히 눈치 없이 떠들어 대고 있었다.

책상에 다가앉아 스케치북을 펼쳤지만 연서의 신경은 온통 송채연한테 쏠렸다.

굉장히 오랜만에 보는 얼굴이었다. 송채연은 왜 갑자기 이곳에 왔을까? 승현을 만나러 온 걸까? 무슨 일로? 왜 또다시……? 걷잡을 수 없는 의문이 파도를 쳤고 애써 그 생각을 하지 않으려 연서는 색연필을 집어 들었다. 스케치북 위에서 생각 없이 연필이 움직이자 말 그대로 낙서 수준의 그림이 되고 있었다.

"안녕하세요, 실장님."

문득 귀를 파고드는 날카로운 호칭에 연서의 손이 멈췄다. 그녀는 기계적으로 고개를 돌려 봤다. 디자인팀 유리문으로 바깥 사무실 풍경이 고스란히 보인다. 막 사무실로 들어오던 승현은 송채연의 인사를 받고 잠시 멈춰 있었다. 그의 발걸음처럼 괜히 연서의 심장도 같이 멈춰 버린다.

"오랜만입니다. 송채연 씨."

그리고 지극히 사무적인 승현의 대답이 들려왔다. 연서는 약간 숨을 토해 냈다. 내 남자와 과거 연인의 재회. 뜻하지 않게 그 장면들을 봐야만 하는 이 기분은 정말 묘했다.

긴장되기도 하고 불안하기도 하고 화가 나기도 하고 또 괜히 슬퍼지기도 하는, 한마디로 종잡을 수 없는 기분. 그럼에도 티를 내지 못하고 아무렇지 않은 척, 무심한 척해야만 하는 상황.

연서는 그만 짜증이 나서 탁 소리를 내며 자리에서 일어섰다. 안 그래도 그녀의 동태를 주도면밀하게 살피고 있던 여러 디자이너들은 연서의 반사적인 거동에 깜짝 놀라서 그녀를 쳐다봤다.

그런 주위의 시선들을 뒤로하고 연서는 디자인팀 사무실을 나왔다. 마주 서 있는 송채연과 승현을 지나쳐서 복도로 나올 때까지 답답한 가슴은 여전했다. 그런 그녀의 마음을 아는지 모르는지 승현은 그저 한 번 그녀에게 시선을 줬을 뿐이다.

연서는 사무실을 나와 옥상을 찾았다. 그곳에서 시원한 바람을 맞으며 마음을 가다듬었다.

별거 아닐 수도 있잖아. 로아를 지나가다가 커피 한잔하려고 올라왔을 수도 있고, 아니면 그냥 생각이 나서 들렀을 수도 있고.

이같이 조그마한 일에도 심각하게 고민하고 번뇌를 거듭하는 자신이 참 못나 보인다. 그만큼 승현을 좋아하는 마음이 깊어져서 더욱 그런 걸지도 몰라. 연서는 거기까지 생각이 들자 무기력한 한숨을 토해 냈다.

다시 사무실로 돌아왔을 때 송채연과 승현은 보이지 않았고 안으로 들어간 건지 실장실 문은 굳게 닫혀 있었다. 자리에 앉으니 경희 일당의 수군거리는 말소리가 작게 들려온다.

"내가 방금 얘기 몰래 듣고 왔는데, 송채연이 또 로아와 엮이려나 봐. 지금 모델을 그만두고 드라마 찍는다잖아. 여주인공으로 발탁됐는데 거기서 입을 패션들을 로아에서 협찬하길 원해서 온 거래."

"정말이야? 아, 어쩐지. 저번에 잘릴 때에 비해서 너무 당당하다 했어. 그럼 송채연이 이젠 갑이 되어서 돌아온 거야? 실장님은 비즈니스 때문에 송채연의 요구를 들어주려나 보네."

"협찬으로 로아 의상이 많이 나갈수록 회사 입장에선 홍보 효과가 좋잖아. 송채연은 예쁜 옷 입고 TV에 나오고 로아는 그로 인해서 돈 벌고, 서로 너 좋고 나 좋고 장사가 되는 건데 뭐."

옆자리의 손 과장은 실장실에 함께 들어간 건지 보이지 않았다. 연서는 주위에서 들려오는 소리들을 애써 못 들은 척하며 그림 그리기에 열중했다.

퇴근하기 한 시간 전에 드디어 그들의 미팅이 끝났고 송채연은 함께 온 매니저와 먼저 사무실을 나갔다. 잠시 뒤에 승현도 사무실을 나가 버리자 연서는 더 이상 궁금증을 참지 못하고 자리로 돌아온 손 과장에게 물었다.

"송채연과 로아가 다시 같이 일해요?"

미팅 노트를 정신없이 들여다보던 손 과장은 무심코 응, 하고 대답했다. 연서는 조용히 앉아 있다가 다시 그림을 그리는 척해 봤다. 그러나 신경이 다른 곳에 쏠려 있는 마당에 그림이 그려질 리가 없었다.

"실장님은 어딜 가신 거예요? 송채연과 함께 이동 중인 거죠?"

"그렇지. 아마 송채연과 일주일 동안 제주도로 출장 가게 될 테니까. 저녁엔 그 얘기 때문에 식사를 함께 하실 거야."

"네? 제주도 출장이요? 송채연과 일주일이나요?"

깜짝 놀라서 목소리가 저도 모르게 커져 버리자 연서는 얼른 자라처럼 목을 움츠렸다. 그녀의 반응에 그제야 손 과장도 말실수를 깨닫고 미팅 노트를 덮어 버렸다.

"아, 그게 다 비즈니스인 거 알지? 복잡하게 생각하지 마. 지금 실장님은 자기와 사귀는데 뭔 걱정이야?"

그래도 연서가 묵묵한 표정으로 아무 대답이 없자 손 과장은 조급해졌다.

"아무 걱정 말라니까, 글쎄. 실장님의 성격이 그리 갈대 같지 않아."

"알아요."

안다. 알지만 그래도 기분은 유쾌하지가 않다. 그냥 송채연과 저녁을 같이 먹는 것만도 신경 쓰이는데 둘이서 제주도로 일주일씩이나 출장을 가다니, 아무리 일이라지만 싫다.

퇴근 시간이 넘도록 연서는 집에 갈 생각을 않고 패션잡지를 무료하게 넘겨 보았다. 문득 뒤에서 기척이 들린다. 다들 퇴근했을 텐데 누구지? 연서는 황급히 고개를 돌렸고 그런 그녀의 시야에는 익숙한 사람이 들어왔다.

디자인팀 사무실 문에 비스듬히 기대어 선 채 그녀를 향해 웃어 주는 사람은 다름 아닌 민승현이었다.

바지 주머니에 두 손을 찌른 채 삐딱하게 서선 그녀를 향해 웃고 있다. 서른 살, 그를 다시 만났던 그날 화장실 앞에서 마주쳤을 때와 표정이 똑같았다.

꼭 지금처럼 저렇게 벽에 기대어 선 채 그녈 향해 의미 없는 미소를 짓고 있었지. 못 본 줄 알았는데 사실은 그가 그녈 알아보고 먼저 말을 걸어 줬던 그날.

왜 그런지 연서는 승현의 그 모습에 눈물이 날 것 같았다. 단지 그냥 저렇게 서서 그녈 지켜보며 미소를 지을 뿐인데, 그동안 그와 함께 지냈던 무수한 일들이 하나씩 아릿하게 떠올랐다.

"일이 많이 남은 거야? 왜 아직까지 혼자 있어?"

그가 물어 오자 연서는 고개를 흔들었다. 그녀에게 가까이 다가 온 승현이 습관처럼 그녀의 손을 끌어당겨 자신의 재킷 주머니에 집어넣었다. 추운 겨울을 내내 이렇게 지내 온 승현은 여전히 연서의 손을 주머니에 넣은 채 장난치는 걸 즐겼다. 그의 손의 따뜻한 온기를 느끼다가 연서는 물었다.

"왜 돌아왔어? 아니면 벌써 끝났어?"

승현은 그녀가 물어 오는 말이 뭔지 몰라서 의아하게 쳐다봤다. 연서는 아까 손 과장이 했던 말을 기억하며 말했다.

"저녁에 송채연이랑 저녁 식사가 있다면서. 벌써 끝난 거야?"

"아, 그거."

"제주도로 일주일씩이나 출장도 간다면서? 송채연이랑."

"그건……."

"좋겠다. 예쁜 여자랑 비즈니스 차원으로 밥도 같이 먹고 멋진 곳으로 출장도 다녀오고."

승현의 표정이 묘해지는 것도 못 느낀 채 연서는 심술궂은 목소리로 쏘아 댔다. 어떻게든 자신이 느끼고 있는 불만을 토로해 보고 싶은 연서가 연신 삐딱하게 나오자 승현이 피식 웃는다.

"꽈배기를 한 박스는 먹은 것 같네. 몰랐는데 이렇게 사람 비꼬는 재주도 있잖아."

장난스러운 승현의 말투가 싫다. 왜 이 상황에서 이 남자는 장난기 가득히 말하고 그녀는 억지로 장난인 척해야 하는 거지? 연서는 그 생각에 화가 났고 정색하려는 찰나에 승현이 느긋한 목소리로 묻는다.

"질투 나지?"

"……."

연서는 그만 말문이 막혀 버렸다. 당연히 질투 나잖아, 바보야. 마음속으론 그렇게 승현에게 외치고 있었다.

"송채연이랑 같이 밥 먹고 출장 가고 일도 하고 그래야 된다니까, 질투 나서 죽겠지?"

"사람 떠보는 거 하지 마. 얄밉게."

"질투 나는 거 맞잖아. 그래서 비꼬고 심술 내고, 괜히 내 시선도 피해 버리고, 웃지도 않고."

이번에는 대답 대신 고개를 돌려 버렸더니 승현의 두 손이 그녀의 얼굴을 잡아서 휙 돌렸다. 두 쌍의 눈동자가 서로를 마주 본다. 그의 눈에 흐르는 검은 윤기가 유달리 진했다.

연서는 문득 눈앞의 이 남자를 잃을까 봐 불안해하는 자신의 모습을 들여다보고는 맥 빠지게 웃었다. 결혼 날짜까지 다 받아 놓고 이게 무슨 청승인 거지? 못났다, 진짜.

"네가 김진성이랑 밥 먹고 내 앞에서 그 남자랑 웃고 떠들 때, 내 기분도 이랬어."

소심하게 아직도 그걸 기억하긴. 연서는 살짝 눈을 흘겨보았다.

"나는 예전에 네게 분명 약속했다. 송채연 때문에 다시 네 마음 상하게 안 한다고. 내 약속은 그렇게 가볍지 않아."

승현의 말을 들으며 가만히 그의 눈을 들여다보았다. 그의 눈동자엔 그녀만이 담겨져 있었다. 이렇게 마주 보니 금방 알겠는걸, 방금 전까지는 왜 몰랐을까? 바보같이. 그러나 연서는 고개를 흔들며 말했다.

"송채연 하나론 안 돼."

"뭐가?"

"앞으로 어떤 여자든지, 여자 때문에 내 마음 상하게 하지 말기. 약속해."

승현이 피식 웃었다. 대답을 안 하는 승현이를 끈질기게 마주 보자 그가 중얼거린다.

"이제 보니 욕심쟁이잖아. 강연서."

그를 만나면서, 그와 서로 사랑하면서 조금씩 조금씩 커져 버린 욕심. 아주 작은 일에도 설레고 화났다가 또다시 행복해지는 그녀는 어느샌가 사랑 앞에서 한없이 작아지는 여자가 돼 버렸다. 민승현이라는 남자 때문에. 연서의 눈에 얽힌 열망의 의미를 읽은 건지 그는 부드럽게 웃어 보였다.

"약속할게. 평생 다른 여자 때문에 속 썩이는 일이 없게 한다. 내 마음을 걸고."

앞으로 살아갈 평생이라는 시간, 먼 훗날의 이야기들을 짐작할 수 없지만 지금은 승현의 이 말 한마디면 충분했다. 연서가 활짝 웃자 그제야 승현이는 오후의 일들을 간단히 해석해 주었다.

"저녁 식사에는 김진성을 보냈고 출장은 손 과장이 갈 거야. 내가 직접 움직이지 않아도 나의 유능한 직원들이 잘 알아서 할 텐데 뭐가 그리 겁이 났어?"

연서의 얼굴에 안도의 표정이 떠오른다. 왠지 모를 불안과 질투가 뒤섞인 모든 감정들이 승현의 그 말로 자연스레 녹아 버렸다.

"나빠."

"응?"

연서가 나지막하게 중얼거리자 승현은 똑같이 나지막한 목소리로 되물었다. 연서는 그녀의 뺨을 감싼 그의 두 손 위에 손을 포개면서 말했다.

"왜 이제야 말해 주냐고. 오후 내내 혼자 속을 끓이고 질투하던 내가 정말 초라해 보이잖아."

"바보."

인정한다는 듯이 연서는 가만히 고개를 끄덕였다.

"그래. 난 바보 맞아. 널 좋아하면서 나는 바보가 됐어. 사랑에 눈먼 바보."

승현의 눈매가 가늘게 접혀진다. 그녀의 말 한마디에 밝은 미소를 지어 보이는 그가 좋다.

"난 너보다 훨씬 전에 벌써 바보가 됐지. 그래도 좋다. 너랑 곧 결혼해서 평생 살아갈 걸 생각하면."

이번엔 연서가 눈부시게 웃었다. 사랑하는 사람과 평생 함께 살아간다는 것, 그것보다 더 설레고 기분 좋은 일이 또 있을까? 상상만으로도 행복했다.

잠시 후 두 사람은 사무실을 정리하고 내려와 회사 앞 카페에 나란히 앉았다.

"결혼 날짜는 이미 받아 놨지만 조촐하게라도 해야 되지 싶다. 받아 줄래?"

승현이 말을 하며 마술처럼 품에서 작은 케이스 하나를 꺼내 연서에게 주었다. 설마, 프러포즈? 그 생각에 가슴 떨리는 환희가 차오른다.

연서는 조심스레 케이스 뚜껑을 열었다. 그 속엔 그녀의 예상대로 반지 하나가 예쁘게 빛을 뿌리고 있었다.

"꽃다발은 없지만 이거로 대신."

뒤이어 승현은 하트 모양의 분홍색 봉투를 내밀었다. 궁금한 기색으로 그걸 뜯어본 연서의 입에서 나지막한 탄성이 새어 나온다.

"로아웨딩 한정판……."

"이번에 진행하게 될 새로운 프로젝트야. 로아에서 처음으로 선보이는 웨딩드레스기도 하고. 지난번 너희 집에 갔을 때 네가 그려 놓은 웨딩드레스들을 보고 아이디어를 얻었어. 네 작품을 메인으로 여러 디자이너들의 작품이 동시에 출시될 거야. 우리 결혼 날짜에 맞추려고 했는데 작업 시간 때문에 아마 내년 이맘때면 나올 것 같다."

"승현아."

"나는 강연서가 여성의류에만 국한되지 않고 여러 분야의 패션 디자이너로 성장을 하길 바라. 그런 널 위해 조력자로서, 그리고 앞으로는 남편으로서 지원해 줄게. 지금부터 앞만 보고 가는 거야. 뒤에는 내가 있을 테니까."

연서의 눈에 물기가 번진다. 커다란 행복이 가슴 가득 퍼졌다. 뒤이어 세상에서 가장 달콤한 한마디가 들려왔다.

"결혼하자. 지금처럼 우리, 함께 있자. 평생."

그가 청혼을 한 건 여름이 다가오는 어느 날, 둘이 늘 가던 단골 카페에서였다.

❖

"후회 없지? 승현이를 믿고 평생 잘 살 자신 있는 거지? 연서야."

결혼식이 내일로 다가온 저녁, 정 씨는 자신의 앞에 마주 앉은 딸을 눈자리 나게 살펴보다가 괜히 쓸데없는 걸 묻는다. 정 씨의 잔걱정이 밴 목소리에 연서는 머리를 끄덕여 대답했다.

"응. 엄마. 승현이는 내가 유일하게 결혼하고 싶었던 남자야. 멋모르던 시절부터 좋아했고 우리가 진지하게 만나기 시작한 건 얼마 안 되지만, 그래도 충분해. 승현이는 좋은 남자고 참 괜찮은 사람이란 걸 아니까."

이번엔 정 씨가 머리를 여러 번 끄덕였다. 내일이면 그녀가 온 인생을 바쳐 소중히 키워 냈던 딸이 한 남자의 손을 잡고 평생을 약속하게 된다. 그 사실이 대견하기도 하고 서운하기도 하고 또 행복하기도 한 것이 말로는 표현할 수 없는 복잡한 기분이었다.

"그래. 너라면 누구보다 똑 부러진 선택을 하고 그에 후회 없이 잘 살 거야. 엄마는 네가 내 딸이라서 너무 자랑스러워."

좋은 일에 눈물을 보이고 싶지 않지만 그래도 눈물이 핑그르르 고여 온다. 연서는 그걸 참느라 일부러 활짝 웃어 보였다.

412

"나도 엄마가 내 엄마라서, 너무 다행이고 행복해."

연서가 먼저 다가와 정 씨의 품에 안겼다. 기다렸다는 듯이 정씨는 한 품에 들어온 딸의 어깨를 쓸어 주며 기쁘게 웃었다.

오늘 밤이 지나면 딸은 제2의 인생을 새로이 시작하게 될 것이고 엄마로서 마지막으로 해 줄 일이라면 이렇게 따뜻한 품으로 밤이 새도록 안아 주는 것, 그리고 내일은 웃으면서 딸의 행복을 축복해 주는 것밖에는 없다. 창가로 비쳐 들어오는 달빛이 그들 모녀를 다정히 어루만져 주었다.

"어젯밤 설레서 한숨도 못 잤지? 그래도 얼굴 훤한 거 좀 봐. 장가가니까 그렇게 좋냐?"

"아직 뭘 모르는 거지. 결혼은 인생의 무덤이라는 사실을 곧 알게 될 테니, 오늘만 입 찢어지게 좋아하라고 해."

부러우면 부럽다고 할 것이지, 사내놈들이 쪼잔하게 질투는. 친구들의 시답지 않은 농담 속에서 승현은 씨익 웃었다.

연서에 대한 마음을 자각하고 오늘에 이르기까지, 수도 없이 설레고 행복을 느끼던 시간들이 떠오른다. 드디어 오늘은 연인에서 부부로, 새로운 가족을 만드는 날이다. 그게 얼마나 가슴 벅차는 감동인지 승현은 오늘을 영원히 잊을 수 없을 것 같았다.

"근데 첫날밤은 어떻게 계획했어? 아, 그런데 오늘의 첫날밤이 둘의 몇 번째 불타는 밤이 되는 거야? 솔직히 얘기해 봐."

친구의 짓궂은 얘기에 승현은 의미 있는 표정을 지었다. 오늘이야말로 그들의 진정한 첫날밤이었다. 그동안 쉽지 않은 연서의 혼전철학을 지켜 주느라 몸에서는 사리가 생길 지경이었다.

승현은 씩 웃으며 입을 다물어 버렸다. 그 모습을 어떻게 해석

했는지 친구들은 부럽다는 듯이 혀를 차고 있었다.

그 틈을 타 승현은 슬며시 친구들 속에서 빠져나와 신부대기실로 걸어갔다. 문 앞에 도착해 대기실 문을 열었더니 순백의 드레스 차림의 연서가 등을 보인 채 앉아 있는 게 보였다.

그녀는 한창 정 씨와 얘길 나누고 있었다. 연서의 머리를 쓰다듬어 주던 정 씨는 들어오는 승현을 발견하고 환하게 웃어 보였다.

"아유. 승현이…… 아니지. 우리 민 서방 왔군요."

"여기 들어와도 되겠죠? 연서가 너무 궁금해서."

승현은 이미 성큼성큼 들어서면서도 변명 비슷하게 말했다. 그런 그를 향해 고개를 돌린 연서가 환하게 웃는다. 너무 과하지 않게 적당히 잘 먹은 신부화장은 그녀를 색다르게 보이게 했고 처음 보는 웨딩드레스의 그녀는 눈부시게 아름다웠다.

그를 위해서, 그 한 사람에게 오기 위해서 정성 들여 준비했을 연서를 생각하니 가슴이 감동으로 들먹거린다.

"예쁘다."

승현의 말에 연서가 코를 찡긋하며 웃었다. 승현이 가까이 다가오자 연서는 손으로 드레스 자락을 약간 걷어 올리더니 중얼거린다.

"힐이 너무 꽉 끼어서 아파. 사이즈를 하나 큰 걸로 할걸."

그들의 얘기를 듣던 정 씨는 손님들을 둘러보고 오겠다며 밖으로 나갔다. 정 씨가 나가자 승현은 허리를 굽혀 그녀의 앞에 앉았다. 그러곤 손을 뻗어서 연서의 발목을 주물렀다. 뜬금없는 행동에 잠시 당황해하던 연서는 곧 사랑스러운 미소를 지어 보였다.

"고마워. 신랑님."

승현은 고개를 들어서 생글생글 웃고 있는 연서를 마주 보았다.

반짝반짝 빛나는 그녀의 웃음은 오늘부터 온전히 그의 것일 거고 이 웃음이 마르지 않게 지켜 주고 싶다. 늘 지금과 같은 마음으로, 평생 그녀만을 사랑하며. 연서의 발목 근육을 느슨히 풀어 주면서 승현이 물었다.

"같이 와 있던 친구는?"

"아, 선경이? 방금 준우한테 과자 사 준다고 나갔어."

"그래. 곧 식이 시작될 텐데, 떨리지?"

"응. 엄청 떨려. 너는?"

연서가 나지막하게 대답하자 승현은 웃으면서 똑같이 낮은 목소리로 대답했다.

"나도 떨려."

그러다 둘은 시선을 마주치며 행복하게 웃었다.

"떨지 말고 잘하자. 우리의 날이잖아."

승현이 약간 몸을 일으켜 그녀의 얼굴 가까이로 다가갔다. 둘의 입술이 막 닿으려고 하는 순간에 문득 대기실의 문이 열리더니 승현의 친구 하나가 그들을 불렀다.

"혹시 예슬이 못 봤어?"

예슬이라면, 기태의 딸아이? 승현이 의아한 표정으로 일어서자 연서도 고개를 돌려서 친구를 봤다. 그는 약간 당황한 목소리로 말한다.

"예슬이가 안 보여서 찾고 있는 중이야. 여기도 없는 모양이네."

친구가 대기실 문을 닫고 나가자 승현은 따라 나가려다 고개를 돌렸다. 연서도 두 손으로 드레스 밑단을 거머쥔 채 일어서려 했던 것이다.

"어딜 나와? 그 차림으로. 내가 가 볼 테니까 여기서 기다려."

"애가 없어졌는데 어떻게 그냥 앉아서 기다려? 같이 가."

"말 들어. 금방 다녀올게."

대기실 밖으로 사라지는 승현의 뒷모습을 걱정스럽게 보다가 연서는 입술을 잘근잘근 깨물었다.

열 살도 되지 않은 어린아이가 이렇게 사람들이 복작거리는 곳에서 사라졌으니 찾기 쉽지 않을 텐데. 엄마도 없다고 들었는데 지금쯤 아빠를 찾느라 얼마나 무서울까?

연서는 작은 한숨을 쉬면서 대기실에 걸린 시계를 보았다. 결혼식 시작까지 20분도 남지 않았다.

"어쩌다 놓친 거야?"

밖으로 나간 승현은 친구 녀석 셋과 함께 예식장을 여기저기 찾아다녔다. 친구들도 걱정 어린 표정으로 분주하게 움직였지만 무엇보다 기태의 얼굴은 흙빛으로 굳어져 있었다.

"주차하면서 예슬이가 먼저 차에서 내렸어. 아빠가 차에서 나올 때까지 그 자리에 꼼짝 말고 기다리라고 했는데 녀석은 그새 먼저 엘리베이터에 올랐나 봐. 주차를 다 하고 차에서 내리니까 이미 어디로 가 버렸는지 보이질 않아."

"그랬구나. 걱정 마. 근처 어딘가에 있을 거야."

승현의 위로에 기태는 잔뜩 미안한 목소리로 말한다.

"미안하다. 좋은 결혼식 날에 이게 뭔 짓인지."

"무슨 소리야? 애가 사라졌는데, 얼른 찾아야지."

승현은 손으로 기태의 어깨를 툭툭 힘 있게 쳐 주었다. 사고로 아내를 잃고 언제부턴가 한껏 위축되어 있는 친구가 안타까웠으나 묵묵히 잘 견뎌 주는 모습이 또 고마웠다. 그런 녀석은 모르긴 해도 지금쯤 놓쳐 버린 딸아이 때문에 속이 까맣게 타고 있을 거였다.

승현과 기태가 다시 지하 주차장부터 비상계단을 올라가고 친구들도 각각 흩어져 아이를 찾고 있는 동안 결혼식 시작 시간이 점점 가까워졌다. 그걸 알면서도 승현은 먼저 올라갈 수가 없어서 연서에게 미안했다.

전화라도 해서 연서를 위로하려는 생각으로 핸드폰을 꺼냈는데 마침 그녀에게서 전화가 오고 있었다.

— 어디야? 그만 올라와.

"미안해. 예슬이를 아직 못 찾았어. 금방 찾아서 갈 테니까……."

— 예슬이 여기 있어. 그니까 친구들이랑 다 같이 와.

친구들과 함께 헐레벌떡 다시 신부대기실 문을 열었을 때 그곳에는 기적처럼 예슬이가 있었다. 또래의 남자아이랑 장난치며 놀고 있는 예슬의 옆에는 연서와 그녀의 친구 선경이 있었다.

"어떻게 된 거야?"

승현이 다가가며 묻자 연서가 대답했다.

"내 친구가 예식장 옆의 마트에서 예슬이를 발견했어. 준우가 과자를 먹는데 예슬이가 하도 애처롭게 바라보니까 과자 하나를 사 줬는데 막 울어 버리더래. 겨우 달래서 물어보니까 예슬이가 아빠를 찾아 달라고 그랬다더라. 여기에 오기로 했다면서."

"윤예슬!"

이때 기태가 무섭게 소리치며 여자아이를 부르자 준우와 장난치며 놀던 아이가 겁을 집어먹은 채 눈동자를 깜빡거렸다. 기태는 성큼성큼 다가가며 혼냈다.

"아빠가 함부로 돌아다니지 말라고 했잖아! 그러다 아빠가 예슬

이 잃어버리면, 슬프다고 했어? 안 했어? 아빠가 예슬이마저 잃어
버리면 아빠 마음이 어떨 거라고 했어?"

"구멍이 날 거라고……."

여자아이는 아빠의 눈치를 보며 조심스레 대답했다. 주위의 분
위기가 무겁게 가라앉은 가운데 기태가 기분을 애써 누그러뜨리면
서 말했다.

"다시 말 안 듣고 마음대로 돌아다닐 거야?"

"안 그럴 거야. 예슬이, 다시는 안 그럴 거야."

여자아이가 마구 도리머리를 치며 대답하자 그제야 기태는 예슬
이를 향해 팔을 뻗었다. 아이는 기다렸다는 듯이 달려와서 기태의
품에 안겼다. 둘러서 있던 모두가 안도의 숨을 내쉬었다.

"어쨌든 다행이다. 큰일 날까 봐 걱정했는데."

친구의 위로에 고개를 끄덕이던 기태는 그때서야 선경을 향해
예의 있게 인사를 건넸다.

"고맙습니다. 이 고마움을 어떻게 갚아야 할지……."

"아니에요. 큰 사고가 안 나서 다행이죠."

선경이 방긋 웃으며 대답하자 기태도 웃음으로 화답했다. 옆에
서 있던 연서는 은근한 미소를 지었다. 인연이라면, 억지로 이어
주지 않아도 이렇게 마주치게 되나 보다.

"신랑, 신부 입장입니다. 아유! 실장님! 이제 입장하셔야죠."

이때 들리는 손 과장의 부산스러운 말소리에 친구들이 먼저 우
르르 나갔다. 둘만 남은 대기실에서 승현이 손을 내밀자 연서가 생
긋이 웃으며 그 손을 잡았다.

함께 입구에 나타난 둘에게 모든 하객들의 시선이 쏠렸다. 아빠
가 없는 관계로 연서는 신랑과 동시 입장을 선택했다. 혼자 부모님

좌석에 앉은 정 씨는 슬며시 나오는 눈물을 고개 돌려 훔치고는 다시 연서와 승현을 바라봤다.

결혼식 시작을 알리는 음악 소리와 함께 예쁜 꽃잎들이 마치 눈처럼 쏟아진다. 연서는 고개를 돌려 승현을 봤고 그도 그녀를 바라봤다.

보고만 있어도 좋은 사람, 이제는 평생을 함께할 사람, 연서와 승현에게 결혼이란 그랬다. 좋아하는 사람과 가장 친밀한 사이로 되어 평생을 살아간다는 것. 그건 가장 평범하고도 따뜻한 행복이었다.

패션의 도시, 밀라노의 고즈넉한 호텔에서는 설레는 첫날밤을 맞이하는 남자와 여자가 있었다. 테이블에서는 은은한 촛불이 타오르고 승현이 양주와 와인을 준비했다. 그런 그의 곁에서 연서는 마치 남의 집에 온 듯 어색한 자세로 앉아 있었다. 승현이 다정한 목소리로 힌트를 줬다.

"먼저 씻어."

"아…… 그래."

장시간의 비행으로 안 그래도 시원하게 씻고 싶었으나 호텔에 들어오자마자 욕실에 들어가기가 주저해져 망설이던 그녀였다. 허리를 굽혀 열심히 캐리어를 뒤적이는 연서를 보던 승현이 그녀를 일으켰다.

"욕실에 가운이 있으니까 그냥 들어가서 씻어."

그게 아니라 속옷을 찾은 건데. 입술을 잘근거리며 대꾸를 못

하자 그녀의 생각을 읽은 듯 승현이 의미 깊게 웃었다.

"어차피 벗길 거니까 속옷은 생략해."

연서의 뺨이 확 붉어지는 변화가 재미있다. 말 한마디 못 하고 연서는 쫓기듯이 총망히 욕실로 사라졌다.

승현은 창가로 다가갔다. 밀라노의 밤은 더없이 아름답지만 그걸 감상할 여유가 없었다. 그들의 비밀스러운 첫날밤을 행여 누가 볼세라 손을 뻗어서 커튼을 꽁꽁 닫은 승현은 욕실에서 흘러나오는 물소리에 두근거리는 심장을 달랬다.

살면서 지금처럼 긴장됐던 시간이 있을까? 곧 그녀와 사랑을 나눌 일에 가슴이 잔뜩 들먹거려지자 승현은 스스로를 격려하듯 중얼거렸다.

"그동안 잘 참았다. 민승현."

그러나 더 이상은 못 참아. 참을 이유도 없고 말이다. 잠시 후에 연서가 욕실을 나오다가 소파에서 말없이 그녀를 바라보는 승현과 눈이 마주치자 살짝 웃었다.

"샤, 샴푸가 좋다. 냄새 말이야. 엄청 달달해."

"그래?"

"으응. 너도 써 봐."

"그러지 뭐."

그가 소파에서 일어서더니 입고 있던 옷들을 하나씩 벗었다. 그녀를 마주 보면서 너무 자연스럽게 옷을 벗는 승현이었다. 그걸 보고 있던 연서가 도리어 부끄러워져서 시선을 피했다.

승현이 슬며시 웃으며 바지 버클을 풀자 연서는 얼른 그에게 등을 보인 채 테이블 앞에 앉았다. 하나씩 옷을 걸어 낸 승현의 맨몸을 마주 보는 게 가슴 떨린다. 연서는 가만히 마른침을 삼키며 그가 욕실에 들어가길 기다렸다.

이때, 뒤에서 기척이 들리자 긴장이 몰려왔다. 승현의 팔뚝이 부드럽게 그녀의 어깨와 가슴을 감싸 안으며 등 뒤로 기분 좋은 향이 스며 온다. 욕실에서 나는 샴푸 냄새보다 더 달콤한 향기였다.

"씻고 올게."

승현이 그녀의 귓가에 나지막이 속삭이고는 괜히 빨개진 그녀의 뺨에 살짝 입 맞추었다. 그가 욕실로 들어가자 연서는 긴장으로 부푼 한숨을 내쉬었다.

첫날밤, 남자와의 첫 경험, 그리고 무엇보다 사랑하는 남자와 함께 보내는 밤이라는 게 이렇게 두근거리는 일일 줄이야. 그가 씻고 나올 때까지 도대체 뭘 해야 할지 모른 채 연서는 그저 그렇게 가만히 앉아 있었다.

얼마나 지났는지 드디어 승현이 욕실에서 나왔다. 가운을 입은 채 그녀에게 가까이 다가와 테이블에 마주 앉은 승현은 그때까지 잔뜩 경직돼 있는 그녀에게 싱긋이 웃었다.

"너, 엄청 말이 줄어든 거 알아? 비행기 타는 동안에는 끝도 없이 재잘거리더니 호텔에 들어오고 나서는 딱 조용해졌어."

"아…… 그래? 피곤했나 보지 뭐."

"피곤할 만하지. 그래도 오늘은 안 봐줘."

승현의 그 말은 협박에 가까웠다. 지금까지 그녀를 배려하고 참아 준 승현임을 잘 안다. 연서는 가만히 그가 잔에 양주를 따르는 모습을 지켜봤다.

"한잔할래? 조금 쓴데."

양주를 내밀며 묻는 승현의 말에 연서가 대답했다.

"나는 와인으로 줘."

알코올의 힘이라도 있으면 조금이라도 덜 긴장될 테지. 연서는 그 생각으로 선뜻 와인을 받아서 마셨고 달착지근하고 부드러운 와인의 맛에 기분이 좋아졌다.

그러나 긴장으로 굳은 몸은 여전했다. 희미한 촛불에 비낀 승현의 얼굴은 왜 이렇게 섹시하고 그와 시선이 부딪칠 때마다 왜 이렇게 가슴 떨리는지, 연서는 지금 이 순간이 더없이 로맨틱하면서도 가슴이 진정되질 않아서 괴롭기까지 했다.

그러나 그 시간은 그리 오래가지 않았다. 승현이 양주를 반 잔도 채 다 마시기 전에 자리에서 벌떡 일어나 그녀에게 다가왔던 것이다. 그러고는 두 팔로 그녀를 안아 들었다.

"분위기 잡고 폼 잡고 다 하고 싶은데, 그러기엔 내 인내심이 부족해."

다소 공격적인 어투였다. 승현이 그녀를 침대 위에 내려놓자 더블침대의 푹신한 촉감이 온몸을 감싼다.

곧바로 승현의 입술이 찾아왔다. 늘 그랬듯이 깊고도 진한 키스였다. 조용한 방 안에서 둘은 오롯이 서로에게만 집중한 채 오래도록 키스를 나누었고 숨이 막혀 올 때쯤 승현은 그녀를 놔주었다.

승현의 손이 다가와서 그녀의 뺨을 쓰다듬는다. 따뜻한 체온에 연서가 방긋 웃었다. 다시 그의 입술이 찾아왔다. 긴 입맞춤이 시작됐고 키스에 집중하는 동안 승현의 손은 그녀의 몸에 형식적으로 걸쳐진 가운을 벗겨 내렸다.

그녀의 목과 어깨에 짙은 키스를 흩뿌리던 그의 입술이 불빛 아래 완전히 드러난 가슴의 정점을 덥석 삼켜 버렸다. 연서는 저도 모르게 흐읍 하고 신음을 토해 냈다. 견디기 힘든 자극이었다.

그의 손이 다른 한쪽 가슴을 부드럽게 주무르다가 납작한 배를 지나 허벅지를 쓰다듬었다. 그의 입술도 따라서 같이 아래로 내려간다. 허벅지의 부드러운 살결을 으깨듯 키스하고 매끄러운 종아리에도 끊임없이 따스한 숨결을 쏟아 냈다.

그녀의 발에도 애무하려고 잡았더니 연서가 연속적으로 그의 손에서 발을 빼내는 바람에 승현은 슬며시 웃었다.

"왜? 하지 마?"

"응. 하지 마. 이상해."

자꾸만 화끈한 열기가 오르고 뜨끈한 무언가가 흐르는 느낌이 생소하고도 부끄럽다. 적응되지 않는 자극에 연서는 어쩔 바를 몰랐고 그런 그녀가 마냥 사랑스러운 승현은 그녀의 발등에 소중하게 입을 맞추었다.

정성스럽던 애무가 끝나는가 싶더니 승현이 그녀의 손을 이끌어서 그의 가운을 벗기게 했다. 가운이 내려가고 그녀처럼 아무것도 걸치지 않은 승현은 연서에게 몸을 기울여 뜨겁게 입을 맞췄다.

서로에게 스며드는 따스한 체온이 굉장히 기분이 좋다. 그녀와 키스를 오래 나눌수록 승현은 잔뜩 단단해진 분신에서 전해져 오는 어릿한 고통을 참기 힘들었다.

"해도 돼?"

드디어 승현이 묻자 연서는 가만히 고개를 끄덕였다. 처음 보는 남자의 맨몸이 신기하고 그 몸과 곧 합쳐질 순간이 묘하게 기대됐다.

승현이 한 손으로 그녀의 다리를 살짝 벌리고 다른 한 손으로

진입을 시도하려는 순간에 연서가 문득 그의 팔뚝을 잡더니 겁이
난 목소리로 묻는다.

"아프겠지……?"

승현이 피식 웃었다. 그러곤 그녀의 손을 깍지 끼어 잡으면서
달랬다.

"잠깐이면 지나가. 주사 맞아 봤지? 그 느낌일 거야."

"정말?"

"많이 아플 것 같으면 눈 감아."

말 잘 듣는 아이처럼 연서가 눈을 감자 승현이 다시 진입을 시
작했다. 오랜 시간을 공들인 애무에 촉촉이 젖어 버려서 금방 들어
갈 것 같던 그녀의 몸은 처음이라 그런지 쉽지 않았다.

들어가려 할 때마다 무언가에 막혀 버리고 그럴 때마다 고통이
느껴지는 듯 연서는 몸을 잔뜩 수축시키면서 그를 거부했다. 그런
연서에게 깊숙한 키스를 하면서 승현은 한순간에 몸을 들이밀었
다.

"아……. 아파."

거대한 파열감에 연서는 비명처럼 날카로운 신음을 냈다. 고통
으로 인해선지 잔뜩 찡그려진 그녀의 표정을 보며 승현은 이름 모
를 만족감을 느꼈다. 사랑하는 여자를 드디어 정복하는 희열이 온
몸을 덮쳐 왔다.

"눈 떠서 나를 봐."

그녀와 한 몸이 된 채 귓가에 속삭이자 연서가 눈을 뜬다. 몽롱
한 눈동자엔 그녀를 바라보는 그가 담겨 있었다.

"사랑해. 연서야."

나지막한 목소리였지만 굉장히 따뜻하게 들려온 그 말에 연서는

왜 그런지 눈물이 나려고 했다.

손을 뻗어 그의 넓은 어깨를 살며시 어루만져 보았다. 부드러운 느낌이 좋다. 조금씩 손을 내려 그의 체온이 가득한 가슴과 군살 하나 없는 허리를 살짝 쓰다듬자 승현은 기분 좋은 한숨을 흘린다.

"나도 사랑해."

연서가 사랑한다는 말을 한 건 처음이었다. 그녀가 그에게 보여 주는 눈빛과 웃음에서는 언제나 사랑이 가득 묻어났지만 그래도 말로 듣지 못해서 늘 뭔가 허전했던 승현은 지금 이 순간, 가슴 가 득 차오르는 행복감으로 환하게 웃었다.

다시 연서의 입술을 찾아서 고개를 기울였고 그녀의 좁은 안에 서 터질 것 같은 자극을 좇아 움직이기 시작했다.

그녀의 안을 찢고 들어온 그것은 굉장히 딱딱했고 그래서 그가 움직일 때마다 고통이 동반되었다. 그러나 그와 몸이 부딪치는 느 낌이 좋다. 평소엔 잘 볼 수 없었던 승현의 흐트러진 표정과 거친 숨소리에 남성적인 매력이 진하게 느껴졌다.

그가 밀고 들어왔다가 다시 밀려 나갈 때마다 저도 모르게 숨이 차면서 고양이 같은 신음 소리가 났다. 그녀가 그런 반응을 보이면 승현의 미간이 섹시하게 찌푸려지면서 깍지를 낀 그의 손에 힘이 들어갔다.

방 안엔 온통 사랑의 열기가 가득 찼고 지칠 줄 모르는 듯 승현 은 연서를 탐하고 또 탐했다.

그가 그녀를 원하는 몸부림에, 그녀가 그에게 주는 사랑에 둘은 밤이 깊어 가도록 서로에게 붙은 채 떨어지지 않았다. 이국 도시의 달은 그렇게 기울어 갔다.

"나, 고백할 게 있는데."

오래도록 사랑을 나누고 그대로 잠이 들어 버린 건지 승현은 대답이 없다. 연서는 그의 가슴에 얼굴을 묻고는 허리에 팔을 둘렀다.

"사실은 나, 중학교 때부터 널 좋아했다? 말을 하고 싶었는데 한참 어릴 때라 그럴 생각조차 못 했고, 우리 대학 때 다시 널 만나서는 왜 그런지 용기가 나질 않았어. 그리고……."

조용한 방 안에서는 연서의 나지막한 목소리가 노랫말처럼 들렸다.

"좋아한다는 고백이 왜 그렇게 간지럽던지. 네가 이런 나를 비웃을까 봐, 그게 가장 겁이 났어."

연서는 부드럽고 매끄러운 그의 피부에 뺨을 비비면서 작게 웃었다.

"사실은 내가 얼마나 너를 좋아하는지, 너는 알지? 고마워. 승현아."

커튼 사이로 하얗게 밝아 오는 아침을 바라보다가 연서는 피곤한지 하품을 했다. 그러고는 이불을 턱 끝까지 끌어 올리며 눈을 감았다.

밤새 그녀를 놔주지 않고 폭주한 승현도 피곤했을 테지만 그 못지않게 지쳤던 연서도 눈을 감자마자 곧 잠이 들어 버렸다.

그녀의 고른 숨소리를 듣던 승현의 입가에 희미한 미소가 번진다. 그의 허리를 껴안은 채 가슴 떨리는 고백을 해 오던 연서는 어느새 잠이 들었다. 그런 그녀가 잠이 깰세라 승현이 조심스레 머리칼을 어루만졌다. 그러다 그녀의 머리 밑에 팔을 넣어 팔베개를 한 채 꼭 안아 주었다.

중학교 때의 일들은 하도 오래전이라 기억이 나질 않는다. 대학

생 때 잠깐 다시 연서와 만났던 그 시절의 이야기들도 잘 모르겠다. 기억력이 나쁜 건 아닌데 관심 없는 것에는 그다지 신경을 쓰지 않는 성격 때문인지 그때의 일들은 도통 떠올릴 수가 없다.

다만 로아에서 그녀와 함께했던 시간들이 하나둘씩 생각이 나며 괜히 애잔함이 밀려왔다. 오래전부터 그를 좋아했던 그녀는 로아 의류에 들어올 때, 모르긴 해도 많은 고민을 했을 테고 그와 송채연의 관계를 알고 나서 무기력한 상실감을 느꼈을 테지.

그리고 그녀의 마음도 모른 채 함부로 이용했던 그날의 키스에 심하게 상처를 입고는 그를 좋아하던 마음을 접으려 했을 거다. 그런 그녀의 마음을 돌리려 그는 얼마나 속을 끓였던지…… 지난 일들이 아득한 추억마냥 점점이 떠오른다. 승현은 연서를 안은 팔에 슬며시 힘을 주었다.

"앞으로는 내가 더 많이 사랑할게."

잠에 빠져 있는 연서의 얼굴을 어루만지며 승현이 다시 말했다.

"미안하고 고맙고, 사랑하는 내 마음을 너도 알지?"

세상 누구보다 행복한 표정으로 그의 품에 안겨 있는 것만으로 충분했다. 그들은 지금처럼 앞으로도 함께할 거라는 믿음이 있으니까. 그런 연서를 껴안은 채 승현도 눈을 감았다. 아침이 밝아 오는 때에야 사랑스러운 연인은 서로의 체온에 기대어 깊은 잠에 빠져 들어갔다.

햇살이 뜨거운 한여름 날, 민 대표는 점심을 사 준다고 아들과 며느리를 회사 밖으로 불렀다. 식사를 끝낸 뒤에 커피 한잔하며 후식을 즐기던 중 민 대표가 둘이 연애할 때 이야기를 궁금해하자 이것저것 즐겁게 얘기해 주던 연서가 문득 눈동자를 빛냈다.

"아, 맞다! 또 생각났어요."

무슨 이야긴지 민 대표와 승현이 동시에 호기심 어린 눈빛을 보냈다. 연서는 살짝 장난스러운 표정으로 말을 한다.

"그때는 저희 사귀던 때가 아닌데 패션쇼 준비하면서 제가 실수로 넘어졌거든요. 아프고 마네킹에 깔려서 창피하고 그랬는데, 글쎄 이 사람은 그런 절 모른 척 옆에 같이 넘어진 송채연 씨만 챙기고 나가 버렸어요. 그때 어찌나 속상하고 눈물이 나던지요."

그녀의 옆에서 얘기를 듣던 승현이 황당한 표정으로 연서를 돌아보았다.

"무슨 소리야? 그때 너도 같이 넘어졌다고?"

"뭐? 아니, 연서야. 그런 일도 있었어? 승현이 이놈이 너는 보는 척도 안 하고 나가 버렸다고?"

민 대표가 짐짓 큰 소리로 연서의 창피한 이야기를 흥미 있게 들어 주자 연서는 고개를 끄덕였다.

"네. 지금에 와서 이 사람 흉보는 것 같지만 사실이에요, 아버님. 이 사람, 되게 못됐죠?"

왜 아무리 생각해도 기억이 나지 않는 걸까? 승현은 연서가 하는 얘기가 꼭 거짓말인 것 같았다. 패션쇼 준비 때 송채연이 넘어졌던 건 기억이 나는데 그때 옆에 연서도 같이 넘어졌다고……?

"난 기억이 안 나. 기억도 안 나는 일로 멀쩡한 사람 흉보면 안 되지."

승현의 어쭙잖은 변명에 연서는 얄밉게 눈을 흘기면서 대꾸했다.

"내가 그때 얼마나 상처받았는데 기억이 안 난다는 말로 끝내다니. 진짜 서운해지려고 해."

"아, 정말 기억이 안 난다고."

둘의 실랑이를 들으며 재미난다는 듯 껄껄 웃던 민 대표가 말했다.

"승현이가 시력이 안 좋다. 앞만 보고 옆은 볼 줄 몰라서 그랬나 보네. 밉게 행동을 해도 본심이 그런 놈은 아니니 연서 네가 많이 감싸 줘야 될 것 같다."

"네. 아버님. 저도 이 사람이랑 잘 됐으니까 이제는 농담처럼 얘기하는 거예요."

"그럼. 둘이 잘 살면 그걸로 된 거야. 지금처럼 서로 아끼고 사랑하면서 살면 돼."

그들의 말을 들으며 승현이 미간을 찌푸렸다. 기억은 안 나지만 어쨌든 그런 일이 있었다니 그런가 보다, 생각하며 자리서 일어났다.

문득 맞은편에 앉았던 민 대표의 발이 슬쩍 그를 건드리는가 싶더니 승현은 한순간에 중심을 잃고 기우뚱거렸다. 그리고 쫘당 하는 소리와 함께 그대로 바닥에 넘어진 그를 보고는 민 대표가 시원스럽게 웃었다. 연서는 갑자기 일어난 상황에 어리둥절한 표정을 지었다.

"아, 아빠!"

"장가까지 간 놈이 아빠란 소리는 끊지도 않네. 연서야. 우린 그만 나가자. 내가 계산할게."

"아버님……."

아직도 상황 파악이 안 된 연서에게 민 대표는 눈을 찡긋하며 장난스러운 웃음을 지어 보였다.

"인생은 돌고 도는 거야. 지는 넘어질 때가 없을까 봐."

아직도 바닥에 넘어진 채 일어나질 않는 승현을 보다가 민 대표의 말을 들은 연서는 그제야 못 말린다는 듯이 웃었다.

"절대 손잡아 주지 마. 기회가 왔을 때 복수하는 거야."

쾌활한 어조로 말하고 카운터로 향하는 민 대표의 뒤를 따르며 연서는 명랑하게 대답했다.

"네. 아버님."

"야. 강연서!"

그런 연서의 뒷모습에 승현이 다급하게 그녀를 불렀다. 연서가 고개를 돌리더니 쌩긋 웃는다.

"얼른 일어나. 밖에서 기다릴게."

"정말 모른 척할 거야?"

"너도 그랬다니까."

승현은 답답해졌다. 연서의 성격상 없는 일을 지어낼 리는 없는데, 그렇다면 그는 정말로 넘어진 그녀를 내버려 두고 간 적이 있었단 말인가? 이 무슨 재미없는 과거인지 모르겠다.

"난 정말 기억이 안 나."

"그 거짓말을 나더러 믿으라고?"

아, 이럴 때는 어떻게 이해시켜야 하지? 진짜로 기억이 안 난다고, 이 고집쟁이야. 승현이 애타게 연서를 바라봤지만 그녀는 쌤통이란 표정으로 너무도 즐겁게 웃을 뿐이다.

민 대표를 따라서 가게를 나가는 연서의 뒷모습을 보다 말고 승현이 피식 웃고 만다. 지금 이 상황을 만든 민 대표와 그에 동조한 얄미운 연서를 생각하니 갑자기 왜 이렇게 웃음이 나는지, 승현은 바닥에서 일어날 생각 없이 한참을 웃었다.

문득 기척이 들렸다. 고개를 들어 봤더니 어느새 다시 가게에 들어온 연서가 말한다.

"미안하지? 그때 일들이 미안해 죽겠지?"

"연서야."

"자, 손잡아."

선심 쓰듯 그에게 손을 내밀어 주는 연서를 올려다보며 승현이 장난스럽게 물었다.

"왜 잡아 주는 거야? 소심한 복수 해야지."

그러자 연서는 아니라는 듯이 고개를 살랑살랑 흔들더니 대답했다.

"미안한 일은 하지 않을 거야. 훗날 가서 후회하는 건 재미없어."

그녀의 말을 듣고 승현이 고개를 끄덕거렸다. 그래. 그는 이처럼 간단한 것도 몰랐나 보다. 그동안 연서에게 알게 모르게 미안했던 일들이 생각나고 그것 때문에 후회하고 속을 끓였던 자신의 모습이 떠오른다.

이제 다시는 이 여자의 마음을 다치는 일이 없게 해야지. 미안함으로 후회하는 건 그 역시 재미없었다.

승현이 연서의 손을 잡았다. 그리고 바닥에서 일어선 그가 그녀에게 말했다.

"고맙다. 내게 와 줘서."

대답 대신 배시시 웃는 연서의 배로 손을 살짝 내린 승현이 부드럽게 속삭였다.

"그리고 우리 아가도 와 줘서 고마워."

무더운 여름이 지나고 서늘한 가을이 오고 추운 겨울이 왔다가 지나간 뒤 다시 봄이 오면, 그때는 둘이 아닌 셋이서 웃고 있을 테지. 투명한 가게 유리창으로 쏟아지는 햇살을 눈이 부시게 쳐다보며 연서와 승현은 오래도록 둘만의 즐거운 상상을 했다.

—fin

에필로그

― 손님 여러분, 저는 기장입니다. 편안한 여행이 되셨습니까? 저희 항공기는 잠시 후 착륙을 위해 강하를 시작하여…….

얕은 잠결 속에서 착륙 안내 방송을 듣고 승현은 눈을 떴다. 고개를 기울여 비행기 창문으로 익숙한 하늘을 바라보았다. 보고 싶다, 강연서. 쫑알쫑알 말이 많은 환희도. 그리고 아직은 배 속에서 세상에 나오길 기다리는 우리 공주님까지.

소중한 사람들을 하나씩 떠올려 보다 말고 승현은 행복하게 웃었다. 겨우 한 달을 못 봤는데 10년 넘게 떨어져 있은 듯 그리움에 가슴이 저려 왔다.

출장 스케줄은 예정보다 3일 일찍 끝났지만 연서에게 말도 하지 않은 채였다. 곧 서울에 도착한다. 뜬금없이 돌아온 그를 보고 깜짝 놀라면서 좋아할 연서를 생각하니 괜히 싱글싱글 웃음이 나왔다.

마침 주말이니 환희를 재우고 둘만의 은밀한 오후 시간을 보내고 싶은 욕심으로 그의 몸은 벌써부터 씩씩한 반응을 보여 왔다.

한 달 전보다 몸이 꽤나 무거워졌을 테지. 그래도 안정기니까 사랑을 나누는 데 무리는 없을 거야. 혼자 이런저런 생각을 하는 동안 비행기는 안전하게 한국 땅에 착륙했다.

공항을 나와서 택시를 잡아탄 승현은 손목을 들어 시간을 확인했다. 집에 도착하면 오후 세 시가 조금 넘을 것 같다. 그녀와의 거리가 가까워질수록 점점 더 진해지는 갈증을 느끼며 좌석 등받이에 머릴 기댔다.

집에 도착해 도어록 비밀번호를 꾹꾹 누르는 동안 집 안에서 떠드는 환희의 목소리가 새어 나와 아파트 복도까지 들렸다. 귀여운 장난꾸러기 아들 녀석을 떠올리며 승현은 즐겁게 웃었다.

"아들. 아빠 왔어."

문을 열고 환희를 부르자 거실에 앉아 있던 익숙한 사람이 고개를 돌린다.

"어라? 넌 왜 벌써 왔어?"

손자와 놀아 주는 게 즐거웠던지 껄껄 웃으며 민 대표는 예정도 없이 돌아온 승현을 바라봤다.

"일정이 일찍 마감됐어요. 그런데 연서는요? 아버진 왜 여기 계세요?"

집에서 그를 맞이해야 할 가장 중요한 인물이 안 보이는 대신 뜬금없는 민 대표의 존재에 승현은 궁금한 어투로 물었다. 어린 환희를 목마 태운 채 그런 승현에게 다가오며 민 대표가 답해 준다.

"사무실에 나갔어. 대만에 수출될 디자인으로 김 과장이랑 회의

434

해야 된대."

김진성이랑? 승현의 눈썹이 티 나게 찡그러지더니 캐리어를 현관에 대충 놓아두곤 문을 열었다.

"어디 가? 금방 도착해선."

"사무실에 가 보려고요."

"가서 뭐 해? 연서랑 김 과장이 어련히 알아서 잘하지 않을라고."

"제가 없는데 잘하긴요."

퉁명스레 대꾸한 승현이 나가려다 말고 다시 몸을 돌리더니 민 대표를 향해 손을 내밀었다. 뭐? 하는 표정으로 쳐다보는 민 대표에게서 환희를 받아 안고 승현은 물었다.

"아줌마는요?"

"장 보러 갔어."

"환희는 제가 데리고 있을게요."

"그래. 조금 이따 나도 집에 갈란다."

고개를 끄덕이고 밖으로 나온 승현은 택시를 탔다. 택시 뒷좌석에서 장난치며 놀아 달라고 떠드는 환희를 뚫어지게 바라보던 승현이 문득 말을 뱉었다.

"환희야. 아빠 속상하다."

"왜? 아빠. 왜 속상해? 환희한테 말해 봐."

제법 진지한 표정으로 승현을 쳐다보며 환희는 그의 고민을 나누려고 했다. 위로를 받고 싶은 승현이 정색하고 대답했다.

"환희 엄마 때문에."

"엄마가 왜?"

"오랜만에 집에 왔는데 환희 엄마가 없으니까 얼마나 맥 빠지는지. 환희야, 아빠를 이해할 수 있어?"

"응."

환희는 다시 한 번 진지하게 고개를 끄덕였다. 녀석의 자그마한 머리통에 손을 얹고 비비적거리며 승현이 중얼거린다.

"그래. 민환희, 너밖에 없다."

택시 유리창으로 쏟아지는 햇살이 눈부시게 아롱거리고 승현은 하나의 생각에만 집중하느라 말이 없었다.

벌써 결혼 6년 차, 승현 못지않게 연서는 일에 대한 욕심이 많아서 오늘처럼 주말도 반납한 채 사무실에 나가 있는 경우가 허다했다.

그런데 왜 지금은 이토록 마음이 꼬이는지 모르겠다. 김진성이랑 같이 있다는 사실 때문일까? 참 나. 결혼을 하고도 연서 때문에 이렇게 안절부절못하게 될 줄이야. 승현은 답답한 표정을 지었다.

한적한 주말 오후의 복도는 조용했다. 환희를 한 팔에 안은 채 사무실로 들어가는 동안 별다른 기척이 들리지 않았다.

회의실을 향해 걸어가니 도란거리는 목소리가 문틈으로 새어 나온다. 회의실 문 앞에 도착해 노크하고는 문을 열었다. 책상에 마주한 채 앉아서 얘기를 나누고 있던 세 사람이 동시에 고개를 돌렸다.

"전무님?"

"어머! 전무님! 출장에서 돌아오신 거예요? 근데 이게 누구야? 환희 아냐?"

김진성에 이어 손 과장이 부산스러운 목소리를 내며 가까이 다가왔다. 손 과장의 옆에 앉아 있던 연서도 놀라운 기색으로 자리에서 일어났다. 제법 부른 배 때문에 꽤나 천천히 걸어온 연서는 뜻밖의 승현의 출현에 놀라면서도 기쁜 표정을 감추지 못했다.

"언제 도착하신 거예요? 전무님. 다음 주에나 오신다고 알고 있었는데."

1년 전에 로아의류의 전무로 전격 승진이 된 승현을 사내에서는 꼬박꼬박 전무님이라 칭하면서도 연서는 그가 데리고 온 아들 환희를 향해 손을 뻗었다.

"무거워. 그냥 내가 안고 있을게."

승현의 대답에 그러라는 듯 연서는 웃으며 고개를 끄덕였다. 승현은 그의 팔뚝에 매달려 장난치는 환희를 꼭 안고는 김진성의 옆자리에 가서 앉았다.

진성은 승현에게 인사를 건네고는 방금까지 진행하던 회의의 상황을 간단히 알려 주었다. 그의 얘기를 들으며 책상 위에 널려진 시안들을 하나씩 훑어보는 동안 연서는 한 손으로 턱을 괸 채 그런 승현을 바라보았다.

부부가 같은 일을 하면 의견 차이로 자꾸 싸우게 돼서 안 좋다고 들었지만 승현과 결혼하고 6년 동안 연서는 그게 꼭 그렇지만은 않다는 걸 느꼈다. 누구보다 그녀의 일을 잘 이해하고 지원해 주는 승현은 연서가 다양한 의류 영역으로 발을 넓혀 갈 수 있도록 능력껏 도와준 가장 친밀한 업무 파트너였다.

그러나 집에 돌아가서는 그녀와 함께 TV를 보고 함께 요리를 하고 잠이 들 때까지 소소한 일상 얘기를 나누는 누구보다 자상한 남편이었다.

그가 출장 나가 있는 이 한 달 동안 승현에 대한 그리움으로 애탔던 그녀의 마음을 그는 알까? 다음 주에 도착한다는 연락을 받고는 그가 돌아오기 전까지 비상 업무를 마감하려고 주말에도 나와서 일을 강행한 연서였다.

집중해서 디자인을 살피는 승현을 보며 연서는 이 남자는 나이를 먹을수록 더 멋있어진다고 생각했다. 그녀는 그동안 임신과 출산을 겪으며 은근히 망가져 가는데 민승현은 30대 중반을 넘어서도 별로 달라진 게 없어서 가끔은 억울하기도 했다.

저렇게 환희를 안고 있지 않으면 누가 봐도 총각인 줄 알겠네. 괜히 심통스러운 표정을 짓는데 문득 승현이 고개를 들어 그녀를 봤다. 오랜만에 보는 얼굴이고 가까운 거리서 눈을 마주치니 가슴이 두근거려서 연서는 약간 뺨을 붉혔다.

그런 그녀의 모습에 승현이 부드러운 미소를 지었다. 아까 괜하게 서운했던 감정들이 다 사라진다. 이 여자의 얼굴을 보는 순간. 강연서는 시간이 지나도 여전히 그에겐 달콤한 사랑이었다.

승현까지 합류하여 넷이 한 시간을 더 논의한 결과 디자인 선택 작업은 마감이 됐다. 생산부에 전달할 사항을 손 과장과 점검한 뒤 손 과장을 사무실에 남겨 두고 셋은 먼저 주차장으로 내려왔다.

차로 다가가는 동안 업무 얘기 외엔 별다른 말이 없는 진성과 승현의 옆에서 같이 걸으며 연서는 환희의 장난을 받아 주느라 버거워했다. 악동같이 무한 에너지를 쏟아 내는 환희를 보며 진성이 말했다.

"환희가 전무님을 많이 닮았네요."

"그렇죠? 저는 어렸을 때 이렇게 까불지 않았을 것 같아요."

연서의 대답에 환희를 슥 한 번 훑어보던 승현이 말했다.

"뭐, 성격은 날 닮았다 쳐도 외모는 꼭 자기 엄마를 닮지 않았나요?"

연서와 진성의 시선이 환희에게 향하자 승현은 이어서 말한다.

"유전자란 게 참 신기하다니까요. 어쩌면 이렇게 나랑 연서 씨를 꼭 닮게 태어났는지."

그의 말에 은근히 힘이 들어간 걸 느끼며 연서가 고개를 들어 봤다. 승현은 계속해서 말했다.

"둘째 녀석도 나와 연서 씨를 반반씩 닮을 걸 상상하면 얼마나 행복한지요."

진성이 그렇겠다는 듯이 미소를 지으며 덕담을 아끼지 않았다.

"그럼요. 당연히 그러셔야죠, 팀장님. 태교 잘 하시고 이번에도 건강한 아기를 출산하시길 바랄게요."

"네. 감사합니다."

연서가 고개를 숙여 인사하자 진성은 손을 뻗어 환희의 볼을 장난스럽게 꼬집더니 자신의 차로 다가가 차 문을 열었다.

"저는 먼저 들어가 보겠습니다. 전무님, 팀장님. 주말 잘 쉬시고 다음 주에 뵐게요."

진성을 태운 차가 시야에서 사라질 때까지 아무 말도 없이 가만히 서 있던 승현은 연서가 그의 차를 찾아 두리번거리는 걸 보고 말을 했다.

"차, 안 가지고 왔어. 택시 타고 가자."

"그래? 난 또. 그런데 지하엔 왜 내려왔어?"

연서의 물음에 승현은 못 들은 척 헛기침을 했다. 김진성에게 우리 가족의 단란한 모습을 과시하려다 보니 여기까지 왔다는 얘기는 죽어도 못 하지. 그는 얼른 말을 돌렸다.

"아까 기분 나빠서 택시 탔어. 기분 나쁠 때 운전하면 성격 다

버려."

"왜? 뭐가 기분이 나빴어?"

연서는 의아하게 물었다. 이 햇살 좋은 날에 왜 기분이 나쁜지 이해가 가지 않는 남자였다.

"마누라가 보고 싶어서 일정을 급하게 끝내고 집에 달려왔더니, 사무실에서 남자들과 회의한다고 그림자도 안 보이잖아."

"그분들이 무슨 남자들이야."

연서는 어이없다는 듯이 웃어 버렸다. 그런 그녀의 손을 꼭 잡고는 승현은 지하를 걸어서 올라왔다.

"손 과장은 넘어간다 치고 김 과장은 정상적인 남자지."

"당신 애를 가져서 이렇게 배부른 나를 보고 무슨 마음을 먹을까 봐 그래?"

연서의 말에 딱히 대답을 하지 않은 채 승현은 괜히 어깨를 으쓱했다. 하긴, 그의 여자라고 확실하게 도장을 찍었으니 약간 안심은 된다. 그래도 김진성은 방심하면 안 되는 존재다.

"아, 얘기 들었어? 김 과장님이 다음 달에 결혼한대. 축의금 얼마로 넣을까?"

"뭐? 김진성이 결혼한다고?"

듣던 중 반가운 소리에 승현은 눈을 크게 뜨며 되물었다.

"지난주에 들었어. 김 과장님도 이제 나이가 있잖아. 더 늦기 전에 가야지."

"그럼! 더 늦기 전에 얼른 결혼해야지. 그 친구가 여직 결혼 안 해서 다들 얼마나 걱정인데."

"누가 걱정을 해?"

그 누구보다도 내가 걱정했다. 결혼도 안 한 채 계속 널 마음에 담고 있을까 봐. 승현은 속으로 중얼거리며 연서를 향해 씽긋 웃었다. 십 년 묵은 체증이 이제야 쑥 내려가는 기분이다.

김진성이 결혼한다니, 이렇게 개운할 수가 없다. 축의금 두둑이 넣어서 진심으로 축하해 줘야지. 그 생각에 싱글싱글 웃는 승현을 보면서 연서는 어깨를 으쓱했다.

"선경이랑 기태도 많은 고민을 하더니 아이를 가지기로 했나 봐."

연서의 말에 승현은 고개를 끄덕였다. 그의 친구 기태와 연서의 친구 선경을 이어 주려고 그동안 의도적인 자리를 많이 만들어 준 덕에 조금씩 서로에게 다가서던 둘은 3년 전에 어렵게 손을 잡았다.

선경도, 기태도 초혼에 상처를 받았던 사람들인지라 조심스럽기만 했지만 이제는 누구보다 서로를 위하며 새로운 가족을 예쁘게 만들어 가는 중이었다.

각각의 아이가 하나씩 있어서 처음엔 그냥 넷이서만 살아가기로 했다는 선경과 기태는 요즘 들어서 그들을 닮은 아이 딱 하나만 더 욕심내려고 임신을 시도하고 있는 중이었다.

"주변에서 다들 나름의 소소한 행복을 가지고 사는 모습들이 너무 예뻐. 그치?"

해맑은 표정으로 연서가 승현을 쳐다보며 말했다.

"너와 나보다 더 행복하고 예쁜 사람들이 있어?"

능청스러운 승현의 말에 연서는 즐겁게 웃음을 터뜨린다. 어린 환희의 손을 잡고 걸으며 택시를 타야 한다는 사실을 잊은 채 셋은 봄 내음이 가득한 거리를 걸었다.

"매일 똑같이 반복되는 일상들이 전혀 지루하지 않고 늘 새롭고 소중하다는 게 신기해. 무엇보다 사랑을 나눌 수 있는 사람이 이렇게 옆에 있어서 정말 좋아."

연서는 따스한 봄바람처럼 몽글거리는 고백을 했다. 그녀와의 중간에서 둘의 손을 잡은 채 장난치는 환희를 내려다보다가 다시 연서를 봤다.

그녀와 시선이 마주치고 승현이 미소로 화답했다. 애정이 가득 담긴 눈빛과 세상 무엇도 두렵지 않게 만들어 주는 든든한 미소였다. 벚꽃이 새하얀 눈처럼 쏟아지는 산책로를 한가로이 걷는 세 사람의 그림자가 느긋하고 평화롭다.

◈

늦은 밤, 간만에 아빠를 봐서인지 오늘따라 유달리 잠투정이 심한 환희를 막 재우고 나오니 거실에서 TV를 보고 있던 승현의 표정이 심각하다. 연서는 커피포트에 다가가 커피 한 잔을 내리고 그의 옆에 앉았다.

"뭘 보고 있어?"

승현에게 커피를 건네고는 손으로 그의 어깨를 조물조물 만져 줬다. 긴 출장의 여파로 피곤할 텐데 지금 이 시간까지 안 자고 그녀를 기다려 준 승현에게 생긋 웃어 보였다. 그는 여전히 TV에 시선을 준 채 대답했다.

"중, 고등학생들을 상대로 성범죄가 꾸준히 늘어난대. 딸 가진 부모들은 걱정돼서 발 뻗고 잘 수 있으려나 모르겠다."

연서는 고개를 돌려 TV를 보았다. 거기에서 작게 흘러나오는 뉴스를 듣고는 무겁게 고개를 끄덕였다.

"그러게. 딸을 정말 예쁘게 키우려면 아들보다 더 손이 갈 거야. 우리 둘째도 딸이라, 정신 바짝 차려야지."

승현이 손을 뻗어 연서의 부른 배를 따뜻하게 어루만져 준다. 지난번에 들른 병원에서 담당의사는 즐겁게 웃으며 이번에는 공주님이라고 알려 줬고 그 소식에 승현은 물론 양가 부모들도 대단히 반가워했다.

부드러운 그의 손길에 취해서 잠시 TV 속의 삭막한 현실을 잊고 있는데 승현이 무심코 말한다.

"예전에, 중학교 다닐 때던가? 정확히 기억은 안 나지만 하교하는 길에 성범죄 비슷한 상황을 목격했거든. 옆 동네 고등학교 선배들 같았는데 여학생을 괴롭히면서 뭔가 저지를 것 같은 걸 우연히 보게 된 거야."

연서는 순간적으로 숨을 죽이면서 승현을 쳐다봤다. 그는 그때를 회상하는 듯 눈동자가 아득해진다.

"신고할까 고민하다가 순간적으로 경찰 온다고 소리쳐서 대충 상황을 넘겼는데 그 여학생은 잘 피했는지 확인 못 했어. 어둠 속이라 제대로 볼 수도 없었고 도망갔던 선배들이 언제 다시 되돌아올지 몰라서 나도 그냥 자릴 떴거든. 갑자기 문득 그 생각이 나네. 그 여학생은 괜찮았을까?"

때 이른 눈발이 희뿌옇게 날리던 겨울의 어느 저녁, 그날 목격했던 일은 진작 기억의 저편으로 사라져 버렸지만 오늘 다시 생각해 보니 그 여학생이 무사했는지 걱정스러워진다. 그런 승현의 손등으로 익숙한 연서의 체온이 따스하게 감싸 온다. 고개를 돌려 보자 그녀는 의미 모를 미소를 지어 줬다.

"괜찮았을 거야. 위기 상황에서 도와준 네 덕분에 잘 피신했을 거고 아무 일도 없었을 거야. 걱정하지 마."

"그렇다면 다행이고. 그냥 문득 생각이 나서."

피곤한 목소리로 중얼거리며 승현이 그녀에게 기대 온다. 소파에 길게 누우면서 팔로 연서의 허리를 감싸 안고는 그녀의 배에 귀를 대었다.

"우리 공주님은 오늘도 무사하신가?"

장난스럽게 배 속의 아기한테 인사를 건네는 승현의 머리칼을 부드러운 손길로 만지작거리면서 연서는 나지막하니 소곤거렸다.

"무사해. 착하고 멋진 아빠가 틈틈이 보호를 아끼지 않아서."

피식 웃은 승현은 금방이라도 잠이 쏟아질 것 같았다. 시차 때문에라도 무리하면 안 됐는데 아까 아줌마가 오자마자 환희를 맡기고는 연서와 오래도록 진한 사랑을 나눴던 것이다. 섹스의 저릿한 여독이 만만치 않았다.

한잠 푹 자면 한결 개운해질 것 같아서 눈을 감았다. 그런 그에게 고개를 숙여 온 연서가 달콤한 고백을 한다.

"인연이란 게 정말 있는지, 널 만나기 전에는 몰랐어."

"그랬는데?"

"너는 내 소중한 인연이야. 우리의 이야기는 아주 예전부터, 10대의 중학생 시절부터 시작됐으니까."

승현이 손을 뻗어 연서의 머리칼을 다정하게 만져 줬다.

"또 그 얘기야? 중학교 때부터 날 좋아했다는 그거? 잘 알고 있으니까 네가 먼저 좋아한 시간만큼 앞으론 내가 더 많이 사랑할게."

연서는 보드라운 미소를 지어 보였다. 승현을 알고 그와 만나고 사랑하던 날들이 열넷 그해 겨울의 뿌연 가로등과 함께 어른거린다.

그건 그녀만이 알고 있는 소중한 이야기였다. 너무 아까워서 승현에게조차 공유할 수 없는 작은 비밀, 그 주인공에게 살며시 키스하며 연서가 속삭였다.

"사랑해. 내 유일한 사람."

그녀의 무릎을 벤 채 막 잠이 들려던 승현이 창가의 엷은 달빛처럼 흐릿하게 웃었다.

작가 후기

쓰다가 지우고 다시 한 줄 쓰고 또 엎어 버리고, 유난히 글이 안 써지던 2013년을 보내고 글과는 담을 쌓고 지내던 날들이 흘렀습니다. 글을 쓰고 싶은데 머릿속이 텅 비어서 괴롭게 다시 시놉 파일을 고치고 또 고칩니다.

조금씩 한 남자와 한 여자의 이야기가 윤곽이 잡히기 시작하고 타닥타닥 자판을 두드려서 조심스레 연재를 시작했습니다. 잔잔한 글만큼이나 조용한 반응, 회를 거듭하면서 그 반응들이 소중한 피드백으로 다가오고 저는 어느샌가 가슴이 설레어 옵니다. 참 오랫동안 찾지 못해서 힘들었던, 뜨거운 열정이 다시 살아나는 걸 느꼈으니까요.

긴 슬럼프를 끝내고 한여름의 끝자락에서 시작한 이야기. 승현이와 연서는 제게 다시 글을 쓸 수 있을 거라고 용기를 준 고마운 녀석들이었고 직장 스트레스 때문에 매일이 힘겨웠던 날들에 잠깐의 숨 돌릴 여유를 준 예쁜 아이들입니다.

새벽 다섯 시부터 밤 열한 시까지 전쟁과도 같은 출퇴근을 반복하면서 유일하게 이 녀석들을 떠올리고 상상하며 작은 위안을 받았던 추운 겨울, 그 겨울이 지나고 봄이 오니 이 이야기도 예쁜 옷을 입고 세상 밖으로 나오네요.

어릴 때 즐겨 보던 드라마가 끝나고 나면 그 후유증으로 한동안 울적해 있기가 일쑤였습니다. 지금은 드라마를 챙겨 볼 여유가 없지만 대신 나만의 작은 드라마를 매일 상상하면서 사는 요즘이 참 즐겁습니다. 내 안의 소소한 이야깃거리를, 글을 사랑하는 분들과 공유할 수 있어서 행복합니다.

이 글과 연재호흡을 함께 해 주신 분들께, 이 글이 출간될 수 있게 노고를 아끼지 않으신 출판사 관계자분들께, 그리고 이 책의 마지막 장을 보고 계시는 모든 분들께 깊은 감사를 드립니다. 여러분들의 계절에 언제나 봄 냄새가 가득하셨으면 좋겠습니다.

2015년의 봄날에.

러브디자이너

초판 1쇄 찍음 2015년 4월 10일
초판 1쇄 펴냄 2015년 4월 16일

지은이 | 향기바람이
펴낸이 | 정 필
펴낸곳 | (주)뿔미디어

편집장 | 이재권
기획·편집 | 정시연, 이은정

출판등록 | 2002년 9월 11일 (제1081-1-132호)
주소 | 경기도 부천시 원미구 소향로 17, 303(두성프라자)
전화 | 032)651-6513 / 팩스 | 032)651-6094
E-mail | dahyangs@naver.com
블로그 | http://blog.naver.com/dahyangs
홈페이지 | http://bbulmedia.com

값 9,000원

ISBN 979-11-315-6365-6 03810

www.bbulmedia.com

www.bbulmedia.com